宝島

スティーヴンソン／作
代田亜香子／訳
日本アニメーション／絵

★小学館ジュニア文庫★

もくじ

第《だい》1部《ぶ》 海賊《かいぞく》のじいさん

第《だい》2部《ぶ》 船《ふね》のコック

第《だい》3部《ぶ》 宝島《たからじま》の冒険《ぼうけん》

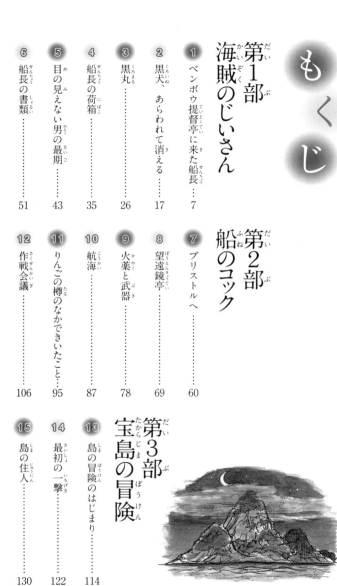

第《だい》4部《ぶ》　バリケード

第《だい》5部《ぶ》　ぼくの海《うみ》の冒険《ぼうけん》

第《だい》6部《ぶ》　シルバー船長《せんちょう》

おもな登《とう》場《じょう》人《じん》物《ぶつ》

ジム
（ジェームズ・ホーキンズ）

この物語《ものがたり》の語《かた》り手《て》の少年《しょうねん》。
父《とう》さんが営《いとな》む宿屋《やどや》
『ベンボウ提督亭《ていとくてい》』を手伝《てつだ》っている。
機転《きてん》をきかせて、
宝島《たからじま》の地図《ちず》を手《て》に入《い》れ、
リプジー先生《せんせい》やトリローニさんたちと、
宝《たから》さがしの航海《こうかい》に出《で》ることに。

シルバー
（ジョン・シルバー）

酒場《さかば》『望遠鏡亭《ぼうえんきょうてい》』の主人《しゅじん》。
ヒスパニオラ号《ごう》のコックとして、
トリローニさんに雇《やと》われた。
背《せ》が高《たか》く、がっしりしていて、
感《かん》じがいい。片足《かたあし》がなく、
松葉杖《まつばづえ》をついている。
肩《かた》にいるのはオウムのフリント船長《せんちょう》。

リプジー先生《せんせい》
(デイヴィッド・リプジー)

ジムの父《とう》さんの主治医《しゅじい》。
治安判事《ちあんはんじ》もしている。船医《せんい》として、
ヒスパニオラ号《ごう》に乗船《じょうせん》。
きちんとした身《み》なりで、礼儀正《れいぎただ》しい、
りっぱな人物《じんぶつ》。

スモレット船長《せんちょう》
(アレクサンダー・スモレット)

経験豊富《けいけんほうふ》な船乗《ふなの》りで、
ヒスパニオラ号《ごう》の船長《せんちょう》として、
トリローニさんに雇《やと》われた。
厳《きび》しい顔《かお》をしていて、
がんこなのが玉《たま》にきず。

〈ヒスパニオラ号《ごう》の乗組員《のりくみいん》たち〉

レッドルース(トリローニさんの使用人《しようにん》)
ジョイス(トリローニさんの使用人《しようにん》)
ハンター(トリローニさんの使用人《しようにん》)
アロー(航海士《こうかいし》)
アンダーソン(水夫長《すいふちょう》)
ハンズ(舵手《だしゅ》)
グレイ(大工助手《だいくじょしゅ》)
ディック　　トム
アラン　　オブライエン
モーガン　　ジョージ

船長《せんちょう》・ビル
(ビリー・ボーンズ)

『ベンボウ提督亭《ていとくてい》』に何《なん》か月《げつ》も
泊《と》まっている船乗《ふなの》り。
汚《よご》れた青《あお》いコートを着《き》ていて、
ほおに生々《なまなま》しいサーベル傷《きず》がある。
一本足《いっぽんあし》の船乗《ふなの》りを警戒《けいかい》している。

トリローニさん
(ジョン・トリローニ)

大《おお》きなお屋敷《やしき》に住《す》む地主《じぬし》。
ヒスパニオラ号《ごう》の船主《ふなぬし》。
かっぷくがよく、気《き》むずかしそうに
見《み》えるが、いやな感《かん》じではない。
少々《しょうしょう》おしゃべりなところがある。

ベン・ガン
(ベンジャミン・ガン)

宝島《たからじま》でジムが出会《であ》った元船乗《もとふなの》り。
三年前《さんねんまえ》、仲間《なかま》から、無人島《むじんとう》である
宝島《たからじま》に置《お》き去《ざ》りにされた。
日焼《ひや》けしてくちびるまで黒《くろ》い。
ぼろぼろの服《ふく》を着《き》ている。

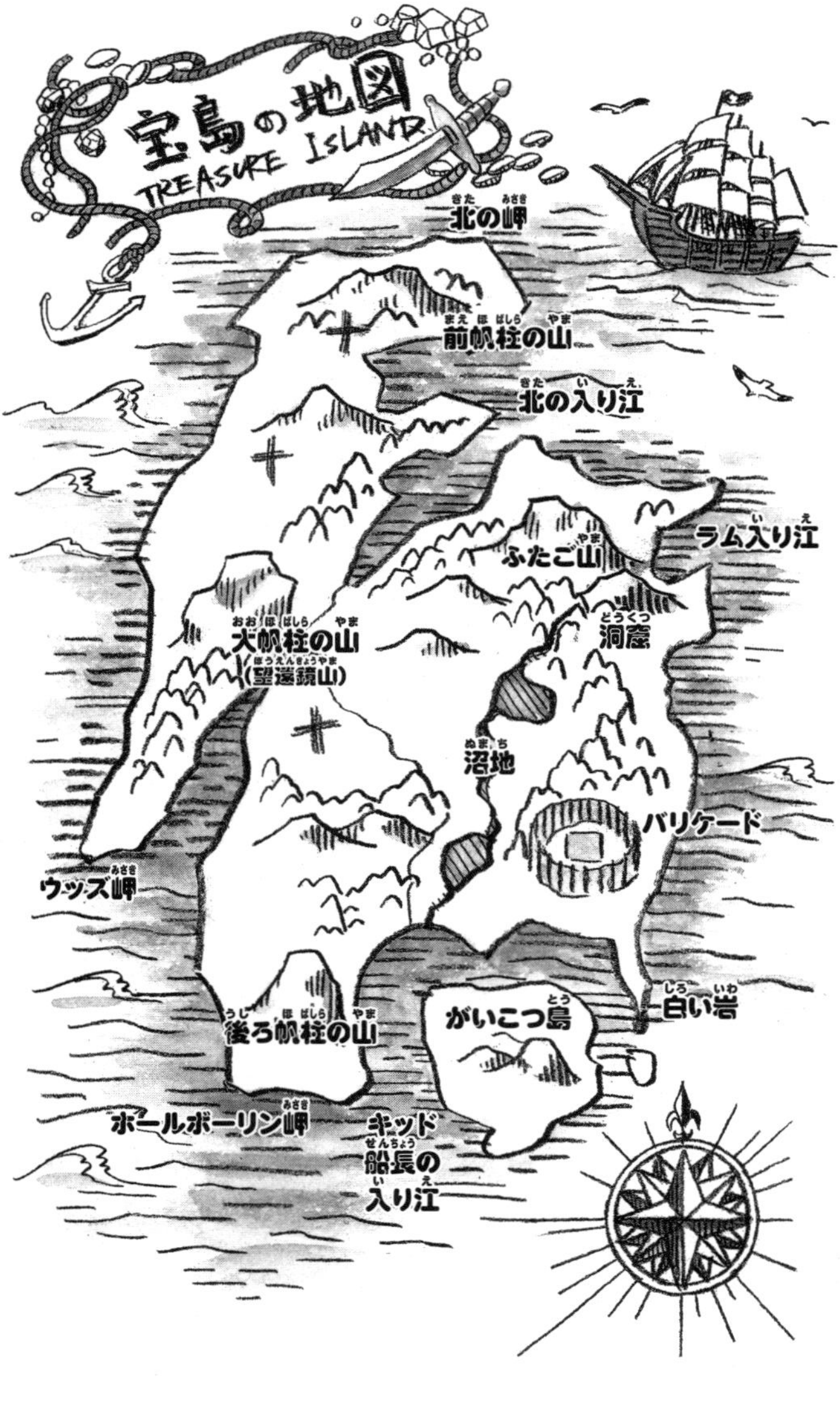
宝島の地図
TREASURE ISLAND
北《きた》の岬《みさき》
前《まえ》帆《ほ》柱《ばしら》の山《やま》
北《きた》の入《い》り江《え》
ラム入《い》り江《え》
ふたご山《やま》
洞窟《どうくつ》
大《おお》帆《ほ》柱《ばしら》の山《やま》
(望遠鏡山《ぼうえんきょうやま》)
沼地《ぬまち》
バリケード
ウッズ岬《みさき》
白《しろ》い岩《いわ》
がいこつ島《とう》
後《うし》ろ帆《ほ》柱《ばしら》の山《やま》
ボールボーリン岬《みさき》
キッド船長《せんちょう》の入《い》り江《え》

第《だい》1部《ぶ》 海賊《かいぞく》のじいさん

ベンボウ提《てい》督《とく》亭《てい》に来《き》た船《せん》長《ちょう》

地主《じぬし》のトリローニさんや医者《いしゃ》のリプジー先生《せんせい》、あといろんな人《ひと》からせっつかれて、宝島《たからじま》についての一部始終《いちぶしじゅう》を書《か》いてみることにした。なにからなにまでだ。まあ、島《しま》の正確《せいかく》な位置《いち》だけはふせておくけど。まだ掘《ほ》りだしていない宝《たから》もあるから。というわけで、一七××年《ねん》の今日《きょう》、ぼくはペンをとっている。すべてがはじまったのは、父《とう》さんが『ベンボウ提督亭《ていとくてい》』という宿屋《やどや》を営《いとな》んでいたころ（ベンボウ提督《ていとく》は、イギリスの海軍士官《かいぐんしかん》の名前《なまえ》）、顔《かお》にサーベル傷《きず》のある船乗《ふなの》りのじいさんが、うちに泊《と》まりにきたときだ。

いまでもはっきりと目《め》に浮《う》かぶ。荷物《にもつ》の入《はい》った箱《はこ》をのせた手押《てお》し車《ぐるま》を従《したが》えて、のろのろと宿《やど》までやってきたそのじいさんは、背《せ》が高《たか》く、がっちりとたくましく、よく日《ひ》に焼《や》けていた。ぎとぎとの髪《かみ》をひとつに編《あ》んで肩《かた》の下《した》までたらし、汚《よご》れた青《あお》いコートを着《き》て、ごつごつした手《て》は傷《きず》だらけで、爪《つめ》は黒《くろ》くひび割《わ》れている。ほおに走《はし》るサーベル傷《きず》が生々《なまなま》しくて青白《あおじろ》い。入《い》り江《え》をぐるりと見《み》まわしながら口笛《くちぶえ》を吹《ふ》き、ふいに歌《うた》をうたいだした。古《ふる》い船乗《ふなの》りの歌《うた》で、そのあと何度《なんど》もきかされた。

死人《しにん》の箱《はこ》には十五人《じゅうごにん》
ヨーホーホー、ラム一本《いっぽん》！

音程《おんてい》のさだまらないかん高《だか》い声《こえ》は、錨《いかり》を巻《ま》きあげながらうたっているうちにしわがれてしまったのかもしれない。そのあと、棒切《ぼうき》れでドアをたたき、父《とう》さんが顔《かお》を出《だ》すと、ラム酒《しゅ》を一杯《いっぱい》、とどなった。ラムを出《だ》すと、いかにも酒《さけ》が好《す》きそうにちびちび味《あじ》わった。しばらく入《い》り江《え》の崖《がけ》をながめていたじいさんは、ふと、うちの看板《かんばん》に目《め》を向《む》けた。

「悪《わる》くねえな、この入《い》り江《え》は。この酒場《さかば》の立地《りっち》もいい。どうだ、客《きゃく》の入《い》りは」

父《とう》さんは、残念《ざんねん》ながらてんでひまです、と答《こた》えた。

「そうか。じゃあ、ここに決《き》めた。おい、おまえ！」荷物運《にもつはこ》びの男《おとこ》を大声《おおごえ》で呼《よ》ぶ。「荷箱《にばこ》を二階《にかい》にあげてくれ。しばらくここに泊《と》まることにする」それから、父《とう》さんにいう。「おれはめんどくさいことはいわねえ。ラムとベーコンエッグ、あとは船《ふね》を見張《みは》れるあの岬《みさき》さえありゃあ、それでいい。

おれのことは、船長《せんちょう》と呼《よ》んでくれ。ああ、そうか、ほらよ」そういって、金貨《きんか》を三《さん》、四枚《よんまい》、ドアのところに投《な》げてよこした。「足《た》りなくなったらいってくれ」いかめしい顔《かお》つきは、海軍《かいぐん》の司令官《しれいかん》みたいだ。

身《み》なりはきたないし、しゃべり方《かた》も品《ひん》がないけど、そんじょそこらの船乗《ふなの》りには見《み》えない。人《ひと》に命令《めいれい》したり殴《なぐ》ったりするのに慣《な》れっこの、航海士《こうかいし》か船長《せんちょう》って感《かん》じだ。荷物運《にもつはこ》びの男《おとこ》の話《はなし》だと、今朝《けさ》、ジョージ王亭《おうてい》の前《まえ》で乗合馬車《のりあいばしゃ》をおりて、海辺《うみべ》の街道沿《かいどうぞ》いにどんな宿屋《やどや》があるのかたずねまわっていたそうだ。で、うちの評判《ひょうばん》をききつけ、あとはたぶん、まわりに建物《たてもの》がなくぽつんとあるのも気《き》に入《い》ったらしい。わかったのは、それだけだった。

船長《せんちょう》は、めちゃくちゃ無口《むくち》だった。昼間《ひるま》は真鍮《しんちゅう》の望遠鏡《ぼうえんきょう》をもって、入《い》り江《え》や崖《がけ》の上《うえ》をぶらぶら歩《ある》きまわる。夜《よる》になると、談話室《だんわしつ》のすみにある暖炉《だんろ》のそばに陣《じん》どって、うんと強《つよ》いラムの水割《みずわ》りを飲《の》む。話《はな》しかけられても返事《へんじ》もしないで、ぱっと顔《かお》をあげてにらみつけ、霧笛《むてき》みたいに大《おお》きく鼻《はな》を鳴《な》らすだけ。ぼくたち家族《かぞく》も宿《やど》のお客《きゃく》たちも、船長《せんちょう》にはかまわないのがいちばんだと思《おも》うようになった。船長《せんちょう》は散歩《さんぽ》からもどるとかならず、船乗《ふなの》りらしいのが街道《かいどう》に来《こ》なかったかとたずねた。はじめはみんな、仲間《なかま》がほしくてたずねてるんだと思《おも》っていた。でもそのうち、船乗《ふなの》りを避《さ》けたいんだとわかってきた。ベンボウ提督亭《ていとくてい》には海沿《うみぞ》いにブリストルへ向《む》かう船乗《ふなの》りの客《きゃく》がたまに来《く》るけれど、そういうとき船長《せんちょう》は、ドアにかかったカーテンごしにそっとうかがってから、談話室《だんわしつ》に入《はい》る。その客《きゃく》がいるあいだは、物音《ものおと》をたてないようにしていた。まあ、ぼくにとっては、ふしぎではなかったけれど。なにしろ、ぼくも船長《せんちょう》といっしょに、船乗《ふなの》りのお客《きゃく》に目《め》を光《ひか》らせていたから。前《まえ》に船長《せんちょう》に呼《よ》びだされて、月《つき》はじめに四《よん》ペンス銀貨《ぎんか》を一枚《いちまい》やるから一本足《いっぽんあし》の船乗《ふなの》りがあらわれないかよーく見《み》張《は》ってろ、といわれた。あらわれたらすぐに知《し》らせろ、って。そのくせ、月《つき》はじめに銀貨《ぎんか》をくれというと、ふんといってにらみつけてくるだけってこともよくあった。でも、その週《しゅう》のうちには考《かんが》えなおして銀貨《ぎんか》をくれる。そして「一本足《いっぽんあし》の船乗《ふなの》りを見張《みは》れ」というおきまりの命令《めいれい》をくりかえした。

とうぜん、ぼくはしょっちゅう夢《ゆめ》で、一本足《いっぽんあし》の船乗《ふなの》りにつきまとわれた。嵐《あらし》の夜《よる》、風《かぜ》が家《いえ》を丸《まる》ごと揺《ゆ》さぶり、とどろく波《なみ》が入《い》り江《え》や崖《がけ》で砕《くだ》けちるとき、その船乗《ふなの》りがいろんな姿《すがた》であらわれる。ありとあらゆる悪魔《あくま》の顔《かお》をして、ひざ下《した》がそっくりないときもあれば、つけ根《ね》からないときもあった。あるときなんか、そもそも足《あし》が一本《いっぽん》だけ胴体《どうたい》のまんなかから生《は》えた怪物《かいぶつ》だった。そんなのが生《い》け垣《がき》やどぶを飛《と》びこえて追《お》いかけてくるものだから、悪夢《あくむ》にもほどがある。こんなおそろしい怪物《かいぶつ》に悩《なや》まされていたら、月四《つきよん》ペンスじゃ割《わり》に合《あ》わない。

一本足《いっぽんあし》の船乗《ふなの》りはすごくこわかったけど、じつは船長《せんちょう》のことは、みんながいうほどこわくなかった。船長《せんちょう》はたまに、心配《しんぱい》になるくらいラムを飲《の》む。そんな夜《よる》には、あの気味《きみ》が悪《わる》くて荒《あら》っぽい船乗《ふなの》りの歌《うた》をうたいまくり、まわりなんか気《き》にしない。かと思《おも》うと、全員《ぜんいん》に一杯《いっぱい》ずつふるまっては、おびえるみんなに話《はなし》をむりやりきかせたり、いっしょにうたわせたりする。「ヨーホーホー、ラム一《いっ》本《ぽん》!」のところで、家《いえ》じゅうミシミシいうのがしょっちゅうきこえた。うたわされているみんなはそれこそ死《し》にものぐるいで、船長《せんちょう》ににらまれないよう必死《ひっし》で声《こえ》をはりあげた。なにしろ、こういうときの船長《せんちょう》は横暴《おうぼう》そのものだったから。テーブルをドンとたたいてまわりをしんとさせ、質問《しつもん》されるとカッとするくせに、何《なに》もきかれないと、おれの話《はなし》をきいてないのかとキレまくる。自分《じぶん》が酔《よ》って眠《ねむ》くなってふらふら寝室《しんしつ》にもどるまで、だれひとり席《せき》を立《た》つのを許《ゆる》さない。

なによりおそろしかったのは、そういうときの船長《せんちょう》の体験談《たいけんだん》だった。つるし首《くび》やら、目《め》かくしして捕虜《ほりょ》を海《うみ》に落《お》とす処刑《しょけい》やら、暴風雨《ぼうふうう》の海《うみ》やら、サンゴ礁《しょう》の島《しま》での難破《なんぱ》やら、カリブ海《かい》での野蛮《やばん》な行為《こうい》やら。どれもこれも、背筋《せすじ》がぞっとした。どうやら船長《せんちょう》は、海《うみ》の荒《あら》くれ者《もの》のなかでもとくに極《ごく》悪《あく》の連中《れんちゅう》にまじって生《い》きてきたらしい。そんな話《はなし》をするときのことばづかいがまた、話《はなし》に出《で》てくる悪事《あくじ》におとらずおそろしくて、いなかのそぼくな人《ひと》たちをふるえあがらせた。父《とう》さんはよく、こんな調子《ちょうし》じゃ宿《やど》がつぶれてしまう、とこぼしていた。せっかくお客《きゃく》さんが来《き》ても、いばりちらされてふるえながらベッドに行《い》くようじゃ、そのうちだれも来《こ》なくなってしまうって。でもぼくは、船長《せんちょう》がいてよかったと思《おも》う。あのときはみんなこわがっていたけど、いま思《おも》うと、どこかで楽《たの》しんでいたんじゃないかな。静《しず》かないなかの暮《く》らしには、なかなかの刺激《しげき》だったから。若《わか》いお客《きゃく》のなかには船長《せんちょう》にあこがれているみたいに、「真《しん》の船乗《ふなの》り」とか「ほんものの海《うみ》の男《おとこ》」なんて呼《よ》ぶ人《ひと》もいた。ああいう人《ひと》のおかげでイギリスは海《うみ》の王者《おうじゃ》になったんだ、とかいって。

それでもやっぱり、船長《せんちょう》のせいで宿《やど》はつぶれそうになっていた。宿泊《しゅくはく》がどんどんのびて、数週間《すうしゅうかん》が数《すう》か月《げつ》になっても、父《とう》さんは追加《ついか》の宿賃《やどちん》を請求《せいきゅう》できずにいた。話《はなし》をきりだそうものなら、吠《ほ》えんばかりの勢《いきお》いで鼻《はな》を鳴《な》らしてにらみつけられるので、気弱《きよわ》な父《とう》さんはすごすご引《ひ》きさがってしまう。船長《せんちょう》にはねつけられて困《こま》り果《は》てているのを、何度《なんど》も見《み》た。そんなよけいな苦労《くろう》や恐怖《きょうふ》のせいで、父《とう》さんの寿命《じゅみょう》は一気《いっき》に縮《ちぢ》まったんだと思《おも》う。

うちの宿《やど》にいるあいだ、船長《せんちょう》は一度《いちど》も着《き》がえず、靴下《くつした》を何足《なんぞく》か行商人《ぎょうしょうにん》から買《か》っただけだった。帽子《ぼうし》のふちがたれさがってきて風《かぜ》の日《ひ》はうっとうしそうだったけど、そのままにしていた。あのコートも忘《わす》れられない。しょっちゅう自分《じぶん》の部屋《へや》でつくろって、しまいにはつぎはぎだらけになっていた。手紙《てがみ》は書《か》くことも受《う》けとることもなく、このあたりに住《す》んでいる人《ひと》としか口《くち》をきかない。それもたいてい、酔《よ》っぱらったときだけだ。あの大《おお》きな荷箱《にばこ》の中身《なかみ》を見《み》た人《ひと》は、だれもいなかった。

一度《いちど》だけ、船長《せんちょう》がぐうの音《ね》も出《で》なくなったことがある。うちに来《き》てずいぶん経《た》ったときで、そのころ父《とう》さんは、助《たす》かる見込《みこ》みのない病《やまい》にかかってかなり弱《よわ》っていた。夕方《ゆうがた》、主治医《しゅじい》のリブジー先生《せんせい》が往診《おうしん》に来《き》た。先生《せんせい》は母《かあ》さんが用意《ようい》した食事《しょくじ》を軽《かる》くとり、村《むら》から馬《うま》が来《く》るのを待《ま》つあいだ、一服《いっぷく》しようと談話室《だんわしつ》に入《はい》った。うちの宿《やど》は古《ふる》くて、馬小屋《うまごや》がなかったから。ぼくも先生《せんせい》のあとについて行《い》った。先生《せんせい》は、ひとりだけ浮《う》いていた。きちんとした身《み》なりで、かつらにつけた髪粉《かみこ》（小麦粉《こむぎこ》や米粉《こめこ》を混《ま》ぜたもの）は雪《ゆき》のように白《しろ》く、黒《くろ》い瞳《ひとみ》はかがやき、礼儀正《れいぎただ》しい。まわりにいるのは、身《み》なりにかまわない人《ひと》たちばっかりだったけど、なかでも船長《せんちょう》は、薄《うす》ぎたない大《おお》きなカカシみたいだ。ラムでべろんべろんで目《め》もうつろで、テーブルで酔《よ》いつぶれている。そして突然声《とつぜんこえ》をはりあげ、例《れい》の歌《うた》をうたいはじめた。

死人《しにん》の箱《はこ》には十五人《じゅうごにん》
ヨーホーホー、ラム一本《いっぽん》！
酒《さけ》と悪魔《あくま》が残《のこ》りのやつらを片《かた》づけた
ヨーホーホー、ラム一本《いっぽん》！

最初《さいしょ》、「死人《しにん》の箱《はこ》」っていうのは二階《にかい》の船長《せんちょう》の部屋《へや》にあるあの荷箱《にばこ》のことかと思《おも》ったので、一本《いっぽん》足《あし》の船乗《ふなの》りといっしょによく悪夢《あくむ》に出《で》てきた。そのころにはみんな船長《せんちょう》の歌《うた》に慣《な》れて、だれもまともにきかなくなった。このとき初耳《はつみみ》だったリプジー先生《せんせい》は、見《み》たところ、気《き》に入《い》らないようだ。むっとした目《め》で顔《かお》をあげ、すぐにまた植木職人《うえきしょくにん》のテイラーさん相手《あいて》にリューマチの新《あたら》しい治療法《ちりょうほう》の話《はなし》をつづけた。船長《せんちょう》はうたっているうちにどんどん調子《ちょうし》づいて、しまいにはテーブルをバンとたたいた。いつもの、だまれの合図《あいず》だ。みんなはぴたっとおしゃべりをやめたけど、リプジー先生《せんせい》だけはかまわず、よくとおる声《こえ》でおだやかに話《はなし》をつづけ、合間《あいま》にパイプをすぱすぱふかした。船長《せんちょう》は先生《せんせい》をにらみつけ、もう一度《いちど》テーブルをたたき、さらにギロリとにらんだ。それからいかにも悪党《あくとう》らしく、口《くち》ぎたなくどなった。

「おい、そこ、だまんねえか！」

「わたしのことかね」先生《せんせい》がいう。船長《せんちょう》がさらに荒々《あらあら》しく、そうだおまえだというと、先生《せんせい》は答《こた》えた。「ひとつだけいっておこう。そんな調子《ちょうし》でラムを飲《の》みつづければ、近《ちか》いうちにこの世《よ》からきたない悪党《あくとう》がひとり消《き》えることになるだろうな」

船長《せんちょう》のキレようときたら、ものすごかった。パッと立《た》ちあがるなり、折《お》りたたみナイフを抜《ぬ》いて刃《は》を広《ひろ》げ、手《て》のひらにのせて見《み》せつけながら、壁《かべ》に突《つ》き刺《さ》してやるとすごんだ。

先生《せんせい》はまったくひるまずに、ふりむいた。さっきと同《おな》じ調子《ちょうし》で、その場《ば》にいた全員《ぜんいん》にきこえるようにちょっと声《こえ》を高《たか》くしたけれど、すっかり落《お》ち着《つ》きはらっていった。

「そのナイフをいますぐしまわなければ、わたしの名誉《めいよ》にかけていうが、次《つぎ》の巡回裁判《じゅんかいさいばん》でつるし首《くび》になるぞ」

ふたりはしばらくにらみあった。でもけっきょく船長《せんちょう》が引《ひ》きさがり、ナイフをしまうと、また椅《い》子《す》にすわり、負《ま》け犬《いぬ》みたいにうなった。

「それからもうひとつ」先生《せんせい》はつづけた。「きみのような男《おとこ》がわたしの担当地区《たんとうちく》にいるとわかったからには、一日《いちにち》じゅう、目《め》を光《ひか》らせることにしよう。わたしは医者《いしゃ》だが、治安判事《ちあんはんじ》（その地方《ちほう》の裁判《さいばん》官《かん》）でもあるからね。ほんのわずかでも苦情《くじょう》が来《き》たら、たとえいまのような取《と》るに足《た》りない無作法《ぶさほう》であっても、適切《てきせつ》な処置《しょち》をとってきみを逮捕《たいほ》し、ここから追《お》いだす。以上《いじょう》だ」

そのあとすぐに馬《うま》が来《き》て、先生《せんせい》は帰《かえ》っていった。この夜《よる》を境《さかい》に、船長《せんちょう》はすっかりおとなしくなった。

黒《くろ》犬《いぬ》、あらわれて消《き》える

それからまもなく、ふしぎな事件《じけん》がたてつづけに起《お》こった。そしてとうとう、ぼくたちは船長《せんちょう》とおさらばすることになる。ただし、本人《ほんにん》がいなくなっても、そのせいで生《しょう》じたゴタゴタにはしばらくふりまわされた。めちゃくちゃ寒《さむ》さの厳《きび》しい冬《ふゆ》で、霜《しも》はいつまでもおりたままだし、風《かぜ》も吹《ふ》き荒《あ》れていた。ただでさえ弱《よわ》っている父《とう》さんが春《はる》をむかえられる見込《みこ》みは、ほとんどない。父《とう》さんは日《ひ》に日《ひ》におとろえ、母《かあ》さんとぼくは宿《やど》の切《き》り盛《も》りにいそがしく、あのやっかい者《もの》の船長《せんちょう》にかまけてはいられなかった。

一月《いちがつ》のある朝早《あさはや》く、身《み》を切《き》るほど寒《さむ》くて、入《い》り江《え》は霜《しも》におおわれてぼんやりかすんでいた。波《なみ》が静《しず》かに石《いし》を洗《あら》い、太陽《たいよう》はまだ丘《おか》の上《うえ》にのぞいたばかりで、はるか遠《とお》くの海《うみ》を照《て》らしていた。船長《せんちょう》はいつもより早起《はやお》きして、海岸《かいがん》を歩《ある》いていった。船乗《ふなの》りがよくもった短剣《たんけん》を青《あお》いぼろコートの広《ひろ》がった裾《すそ》の下《した》にぶらさげ、真鍮《しんちゅう》の望遠鏡《ぼうえんきょう》をわきにかかえ、帽子《ぼうし》をななめにかぶっている。ずんずん歩《ある》いていくあとに、白《しろ》い息《いき》が煙《けむり》みたいにただよっていた。大《おお》きな岩《いわ》を曲《ま》がったとき、腹立《はらだ》たしそうに大《おお》きく鼻《はな》を鳴《な》らす音《おと》がきこえてきた。リプジー先生《せんせい》のことでも思《おも》い出《だ》したんだろう。いいまかされたことをまだ根《ね》にもっていたのかも。

母《かあ》さんは二階《にかい》で父《とう》さんにつきそっていて、ぼくは船長《せんちょう》がもどらないうちにと、朝食《ちょうしょく》を談話室《だんわしつ》のテーブルに並《なら》べていた。そのときドアがあいて、見慣《みな》れない男《おとこ》が入《はい》ってきた。ろうそくみたいに白《しろ》い顔《かお》をして、左手《ひだりて》の指《ゆび》が二本《にほん》ない。短剣《たんけん》をたずさえているけど、あんまり強《つよ》そうには見《み》えない。足《あし》が一本《いっぽん》だろうが二本《にほん》だろうが、いつも船乗《ふなの》りに目《め》を光《ひか》らせていたぼくは、どうしたもんかと悩《なや》んだ。

その男《おとこ》は船乗《ふなの》りっぽくないけど、なんとなく海《うみ》のにおいがしたから。

なんのご用《よう》でしょうときくと、男《おとこ》はラムをくれといった。それなのに、ぼくがラムをとりにいこうとすると、テーブルに腰《こし》をおろし、こっちへ来《こ》いと合図《あいず》をする。ぼくはナプキンをもったまま立《た》ち止《ど》まった。

「おい、そこのガキ、ちょっと来《こ》い」

ぼくは一歩《いっぽ》近《ちか》づいた。

「これはビルの朝《あさ》めしか？　おれの仲間《なかま》のビルだ」男《おとこ》は横目《よこめ》でギロッとにらんだ。

ビルなんて知《し》らない、これはうちの泊《と》まり客《きゃく》の食事《しょくじ》で、みんなから船長《せんちょう》って呼《よ》ばれてるよ、と答《こた》えた。

「まあ、ビルなら船長《せんちょう》って呼《よ》ばれるだろうさ。ほっぺたに傷《きず》があって、そりゃもうゆかいなヤツさ。とくに酒《さけ》が入《はい》るとな。その船長《せんちょう》とやらも、ほっぺたに傷《きず》があるんじゃねえか。はっきりいえば、右《みぎ》だろう。ほら、図星《ずぼし》だ！　で、ビルはなかにいるのか？」

散歩《さんぽ》に出《で》かけたよ、とぼくは答《こた》えた。

「どっちだ。ビルはどっちに行《い》った？」

ぼくは岩場《いわば》を指《さ》して、たぶんあっちのほうからもうすぐもどってくると思《おも》う、といった。それからいくつか質問《しつもん》に答《こた》えると、男《おとこ》はいった。

「そうか。おれの顔《かお》を見《み》たらビルはさぞ喜《よろこ》ぶだろうよ。酒《さけ》を飲《の》んだときみてえにな」

口《くち》ではそんなことをいいながら、男《おとこ》はまったくうれしそうじゃない。この人《ひと》、本気《ほんき》でいってるとしても、何《なに》かかんちがいしてるのかもしれない。まあ、はっきりいってぼくには関係《かんけい》ないし、そもそもどうすればいいのかわからない。男《おとこ》は入《い》り口近《ぐちちか》くをうろつきながら、ネズミを狙《ねら》ってるネコみたいにあちこち目《め》を走《はし》らせた。ぼくが表《おもて》に出《で》ると、もどれ、とどなる。ぐずぐずしていたら、男《おとこ》は青白《あおじろ》い顔《かお》をひどくゆがめ、さっさとしやがれとわめいた。ぼくは思《おも》わず飛《と》びあがって、なかにもどった。するとまた、さっきみたいにきげんをとるような、あざけるような笑《え》みを浮《う》かべてぼくの肩《かた》をたたき、おまえはいい子《こ》だ、気《き》に入《い》ったぜ、といった。

「おれにも息子《むすこ》がいてな。おまえとそっくりだ。自慢《じまん》の息子《むすこ》だよ。だがな、子《こ》どもにいちばんたいせつなのは、おとなしく命令《めいれい》に従《したが》うことだ。わかるか。規律《きりつ》ってやつだ。もしおまえがビルの船《ふね》に乗《の》ってたら、いまみたいに二度《にど》も同《おな》じことをいってもらえるなんてありえねえ。そういうのは、ビルのやり方《かた》じゃない。いっしょに航海《こうかい》してたら、ぜったい許《ゆる》されねえんだ。おっ、ビルが来《き》たぞ。望遠鏡《ぼうえんきょう》を小《こ》わきにかかえてる。ああ、ビルだ、まちがいねえ。さあ、いっしょにドアのうしろにかくれよう。ちょっとばかりおどかしてやるのさ。うん、たしかにビルだ」

そういいながら、男《おとこ》はぼくを談話室《だんわしつ》にもどして自分《じぶん》のうしろのすみっこに押《お》しやると、あいたドアのうしろにかくれた。ぼくは、不安《ふあん》でおろおろしていた。男《おとこ》のほうも、どう見《み》てもおびえているので、ますますこわい。男《おとこ》は短剣《たんけん》をいつでも抜《ぬ》けるように、さやから少《すこ》し引《ひ》き出《だ》した。待《ま》っているあいだじゅう、のどがつかえているみたいにしきりにつばをのみこんでいる。

とうとう、船長《せんちょう》がのしのしともどってきた。勢《いきお》いよくドアを閉《し》め、朝食《ちょうしょく》が用意《ようい》してあるテーブルに直行《ちょっこう》する。

「よう、ビル」男《おとこ》が呼《よ》びかけた。無理《むり》に強《つよ》がって威勢《いせい》のいい声《こえ》を出《だ》しているみたいだ。

船長《せんちょう》がふりむき、こっちを見《み》る。とたんに顔色《かおいろ》が悪《わる》くなり、鼻先《はなさき》まで青白《あおじろ》くなった。幽霊《ゆうれい》とか悪《あく》魔《ま》とか、もしいるならもっとおそろしいばけものを見《み》てしまったような顔《かお》だ。一瞬《いっしゅん》にしてよぼよぼのおじいちゃんみたいになった船長《せんちょう》を見《み》て、ぼくは正直《しょうじき》、かわいそうになった。

「ビル、昔《むかし》の仲間《なかま》をまさか忘《わす》れちゃいねえだろうな」

船長《せんちょう》が、はっと息《いき》をのむ。

「黒犬《くろいぬ》か！」

「決《き》まってんだろうが」

黒犬《くろいぬ》は、すっかり落《お》ち着《つ》きをとりもどしていた。

「昔《むかし》なじみの黒犬《くろいぬ》が、仲間《なかま》のビルに会《あ》いに、ベンボウ提督亭《ていとくてい》まではるばるやってきたんだぜ。なあ、ビル。おれたち、いろんな目《め》にあったよなあ。こいつを二本《にほん》なくしてからよ」

黒犬《くろいぬ》は指《ゆび》がないほうの手《て》をあげた。

「もういいだろう。やっとおれの居場所《いばしょ》をつきとめたんだろうが。もったいぶらないでいえ。なんの用《よう》だ」

「それでこそビルだ。変《か》わってねえな。まず、この子《こ》からラムを一杯《いっぱい》もらうとしようか。おれはこの子《こ》が気《き》に入《い》ったんだ。それから腰《こし》をすえて、腹《はら》を割《わ》って話《はな》そうじゃねえか。昔《むかし》の仲間《なかま》らしくよ」

ぼくがラムをもってもどってくると、ふたりは朝食《ちょうしょく》のテーブルをはさんですわっていた。黒犬《くろいぬ》はドアに近《ちか》いほうの席《せき》に横向《よこむ》きにすわり、片方《かたほう》の目《め》で船長《せんちょう》を、もう片方《かたほう》の目《め》で逃《に》げ道《みち》をうかがっているみたいだった。

黒犬《くろいぬ》はぼくに、向《む》こうへ行《い》ってろ、ドアはあけておけ、と命《めい》じた。

「のぞき見《み》するんじゃねえぞ」そう、くぎをさす。ぼくはふたりを残《のこ》して酒場《さかば》へひっこんだ。

長《なが》いこと必死《ひっし》で耳《みみ》をすましていたけれど、ぼそぼそしゃべっているということしかわからない。

そのうちだんだん声《こえ》が大《おお》きくなってきて、いくつかききとれた。ほとんどが船長《せんちょう》ののしり声《ごえ》だ。

「ダメといったらダメだ。ふざけんな！」とか、「つるし首《くび》っていうなら、おたがいさまだ」とか。

ふいに、激《はげ》しいののしりあいになり、すさまじい音《おと》がした。テーブルと椅子《いす》がひっくりかえり、剣《けん》がぶつかりあい、苦《くる》しそうな叫《さけ》び声《ごえ》があがる。すると、黒犬《くろいぬ》が飛《と》びだしてきて、目《め》をつりあげた船長《せんちょう》が追《お》いかけていった。ふたりとも短剣《たんけん》を構《かま》えていて、黒犬《くろいぬ》は左肩《ひだりかた》から血《ち》を流《なが》している。入《い》り口《ぐち》で、船長《せんちょう》は逃《に》げる黒犬《くろいぬ》にとどめとばかりに短剣《たんけん》を振《ふ》りおろした。背骨《せぼね》がまっぷたつになるところだったけれど、宿《やど》の大《おお》きな看板《かんばん》にさえぎられた。いまでも看板《かんばん》の下《した》のほうに、そのときの傷《きず》が残《のこ》っている。

その一撃《いちげき》で、戦《たたか》いはおわった。黒犬《くろいぬ》は表《おもて》に出《で》たとたん、手負《てお》いにしてはおどろくほどの速《はや》さで丘《おか》の向《む》こうへ姿《すがた》を消《け》した。船長《せんちょう》はぽかんとして看板《かんばん》を見《み》つめ、立《た》ちつくしている。何度《なんど》か目《め》をこすってから、ようやく宿《やど》にもどってきた。

「ジム、ラムをくれ」船長《せんちょう》はそういいながら少《すこ》しよろめいて、壁《かべ》に手《て》をついた。

「ケガしたの？」ぼくは大声《おおごえ》できいた。

「ラムだ。ここを出《で》る。さっさとラムをもってこい！」

ぼくはラムをとりに走《はし》ったけど、気《き》が動転《どうてん》していて、グラスを割《わ》ったり、酒樽《さかだる》の注《つ》ぎ口《ぐち》をつまらせたりした。もたもたしているうちに談話室《だんわしつ》からドサッと大《おお》きな音《おと》がして、あわててもどってみると、船長《せんちょう》が床《ゆか》に転《ころ》がっていた。そこへ、叫《さけ》び声《ごえ》や争《あらそ》う音《おと》をききつけた母《かあ》さんが二階《にかい》からおりてきたので、ふたりがかりで船長《せんちょう》を起《お》こした。息《いき》が荒《あら》く、目《め》は閉《と》じたままで、ひどい顔色《かおいろ》だ。

「ああもう、宿《やど》の評判《ひょうばん》が落《お》ちるわ。ただでさえお父《とう》さんが病気《びょうき》でたいへんなのに」母《かあ》さんはなげいた。

どうやって船長《せんちょう》を助《たす》ければいいのか、さっぱりわからない。きっと、黒犬《くろいぬ》との争《あらそ》いで致命傷《ちめいしょう》を負《お》ったんだろう。ラムをもってきていたからのどに流《なが》しこもうとしたけど、がっちり歯《は》を食《く》いしばっていて、あごが鉄《てつ》みたいに動《うご》かない。そのときドアがあいて、リプジー先生《せんせい》が入《はい》ってきた。ああ、よかった。先生《せんせい》が父《とう》さんの診察《しんさつ》に来《き》てくれた。

「先生《せんせい》、どうしたらいいんでしょう。どこをケガしてるんですか」母《かあ》さんとぼくはすぐにきいた。

「ケガだって？　とんでもない。ケガなどしていないよ。ただの脳卒中《のうそっちゅう》だ。だからいったのに。さあ、奥《おく》さんはだんなさんのところにおもどりなさい。この話《はなし》はしないように。医師《いし》として、このろくでなしの命《いのち》を救《すく》うために最善《さいぜん》をつくさねばならん。ジム、洗面器《せんめんき》をとってきてくれないか」

洗面器《せんめんき》をもってくると、先生《せんせい》が船長《せんちょう》の上着《うわぎ》の袖《そで》をやぶいていて、たくましい腕《うで》がむきだしになっていた。何《なん》か所《しょ》かタトゥー（入《い》れ墨《ずみ》）がある。「幸運《こううん》」、「順風《じゅんぷう》」、「ビリー・ボーンズの夢《ゆめ》」などの文字《もじ》が、ひじから下《した》にくっきりとあざやかに彫《ほ》ってあった。二《に》の腕《うで》には、絞首台《こうしゅだい》にぶらさがった男《おとこ》の絵《え》がある。うわ、すごい。

「自分《じぶん》の運命《うんめい》を暗示《あんじ》しているようだな」先生《せんせい》はその絵《え》に指先《ゆびさき》でふれた。「さて、ビリー・ボーンズ君《くん》。それが本名《ほんみょう》かな？　血《ち》の色《いろ》を確認《かくにん》させてもらおうか。ジム、血《ち》を見《み》るのがこわいかね」

「いいえ、だいじょうぶです」

「じゃあ、洗面器《せんめんき》をおさえていてくれ」先生《せんせい》はメスをつかんで血管《けっかん》を切《き》った。

かなりの血《ち》が抜《ぬ》きとられてから、ようやく船長《せんちょう》は目《め》をあけ、ぼんやりとあたりを見《み》まわした。先生《せんせい》の顔《かお》に気《き》づいて、あからさまに眉《まゆ》をひそめる。それからぼくを見《み》て、ほっとしたみたいだった。でもぱっと顔色《かおいろ》が変《か》わり、からだを起《お》こそうとしながら声《こえ》を荒《あら》らげた。

「黒犬《くろいぬ》はどこだ！」

「黒《くろ》い犬《いぬ》などここにはいない。きみこそ、ふきげんな犬《いぬ》のようだ。ラムをやめないから、倒《たお》れたのだよ。いったとおりになったな。まったくもって不本意《ふほんい》だが、墓穴《はかあな》から引《ひ》っぱりだしてやったところだ。さて、ボーンズ君《くん》」

「おれはそんな名前《なまえ》じゃねえ」船長《せんちょう》がさえぎった。

「まあ、いいだろう。知《し》り合《あ》いにそういう名前《なまえ》の海賊《かいぞく》がいて、話《はなし》を進《すす》めるためにそう呼《よ》ばせてもらう。いいか、はっきりいっておく。ラムを一杯《いっぱい》飲《の》んだところで死《し》にはしない。だが、一杯《いっぱい》飲《の》めばまた一杯《いっぱい》、さらにもう一杯《いっぱい》とほしくなる。断言《だんげん》するが、きっぱり酒《さけ》をやめなければきみは死《し》ぬ。わかるか、死《し》ぬんだ。堕落《だらく》した者《もの》が行《い》きつく先《さき》は決《き》まっている。せいぜい節制《せっせい》したまえ。今回《こんかい》だけは、ベッドに連《つ》れていってやろう」

先生《せんせい》とぼくは、やっとのことで船長《せんちょう》を二階《にかい》へ運《はこ》んだ。ベッドに寝《ね》かせたとたん、気絶《きぜつ》したみたいに、船長《せんちょう》の頭《あたま》はがくんとまくらに落《お》ちた。

「いいかね、医師《いし》として忠告《ちゅうこく》しておく。ラムは命《いのち》とりだ」

それだけいうと、先生《せんせい》はぼくの腕《うで》を引《ひ》いて、父《とう》さんの診察《しんさつ》に向《む》かった。

「心配《しんぱい》はいらない」ドアを閉《し》めるとすぐ、先生《せんせい》はいった。「じゅうぶん血《ち》を抜《ぬ》いておいたから、しばらくおとなしくなるだろう。一週間《いっしゅうかん》はあのままにしておくのがいい。あの男《おとこ》にとっても、きみたちにとっても、それがいちばんんだ。だが、こんど発作《ほっさ》を起《お》こしたらおしまいだ」

黒《くろ》丸《まる》

昼《ひる》ごろ、冷《つめ》たい飲《の》みものと薬《くすり》をもって船長《せんちょう》の部屋《へや》に行《い》った。船長《せんちょう》は寝《ね》かせたときとほとんど同《おな》じ姿勢《しせい》で、ほんの少《すこ》しだけからだを起《お》こしていた。からだは弱《よわ》っているのに、気《き》が高《たか》ぶっているらしい。

「ジム、ここじゃ見込《みこ》みがあるのはおまえだけだ。ずっと目《め》をかけてやってたのを忘《わす》れちゃいねえだろうな。四《よん》ペンスをやらなかった月《つき》なんか一度《いちど》もない。おれはみんなに見《み》はなされて、このありさまだ。なあ、ジム。一杯《いっぱい》でいいからラムをもってきてくれ。いいだろう？」

「でも、先生《せんせい》が……」

ぼくがいいかけると、船長《せんちょう》はとたんに先生《せんせい》をののしりはじめた。声《こえ》は弱々《よわよわ》しいけど、心底憎《しんそこにく》しみがこもっている。

「医者《いしゃ》なんぞ、どいつもこいつも能《のう》ナシだ。あのヤブ医者《いしゃ》に、船乗《ふなの》りの何《なに》がわかるっていうんだ？おれは灼熱《しゃくねつ》の土地《とち》に行《い》き、仲間《なかま》が黄熱病《おうねつびょう》でばたばた倒《たお》れていくのも見《み》たし、地面《じめん》が大波《おおなみ》のようにうねる地震《じしん》だって経験《けいけん》した。あのヤブめ、そんなことひとつも知《し》らんくせに。おれはな、今日《きょう》までラムで生《い》きてきたんだ。ラムはおれの命《いのち》の源《みなもと》、生涯《しょうがい》の相棒《あいぼう》だ。そのラムが飲《の》めねえんじゃ、漂流《ひょうりゅう》して朽《く》ち果《は》てたぼろ船《ぶね》も同然《どうぜん》よ。おい、ジム、のろってやるぞ。おまえもあのヤブも」

そういってひとしきり毒《どく》づいてから、今度《こんど》はせがむようにいった。

「ジム、見《み》てみろ。指《ゆび》がふるえてんだろ。止《と》まんねえんだよ。今日《きょう》はまだ一滴《いってき》も飲《の》んでねえ。いいか、あいつはヤブ医者《いしゃ》だ。ラムを飲《の》まねえと、おそろしいもんが目《め》に映《うつ》るんだよ。もういくらか見《み》た。ほら、そのすみっこ、おまえのうしろにフリントの野郎《やろう》が立《た》ってやがる。はっきり見《み》える。幻覚《げんかく》がもっとひどくなったら、何《なに》をやらかすかわからねえぞ。さんざん荒《あら》っぽい生《い》き方《かた》をしてきたからな。あの医者《いしゃ》だって、一杯《いっぱい》なら害《がい》はねえといってただろうが。なあジム、一杯《いっぱい》でいいからもってきてくれ。金貨《きんか》を一枚《いちまい》やるからさ」

船長《せんちょう》がだんだん興奮《こうふん》してきたので、ぼくは心配《しんぱい》になった。今日《きょう》は父《とう》さんの体調《たいちょう》がすごく悪《わる》いから、騒《さわ》ぎを起《お》こすわけにはいかない。一杯《いっぱい》だけなら害《がい》はないって先生《せんせい》もいってたし……だけど、金《かね》でつろうとするのが気《き》に食《く》わない。

「あんたの金《かね》なんかいらない。そんなお金《かね》があるなら、ちゃんと宿賃《やどちん》を払《はら》ってよ。いい、一杯《いっぱい》だけだよ。それ以上《いじょう》はダメだからね」

ラムをもってくると、船長《せんちょう》は目《め》の色《いろ》を変《か》えてグラスをひっつかみ、一気《いっき》に飲《の》みほした。

「ああ、うめえ。これでちょっとはマシになった。おい、ジム、あの医者《いしゃ》は、いつまでこうして寝《ね》てろといった？」

「少《すく》なくとも一週間《いっしゅうかん》」

「何《なに》？　一週間《いっしゅうかん》だと！　そんなに寝《ね》てられるか！　ぐずぐずしてたら、あいつらに黒丸《くろまる》をつきつけられちまう。あの野郎《やろう》ども、いまにもおれを出《だ》しぬこうと、そのへんをうろついてやがるんだ。自《じ》分《ぶん》の取《と》り分《ぶん》を使《つか》い果《は》たしたあげく、人《ひと》のもんまでいただこうっていうんだからな。海《うみ》の男《おとこ》とも思《おも》えねえ。おれはな、根《ね》っからの倹約家《けんやくか》なんだ。大事《だいじ》な金《かね》をむだづかいしねえし、なくしたこともねえ。今回《こんかい》もやつらの裏《うら》をかいてやるぜ。たいしたことねえ。もう一度《いちど》帆《ほ》をあげて、やつらに吠《ほ》え面《づら》かかせてやる」

船長《せんちょう》はこんなふうに息《いき》まいていたけど、ベッドから起《お》きあがるのもやっとで、ぼくの肩《かた》を思《おも》いっ切《き》りつかんだので、思《おも》わずぎゃっと叫《さけ》びそうになった。足《あし》だって鉛《なまり》みたいに重《おも》たそうに動《うご》かしてる。口《くち》だけはやたら威勢《いせい》いいけど、声《こえ》はあわれなくらい弱々《よわよわ》しい。ベッドのはしにすわったところで、ひと息《いき》ついた。

「あの医者《いしゃ》にしてやられた。耳鳴《みみな》りがする。寝《ね》かせてくれ」船長《せんちょう》は力《ちから》なくいった。

ぼくが手《て》を貸《か》す間《ま》もなく、船長《せんちょう》はさっきと同《おな》じく倒《たお》れこみ、しばらくだまっていたけれど、ようやく口《くち》をひらいた。

「ジム、今日《きょう》、あの男《おとこ》を見《み》ただろう」

「黒犬《くろいぬ》っていってた人《ひと》？」

「そうだ、黒犬《くろいぬ》だ。あいつは悪党《あくとう》だが、そそのかしたもっと悪《わる》いヤツがいる。逃《に》げねえと、おれは黒丸《くろまる》をわたされちまう。いいか、ヤツらが狙《ねら》ってるのはおれの荷箱《にばこ》だ。おまえ、馬《うま》に乗《の》って……乗《の》れるな？　よし。そのときになったら、馬《うま》でひとっ走《ぱし》り行《い》ってきてくれ。あの……ええい、しかたねえ、あのヤブ医者《いしゃ》のところだ。治安判事《ちあんはんじ》やらなんやら、仲間《なかま》を呼《よ》んで、この宿《やど》に集《あつ》まるようにいうんだ。ヤツらはもともと海賊《かいぞく》フリントの手下《てした》で、おれを狙《ねら》ってるのはその生《い》き残《のこ》りだ。おれは航《こう》海士《かいし》をしてた。そうさ、フリントの船《ふね》の副船長《ふくせんちょう》だ。あの場所《ばしょ》を知《し》ってるのはおれだけだ。フリント船長《せんちょう》からサバンナ（アメリカ、大西洋岸《たいせいようがん》の港町《みなとまち》）で教《おそ》わったんだ。あいつがいまのおれみたいに、くたばりかけてるときにな。だがいいか、この話《はなし》をするのは、おれが黒丸《くろまる》をわたされるか、あの黒犬《くろいぬ》がまた来《く》るか、でなきゃ一本足《いっぽんあし》の船乗《ふなの》りがあらわれてからだ。とくに、一本足《いっぽんあし》の船乗《ふなの》りには注意《ちゅうい》しろ」

「だけど、黒丸《くろまる》っていったいなんなの？」

「紙《かみ》を黒《くろ》い丸《まる》でぬった呼《よ》びだし状《じょう》だ。やつらがそいつをつきつけてきたら、おまえに知《し》らせる。しっかり見張《みは》ってろ、ジム。おまえにも分け前《わまえ》をやる。ウソじゃない」

そのあとも船長《せんちょう》はわけのわからない話《はなし》をしていたけど、声《こえ》はだんだん弱《よわ》くなっていった。薬《くすり》をわたすと、子《こ》どもみたいにおとなしく飲《の》んだ。

「薬《くすり》が必要《ひつよう》な船乗《ふなの》りなんぞ、おれくらいのもんだ」

そういうと、気絶《きぜつ》したみたいにころっと寝入《ねい》ったので、ぼくは部屋《へや》を出《で》た。このまま何《なに》も起《お》こらなかったら、ぼくはどうしていたんだろう。もしかして、リプジー先生《せんせい》にぜんぶ話《はな》していたかも。すごくこわかったから。船長《せんちょう》が打《う》ち明《あ》けたことを後悔《こうかい》して、ぼくを始末《しまつ》しようとするんじゃないかって。でもけっきょく、そんなことはそっちのけになった。その夜突然《よるとつぜん》、父《とう》さんが亡《な》くなったから。悲《かな》しくてしかたないのに、近所《きんじょ》の人《ひと》たちがお悔《く》やみにくるし、葬儀《そうぎ》の手配《てはい》もあるし、そのあいだに宿《やど》の仕事《しごと》もしなきゃで、いそがしくて、船長《せんちょう》のことを考《かんが》えるどころか、こわがるひまもなかった。

つぎの日《ひ》、船長《せんちょう》はいつもどおり朝食《ちょうしょく》におりてきた。とはいえ、ほとんど食事《しょくじ》には手《て》をつけず、ラムをいつもより飲《の》んだ。勝手《かって》に酒場《さかば》からもってきて、しかめっ面《つら》で鼻《はな》を鳴《な》らすもんだから、こわくてだれも逆《さか》らえない。お葬式《そうしき》の前《まえ》の夜《よる》も、船長《せんちょう》はあいかわらず酔《よ》っぱらっていた。家《いえ》じゅう悲《かな》しみにくれているのに、あの耳《みみ》ざわりな船乗《ふなの》りの歌《うた》をうたいまくるから、たまったもんじゃない。でも、からだが弱《よわ》っていても、みんな船長《せんちょう》をすごくおそれていた。リプジー先生《せんせい》は遠《とお》くの急病人《きゅうびょうにん》にかかりきりになって、父《とう》さんが亡《な》くなってから近《ちか》くにも来《こ》なかった。船長《せんちょう》は回復《かいふく》するどころか、どんどん弱《よわ》っているみたいだった。階段《かいだん》をよろよろのぼりおりして、談話室《だんわしつ》と酒場《さかば》を行《い》ったり来《き》たりしている。ときどきドアから顔《かお》だけ出《だ》して潮《しお》の香《かお》りをかいでいたけど、壁《かべ》にもたれなきゃ倒《たお》れそうだ。山《やま》のぼりをしているみたいに、ぜいはあいっている。とくに何《なに》もいってこなかったから、秘密《ひみつ》を打《う》ち明《あ》けたのは忘《わす》れちゃったんじゃないかと思《おも》う。ただ、ますます気《き》まぐれに怒《いか》りをぶちまけるようになって、弱《よわ》っているくせに、前《まえ》より乱暴《らんぼう》になった。酔《よ》ったときなんか、ただならぬ感《かん》じで、短剣《たんけん》を抜《ぬ》いてテーブルの上《うえ》に置《お》いたりする。そのくせ前《まえ》ほどまわりの人《ひと》を気《き》にしなくなって、もの思《おも》いにふけったり、ぼんやり考《かんが》えごとをしたりしている。あるときなんか、急《きゅう》に知《し》らない歌《うた》をうたいはじめたから、みんなびっくりした。船乗《ふなの》りになる前《まえ》の若《わか》いころに覚《おぼ》えたのか、いなかのラブソングみたいな歌《うた》だった。

お葬式《そうしき》のつぎの日《ひ》は、霜《しも》がおりて霧《きり》がたちこめ、凍《こご》えるように寒《さむ》かった。午後三時《ごごさんじ》ごろ、ぼくは父《とう》さんのことを思《おも》って胸《むね》がいっぱいになって、ドアの前《まえ》にたたずんでいた。すると、街道沿《かいどうぞ》いにゆっくりと近《ちか》づいてくる人《ひと》がいる。目《め》が見《み》えないらしく、杖《つえ》で地面《じめん》をたたきながら歩《ある》き、大《おお》きな緑色《みどりいろ》の布《ぬの》で目《め》と鼻《はな》をおおっていた。年《とし》なのか、からだが弱《よわ》っているのか、背中《せなか》が曲《ま》がっている。フードがついたばかでかいぼろぼろの船乗《ふなの》り用《よう》マントをはおっていて、ますますぶきみに見《み》えた。こんなにおそろしい人《ひと》は、見《み》たことがない。宿《やど》のすぐ近《ちか》くで立《た》ち止《ど》まって、調子《ちょうし》っぱずれの歌《うた》みたいに、だれに向《む》かってともなく声《こえ》をはりあげた。

「どなたか親切《しんせつ》なお方《かた》、祖国《そこく》イングランドを守《まも》るために戦《たたか》ってたいせつな光《ひかり》を失《うしな》ったわたしに、教《おし》えてくれませんかね。ああ、ジョージ陛下《へいか》ばんざい！ ここはいったい、どのあたりでしょう」

「ブラック・ヒル湾《わん》の、ベンボウ提督亭《ていとくてい》の前《まえ》だよ」ぼくは答《こた》えた。

「ああ、声《こえ》がきこえる。若《わか》い方《かた》のようですな。どうか手《て》を貸《か》して、なかへ案内《あんない》してもらえませんか」

ぼくは手《て》を差《さ》しだした。すると、ねこなで声《ごえ》を出《だ》していた男《おとこ》が、いきなりものすごい力《ちから》でぼくの手《て》をつかんだ。ぎょっとして手《て》をひっこめようとしたけど、逆《ぎゃく》にぐいとひきよせられてしまった。

「さあ、さっさと船長《せんちょう》のところへ連《つ》れていけ」

「ムリだよ、できない」

「ほほう。いうじゃねえか。さっさと連《つ》れていきやがれ。でなきゃ、腕《うで》をへし折《お》ってやる」

腕《うで》をひねられて、ぼくは思《おも》わず悲鳴《ひめい》をあげた。

「おじさんのためにいってるんだよ。船長《せんちょう》はもう、ふつうじゃない。短剣《たんけん》を抜《ぬ》きっぱなしなんだから。こないだだって……」

「いいから、さっさと行《い》け」男《おとこ》はさえぎった。

こんなに残忍《ざんにん》で冷《つめ》たい声《こえ》はきいたことがない。腕《うで》の痛《いた》みよりもその声《こえ》がおそろしくて、ぼくはいわれたとおり、ドアをあけて談話室《だんわしつ》へ向《む》かった。すっかり病人《びょうにん》になった船長《せんちょう》のじいさんが、ラムでべろんべろんになっている。男《おとこ》は鉄《てつ》のようなこぶしでぼくをぐっと引《ひ》きつけ、よろけそうになるほどのしかかってきた。

「まっすぐヤツのところへ行《い》け。向《む》こうから見《み》えるところに来《き》たら、大声《おおごえ》でいうんだ。『ビルさん、お友《とも》だちがお見《み》えです』ってな。いうとおりにしなけりゃ、痛《いた》い目《め》にあうぜ」

そういって腕《うで》をぎゅっとひねってくるので、気《き》が遠《とお》くなった。あんまりおどかされて、船長《せんちょう》のことわざなんか吹《ふ》きとんだ。ぼくは談話室《だんわしつ》のドアをあけると、ふるえる声《こえ》でいわれたとおりのことばをいった。

顔《かお》をあげた船長《せんちょう》は、こっちを見《み》たとたん、酒《さけ》が抜《ぬ》けたようだった。その顔《かお》つきは、恐怖《きょうふ》なんてものではなく、いまにも死《し》にそうだ。立《た》ちあがろうとしたけど、それだけの力《ちから》も残《のこ》っていないみたいだ。

「おい、ビル、動《うご》くんじゃねえ。目《め》が見《み》えなくても、指一本《ゆびいっぽん》だって動《うご》けばわかる。仕事《しごと》をしにきただけだ。左手《ひだりて》を出《だ》せ。おい、ガキ、こいつの左手首《ひだりてくび》をつかんでおれの右手《みぎて》の前《まえ》にもってこい」

ぼくも船長《せんちょう》も、おとなしく従《したが》った。男《おとこ》は杖《つえ》をもった右手《みぎて》にずっとにぎっていたものを、船長《せんちょう》の手《て》のひらに押《お》しつけた。船長《せんちょう》がぱっとつかむ。

「さあ、これで片《かた》づいた」そういうと、男《おとこ》は急《きゅう》にぼくをつきはなし、おどろくほどすばやく、まっすぐ、談話室《だんわしつ》から街道《かいどう》へ出《で》ていった。立《た》ちすくむぼくの耳《みみ》に、杖《つえ》のコツコツという音《おと》が遠《とお》ざかっていくのがきこえた。

ぼくも船長《せんちょう》も、しばらくぼう然《ぜん》としていた。はっとわれに返《かえ》って、ぼくがつかんでいた船長《せんちょう》の手《て》をはなすと、船長《せんちょう》もさっと手《て》をひっこめた。鋭《するど》い目《め》つきで、にぎったものを見《み》る。

「十時《じゅうじ》か！　六時間《ろくじかん》ある。まだヤツらを出《だ》しぬけるぞ」そういってぱっと立《た》ちあがる。

そのとたん船長《せんちょう》はふらついて、のどを手《て》でつかんだ。一瞬《いっしゅん》ぐらつくと、奇妙《きみょう》な声《こえ》をあげて、顔《かお》からバタッと倒《たお》れた。

ぼくはとっさにかけよって、大声《おおごえ》で母《かあ》さんを呼《よ》んだ。でも、間《ま》に合《あ》いようがなかった。脳卒中《のうそっちゅう》で即死《そくし》だ。ふしぎなことに、涙《なみだ》がどっとあふれ出《で》てきた。気《き》の毒《どく》になってきてはいたけれど、こんな人《ひと》、全然《ぜんぜん》好《す》きじゃなかったのに。人《ひと》の死《し》にふれるのは人生《じんせい》で二度目《にどめ》だった。最初《さいしょ》の悲《かな》しみが、まだありありと心《こころ》に残《のこ》っているさなかのことだった。

船《せん》長《ちょう》の荷《に》箱《ばこ》

ぐずぐずしちゃいられない。ぼくは、母《かあ》さんにすべてを打《う》ち明《あ》けた。もっと早《はや》く話《はな》すべきだったのかもしれない。どう考《かんが》えてもぼくたちは、やっかいで危険《きけん》な立場《たちば》にいる。船長《せんちょう》がお金《かね》をもっているなら、宿代《やどだい》のつけを返《かえ》してもらっていいはずだ。でも、船長《せんちょう》の昔《むかし》の仲間《なかま》、とくにぼくが会《あ》った黒《くろ》犬《いぬ》と目《め》が見《み》えない男《おとこ》が、自分《じぶん》の取《と》り分《ぶん》から払《はら》ってくれるとは思《おも》えない。船長《せんちょう》は前《まえ》に、馬《うま》をとばしてリプジー先生《せんせい》のところへ行《い》けといっていたけど、母《かあ》さんをひとりで残《のこ》したら危険《きけん》だ。うん、そんなことはできっこない。そもそも、ぼくも母《かあ》さんも、いつまでもこの家《いえ》にいちゃいけないはずだ。台《だい》所《どころ》の炉《ろ》で炭《すみ》がくずれ落《お》ちる音《おと》や、時計《とけい》がカチコチいう音《おと》だけで、ビクビクする。耳《みみ》をすますと、足《あし》音《おと》がひたひた迫《せま》ってくるような気《き》がした。床《ゆか》には船長《せんちょう》の死体《したい》が転《ころ》がっているし、目《め》の見《み》えないあの男《おとこ》がいつもどってくるかもわからないし、おそろしくて背筋《せすじ》がぞわぞわする。一刻《いっこく》も早《はや》くなんとかしなきゃ。考《かんが》えた末《すえ》、近《ちか》くの村《むら》に行《い》って助《たす》けを求《もと》めることにした。とにかく急《いそ》ごう。ぼくと母《かあ》さんは帽子《ぼうし》もかぶらず、深《ふか》まる夕闇《ゆうやみ》と冷《つめ》たい霧《きり》のなかを走《はし》った。

村《むら》はとなりの入《い》り江《え》の向《む》こう側《がわ》にあって、うちからは見《み》えないけれど、それほど遠《とお》くない。なにより安心《あんしん》なのは、目《め》の見《み》えない男《おとこ》がたぶん引《ひ》き返《かえ》していったと思《おも》う方角《ほうがく》の反対《はんたい》ってことだ。たいした距離《きょり》を歩《ある》くわけではないけど、ぼくたちはときどき手《て》をとりあって立《た》ち止《ど》まり、耳《みみ》をすました。何《なに》も変《か》わったようすはなく、波《なみ》が打《う》ち寄《よ》せる静《しず》かな音《おと》と、森《もり》のカラスの鳴《な》き声《ごえ》がきこえてくるだけだった。

村《むら》に着《つ》いたのは、夕暮《ゆうぐ》れどきだった。戸口《とぐち》や窓《まど》に明《あ》かりがともっているのを見《み》て、どんなにほっとしたことか。だけど、安心《あんしん》させてくれたのは明《あ》かりだけだった。そろいもそろってだれひとり、いっしょにベンボウ提督亭《ていとくてい》にもどろうとはいってくれなかった。事情《じじょう》を話《はな》せば話《はな》すほど、安全《あんぜん》な家《いえ》から出《で》ようとしない。海賊《かいぞく》フリントの名《な》は、ぼくには初耳《はつみみ》だったけれどここでは有名《ゆうめい》で、恐怖《きょうふ》の的《まと》だった。しかも、ベンボウ提督亭《ていとくてい》のほうで畑仕事《はたけしごと》をしている人《ひと》たちが、見慣《みな》れない男《おとこ》たちがうろついてるのを見《み》かけて、密輸船《みつゆせん》からおりてきたにちがいないと逃《に》げ帰《かえ》ったことがあるといいだした。キッツ・ホール谷《だに》で小型《こがた》の帆船《はんせん》を見《み》たという人《ひと》もいる。とにかく、海賊《かいぞく》フリントの一味《いちみ》ときくだけで、みんなふるえあがる。けっきょく、うちとは反対方向《はんたいほうこう》にあるリブジー先生《せんせい》のところに馬《うま》で知《し》らせにいこうと申《もう》し出《で》てくれた人《ひと》がいたくらいで、いっしょに宿《やど》を守《まも》ろうという人《ひと》はひとりもいなかった。

臆病《おくびょう》は、人《ひと》から人《ひと》へ広《ひろ》がるらしい。でも、いいたいだけいうと勇気《ゆうき》が出《で》てくることもある。それぞれが本心《ほんしん》を口《くち》にすると、母《かあ》さんが演説《えんぜつ》をするみたいにきっぱりしゃべりはじめた。父親《ちちおや》を亡《な》くしたばかりの子《こ》が受《う》けとるべきお金《かね》をあきらめる気《き》なんかありません、と。

「あなたがたが助《たす》けてくれなくても、ジムとふたりでなんとかします。いま来《き》た道《みち》をもどればいいんですから。図体《ずうたい》ばかり大《おお》きくて弱虫《よわむし》のあなたがたに、たよろうというのがまちがいでした。命《いのち》を落《お》とすことになっても、あの荷箱《にばこ》はたしかめます。クロスリーの奥《おく》さん、その袋《ふくろ》を貸《か》していただけますか。わたしたちのお金《かね》をとりにいきたいので」

ぼくはもちろん、いっしょに行《い》くといった。みんなはもちろん、そんなのむちゃだと止《と》めた。それでもだれも、ついて行《い》こうとはいわない。せいぜい、襲《おそ》われたときにそなえて弾《たま》をこめたピストルを貸《か》してくれ、追《お》われたときにそなえて馬《うま》を用意《ようい》しておくと約束《やくそく》してくれただけだった。あと、リブジー先生《せんせい》のところへ使《つか》いの若者《わかもの》をやって、武装《ぶそう》した人《ひと》たちを呼《よ》んでくれるってことにはなった。

心臓《しんぞう》がばくばくいっている。寒《さむ》くて暗《くら》いなか、母《かあ》さんと決死《けっし》の覚悟《かくご》で出発《しゅっぱつ》した。満月《まんげつ》がのぼりはじめて、霧《きり》のすきまから赤《あか》い光《ひかり》がのぞいている。急《いそ》がなきゃ。宿《やど》に着《つ》いてもう一度《いちど》出《で》るころには、月《つき》がのぼりきって昼間《ひるま》みたいに明《あか》るくなっているはずだ。見張《みは》りがいたら、丸見《まるみ》えだ。生《い》け垣《がき》に沿《そ》って足音《あしおと》をしのばせながら先《さき》を急《いそ》いだ。それほどこわい思《おも》いはしなかったけど、やっと宿《やど》のドアを閉《し》めたときには、心底《しんそこ》ほっとした。

すかさずかんぬきをかけると、息《いき》を切《き》らしながら暗闇《くらやみ》でしばらく立《た》ちつくした。家《いえ》のなかには、ぼくたちと船長《せんちょう》の死体《したい》。母《かあ》さんが酒場《さかば》からろうそくをもってきて、手《て》をつないで談話室《だんわしつ》に入《はい》った。船長《せんちょう》はぼくたちが家《いえ》を出《で》たときのまま、かっと目《め》を見開《みひら》いて片腕《かたうで》をのばし、あおむけに倒《たお》れている。

「ジム、よろい戸《ど》をおろして。外《そと》から見《み》えるといけないから」

ぼくがいわれたとおりにすると、母《かあ》さんは泣《な》きそうな声《こえ》でいった。

「荷箱《にばこ》の鍵《かぎ》はどこかしら。ああ、こんなものにさわらなきゃいけないのね」

ぼくはすかさず、ひざをついた。船長《せんちょう》ののばした手《て》のそばに、丸《まる》めた紙《かみ》きれが落《お》ちている。裏《うら》が黒《くろ》くぬりつぶされている。そうか、これが例《れい》の黒丸《くろまる》か。拾《ひろ》いあげてみると、表側《おもてがわ》に堂々《どうどう》とした字《じ》が書《か》いてあった。『今夜十時《こんやじゅうじ》まで待《ま》つ』

「母《かあ》さん、十時《じゅうじ》までって書《か》いてある」いったとたん、古時計《ふるどけい》が鳴《な》りだした。

突然《とつぜん》の音《おと》にぎょっとしたけれど、悪《わる》い知《し》らせじゃない。まだ六時《ろくじ》だ。

「さあ、ジム。鍵《かぎ》よ！」

ぼくは船長《せんちょう》のポケットをつぎつぎにさぐってみた。小銭《こぜに》、指《ゆび》ぬき、太《ふと》い縫《ぬ》い針《ばり》と糸《いと》、はしっこをかみ切《き》った葉巻《はまき》、柄《え》の曲《ま》がったナイフ、コンパス、火打《ひう》ち道具《どうぐ》。見《み》つかったのはそれだけ。あきらめろってことか。

「首《くび》にかけてあるかもしれない」母《かあ》さんがいう。

オエッとなりながらシャツを破《やぶ》くと、タール（ねばねばした液体《えきたい》）で汚《よご》れたひもが首《くび》にかかっていた。船長《せんちょう》のナイフでひもを切《き》ると、鍵《かぎ》がついていた。ぼくたちはりきって二階《にかい》へかけあがり、船長《せんちょう》が使《つか》っていた部屋《へや》へ急《いそ》いだ。船長《せんちょう》がここに来《き》た日《ひ》からずっと、あの荷箱《にばこ》は同《おな》じ場所《ばしょ》にある。見《み》た目《め》はよくある船乗《ふなの》り用《よう》の荷箱《にばこ》で、ふたに「B《ビー》」の焼《や》き印《いん》が押《お》してある。長《なが》いこと手荒《てあら》に扱《あつか》われてきたらしく、角《かど》がつぶれたり割《わ》れたりしていた。

「鍵《かぎ》をちょうだい」母《かあ》さんがいった。

かなりかたかったけど、母《かあ》さんは鍵《かぎ》をまわし、一気《いっき》にふたをあけた。

タバコとタールのにおいが、ぷんとただよう。いちばん上《うえ》には、上等《じょうとう》な生地《きじ》の服《ふく》がひとそろい、きれいにブラシをかけてたたんである。袖《そで》も通《とお》してないみたいね、と母《かあ》さんがいった。その下《した》には、ごちゃごちゃといろんなものが入《はい》っていた。おうぎ形《がた》の天体観測器《てんたいかんそくき》、ブリキのコップ、タバコが数《すう》本《ほん》、立派《りっぱ》なピストル二丁《にちょう》、銀《ぎん》の延《の》べ棒《ぼう》、古《ふる》いスペイン製《せい》の懐中時計《かいちゅうどけい》。あとはほとんど、外国製《がいこくせい》のガラクタみたいな小間物《こまもの》ばかり。真鍮《しんちゅう》の製図用《せいずよう》コンパスに、西《にし》インド諸島《しょとう》のめずらしい貝殻《かいがら》が五《ご》、六《ろっ》個《こ》。船長《せんちょう》はやましい放浪生活《ほうろうせいかつ》をしながら、どうしてあんな貝殻《かいがら》をたいせつにしてたのか、いまでもふしぎだ。

銀《ぎん》の延《の》べ棒《ぼう》とあといくつか、いくらか価値《かち》がありそうなものもあるけれど、ぼくたちにはどうでもいい。さらに下《した》には古《ふる》いマントがあって、港《みなと》を出入《でい》りしているうちにたびたび潮《しお》をかぶったのか、白《しろ》く変色《へんしょく》している。母《かあ》さんがもどかしそうに引《ひ》っぱりだすと、いちばん底《そこ》から最後《さいご》の中身《なかみ》が出《で》てきた。防水布《ぼうすいふ》でくるんだ書類《しょるい》みたいな紙《かみ》の束《たば》と、キャンバス地《じ》の袋《ふくろ》。袋《ふくろ》をさわると金貨《きんか》の音《おと》がした。

「海賊《かいぞく》たちに、わたしが正直者《しょうじきもの》だって教《おし》えてやるわ。たまった宿代《やどだい》のほかは、これっぽっちもとらないから。さあ、ちょっと、クロスリーの奥《おく》さんに借《か》りた袋《ふくろ》をもってて」

母《かあ》さんは船長《せんちょう》のつけの分《ぶん》をかぞえながら、ぼくがもっている袋《ふくろ》に入《い》れはじめた。なかなか時間《じかん》のかかるめんどうな作業《さぎょう》だった。なにしろ、ダブロン金貨《きんか》、ルイドール金貨《きんか》、ギニー金貨《きんか》、八《はち》の銀貨《ぎんか》など、よくわからないいろんな国《くに》のコインがごちゃまぜだ。母《かあ》さんがすぐにわかるのはイギリスのギニーだけなのに、いちばん数《かず》が少《すく》ない。

半分《はんぶん》くらいかぞえたところで、ぼくはぎくっとして母《かあ》さんの腕《うで》をおさえた。しんとした冷《つめ》たい空気《くうき》を突《つ》き破《やぶ》るように、あの音《おと》がきこえてくる。目《め》の見《み》えない男《おとこ》が凍《こお》った道《みち》を杖《つえ》でたたくコツコツという音《おと》だ。こうして息《いき》をひそめているあいだにも、どんどん近《ちか》づいてくる。ついに宿《やど》のドアを杖《つえ》でたたく音《おと》がして、ノブをまわすのがわかった。かんぬきがガタガタ鳴《な》る。あいつがなかに入《はい》ろうとしてる。しばらくすると、家《いえ》のなかも外《そと》も、しんと静《しず》まりかえった。そしてまた杖《つえ》がコツコツいう音《おと》がしたかと思《おも》うと、だんだん遠《とお》ざかっていき、ついにきこえなくなった。ああ、よかった。心《こころ》からほっとした。

「母《かあ》さん、ぜんぶもって逃《に》げようよ」

あいつはかんぬきがかかっているのに気《き》づいて、あやしんでいるはずだ。きっとめんどうな騒《さわ》ぎが起《お》こる。とはいえ、かんぬきをかけていて大正解《だいせいかい》だった。あのおそろしい男《おとこ》を一度《いちど》でも見《み》たことがあれば、この気持《きも》ちは理解《りかい》できるはずだ。

それなのに母《かあ》さんは、正当《せいとう》な取《と》り分《ぶん》以上《いじょう》はもらいたくないし、足《た》りないのもいや、といいはった。まだ七時《しちじ》にもなってないし、正当《せいとう》な権利《けんり》をあきらめるつもりはない、って。そうやっていいあっているうちに、遠《とお》くの丘《おか》で低《ひく》い笛《ふえ》の音《ね》がひびいた。なんの音《おと》かはわからないけれど、それでもう、ぼくと母《かあ》さんが心《こころ》を決《き》めるにはじゅうぶんだった。すぐに逃《に》げなくちゃ。

「入《い》れた分《ぶん》だけもっていくわ」母《かあ》さんはぱっと立《た》ちあがった。

「埋《う》め合《あ》わせに、これももらっとこう」ぼくは防水布《ぼうすいふ》のつつみをつかんだ。

からっぽの箱《はこ》のそばにろうそくを置《お》きっぱなしにして、手《て》さぐりで階段《かいだん》をおり、ドアをあけ、猛《もう》ダッシュした。ぎりぎりのタイミングだった。霧《きり》がどんどん晴《は》れてきて、左右《さゆう》の丘《おか》を月《つき》が照《て》らしている。小《ちい》さな谷間《たにま》と宿《やど》のあたりにだけ、まだうっすらと霧《きり》がかかっている。それでなんとかかくれながら走《はし》ったけど、村《むら》までの道《みち》を少《すこ》し進《すす》んで谷間《たにま》を越《こ》えたらもう、月明《つきあ》かりのなかに出《で》なきゃいけない。しかも、追《お》いかけてくる足音《あしおと》まできこえてきた。ふりかえると、明《あ》かりが揺《ゆ》れながらぐんぐん近《ちか》づいてくる。追《お》ってくるヤツらのひとりが、手《て》さげランプをもっているらしい。

母《かあ》さんがふいに声《こえ》をあげた。

「ああ、ジム、このお金《かね》をもって先《さき》に行《い》きなさい。わたしは気《き》を失《うしな》いそうだから」

ふたりともおしまいだ。ぼくは思《おも》った。村《むら》の人《ひと》たちの意気地《いくじ》なしめ。母《かあ》さんだって、ばか正直《しょうじき》なくせにがめつくて、さっきまでこわいもの知《し》らずだったのに、もう泣《な》きごとをいうなんて。でも、運《うん》よく小《ちい》さな橋《はし》のそばだったから、ぼくはよろめく母《かあ》さんを土手《どて》のはしっこに連《つ》れていった。母《かあ》さんはふーっとため息《いき》をつくと、ぼくの肩《かた》にもたれかかった。どこにそんな力《ちから》があったのかわからないし、ちょっと荒《あら》っぽかったかもと思《おも》うけど、ぼくは母《かあ》さんを土手《どて》の下《した》まで引《ひ》っぱっていき、橋《はし》の下《した》にからだを少《すこ》しだけ押《お》しこんだ。それ以上《いじょう》はムリだった。橋《はし》が低《ひく》すぎて、ぼくもはってもぐるのがやっとだ。宿《やど》のなかの物音《ものおと》がきこえるくらい近《ちか》くで、母《かあ》さんのからだはほとんど見《み》えたまま、ふたりでじっとしているしかなかった。

目《め》の見《み》えない男《おとこ》の最《さい》期《ご》

好奇心《こうきしん》が恐怖《きょうふ》に勝《か》った、ってところだろう。ぼくはじっとしていられなくて、土手《どて》にはいあがった。エニシダのしげみにかくれれば、宿《やど》の前《まえ》の街道《かいどう》を見《み》わたせるはずだ。ぼくがしげみのなかに陣《じん》どると、すぐに海賊《かいぞく》があらわれた。七《しち》、八人《はちにん》が、わき目《め》もふらずに街道《かいどう》を走《はし》ってくる。先頭《せんとう》には手《て》さげランプをもった男《おとこ》がいた。手《て》をつないでいる三人組《さんにんぐみ》もいる。霧《きり》でぼんやりしてるけど、まんなかはあの目《め》の見《み》えない男《おとこ》かな。すると、どなり声《ごえ》がした。ああ、やっぱり。

「ドアをぶっこわせ！」

「了解《りょうかい》！」二《に》、三人《さんにん》がベンボウ提督亭《ていとくてい》に突進《とっしん》した。ランプをもった男《おとこ》があとにつづく。そしてぴたっと動《うご》きが止《と》まり、ぼそぼそ話《はな》す声《こえ》がした。かんぬきがかかってないのをあやしんでいるらしい。でも、ためらったのはほんの一瞬《いっしゅん》で、目《め》の見《み》えない男《おとこ》がまた命令《めいれい》をした。あせりと怒《いか》りで気《き》が立《た》っているらしく、さらにかん高《だか》い声《こえ》をはりあげる。

「入《はい》れ、なかに入《はい》れ！　早《はや》く！」男《おとこ》は、ぐずぐずしている海賊《かいぞく》たちをしかりとばした。

四《し》、五人《ごにん》がすぐ命令《めいれい》に従《したが》い、ふたりが目《め》の見《み》えない男《おとこ》と外《そと》に残《のこ》った。しばらくして、おどろきの声《こえ》があがり、叫《さけ》び声《ごえ》がつづいた。

「ビルが死《し》んでるぞ！」

目《め》の見《み》えない男《おとこ》はかまわず、さっさとしろと海賊《かいぞく》たちをどやしつける。

「ぼやぼやしてねえで、ヤツのからだを調《しら》べろ。残《のこ》りは二階《にかい》に行《い》って、例《れい》の荷箱《にばこ》を見《み》てこい」

古《ふる》い階段《かいだん》をガタガタのぼる音《おと》がする。さぞかし家《いえ》が揺《ゆ》れてるだろうな。そのあとすぐ、またおどろきの声《こえ》があがった。船長《せんちょう》の部屋《へや》の窓《まど》がバタンとあいて、ガラスが割《わ》れる音《おと》がする。男《おとこ》がひとり、月明《つきあ》かりのなかに身《み》をのりだして、下《した》にいる目《め》の見《み》えない男《おとこ》に呼《よ》びかけた。

「ピュー、先《さき》をこされた。箱《はこ》は引《ひ》っかきまわされたあとだ」

「あれはあるのか？」ピューはどなった。

「金《かね》はあるぜ」

「そんなもんどうだっていい！　フリントの地図《ちず》があるかってきいてんだ」

「見《み》あたらねえよ」

「おい、おまえら、ビルがもってねえか？」ピューはまたどなった。

船長《せんちょう》のからだを調《しら》べていたらしい男《おとこ》が、ドア口《ぐち》に出《で》てきていった。

「先《さき》にビルのからだをさぐったやつがいるな。なんにもねえよ」

「宿《やど》のやつらだ。あのガキにちがいねえ。くそっ、目《め》ん玉《たま》くりぬいてやるんだった！　いましがたまで、いたんだ。さっき来《き》たときは、ドアにかんぬきがかかってたからな。おい、手分《てわ》けしてさがせ」ピューはわめきちらした。

「ほんとうだ、ろうそくがついたままだ」窓《まど》の男《おとこ》がいった。

「さがせといっただろうが！　家《いえ》じゅうさがして見《み》つけろ！」

ピューは杖《つえ》で地面《じめん》をたたきながらくりかえした。

おんぼろの家《いえ》が、大騒《おおさわ》ぎになった。海賊《かいぞく》たちがドスドスかけまわり、家具《かぐ》がひっくりかえされ、ドアはけやぶられ、岩山《いわやま》にまで音《おと》がひびいた。ひとり、またひとりと外《そと》に出《で》てきて、どこにもだれもいないとピューに報告《ほうこく》する。そのとき、笛《ふえ》の音《ね》がきこえた。船長《せんちょう》のお金《かね》をかぞえていたとき、母《かあ》さんとぼくをドキッとさせたあの笛《ふえ》だ。さっきよりはっきり、夜空《よぞら》にひびきわたっている。しかもこんどは二回《にかい》。さっきは、ピューが襲撃《しゅうげき》するために仲間《なかま》を呼《よ》ぶ合図《あいず》かと思《おも》ったけれど、村《むら》の近《ちか》くにある丘《おか》のふもとからひびいてくる。海賊《かいぞく》たちの反応《はんのう》からして、危険《きけん》を知《し》らせる警報《けいほう》らしい。

「またダークの合図《あいず》だ。しかも二回《にかい》だぜ！　マズい、ずらかろう」ひとりがいう。

「なんだと、この腰抜《こしぬ》けめ！　ダークの野郎《やろう》は、もともとバカで肝《きも》っ玉《たま》が小《ち》せえんだ。真《ま》に受《う》けるな。やつらはまだこのあたりにいる。そう遠《とお》くへは行《い》ってねえよ。つかまえたも同然《どうぜん》だ。さっさとさがせ！　ちくしょう、この目《め》さえ見《み》えりゃあ」

目《め》のことをいわれたのがきいたらしく、ふたりが宿《やど》のまわりをあちこちさがしだした。でも、せまる危険《きけん》に気《き》が気《き》じゃないらしく、いまいちうわの空《そら》だ。ほかの男《おとこ》たちは、どうしたものかと街道《かいどう》に突《つ》っ立《た》っていた。

「ぼやぼやしてんじゃねえよ、大金《たいきん》が目《め》の前《まえ》に転《ころ》がってるっていうのに！　手《て》に入《い》れりゃあ、王《おう》さまみたいな暮《く》らしができるんだぜ。それをみすみす逃《のが》すつもりか。てめえらがビビッてるから、おれがビルに話《はな》しにいったんだ。目《め》の見《み》えないおれがな！　なのに、てめえらのせいで、せっかくのチャンスが逃《に》げていっちまう。馬車《ばしゃ》を乗《の》りまわす身分《みぶん》になれるってのに、物乞《ものご》いになって人《ひと》にたからなきゃいけねえのか。てめえらに虫《むし》けらほどの度胸《どきょう》がありゃあ、まだやつらをとっつかまえられるんだ」

「もういいじゃねえか、ピュー。ダブロン金貨《きんか》があるだろう！」ひとりが文句《もんく》をいった。

「やつらはもうあれをかくしちまったのかもしれねえ。ジョージ金貨《きんか》も手《て》に入《はい》ったんだ。ぎゃあぎゃあわめくなよ」べつのひとりがいう。

ぎゃあぎゃあわめくっていうのは、まさにぴったりだった。たてつかれたピューの怒《いか》りはますますつのり、かんぺきにキレて、手《て》あたりしだい杖《つえ》をふりまわした。杖《つえ》がバシッと当《あ》たる音《おと》が何度《なんど》もきこえた。

やられたほうも、だまっていなかった。すさまじいことばでおどして、杖《つえ》をもぎとろうとするけれど、うまくいかない。

この仲間割《なかまわ》れで、ぼくたちは助《たす》かった。すさまじい争《あらそ》いのさなか、近《ちか》くの丘《おか》のてっぺんからべつの音《おと》がきこえてきた。馬《うま》が何頭《なんとう》か、かけてくる。ほとんど同時《どうじ》に、一発《いっぱつ》の銃声《じゅうせい》がきこえ、しげみのなかで閃光《せんこう》が走《はし》った。それが危険《きけん》を知《し》らせる最後《さいご》の合図《あいず》らしく、海賊《かいぞく》たちはぱっと身《み》をひるがえすと、てんでばらばらに逃《に》げだした。海岸《かいがん》へ出《で》て入《い》り江《え》を走《はし》るのもいれば、丘《おか》をななめに突《つ》っ走《ぱし》るのもいて、あっというまにだれもいなくなり、ピューだけとり残《のこ》された。恐怖《きょうふ》で仲間《なかま》のことまで気《き》がまわらなかったのかもしれないし、ののしられて杖《つえ》で打《う》たれた仕返《しかえ》しかもしれない。とにかく置《お》いてけぼりにされたピューは、死《し》にものぐるいで杖《つえ》をたたきながら歩《ある》きまわり、手《て》さぐりしながら仲《なか》間《ま》を呼《よ》んだ。しまいには方角《ほうがく》をまちがえて、村《むら》のほうへ向《む》かっていった。

「ジョニー！　黒犬《くろいぬ》！　ダーク！」ぼくの目《め》の前《まえ》を通《とお》りながら、大声《おおごえ》で仲間《なかま》の名前《なまえ》をわめく。「おめえら、このピューを見捨《みす》てはしねえだろうな。仲間《なかま》だろうが」

ちょうどそのとき、ひづめの音《おと》が大《おお》きくなったかと思《おも》うと、四《し》、五頭《ごとう》の馬《うま》が月明《つきあ》かりのなかにあられた。全速力《ぜんそくりょく》で丘《おか》をかけおりてくる。

ピューは、進《すす》む方角《ほうがく》をまちがったのに気《き》づき、金切《かなき》り声《ごえ》をあげてまわれ右《みぎ》したものの、前《まえ》にあった溝《みぞ》にはまってしまった。それでもすぐ立《た》って走《はし》りはじめたけれど、すっかり気《き》が動転《どうてん》していたらしく、先頭《せんとう》を走《はし》ってくる馬《うま》の前《まえ》に飛《と》びだした。

馬《うま》に乗《の》っていた男《おとこ》はよけようとしたけれど、間《ま》に合《あ》わなかった。ピューの悲鳴《ひめい》が、夜空《よぞら》をつんざく。四《よっ》つのひづめがピューを蹴《け》り、ふみにじっていく。横向《よこむ》きに倒《たお》れたからだが、ゆらりとうつぶせになり、動《うご》かなくなった。

ぼくはぱっと立《た》ちあがって、馬《うま》に乗《の》っている人《ひと》たちを大声《おおごえ》で呼《よ》びとめた。どっちにしろ、その人《ひと》たちは思《おも》いがけない事故《じこ》にショックを受《う》けて、もう手綱《たづな》を引《ひ》いていた。ああ、そうか、いちばんうしろから来《き》たのは、リプジー先生《せんせい》のところに知《し》らせに行《い》ってくれた村《むら》の人《ひと》だ。あとは、税関《ぜいかん》のお役《やく》人《にん》たち。先生《せんせい》のところに行《い》く途中《とちゅう》で役人《やくにん》に会《あ》い、機転《きてん》をきかせていっしょに引《ひ》き返《かえ》してきたそうだ。税関《ぜいかん》の主任《しゅにん》のダンスさんが、キッツ・ホール谷《だに》を小型《こがた》の帆船《はんせん》がうろついていることを耳《みみ》にして、ちょうどうちのほうに来《こ》ようとしていたらしい。おかげで助《たす》かった。母《かあ》さんとぼくは命拾《いのちびろ》いした。

ピューはぴくりとも動《うご》かない。即死《そくし》だ。母《かあ》さんは無事《ぶじ》に村《むら》へ運《はこ》んでもらい、冷《つめ》たい水《みず》と気《き》つけ薬《ぐすり》を飲《の》むと、すぐに元気《げんき》になった。あれだけこわい思《おも》いをしたのにけろっとして、お金《かね》をぜんぶとりもどせなかったとぼやいていた。ダンスさんのほうは、馬《うま》でキッツ・ホール谷《だに》に向《む》かった。ところが、あとを追《お》う部下《ぶか》たちは、谷間《たにま》に入《はい》ると馬《うま》からおりなければいけなかった。馬《うま》を引《ひ》いたり横《よこ》から支《ささ》えたりして、さぐりさぐり進《すす》んだ。しかも待《ま》ちぶせされているかもしれなかった。そんなこんなで、やっとキッツ・ホール谷《だに》に着《つ》いたころには、帆船《はんせん》はもう出発《しゅっぱつ》していた。ダンスさんは船《ふね》に大声《おおごえ》で呼《よ》びかけた。すると、月明《つきあ》かりに身《み》をさらせば鉛《なまり》の弾《たま》をくらうことになるぞ、と声《こえ》が返《かえ》ってくるのと同時《どうじ》に、弾丸《だんがん》が飛《と》んできてダンスさんの腕《うで》をかすめた。まもなく船《ふね》は、岬《みさき》をまわって消《き》えた。ダンスさんは自分《じぶん》で、「陸《おか》にあがった魚《さかな》みたいなもんだ」といって、なすすべもなく立《た》ちつくしていた。こうなったらブリストルに部下《ぶか》をやって監視船《かんしせん》に見張《みは》ってもらうくらいしかできない、という。

「そんなことをしても意味《いみ》ないがね。逃《に》げた者《もの》には手出《てだ》しできない。まあ、ピューだけでも成敗《せいばい》できてよしとしよう」このときには、ぼくはピューたちのことを報告《ほうこく》していた。

ダンスさんといっしょにベンボウ提督亭《ていとくてい》にもどると、めちゃめちゃに荒《あ》らされて、ひどいありさまだった。ぼくたちをつかまえようとやっきになった海賊《かいぞく》たちは、腹立《はらだ》ちまぎれに時計《とけい》までたたき落《お》としていた。とられたのは、船長《せんちょう》のお金《かね》が入《はい》った袋《ふくろ》と、宿《やど》のわずかな銀貨《ぎんか》だけだったけれど、とても商売《しょうばい》はつづけられない。ダンスさんは、首《くび》をひねった。

「金《かね》はとられたんだろう？　だったら、ほかに何《なに》をさがしていたんだろう。もっと金《かね》があるとでも思《おも》ったのか？」

「お金《かね》じゃないと思《おも》います。きっと目当《めあ》ては、ぼくの胸《むね》ポケットに入《はい》っているものです。じつは、早《はや》くこれを安全《あんぜん》なところに移《うつ》したいと思《おも》ってて」

「そうか。そのほうがいい。よければ、わたしがあずかろうか」

「あ、いえ、リプジー先生《せんせい》にわたすつもりで……」

「ああ、そうだな」ダンスさんは明《あか》るくいった。「それがいちばんだ。立派《りっぱ》な人《ひと》だし、治安判事《ちあんはんじ》でもある。では、わたしも行《い》って、リプジーさんか地主《じぬし》さんに事情《じじょう》を説明《せつめい》したほうがいいな。なんといっても、人《ひと》がひとり死《し》んだのだから。死《し》んで残念《ざんねん》とは思《おも》わないが、それを口実《こうじつ》に税関《ぜいかん》の役人《やくにん》を非《ひ》難《なん》する人間《にんげん》がいるかもしれない。よし、わたしが連《つ》れていってやろう」

ああ、ありがたい。ぼくはお礼《れい》をいい、ふたりでダンスさんの部下《ぶか》が待《ま》つ村《むら》に歩《ある》いてもどった。

ぼくは母《かあ》さんに、リプジー先生《せんせい》のところへ行《い》くと伝《つた》えた。みんなもう、馬《うま》にまたがっていた。

「ドガー、きみの馬《うま》は強《つよ》いから、この子《こ》をうしろに乗《の》せてやってくれ」

ダンスさんが部下《ぶか》のひとりにいった。

ぼくが馬《うま》にまたがってドガーさんのベルトにつかまると、すぐさまダンスさんが号令《ごうれい》をかけ、みんなでリプジー先生《せんせい》の家《いえ》へと急《いそ》いだ。

船《せん》長《ちょう》の書《しょ》類《るい》

ぼくたちは馬《うま》をとばしまくって、リプジー先生《せんせい》の家《いえ》の前《まえ》まで来《き》た。玄関《げんかん》は真《ま》っ暗《くら》だ。ダンスさんにノックするようにいわれたので、ドガーさんにあぶみ（足《あし》をかけるもの）を出《だ》してもらって、馬《うま》をおりた。ドアをたたくとすぐ、メイドさんが出《で》てきた。

「リプジー先生《せんせい》はいますか？」

いいえ、とメイドさんは答《こた》えた。午後《ごご》にいったん帰《かえ》ってきてすぐ、地主《じぬし》さんに夕食《ゆうしょく》に呼《よ》ばれて出《で》かけたそうだ。

「よし、わたしたちも行《い》こう」ダンスさんがいった。

こんどは近《ちか》いので、ぼくはドガーさんのあぶみの革《かわ》につかまって、地主《じぬし》さんのお屋敷《やしき》の門番小屋《もんばんごや》まで走《はし》った。月明《つきあ》かりのなか、葉《は》の落《お》ちた長《なが》い並木道《なみきみち》を行《い》くと、大《おお》きな古《ふる》い庭園《ていえん》のあいだに白《しろ》い建《たて》物《もの》が見《み》えてきた。ダンスさんが馬《うま》をおりて、ぼくもいっしょに入《い》り口《ぐち》であいさつをすると、すぐになかに入《い》れてもらえた。

じゅうたんをしいた廊下《ろうか》をつきあたりまで進《すす》み、広々《ひろびろ》とした書斎《しょさい》に案内《あんない》された。本棚《ほんだな》がずらりと並《なら》び、上《うえ》には胸像《きょうぞう》がかざってある。地主《じぬし》さんとリプジー先生《せんせい》が、あかあかと燃《も》える暖炉《だんろ》をはさんで、パイプを手《て》にすわっていた。

こんなに近《ちか》くで地主《じぬし》さんを見《み》るのははじめてだ。背《せ》が一八〇センチ以上《いじょう》あって、横幅《よこはば》もある。ごつくてぶっきらぼうな顔《かお》は、長年旅《ながねんたび》をしてきたせいか日《ひ》に焼《や》けてガサガサで、しわも多《おお》い。真《ま》っ黒《くろ》な眉毛《まゆげ》をしょっちゅうぴくぴく動《うご》かすもんだから、気《き》むずかしそうに見《み》える。いやな感《かん》じじゃないけど、せっかちで気《き》が短《みじか》いのかも。

「ダンス君《くん》か。入《はい》りたまえ」地主《じぬし》さんはいった。堂々《どうどう》としていて、人《ひと》に命令《めいれい》し慣《な》れてるって感《かん》じだ。

「こんばんは、ダンス君《くん》」リプジー先生《せんせい》もうなずいた。「おお、ジムもいっしょか。いいことでもあったのか？」

ダンスさんはびしっと起立《きりつ》したまま、教科書《きょうかしょ》でも読《よ》みあげるみたいに報告《ほうこく》をした。話《はなし》をきく先生《せんせい》と地主《じぬし》さんは、身《み》をのりだして顔《かお》を見合《みあ》わせ、気《き》をとられてパイプをふかすのも忘《わす》れていた。母《かあ》さんとぼくがふたりで村《むら》からベンボウ提督亭《ていとくてい》にもどったくだりになると、先生《せんせい》は太《ふと》ももをパンとたたき、地主《じぬし》さんは「やるもんだ！」と叫《さけ》んで、その勢《いきお》いで長《なが》いパイプを暖炉《だんろ》の格子《こうし》にぶつけて折《お》ってしまった。話《はなし》がまだ途中《とちゅう》なのに、地主《じぬし》のトリローニさんは立《た》ちあがってそわそわと部屋《へや》のなかを歩《ある》きまわっている。先生《せんせい》のほうは、そのほうがよくきこえるのか、白《しろ》い粉《こな》をふったかつらを脱《ぬ》いでしまった。短《みじか》く刈《か》った黒《くろ》い髪《かみ》の先生《せんせい》なんて、へんてこな感《かん》じだ。

ようやくダンスさんが話《はなし》を終《お》えた。

「ダンス君《くん》」トリローニさんがいった。「たいした男《おとこ》だ、きみは。あの悪党《あくとう》を馬《うま》でふみつぶしたとは、わたしにいわせれば世《よ》のため人《ひと》のためだ。ゴキブリをつぶしたようなものだからな。ジムにも感心《かんしん》した。ああ、ジム、そのベルを鳴《な》らしてくれないか。ダンス君《くん》にビールをごちそうしたいから」

「それで……ジム、きみはいま、やつらがさがしているものをもっているんだな」とリブジー先生《せんせい》。

「はい、これです」ぼくは防水布《ぼうすいふ》のつつみを手《て》わたした。

先生《せんせい》はつつみをながめまわした。すぐにでもあけたくてうずうずしているみたいだけど、がまんしてコートのポケットにそっとしまう。

「トリローニさん、ダンス君《くん》はビールを飲《の》んだら務《つと》めにもどらねばなりませんが、ジムはわたしの家《いえ》に泊《と》めようと思《おも》います。よろしければ、あのパイで腹《はら》ごしらえをさせてやってもらえませんか」

先生《せんせい》がいう。

「もちろんだ。ジムのはたらきを思《おも》えば、もっといいものを出《だ》してやりたいくらいだ」

サイドテーブルにハト肉《にく》のパイが出《で》てきた。ぼくはおなかがぺこぺこだったので、たらふく食《た》べた。ダンスさんはひとしきりほめちぎられて、帰《かえ》っていった。

「ところで、トリローニさん」先生《せんせい》がいった。

「ところで、リブジー先生《せんせい》」トリローニさんも同時《どうじ》にいう。

「ひとつずつ話《はな》しましょう、順番《じゅんばん》に」先生《せんせい》は笑《わら》った。「海賊《かいぞく》フリントのことはご存《ぞん》じかと思《おも》いますが」

「ご存《ぞん》じも何《なに》も！」トリローニさんが声《こえ》をはりあげた。「知《し》らないわけがない。あれほど血《ち》に飢《う》えた海賊《かいぞく》はおらんよ。あの悪名高《あくみょうたか》い黒《くろ》ひげだって、フリントの前《まえ》では赤子《あかご》も同然《どうぜん》だ。わが国《くに》の仇敵《きゅうてき》、スペイン人《じん》があんまりおそれるものだから、正直《しょうじき》、フリントがイギリス人《じん》であることを誇《ほこ》りに思《おも》ったくらいだ。この目《め》で実際《じっさい》に、フリントの帆船《はんせん》を見《み》たことがある。西《にし》インド諸島《しょとう》のトリニダードの沖《おき》だった。だがこっちの船長《せんちょう》が腰抜《こしぬ》けで、それを見《み》るやいなや引《ひ》き返《かえ》してしまった。しかも、スペインの港《みなと》にだ」

「イギリス国内《こくない》でも、フリントのうわさを耳《みみ》にしたことがあります。しかしいま肝心《かんじん》なのは、フリントが金《かね》をもっていたかどうかです」

「金《かね》をもっていたかだって！　あたりまえじゃないか。あの悪党《あくとう》どもが、金《かね》のほかに何《なに》を狙《ねら》うというのだ。それしか頭《あたま》にないのだよ。命《いのち》をかけてひたすら追《お》ってるのは、とにかく金《かね》だ」

「まあ、そのうちはっきりしてくるでしょう。まったく、そうかっかされては、ことばをはさめませんよ。わたしが知《し》りたいのは、ひとつです。いまわたしの胸《むね》ポケットに入《はい》っているものが、フリントが宝《たから》を埋《う》めた場所《ばしょ》を示《しめ》す手《て》がかりだとして、その宝《たから》はどれほどの価値《かち》があるものでしょう？」

「どれほどかって？」トリローニさんはまた声《こえ》をはりあげた。「それが、先生《せんせい》のいう手《て》がかりだとしたら、わたしはすぐにブリストルで船《ふね》を用意《ようい》して、先生《せんせい》とジムを連《つ》れて航海《こうかい》に出《で》る。一年《いちねん》かかろうとも、さがしあてるだけの価値《かち》はあるに決《き》まっている」

「わかりました。では、ジムさえよければ、あけてみることにしましょう」先生《せんせい》はテーブルに防水布《ぼうすいふ》のつつみを置《お》いた。

つつみは縫《ぬ》いあわせてあったので、先生《せんせい》は往診《おうしん》バッグをもってきて、医療用《いりょうよう》のはさみで糸《いと》を切《き》った。出《で》てきたのはふたつ。ノートが一冊《いっさつ》と、ろうで封《ふう》をした紙《かみ》が一枚《いちまい》。

「まずはノートから見《み》てみましょう」先生《せんせい》がいった。

サイドテーブルで食事《しょくじ》をしているぼくに、先生《せんせい》がいっしょに謎解《なぞと》きをしようと手《て》まねきしてくれたので、トリローニさんといっしょに先生《せんせい》の肩《かた》ごしにのぞきこんだ。

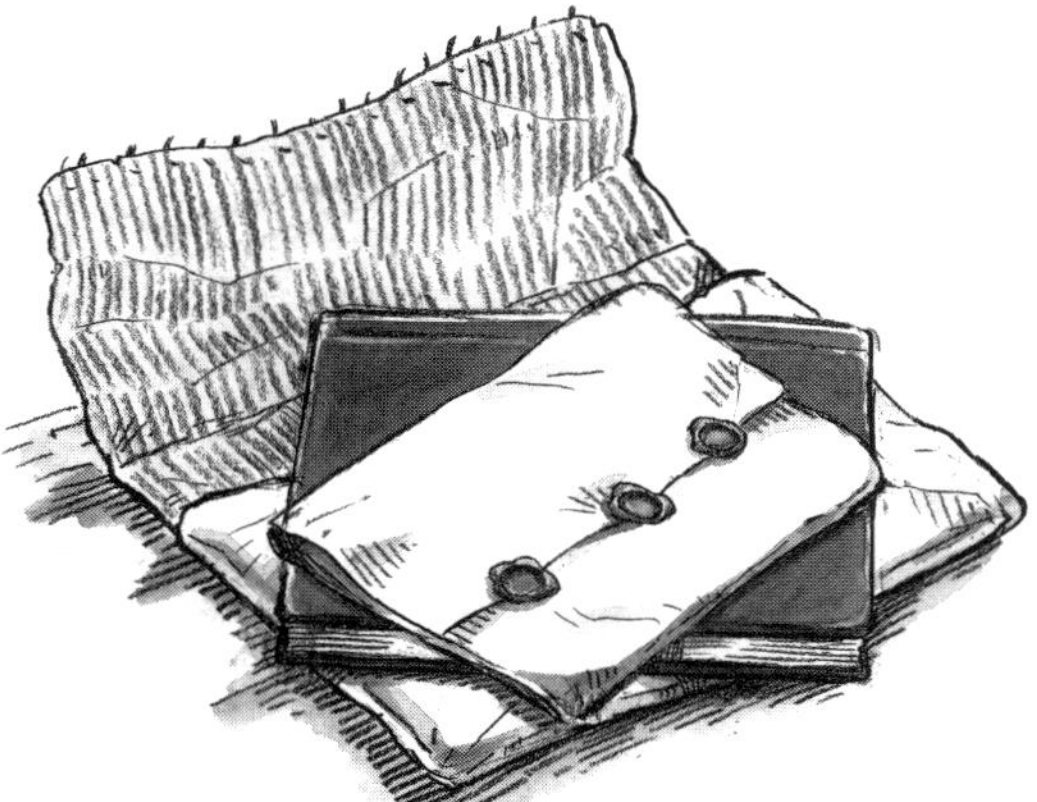

最初《さいしょ》のページにあったのは、意味《いみ》のないなぐり書《が》きだ。遊《あそ》びか練習《れんしゅう》で書《か》いたのかなって感《かん》じ。腕《うで》のタトゥーと同《おな》じに「ビリー・ボーンズの夢《ゆめ》」とか、「航海士《こうかいし》W《ダブリュー》・ボーンズ」とか、「ラム断《だ》ち」とか、「パーム・キイ沖《おき》でくらった」とか、いろいろ書《か》いてあるけど、ほとんどがほんのひとことで、意味不明《いみふめい》だ。いったいだれが何《なに》をくらったんだろう。背中《せなか》にナイフとか？

「たいした手《て》がかりはなさそうですな」ページをめくりながら、先生《せんせい》がいった。

次《つぎ》の十《じっ》ページかそこらには、なんの記録《きろく》かわからないけど、数字《すうじ》がずらずら並《なら》んでいた。行《ぎょう》の頭《あたま》に日付《ひづけ》、最後《さいご》に金額《きんがく》が書《か》かれていて、ぱっと見《み》は家計簿《かけいぼ》みたいだけど、そのあいだになんの説明《せつめい》もなくて、十文字《じゅうもんじ》の印《しるし》がいくつか書《か》いてあるだけだ。たとえば、一七四五年六月十二日《ねんろくがつじゅうににち》には、七十《ななじっ》ポンドの借《か》りになっているけど、用途《ようと》は書《か》いてなくて、印《しるし》がただ六《むっ》つ並《なら》んでいる。たまに、「カラカス沖《おき》」と地名《ちめい》が書《か》いてあったり、「六十二度十七分二十秒《ろくじゅうにどじゅうななふんにじゅうびょう》」とか「十九度二分四十秒《じゅうくどにふんよんじゅうびょう》」と緯度《いど》と経《けい》度《ど》が書《か》いてあったりする。

記録《きろく》は二十年分《にじゅうねんぶん》くらいあって、時《とき》が経《た》つにつれて金額《きんがく》も大《おお》きくなっていった。最後《さいご》には、五《ご》、六《ろっ》回計算《かいけいさん》しなおして合計金額《ごうけいきんがく》を出《だ》してあり、となりに「ボーンズの財産《ざいさん》」とあった。

「なんのことかさっぱりわかりませんな」先生《せんせい》がいった。

「いいや、明々白々《めいめいはくはく》だ」トリローニさんが声《こえ》をはりあげる。「これはあの悪党《あくとう》の会計簿《かいけいぼ》だ。この印《しるし》はやつらが沈《しず》めた船《ふね》や略奪《りゃくだつ》した町《まち》の数《かず》で、金額《きんがく》はあいつの取《と》り分《ぶん》。あとでわからなくなりそうなものだけ、説明《せつめい》をつけている。『カラカス沖《おき》』とあったから、気《き》の毒《どく》に、あの沖合《おきあ》いで襲《おそ》われた船《ふね》があったのだろう。船員《せんいん》らの骨《ほね》は、シェイクスピアの『テンペスト』にあるように、とうの昔《むかし》にサンゴになっているだろう」

「なるほど！　世界《せかい》じゅうを旅《たび》しておられるだけはありますな。たしかに、出世《しゅっせ》するにつれて、取《と》り分《ぶん》が増《ふ》えている」

ほかにたいした情報《じょうほう》はなく、最後《さいご》のほうにいくつか、どこかの場所《ばしょ》の方位《ほうい》と、フランス、イギリス、スペインの通貨《つうか》の換算表《かんさんひょう》があるだけだった。

「なかなか倹約家《けんやくか》のようだな。かんたんにだまされる相手《あいて》ではない」先生《せんせい》がいった。

「もうひとつのほうを調《しら》べようじゃないか」トリローニさんがいった。

たたんだ紙《かみ》は何《なん》か所《しょ》か、ろうを指《ゆび》ぬきで押《お》しつぶして封印《ふういん》してあった。船長《せんちょう》のポケットに入《はい》っていたあの指《ゆび》ぬきかもしれない。先生《せんせい》がそうっと封《ふう》をはがすと、島《しま》の地図《ちず》が出《で》てきた。緯度《いど》と経度《けいど》、水深《すいしん》、丘《おか》や湾《わん》や入《い》り江《え》の名前《なまえ》、そのほか船《ふね》を安全《あんぜん》に岸《きし》に着《つ》けるためのありとあらゆるデータ。その島《しま》は、縦十四《たてじゅうよん》キロ、横八《よこはち》キロで、でっぷりしたドラゴンが立《た》ちあがっているみたいな形《かたち》をしている。入《い》り江《え》になった停泊地《ていはくち》がふたつと、中央《ちゅうおう》に山《やま》があって「望遠鏡山《ぼうえんきょうやま》」と書《か》いてある。ほかにもいくつかあとから日付《ひづけ》が書《か》きこんであるけれど、とくに目《め》を引《ひ》くのは、赤《あか》インクで書《か》かれた三《みっ》つのバツ印《じるし》だ。島《しま》の北側《きたがわ》にふたつ、南西《なんせい》にひとつ。南西《なんせい》のバツ印《じるし》の横《よこ》には、船長《せんちょう》のミミズがのたくったような字《じ》とは大《おお》ちがいのきれいな字《じ》で、同《おな》じ赤《あか》インクで書《か》いてあった。〈**宝《たから》はここにあり**〉。

裏面《うらめん》には、さらに同《おな》じ筆跡《ひっせき》で書《か》いてある。

望遠鏡山《ぼうえんきょうやま》の肩《かた》、高《たか》い木《き》、北北東《ほくほくとう》から一点北寄《いってんきたよ》り
がいこつ島《とう》、東南東微東《とうなんとうびとう》
三《さん》メートル
銀《ぎん》の棒《ぼう》は北《きた》の穴《あな》に　東高地《ひがしこうち》の斜面《しゃめん》の方角《ほうがく》　黒岩《くろいわ》に面《めん》して南《みなみ》に十八《じゅうはち》メートル
武器《ぶき》は容易《ようい》に発見可能《はっけんかのう》　北《きた》の入《い》り江《え》の岬《みさき》の北側《きたがわ》　東《ひがし》から四分《よんぶん》の一点北寄《いってんきたよ》りの砂丘《さきゅう》

J《ジェイ》・F《エフ》

これだけ。ぼくにはちんぷんかんぷんだけど、トリローニさんと先生《せんせい》は大喜《おおよろこ》びだ。

「リプジー先生《せんせい》、たいへんな医者《いしゃ》の仕事《しごと》など、いますぐやめておしまいなさい。わたしは明日《あした》ブリストルに発《た》つ。三週間《さんしゅうかん》、いや長《なが》すぎだな、二週間《にしゅうかん》……ええい、十日《とおか》で、イギリス一《いち》の船《ふね》とえりすぐりの船員《せんいん》をそろえよう。ジム、きみは船室《せんしつ》づきのキャビンボーイ（給仕係《きゅうじがかり》）をしたまえ。きっと優秀《ゆうしゅう》なキャビンボーイになるぞ。リプジー先生《せんせい》は船医《せんい》で、わたしは司令官《しれいかん》だ。うちの使用人《しようにん》のレッドルースとジョイス、あとハンターも連《つ》れていこう。順風満帆《じゅんぷうまんぱん》、快速《かいそく》に進《すす》んで、すぐに目的地《もくてきち》に着《つ》く。うなるほどの金《かね》が手《て》に入《はい》り、ぜいたく三昧《ざんまい》の人生《じんせい》を送《おく》れるぞ」

「トリローニさん、もちろんわたしも行《い》きます。ジムも、大《おお》いに役立《やくだ》つことでしょう。ただ、ひとりだけ心配《しんぱい》な人物《じんぶつ》がいるのです」

「だれだ？　はっきりいいたまえ」トリローニさんが声《こえ》を荒《あら》らげた。

「あなたですよ。トリローニさんは、おしゃべりですからな。この地図《ちず》のことを知《し》っているのは、われわれだけではない。今夜《こんや》ベンボウ提督亭《ていとくてい》を襲《おそ》ったあの命知《いのちし》らずの海賊《かいぞく》たちはもちろん、帆船《はんせん》にも何人《なんにん》か残《のこ》っていた。ほかにも、なにがなんでもこの宝《たから》を手《て》に入《い》れようともくろむ連中《れんちゅう》がそのへんにうようよいるでしょう。海《うみ》に出《で》るまでは、ひとりで動《うご》かないほうがいいでしょう。わたしは今後《こんご》、ジムと行動《こうどう》をともにします。トリローニさんは、ジョイスとハンターを連《つ》れてブリストルへお行《ゆ》きなさい。いまここで発見《はっけん》したことは、最初《さいしょ》から最後《さいご》までひとこともしゃべらないように」

「リプジー先生《せんせい》、いつもながら、あなたの言《い》い分《ぶん》はもっともだ。わたしは死《し》んでも口《くち》をつぐんでいるよ」

第《だい》2部《ぶ》　船《ふね》のコック

ブリストルへ

航海《こうかい》の準備《じゅんび》は、トリローニさんが思《おも》った以上《いじょう》にかかった。当初《とうしょ》の計画《けいかく》は何《なに》ひとつ、リブジー先生《せんせい》とぼくが行動《こうどう》をともにするってことさえ、思《おも》いどおりにいかなかった。先生《せんせい》は、留守《るす》をたのむ医者《いしゃ》をさがしにロンドンへ行《い》き、トリローニさんはブリストルでかけずりまわっていた。ぼくはトリローニさんのお屋敷《やしき》で、森番《もりばん》のレッドルースじいさんに見張《みは》られながら自由《じゆう》のない暮《く》らしをしていた。それでも、これからはじまる航海《こうかい》に期待《きたい》をふくらませて、見知《みし》らぬ島《しま》や冒険《ぼうけん》を夢見《ゆめみ》てわくわくしていた。何時間《なんじかん》もあの地図《ちず》のことを考《かんが》えては空想《くうそう》にふけり、島《しま》のすみからすみまで覚《おぼ》えてしまった。暖炉《だんろ》のそばに腰《こし》かけ、頭《あたま》のなかで、あらゆる方角《ほうがく》からその島《しま》に近《ちか》づく。くまなく探検《たんけん》して、望遠鏡《ぼうえんきょう》山《やま》には千回《せんかい》のぼったし、頂上《ちょうじょう》から移《うつ》り変《か》わるすばらしいながめを楽《たの》しんだ。ときには悪者《わるもの》がたくさんあらわれて、戦《たたか》いをくり広《ひろ》げた。こわい猛獣《もうじゅう》がつぎつぎ出《で》てきて、追《お》いかけられることもあった。

それでも、ぼくの空想《くうそう》なんてまだまだ生《なま》やさしかった。実際《じっさい》の冒険《ぼうけん》はもっと、ふしぎで悲惨《ひさん》だったから。

そんなふうに数週間《すうしゅうかん》が過《す》ぎたころ、リプジー先生《せんせい》あてに一通《いっつう》の手紙《てがみ》が届《とど》いた。表《おもて》に、「本人不在《ほんにんふざい》の場合《ばあい》はトム・レッドルースまたはジムが開封《かいふう》のこと」と書《か》いてある。指示《しじ》に従《したが》って、ぼくたちは、といってもレッドルースじいさんは手書《てが》きの文字《もじ》を読《よ》むのが苦手《にがて》だったから、ぼくが手紙《てがみ》を読《よ》んだ。大事《だいじ》な知《し》らせだった。

一七××年《ねん》 三月一日《さんがつついたち》
ブリストルの古錨亭《こびょうてい》にて

リプジー先生《せんせい》へ

うちの屋敷《やしき》にいるのかロンドンにいるのかわからないので、同《おな》じ手紙《てがみ》を両方《りょうほう》に送《おく》る。

船《ふね》を買《か》い、装備《そうび》をととのえた。港《みなと》に停泊中《ていはくちゅう》で、いつでも出発《しゅっぱつ》できる。これ以上《いじょう》は望《のぞ》めないくらい見事《みごと》なスクーナー船《せん》（帆柱《ほばしら》が二本以上《にほんいじょう》ある速度《そくど》の速《はや》い帆船《はんせん》）で、子《こ》どもでも操縦《そうじゅう》できるほどだ。二百《にひゃく》トンで、名前《なまえ》はヒスパニオラ号《ごう》。仲介《ちゅうかい》してくれたのは古《ふる》い友人《ゆうじん》のブランドリーだが、これがすばらしい男《おとこ》で、なにからなにまで世話《せわ》になった。文字《もじ》どおり汗《あせ》だくになって、いろいろとりはからってくれた。われわれの目的地《もくてきち》、つまりあの宝《たから》の島《しま》のことだが、話《はなし》をするとブリストルのだれもが、親切《しんせつ》にしてくれた。


「ねえ、レッドルースさん」ぼくは読《よ》むのをいったんやめていった。「リプジー先生《せんせい》、きっと怒《おこ》るよね。トリローニさんってば、けっきょくしゃべっちゃってるし」

「何《なに》か問題《もんだい》でもあるのか。だんなさまがリプジー先生《せんせい》に遠慮《えんりょ》してだまってるなんて、おかしいじゃないか」レッドルースさんがうなるようにいった。

やれやれ。ぼくは説明《せつめい》する気《き》がうせて、一気《いっき》につづきを読《よ》んだ。


ヒスパニオラ号《ごう》はブランドリーが見《み》つけてきてうまく交渉《こうしょう》してくれたから、かなり安《やす》く手《て》に入《はい》った。だがブリストルには、けしからん偏見《へんけん》をもつ者《もの》もいる。あれほどの正直者《しょうじきもの》に、金《かね》のためならなんでもやるだの、ヒスパニオラ号《ごう》はもともと自分《じぶん》の持《も》ち船《ぶね》だったのを法外《ほうがい》な値段《ねだん》で売《う》りつけただの、いいたい放題《ほうだい》だ。まぎれもなく、ただの中傷《ちゅうしょう》だ。それでもだれひとり、この船《ふね》にケチはつけていない。

これまでのところ、不備《ふび》はない。整備員《せいびいん》や作業員《さぎょういん》の仕事《しごと》があまりにものろかったが、日《ひ》が経《た》つにつれてよくなった。苦労《くろう》したのは、船員集《せんいんあつ》めだ。二十人《にじゅうにん》はほしいと考《かんが》えていた。野蛮《やばん》な連中《れんちゅう》や海賊《かいぞく》やふとどきなフランス人《じん》にそなえるには、それくらい必要《ひつよう》だ。だが、五《ご》、六人《ろくにん》がやっとで、困《こま》り果《は》てているとき、思《おも》いがけない幸運《こううん》にめぐまれてさがし求《もと》めていた理想《りそう》の男《おとこ》に出会《であ》った。

波止場《はとば》にいたとき、ふとした偶然《ぐうぜん》からその男《おとこ》と話《はなし》をした。きけば、元船乗《もとふなの》りで、いまは酒場《さかば》を営《いとな》んでいるからブリストルの船乗《ふなの》りはみんな顔見知《かおみし》りだという。陸《りく》での暮《く》らしでからだを悪《わる》くしたが、コックのはたらき口《ぐち》があればもう一度海《いちどうみ》にもどりたいという。波止場《はとば》に来《き》たのも、潮《しお》の香《かお》りをかぎたくなったからだそうだ。

わたしは、ひどく心《こころ》を打《う》たれた。先生《せんせい》だって、そう思《おも》っただろう。気《き》の毒《どく》でたまらなくなり、すぐにヒスパニオラ号《ごう》のコックとして雇《やと》った。ジョン・シルバーという名《な》で、片足《かたあし》がない。それにしたって、むしろ誇《ほこ》りだ。あの英仏戦争《えいふつせんそう》の英雄《えいゆう》ホーク提督《ていとく》のもと、わが国《くに》イギリスのために戦《たたか》って片《かた》足《あし》を失《うしな》ったのだから。それなのに、年金《ねんきん》ももらっていないそうだ。まったく、なんとむごい時代《じだい》だ。

コックをひとり見《み》つけたと思《おも》ったら、なんと船員《せんいん》がずらりとそろった。シルバーが手伝《てつだ》ってくれて、数日《すうじつ》かけずりまわったら、百戦錬磨《ひゃくせんれんま》のベテラン船乗《ふなの》りが申《もう》し分《ぶん》なく集《あつ》まった。ハンサムとはいわないが、みんな、負《ま》けず嫌《ぎら》いな面《つら》がまえだ。軍艦《ぐんかん》を相手《あいて》にしても戦《たたか》えるほどだ。

シルバーは、先《さき》にわたしが雇《やと》っていたなかのふたりをクビにした。ろくに海《うみ》を知《し》らぬ未熟者《みじゅくもの》だと即座《そくざ》に見抜《みぬ》いてくれた。大事《だいじ》な航海《こうかい》にそんな者《もの》がいたら、足手《あしで》まといにしかならない。

わたしのほうは、気力《きりょく》、体力《たいりょく》ともに満《み》ち足《た》り、がっつり食《た》べてぐっすり眠《ねむ》っている。しかし、わが船員《せんいん》たちが錨《いかり》を巻《ま》きあげるのを見《み》るまでは、いっときも楽《たの》しめない。いざ航海《こうかい》へ！　もはや宝《たから》などどうでもいい！　わたしの心《こころ》を埋《う》めつくしているのは、大海原《おおうなばら》の栄光《えいこう》だ。リプジー先生《せんせい》、大急《おおいそ》ぎで来《き》てほしい。わたしのことを思《おも》うなら、一刻《いっこく》もむだにしてくれるな。

ジムのことだが、レッドルースを護衛《ごえい》につけてただちに母親《ははおや》に会《あ》いに行《い》かせるように。それからふたりで、大急《おおいそ》ぎでブリストルに来《き》てほしい。

ジョン・トリローニ

P《ピー》.S《エス》.

そういえば、われわれが八月末《はちがつまつ》までにもどらない場合《ばあい》は、ブランドリーが捜索《そうさく》のために船《ふね》をよこしてくれることになっている。しかもブランドリーは、船長《せんちょう》にぴったりの人物《じんぶつ》を見《み》つけてくれた。がんこなのが玉《たま》にきずだが、ほかの点《てん》では申《もう》し分《ぶん》ない。シルバーも、アローという名前《なまえ》のじつに有《ゆう》能《のう》な航海士《こうかいし》をさがしてくれた。水夫長《すいふちょう》は、わたしが見《み》つけてきた。そういうわけで、ヒスパニオラ号《ごう》においては、万事《ばんじ》が海軍《かいぐん》よろしく順調《じゅんちょう》に進《すす》むだろう。
いい忘《わす》れたが、シルバーは資産家《しさんか》だ。銀行口座《ぎんこうこうざ》の残高《ざんだか》は一度《いちど》もマイナスになったことがない。この目《め》でたしかめたからたしかだ。酒場《さかば》は妻《つま》に任《まか》せている。先生《せんせい》やわたしのようなひとり身《み》から見《み》ると、シルバーが海《うみ》にもどりたいというのは、健康上《けんこうじょう》の理由《りゆう》もあるが、この妻《つま》のせいかもしれないね。

J《ジェイ》・T《ティー》

P《ピー》・P《ピー》・S《エス》・
ジムは母親《ははおや》のところに一泊《いっぱく》させてやってくれ。

J《ジェイ》・T《ティー》

この手紙《てがみ》を読《よ》んで、どんなにわくわくしたことか！　うれしすぎて頭《あたま》がぼーっとしてきた。それなのにレッドルースさんときたら、まったくどうしようもないじいさんだ。ぶつくさこぼしたり、泣《な》きごとをいったり。森番《もりばん》ならだれだって、喜《よろこ》んでかわりに宝《たから》さがしに行《い》くだろうに。でも、選《えら》んだのはトリローニさんだし、主人《しゅじん》のトリローニさんが決《き》めたことは法律《ほうりつ》と同《おな》じだ。その意向《いこう》にぶつくさいえるのは、レッドルースさんくらいのものだ。

つぎの朝《あさ》、ぼくはレッドルースさんとベンボウ提督亭《ていとくてい》まで歩《ある》いた。母《かあ》さんは元気《げんき》そのものだった。長《なが》いこと悩《なや》みの種《たね》だった船長《せんちょう》も、悪《わる》さのできないところに行《い》ってしまった。トリローニさんが修理《しゅうり》を手配《てはい》してくれたので、部屋《へや》も看板《かんばん》もぬりかえられ、あたらしい家具《かぐ》も入《はい》った。酒場《さかば》にある母《かあ》さんのひじかけ椅子《いす》は、とくにかっこよかった。ぼくがいなくても困《こま》らないように、手伝《てつだ》いの子《こ》まで見《み》つけてくれた。

ぼくがはじめて自分《じぶん》が置《お》かれた立場《たちば》を理解《りかい》したのは、この男《おとこ》の子《こ》を見《み》たときだ。それまで、これからはじまる冒険《ぼうけん》のことばかり夢見《ゆめみ》て、留守《るす》にする家《いえ》のことなんか考《かんが》えてなかった。でも、ぼくのかわりにこの知《し》らないぶきっちょな子《こ》が母《かあ》さんのそばにいると思《おも》うと、ふいに涙《なみだ》がこみあげてきた。その子《こ》には、つらくあたっちゃったかもしれない。仕事《しごと》に慣《な》れてないから、いくらでもまちがいを直《なお》してしかりたいことが出《で》てきた。どうしても目《め》をつぶれなかった。

ひと晩過《ばんす》ごして、食事《しょくじ》をしたあと、レッドルースさんといっしょに出発《しゅっぱつ》した。母《かあ》さんにさよならをいって、生《う》まれたときから過《す》ごしてきた入《い》り江《え》と家《いえ》に別《わか》れを告《つ》げた。まあ、家《いえ》はあたらしくぬりかえられていたから慣《な》れ親《した》しんだって感《かん》じじゃなかったけど。いろいろ頭《あたま》に浮《う》かんだなかに、船長《せんちょう》の姿《すがた》があった。ほおにサーベル傷《きず》があって、三角帽《さんかくぼう》をかぶり、古《ふる》びた真鍮《しんちゅう》の望遠鏡《ぼうえんきょう》をもって海岸《かいがん》をずんずん歩《ある》いていたっけ。レッドルースさんと角《かど》を曲《ま》がると、ベンボウ提督亭《ていとくてい》はもう見《み》えなくなった。

夕方近《ゆうがたちか》く、ヒースのしげる野原《のはら》にある『ジョージ王亭《おうてい》』の前《まえ》で、乗合馬車《のりあいばしゃ》にひろってもらった。ぼくはレッドルースさんとでっぷりした老紳士《ろうしんし》にはさまれてすわった。馬車《ばしゃ》はスピードを出《だ》していたし、夜風《よかぜ》は冷《つめ》たかったけど、ぼくはすぐに寝《ね》てしまった。馬車《ばしゃ》が山《やま》を越《こ》え谷《たに》をくだり、駅《えき》から駅《えき》へ進《すす》んでいくなか、ぐうぐう眠《ねむ》っていた。わき腹《ばら》をつつかれてようやく目《め》が覚《さ》めたときには、馬車《ばしゃ》は町《まち》なかの大《おお》きな建物《たてもの》の前《まえ》にとまっていて、とっくに夜《よ》が明《あ》けていた。

「ここ、どこ?」ぼくはきいた。

「ブリストルだ。さあ、おりよう」レッドルースさんがいった。

トリローニさんは船《ふね》の出航準備《しゅっこうじゅんび》を監督《かんとく》するため、波止場《はとば》の先《さき》にある宿《やど》をとっていた。そこまで歩《ある》かなければいけないけど、うれしくてたまらない。道《みち》は港沿《みなとぞ》いで、大《おお》きさも装備《そうび》も国籍《こくせき》もまちまちな船《ふね》を見物《けんぶつ》できた。船乗《ふなの》りたちは、こっちではうたいながら作業《さぎょう》をし、あっちでははるか上《うえ》の帆柱《ほばしら》にのぼってクモの糸《いと》ほど細《ほそ》いロープにつかまっている。海辺《うみべ》で生《う》まれ育《そだ》ったのに、はじめてほんものの海《うみ》を感《かん》じた気《き》がした。タールのにおいも潮《しお》の香《かお》りも、新鮮《しんせん》だ。船首《せんしゅ》にある像《ぞう》もすばらしいものばかり。はるばる遠《とお》い海《うみ》をわたってきたんだろうなあ。年《とし》のいった船乗《ふなの》りたちは、イヤリングをしたり、ほおひげをくるっとカールさせたり、タールまみれのおさげをたらしたり。いかにも船乗《ふなの》りで、陸《りく》の上《うえ》は歩《ある》きづらそうだ。たとえ王《おう》さまや大主教《だいしゅきょう》さまが目《め》の前《まえ》にいても、こんなに心《こころ》がときめかなかっただろう。

いよいよ、ぼくも海《うみ》に出《で》る。スクーナー船《せん》に乗《の》って、水夫長《すいふちょう》が号笛《ごうてき》（合図《あいず》の笛《ふえ》）を吹《ふ》き、髪《かみ》を編《あ》んだ船乗《ふなの》りたちが歌《うた》をうたう。大海原《おおうなばら》へ、未知《みち》の島《しま》へ、埋《う》められた宝《たから》をさがしに行《い》くんだ！

ぼうっと夢見《ゆめみ》ているうちに、気《き》づいたらもう大《おお》きな宿《やど》の前《まえ》で、トリローニさんがいた。丈夫《じょうぶ》な青《あお》い生地《きじ》でこしらえた、海軍《かいぐん》の隊長《たいちょう》みたいな服《ふく》を着《き》て、にこにこ笑《わら》ってドアの前《まえ》に立《た》ち、船乗《ふなの》り歩《ある》きもすっかり板《いた》についている。

「やあ、来《き》たな！　リプジー先生《せんせい》もきのう、ロンドンから到着《とうちゃく》した。よし！　これで全員《ぜんいん》そろった」

あいかわらずの大声《おおごえ》だ。

「トリローニさん！　出航《しゅっこう》はいつですか？」

ぼくも大声《おおごえ》で返《かえ》した。

「出航《しゅっこう》？　明日《あした》だよ！」

望《ぼう》遠《えん》鏡《きょう》亭《てい》

朝食《ちょうしょく》のあと、トリローニさんに短《みじか》い手紙《てがみ》をわたされて、望遠鏡亭《ぼうえんきょうてい》のジョン・シルバーに届《とど》けるようたのまれた。波止場《はとば》に沿《そ》って行《い》き、大《おお》きな真鍮《しんちゅう》の望遠鏡《ぼうえんきょう》の看板《かんばん》に気《き》をつけていればすぐにわかるという。またいろんな船《ふね》や船乗《ふなの》りを見《み》られるな。ぼくは、うきうきして出《で》かけた。ちょうど港《みなと》がいちばんいそがしい時間《じかん》で、たくさんの人《ひと》や荷車《にぐるま》や貨物《かもつ》がごったがえすなかを縫《ぬ》うように歩《ある》くと、その酒場《さかば》はあった。

小《ちい》さいけれど、にぎやかで感《かん》じのいい店《みせ》だ。看板《かんばん》はぬりかえられたばかりで、窓《まど》にはきれいな赤《あか》いカーテンがかかり、床《ゆか》にはきちんと砂《すな》がまいてある。裏口《うらぐち》も通《とお》りに面《めん》していて、両方《りょうほう》のドアをあけはなっている。天井《てんじょう》の低《ひく》いゆったりした店内《てんない》は、タバコの煙《けむり》がもうもうとたちこめていたけれど、よく見《み》とおせた。

お客《きゃく》のほとんどは船乗《ふなの》りで、ばかでかい声《こえ》でしゃべっているから、ぼくは気《き》おくれがしてドアの前《まえ》で立《た》ちつくしていた。

すると、となりの部屋《へや》から男《おとこ》が出《で》てきた。あ、ジョン・シルバーだ。すぐにわかった。左足《ひだりあし》がつけ根《ね》からない。松葉杖《まつばづえ》をなんとも器用《きよう》にあやつって、小鳥《ことり》みたいにひょいひょいはねて歩《ある》いている。背《せ》が高《たか》くがっしりとして、顔《かお》はハムのかたまりみたいに大《おお》きい。青白《あおじろ》く無骨《ぶこつ》な顔《かお》だけど、知性的《ちせいてき》な感《かん》じがして、にこやかだ。よほどきげんがいいのか、口笛《くちぶえ》を吹《ふ》きながらテーブルのあいだをまわって、なじみ客《きゃく》にあいそよく話《はな》しかけたり、肩《かた》をぽんとたたいたりしていた。

正直《しょうじき》ぼくは、トリローニさんの手紙《てがみ》でジョン・シルバーのことを読《よ》んだときから、シルバーこそベンボウ提督亭《ていとくてい》でずっと見張《みは》っていた例《れい》の一本足《いっぽんあし》の船乗《ふなの》りじゃないかとひそかにおそれていた。でも、ひと目《め》でわかった。さんざん船長《せんちょう》や黒犬《くろいぬ》やピューみたいな人《ひと》を見《み》てきたから、海賊《かいぞく》がどんな人間《にんげん》かは知《し》っている。清潔《せいけつ》で感《かん》じのいいこの酒場《さかば》の主人《しゅじん》は、海賊《かいぞく》とはちがう種類《しゅるい》の人間《にんげん》だ。

勇気《ゆうき》が出《で》てきたぼくは店《みせ》に入《はい》り、その人《ひと》のところへまっすぐ歩《ある》いていった。松葉杖《まつばづえ》によりかかって、お客《きゃく》としゃべっている。

「シルバーさんですか？」ぼくは手紙《てがみ》を差《さ》しだした。

「ああ、そうだ。シルバーは、たしかにおれだ。で、そちらは？」

手紙《てがみ》に目《め》をやって、ぎょっとしたみたいだ。

「ああ、そうか！」大《おお》きな声《こえ》でいうと、シルバーは手《て》を差《さ》しだした。「そういうことか。こんど乗《の》

る船《ふね》のキャビンボーイか。よろしくな」

大《おお》きな手《て》で、力強《ちからづよ》くぼくの手《て》をにぎる。

そのとき、奥《おく》にいたお客《きゃく》がいきなり席《せき》を立《た》って近《ちか》くのドアにかけていき、ぱっと通《とお》りへと飛《と》びだした。そのあわてっぷりに、ピンときた。あいつだ。前《まえ》にベンボウ提督亭《ていとくてい》に来《き》た、青白《あおじろ》い顔《かお》の、指《ゆび》が二本《にほん》ない男《おとこ》だ。

「つかまえて！　黒犬《くろいぬ》だ！」ぼくは叫《さけ》んだ。

「だれだか知《し》らんが、食《く》い逃《に》げだ！　ハリー、追《お》いかけてとっつかまえろ」シルバーが大声《おおごえ》でいう。

ドアのいちばん近《ちか》くにいたひとりがぱっと立《た》ちあがって、あとを追《お》った。

「あいつがたとえホーク提督《ていとく》でも、金《かね》はきちんと払《はら》わせる」

シルバーは声《こえ》をはりあげた。そして、ぼくの手《て》をはなしてたずねた。

「で、なんだって？　黒《くろ》……なんだ？」

「黒犬《くろいぬ》です。トリローニさんから海賊《かいぞく》のことをきいてませんか。仲間《なかま》のひとりです」

「なんだと、おれの店《みせ》に！　ベン、おまえも行《い》って、ハリーを助《たす》けろ。あいつ、悪党《あくとう》の一味《いちみ》だったのか。モーガン、いまいっしょに飲《の》んでただろう。ちょっと来《こ》い」

モーガンと呼《よ》ばれた白髪《しらが》まじりのじいさんは、赤黒《あかぐろ》い顔《かお》をした船乗《ふなの》りだった。噛《か》みタバコをくちやくちゃやりながら、おそるおそる出《で》てきた。

「おい、モーガン、おまえまさか、あの黒犬《くろいぬ》ってのと顔見知《かおみし》りじゃねえだろうな」シルバーが厳《きび》しい声《こえ》でいった。

「いや、知《し》らねえよ」

モーガンは敬礼《けいれい》するみたいに手《て》をあげた。

「名前《なまえ》も知《し》らないのか」

「ぜんぜん」

「ならいい。それが身《み》のためだ。あんなのとつきあいがあったら、うちには出入《でい》り禁止《きんし》だ。で、何《なに》を話《はな》してたんだ？」

「さあ、よくわからねえなあ」

「脳《のう》みそが入《はい》ってないのか、それともその目《め》が節穴《ふしあな》か。よくわからねえだと？　だれと話《はな》していたかもわからねえのか。さあいってみろ。野郎《やろう》は何《なに》をしゃべっていた？　航海《こうかい》のことか、船長《せんちょう》のことか、船《ふね》のことか。さあ、いえ！　何《なに》を話《はな》してた？」

「船底《ふなぞこ》くぐりの刑《けい》の話《はなし》はしてたっけな」

「船底《ふなぞこ》くぐりだと？　ふん、おめえらが好《す》きそうな話題《わだい》だな。もういい、もどれ」

テーブルにもどるモーガンを見《み》て、シルバーはぼくに小声《こごえ》でいった。ないしょ話《ばなし》みたいで、ちょっとうれしかった。

「モーガンは、正直《しょうじき》でいいヤツだがバカなんだ」

それからこれまでどおりの大声《おおごえ》にもどる。

「えーっと、黒犬《くろいぬ》といったな。いや、知《し》らんな。きいたことがない。だが、そういえば……うん、見覚《みおぼ》えがある気《き》がする。目《め》の見《み》えない男《おとこ》といっしょに、昔《むかし》よくここへ来《き》ていたヤツかもしれない」

「うん、まちがいないよ。ぼく、その目《め》の見《み》えない男《おとこ》も知《し》ってます。ピューっていう名前《なまえ》だよ」

「それだ！」シルバーはかなり興奮《こうふん》していった。「ピューだ。たしかにそういう名前《なまえ》だった。いかにもインチキくさい面《つら》だったぜ。あの黒犬《くろいぬ》をとっつかまえれば、大将《たいしょう》のトリローニさんにいいみやげ話《ばなし》ができる。ベンは足《あし》が速《はや》い。あんなに速《はや》い船乗《ふなの》りは、めったにいない。ぐんぐん追《お》いつめて、きっとひっつかまえてくる。船底《ふなぞこ》くぐりの刑《けい》の話《はなし》をしてたってな。あの野郎《やろう》こそ、船底《ふなぞこ》をくぐらせてやる！」

そんなことを口走《くちばし》りながら、シルバーは松葉杖《まつばづえ》で店《みせ》のなかを歩《ある》きまわり、テーブルをドンとたたいた。これだけ真剣《しんけん》なら、裁判官《さいばんかん》や警官《けいかん》だって信用《しんよう》しただろう。ぼくはこの店《みせ》で黒犬《くろいぬ》を見《み》かけたことで、シルバーをあやしむ気持《きも》ちがまたむくむくとわきあがってきたので、目《め》をはなさないようにじっと観察《かんさつ》した。でもシルバーは、底知《そこし》れないほど抜《ぬ》け目《め》なく、頭《あたま》の回転《かいてん》が速《はや》かった。黒犬《くろいぬ》を追《お》ったふたりが息《いき》を切《き》らしながらもどってきて、人混《ひとご》みで見失《みうしな》ったと報告《ほうこく》すると、シルバーはまるで盗《ぬす》みでもしたみたいにどなりつけた。それを見《み》て、シルバーはやっぱりいい人《ひと》だ、まちがいない、なんて思《おも》いはじめていた。

「ああ、ジム、困《こま》ったな。こうなると、やっかいだ。トリローニさんにどう思《おも》われるだろう。あの野郎《やろう》がおれの店《みせ》に来《き》て、おれのラムを飲《の》んでいったんだからな。せっかくジムが教《おし》えてくれたのに、まんまと逃《に》げられちまった！　ジム、トリローニさんにうまくとりなしてくれないか。若《わか》いが、しっかりしてそうだ。ひと目見《めみ》たときからわかってたよ。こんな棒《ぼう》きれにすがってるおれに、何《なに》ができる？　元気《げんき》で船長《せんちょう》をしていたころなら、追《お》いかけて、あっというまにひっとらえただろうよ。それがこんなからだじゃ……」

そこでぴたっと口《くち》をつぐんで、何《なに》やら思《おも》いだしたのか、ぽかんとした。

「しまった、勘定《かんじょう》をもらいそこねた！　ラム三杯分《さんばいぶん》！　なんてこった、金《かね》のことをすっかり忘《わす》れるとは！」

シルバーは椅子《いす》にどかっと腰《こし》をおろすと、げらげら笑《わら》いはじめ、しまいには涙《なみだ》まで流《なが》した。ぼくもたまらずふきだして、ふたりで酒場《さかば》じゅうに笑《わら》い声《ごえ》をひびかせた。

「まったく、海《うみ》の男《おとこ》がなんというありさまだ」

ようやく口《くち》を開《ひら》くと、シルバーは涙《なみだ》をぬぐった。

「仲《なか》よくやっていこうぜ、ジム。どうせもう、おれはキャビンボーイ扱《あつか》いをされる。まあ、それはそれだ。出発《しゅっぱつ》の準備《じゅんび》をしよう。このままってわけにはいかないからな。やることをやらないと。愛用《あいよう》の三角帽《さんかくぼう》をかぶって、いっしょにトリローニさんのところへ行《い》こう。このことを報告《ほうこく》しなきゃならん。ことは深刻《しんこく》だぞ、ジム。おれたち、信用《しんよう》を失《うしな》っちまう。ふたりそろって、大《おお》まぬけだ。ああ、それにしても腹立《はらだ》たしい。金《かね》をとり損《そこ》ねるとは。まったく笑《わら》い話《ばなし》だぜ」

そういってまた笑《わら》いはじめた。あんまりおかしそうだから、何《なに》がそんなにおかしいのかわからないけれど、つられてぼくも笑《わら》った。

波止場《はとばぞ》沿いを歩《ある》きながら、シルバーと話《はな》すのはほんとうに楽《たの》しかった。見《み》かけるいろんな船《ふね》の、装備《そうび》やトン数《すう》や国籍《こくせき》を教《おし》えてくれて、あれは荷揚《にあ》げ、これは荷積《にづ》み、そっちは出航準備《しゅっこうじゅんび》と、船《ふね》の上《うえ》で行《おこな》われている作業《さぎょう》を説明《せつめい》してくれた。合間《あいま》に、船《ふね》や船乗《ふなの》りのちょっとしたエピソードもはさんで、船乗《ふなの》り特有《とくゆう》のことばも教《おし》えてくれた。最高《さいこう》の船乗《ふなの》り仲間《なかま》だ。

宿《やど》に着《つ》くと、トリローニさんとリブジー先生《せんせい》は、ビールにトーストをひたしながら飲《の》んでいた。これから船《ふね》の点検《てんけん》に行《い》くという。

シルバーは、ことのいきさつを最初《さいしょ》から最後《さいご》まで、熱《ねっ》ぽくありのままに語《かた》った。

「とまあ、そういうわけです。なあ、ジム、そうだよな？」

ぼくは話《はなし》をふられるたびに、はいそうです、とあいづちをうった。

トリローニさんも先生《せんせい》も、黒犬《くろいぬ》を逃《のが》したことは残念《ざんねん》がった。でも、いまさらあれこれいってもしかたない。みんな納得《なっとく》した。シルバーは、ご苦労《くろう》だったといわれて、松葉杖《まつばづえ》をついて帰《かえ》っていった。

「夕方四時《ゆうがたよじ》までには、全員乗船《ぜんいんじょうせん》だぞ」トリローニさんが、シルバーに呼《よ》びかけた。

「承知《しょうち》しました」廊下《ろうか》から返事《へんじ》がきこえる。

「トリローニさん、あなたが見《み》つけてくるものはたいていうさんくさいですが、あのシルバーは悪《わる》くないですな」先生《せんせい》がいう。

「非《ひ》の打《う》ちどころがない」トリローニさんはきっぱりいった。

「ところで、ジムも船《ふね》に連《つ》れていきたいと思《おも》うのですが」

「もちろんだとも。ジム、帽子《ぼうし》をかぶりなさい。船《ふね》を見《み》にいくぞ」

火《か》薬《やく》と武《ぶ》器《き》

ヒスパニオラ号《ごう》はいくらか沖《おき》にとまっていたので、ぼくたちはボートに乗《の》った。船首像《せんしゅぞう》の下《した》をつぎつぎくぐり、船尾《せんび》をまわっていく。錨《いかり》をつなぐつながボートの船底《ふなぞこ》をこすったり、頭上《ずじょう》をかすめたりした。ようやくボートを横《よこ》づけしてヒスパニオラ号《ごう》に乗《の》りこむと、航海士《こうかいし》のアローさんが出迎《でむか》えてくれた。日焼《ひや》けしたおじいさんで、イヤリングをつけ、ぎょろっとした寄《よ》り目《め》だ。トリローニさんとずいぶん仲《なか》がいいみたいだ。それにひきかえ、トリローニさんと船長《せんちょう》はそうでもなさそうだな。

船長《せんちょう》は厳《きび》しい顔《かお》つきをした人《ひと》で、船上《せんじょう》の何《なに》もかもが気《き》に入《い》らないって感《かん》じだ。理由《りゆう》はすぐにわかった。ぼくたちが船室《せんしつ》におりるとすぐ、ひとりの船員《せんいん》が追《お》いかけてきた。

「スモレット船長《せんちょう》が、お話《はなし》があるそうです」

「船長《せんちょう》の命令《めいれい》とあらば、なんなりと従《したが》うぞ。通《とお》してくれ」トリローニさんがいった。

船長《せんちょう》はすぐうしろにいたらしく、すかさず入《はい》ってきてドアを閉《し》めた。

「船長《せんちょう》、話《はなし》というのはなんです？　装備万端《そうびばんたん》で、あとは出帆《しゅっぱん》を待《ま》つばかりだろう」

「じつは……無礼《ぶれい》は承知《しょうち》のうえですが、はっきり申《もう》しあげたほうがいいでしょう。このたびの航海《こうかい》が気《き》に入《い》りません。船員《せんいん》も気《き》に入《い》りませんし、航海士《こうかいし》も気《き》に入《い》らない。手短《てみじか》にいえばこんなところです」

「この船《ふね》が気《き》に入《い》らんということか？」トリローニさんが頭《あたま》にきているのは、みえみえだった。

「それはなんともいえません。まだ走《はし》らせていませんので。なかなかよさそうな船《ふね》です。いえるのはそれだけです」

「もしや、雇《やと》い主《ぬし》も気《き》に入《い》らんとか？」トリローニさんがいう。

するとリプジー先生《せんせい》が口《くち》をはさんだ。

「まあまあ、お待《ま》ちください。そんな話《はなし》をしていても、気分《きぶん》を悪《わる》くするだけです。船長《せんちょう》はことばがすぎたのか、それともことば足《た》らずなのかわかりませんが、ここはひとつ、きちんと説明《せつめい》していただきましょう。この航海《こうかい》が気《き》に入《い》らないといいましたな。理由《りゆう》は？」

「わたしはいわゆる封緘命令《ふうかんめいれい》を条件《じょうけん》に、つまり出航後《しゅっこうご》に使命《しめい》を教《おし》えてもらうという条件《じょうけん》で、雇《やと》われました。ですから、そちらの船主《ふなぬし》に指示《しじ》された場所《ばしょ》へ船《ふね》を動《うご》かすのみです。それはそれでけっこうです。しかし、船員《せんいん》がひとり残《のこ》らず、わたしが知《し》らないことまで知《し》っている。これが公平《こうへい》だといえますか？」

「ふむ。たしかに」リプジー先生《せんせい》がいう。

「なんでも、この航海《こうかい》の目的《もくてき》は宝《たから》さがしだとか。それだって、部下《ぶか》からきかされたのです。宝《たから》さがしとは、やっかいな仕事《しごと》です。そんな航海《こうかい》はごめんこうむりたい。ましてや、それが秘密《ひみつ》にもかかわらず、失礼《しつれい》ながらトリローニさん、なぜかオウムにまで伝《つた》わっているのですから」

「シルバーのオウムのことか？」トリローニさんがたずねた。

「もののたとえです。つまり、秘密《ひみつ》がもれたということです。あなたがたはふたりとも、状況《じょうきょう》をまったくわかっておられない。わたしにいわせれば、生《い》きるか死《し》ぬか、紙一重《かみひとえ》のところにいるのです」

「ごもっとも。おっしゃるとおりだ」先生《せんせい》がいった。「危険《きけん》をおかしているのはたしかです。しかしわたしたちも、あなたが思《おも》っているほど無知《むち》ではありません。それに、船員《せんいん》が気《き》に入《い》らないというのは、腕《うで》に不安《ふあん》があるということですか？」

「ええ、気《き》に入《い》りませんね。部下《ぶか》は自分《じぶん》で選《えら》ぶべきでした」

「たしかに、トリローニさんとふたりで選《えら》ぶべきだったかもしれない。しかし、軽《かろ》んじられているように感《かん》じたとしても、けっしてわざとではありません。ということは、アロー航海士《こうかいし》も気《き》に入《い》らないのですか」

「ええ、そうです。腕《うで》はいいとは思《おも》いますが、なれなれしすぎます。航海士《こうかいし》たるもの、むやみに船《せん》員《いん》たちとなれあうべきではないでしょう。いっしょに酒《さけ》を飲《の》むなど、ありえません」

「アローは酒飲《さけの》みなのか！」トリローニさんが声《こえ》をあげた。

「そういう意味《いみ》ではなく、威厳《いげん》がないと申《もう》しあげているのです」

「で、結局《けっきょく》のところ、わたしたちにどうしろと？」先生《せんせい》がたずねた。

「おふたりにうかがいますが、この航海《こうかい》への決意《けつい》はかたいのですか」

「鉄《てつ》のごとくな」トリローニさんが答《こた》えた。

「よろしい。それでは、確証《かくしょう》もないわたしの話《はなし》をここまで辛抱強《しんぼうづよ》くきいてくださったついでに、もう少《すこ》しいわせてください。いま、火薬《かやく》と武器《ぶき》が前方《ぜんぽう》の船倉《ふなぐら》に運《はこ》びこまれていますが、船室《せんしつ》の下《した》にもっといい場所《ばしょ》があるので、移《うつ》してはもらえませんか。これがひとつ。つぎにトリローニさん、あなたはお身内《みうち》を四人《よにん》連《つ》れていらっしゃって、何人《なんにん》かは船員部屋《せんいんべや》で寝《ね》るときききましたが、四人全員《よにんぜんいん》、この船室《せんしつ》の横《よこ》にある段《だん》ベッドに寝《ね》てもらえばいい。これがふたつ」

「ほかには？」トリローニさんがきく。

「あとひとつです。秘密《ひみつ》がかなりのところまでもれています」

「かなりなんてものではない」先生《せんせい》がうなずいた。

「わたしが耳《みみ》にしたうわさによると……あなたがたは島《しま》の地図《ちず》をもっていて、そこには宝《たから》のありかを示《しめ》す印《しるし》がついているそうですね。島《しま》の位置《いち》は……」船長《せんちょう》は、島《しま》の正確《せいかく》な緯度《いど》と経度《けいど》を口《くち》にした。

「そこまでしゃべっていないぞ。わたしは、ぜったいにいっていない！」トリローニさんが声《こえ》をあげた。

「船員《せんいん》はみな、知《し》っています」船長《せんちょう》がいう。

「リプジー先生《せんせい》、きみだな。でなきゃジムか」

「この際《さい》、それはどうでもいいことです」先生《せんせい》がいった。

先生《せんせい》も船長《せんちょう》も、トリローニさんの抗議《こうぎ》なんか相手《あいて》にしていない。じつは、ぼくも。だって、トリローニさんは口《くち》が軽《かる》すぎるから。でも、あとになって思《おも》えば、こんどばかりは本当《ほんとう》だったみたいだ。ぼくたちのうちだれも、島《しま》の位置《いち》をしゃべったりしていなかった。

「とにかく、どなたがその地図《ちず》をもっているのか知《し》りませんが、くれぐれも、秘密《ひみつ》にしておいてください。わたしにも、アロー航海士《こうかいし》にも。でなければ、辞《や》めさせてもらいます」

「なるほど」先生《せんせい》はいった。「地図《ちず》をかくし、トリローニさんの部下《ぶか》を集《あつ》めて船尾《せんび》の守《まも》りをかため、武器《ぶき》と火薬《かやく》をわたしたちで管理《かんり》するというのですな。要《よう》するに、あなたは反乱《はんらん》をおそれている」

「リプジー先生《せんせい》、気《き》を悪《わる》くしないでいただきたいが、わたしに結論《けつろん》をいわせようとしないでください。そんなことを口《くち》にするだけの根拠《こんきょ》があったら、船長《せんちょう》たるもの、航海《こうかい》に出《で》るはずがありません。アロー航海士《こうかいし》にしても、じつに誠実《せいじつ》な男《おとこ》だとは思《おも》います。ほかにも正直者《しょうじきもの》はいるでしょうし、案外《あんがい》、全員《ぜんいん》かもしれません。しかしわたしは、船《ふね》の安全《あんぜん》と全乗組員《ぜんのりくみいん》の命《いのち》をあずかっています。それなのにどうしても、この船《ふね》に問題《もんだい》がないとはいえないのです。ですから、用心《ようじん》するにこしたことはありません。さもなければ、わたしは船《ふね》からおろしていただく。以上《いじょう》です」

「船長《せんちょう》」先生《せんせい》は笑《え》みを浮《う》かべていった。「山《やま》とハツカネズミの寓話《ぐうわ》をご存《ぞん》じですか？　山《やま》が揺《ゆ》れ動《うご》き、人々《ひとびと》は騒《さわ》ぎたてたが、けっきょく出《で》てきたのはネズミ一匹《いっぴき》だった。失礼《しつれい》ながら、その話《はなし》を思《おも》い出《だ》してしまいました。ここに入《はい》ってらしたときは、もっと深刻《しんこく》な話《はなし》をするつもりだったのでは？」

「先生《せんせい》は鋭《するど》い方《かた》だ。正直《しょうじき》、クビにしていただくつもりでした。トリローニさんが耳《みみ》を貸《か》してくださるとは思《おも》えなかったもので」

「これ以上《いじょう》は貸《か》さんぞ」トリローニさんが声《こえ》をはりあげた。「先生《せんせい》がいなかったら、追《お》いだすところだ。だが、話《はなし》はきいてやったぞ。要望《ようぼう》どおりにしよう。ただし、きみの評価《ひょうか》は下《さ》がったからな」

「お好《す》きにどうぞ。わたしが船長《せんちょう》としての務《つと》めを果《は》たしているのは、いずれわかっていただけるでしょう」

そういって、船長《せんちょう》は出《で》ていった。

「トリローニさん、わたしの予想《よそう》に反《はん》して、あなたは誠実《せいじつ》な味方《みかた》をふたり見《み》つけたようですね。あの船長《せんちょう》と、ジョン・シルバーです」

「シルバーはいいが、あのうさんくさい男《おとこ》はがまんならん。男《おとこ》らしくないし、船乗《ふなの》りらしくもないし、断《だん》じてイギリス人《じん》らしくもない」

「まあ、いまにわかりますよ」先生《せんせい》がいった。

デッキに出《で》ると、もう船員《せんいん》たちが声《こえ》をかけあいながら武器《ぶき》と火薬《かやく》を運《はこ》びだしていた。船長《せんちょう》とアローさんがそばで監督《かんとく》している。

うん、なかなかいい配置《はいち》だ。ヒスパニオラ号《ごう》は大改装《だいかいそう》された。まず、船尾《せんび》にベッドが六《むっ》つ入《はい》った。もともとは倉庫《そうこ》の一部《いちぶ》だった部屋《へや》だ。この部屋《へや》と、船首《せんしゅ》にある船員部屋《せんいんべや》と調理場《ちょうりば》とをつなぐのは、船《ふね》の左側《ひだりがわ》にある通路《つうろ》だけだ。当初《とうしょ》の予定《よてい》では、六《むっ》つのベッドは船長《せんちょう》、アローさん、ハンター、ジョイス、先生《せんせい》、トリローニさんが使《つか》う予定《よてい》だった。でも、このうちふたつをレッドルースとぼくが使《つか》うことになったので、アローさんと船長《せんちょう》はデッキの昇降口近《しょうこうぐちちか》くの部屋《へや》で寝《ね》ることになった。その部屋《へや》はスペースが広《ひろ》げられ、船室《せんしつ》と呼《よ》んでもいいくらいの大《おお》きさだった。もちろん天井《てんじょう》は低《ひく》いけれど、ハンモックをふたつつるすにはじゅうぶんだから、アローさんも気《き》に入《い》ったみたいだ。もしかして、アローさんもほかの船員《せんいん》を疑《うたが》っていたのかもしれない。まあ、ただの憶測《おくそく》だけど。なにしろこのあとすぐ、ぼくたちはアローさんの意見《いけん》をきくことができなくなったから。

火薬《かやく》やベッドをせっせと運《はこ》んでいると、最後《さいご》のひとりふたりの船員《せんいん》とジョン・シルバーが、ボートに乗《の》ってやってきた。

シルバーはサルみたいにひょいひょいと船《ふな》べりをのぼってくると、作業《さぎょう》を見《み》るなり声《こえ》をあげた。

「おいおい、いったい何《なに》をやってんだ？」

「火薬《かやく》の移動《いどう》だ」だれかが答《こた》える。

「なんだって！　そんなことしてたら、明日《あした》の朝《あさ》の潮《しお》を逃《のが》しちまう」

「わたしの命令《めいれい》だ」船長《せんちょう》がさらっといった。「おまえは下《した》に行《い》け。みな、腹《はら》をすかせている」

「わかりました」シルバーは前髪《まえがみ》に手《て》をやって敬礼《けいれい》すると、すぐに調理場《ちょうりば》のほうへ消《き》えた。

「信用《しんよう》できそうだろう、船長《せんちょう》」先生《せんせい》がいう。

「そのようですな。おい、気《き》をつけろ、そうっと動《うご》かせ」

火薬《かやく》を運《はこ》ぶ船員《せんいん》たちに注意《ちゅうい》してから、船長《せんちょう》はふとこっちを見《み》た。ぼくは、船《ふね》のまんなかに配置《はいち》された旋回砲《せんかいほう》（三百六十度狙《ねら》うことのできる大砲《たいほう》）をまじまじと見《み》ているところだった。

「おい、そこのキャビンボーイ！　それに近《ちか》づくな。おまえも調理場《ちょうりば》に行《い》ってコックを手伝《てつだ》え」

ぼくは大急《おおいそ》ぎで下《した》におりていった。船長《せんちょう》がリプジー先生《せんせい》に大声《おおごえ》でいうのがきこえる。

「わたしの船《ふね》では、ひいきはしません」

はっきりいって、トリローニさんに大賛成《だいさんせい》だ。船長《せんちょう》なんか、大《だい》きらいだ。

航《こう》海《かい》

夜《よる》じゅう、荷物《にもつ》をしまうのにてんてこまいだった。そこにブランドリーさんをはじめトリローニさんの友人《ゆうじん》がわらわらやってきて、安全《あんぜん》な航海《こうかい》をとか、無事《ぶじ》な帰還《きかん》をとか、なんやかんやいうものだから、大騒《おおさわ》ぎだった。ベンボウ提督亭《ていとくてい》より二倍《にばい》も三倍《さんばい》もいそがしい。夜明《よあ》け近《ちか》くに水夫長《すいふちょう》の号笛《ごうてき》が鳴《な》って、みんなが錨《いかり》を巻《ま》きあげはじめたときには、もうくたくただった。でも、どんなにつかれていたとしても、デッキからはなれようとは思《おも》わなかった。てきぱきとした命令《めいれい》、鋭《するど》い号笛《ごうてき》の音《おと》、ランプの明《あ》かりのなかを持《も》ち場《ば》に急《いそ》ぐ船員《せんいん》たち。なにもかもがめずらしく、おもしろい。

「おい、シルバー、ひとつうたってくれ」だれかが大声《おおごえ》でいった。

「例《れい》のあれだ」べつの声《こえ》がする。

「よしきた」

松葉杖《まつばづえ》をついてそばに立《た》っていたシルバーが、すぐにうたいはじめた。何度《なんど》も船長《せんちょう》のビルにきかされた、あの歌《うた》だ。

死人《しにん》の箱《はこ》には十五人《じゅうごにん》

すると、船員《せんいん》たちが声《こえ》を合《あ》わせる。

ヨーホーホー、ラム一本《いっぽん》！

「ホー」のところで、錨《いかり》を巻《ま》きあげるてこ棒《ぼう》を力《ちから》いっぱい押《お》す。

こんなにワクワクしているのに、ぼくは歌《うた》をきくなり、ベンボウ提督亭《ていとくてい》のことを思《おも》い出《だ》した。あの老船長《ろうせんちょう》ビルの調子《ちょうし》はずれの声《こえ》が、みんなの声《こえ》にまじってきこえてくるような気《き》がする。やがて錨《いかり》が巻《ま》きあげられ、海水《かいすい》をたらしながら船首《せんしゅ》におさまった。帆《ほ》はたちまち風《かぜ》をはらんで、左右《さゆう》にあったほかの船《ふね》と陸地《りくち》がどんどんうしろに流《なが》れていった。一時間《いちじかん》くらい仮眠《かみん》をとろうと横《よこ》になったころには、ヒスパニオラ号《ごう》は宝島目指《たからじまめざ》して走《はし》りだしていた。

航海《こうかい》については、いたって順調《じゅんちょう》だったとだけいっておく。ヒスパニオラ号《ごう》は期待《きたい》どおりのいい船《ふね》だったし、船員《せんいん》はみんな腕《うで》ききで、船長《せんちょう》は自分《じぶん》の務《つと》めをしっかり心得《こころえ》ていた。でも、宝島《たからじま》に着《つ》く前《まえ》にいくつか事件《じけん》が起《お》こった。

まず、アロー航海士《こうかいし》は船長《せんちょう》が心配《しんぱい》していた以上《いじょう》に役立《やくた》たずだった。部下《ぶか》をまとめられないから、だれも命令《めいれい》をきかない。最悪《さいあく》なのは、船出《ふなで》してから一日《いちにち》か二日経《ふつかた》つと、デッキに出《で》てくるときに、目《め》がとろんとして、ほおが赤《あか》く、ろれつもまわらず、明《あき》らかに酔《よ》っぱらっているようになった。下《した》に引《ひ》っこんでいろと命《めい》じられることもしょっちゅうで、情《なさ》けないったらない。ときには転《ころ》んでケガをしたし、デッキにあがる昇降口近《しょうこうぐちちか》くの自分《じぶん》の部屋《へや》で一日《いちにち》じゅう寝《ね》ていることもあった。ごくたまに、酔《よ》っぱらわずになんとか仕事《しごと》をこなしているといったありさまだ。

ふしぎなのは、アローさんがどこから酒《さけ》を手《て》に入《い》れていたのかってことだ。全員《ぜんいん》の謎《なぞ》だった。どんなに注意《ちゅうい》して見《み》ていてもわからない。直接《ちょくせつ》きくと、酔《よ》っていればへらへら笑《わら》うだけだし、酔《よ》っていないと、水以外《みずいがい》は飲《の》んでませんとまじめな顔《かお》でいいきった。

航海士《こうかいし》としてたよれないし、船員《せんいん》にも悪影響《あくえいきょう》だ。この調子《ちょうし》じゃそのうち酒《さけ》で身《み》を滅《ほろ》ぼすだろうって、みんなが思《おも》っていた。だから、海《うみ》が荒《あ》れている暗《くら》い夜《よる》、アローさんがぷっつりと姿《すがた》を消《け》してしまっても、みんなたいしておどろかなかったし、残念《ざんねん》がりもしなかった。

「海《うみ》に落《お》ちたな。まあ、これで足《あし》かせをはめる手間《てま》がはぶけた」船長《せんちょう》はぴしゃりといった。

とはいえ、航海士《こうかいし》がいなくなったわけだから、だれかを格上《かくあ》げさせないといけない。水夫長《すいふちょう》のジョップ・アンダーソンが適任《てきにん》だということになり、水夫長《すいふちょう》と航海士《こうかいし》を兼任《けんにん》することになった。トリローニさんも海《うみ》に出《で》ていた経験《けいけん》をいかしてみんなの役《やく》に立《た》ち、海《うみ》がおだやかなときは見張《みは》りも務《つと》めた。舵手《だしゅ》（船《ふね》の方向《ほうこう》をあやつる舵《かじ》を操作《そうさ》して、船《ふね》を一定《いってい》の方向《ほうこう》に進《すす》ませる人《ひと》）のイズラエル・ハンズはベテランで、慎重《しんちょう》で抜《ぬ》け目《め》がなく、いざというときにはどんな仕事《しごと》でも任《まか》せられた。

ハンズは、シルバーと仲《なか》がよかった。というわけで、いよいよシルバーの話《はなし》だ。

シルバーは両手《りょうて》を自由《じゆう》に使《つか》えるように、松葉杖《まつばづえ》をひもで首《くび》にぶらさげていた。つえの先《さき》を壁《かべ》にあてて寄《よ》りかかり、船《ふね》がどんなに揺《ゆ》れてもバランスをとって、陸《りく》にいるのと同《おな》じように料理《りょうり》をするのはすごい。それだけじゃない。海《うみ》が大荒《おおあ》れのときにデッキを歩《ある》くのを見《み》て、びっくりした。ロープを一本《いっぽん》か二本《にほん》、デッキのいちばん広《ひろ》いところに張《は》って、そのあいだをわたる。みんなはそのロープを、〈シルバーのイヤリング〉って呼《よ》んでいた。ときには松葉杖《まつばづえ》を使《つか》い、ときには首《くび》に下《さ》げたままにしてロープをたぐりながら進《すす》み、だれにも負《ま》けずにすばやく移動《いどう》する。それでも、昔《むかし》シルバーと航海《こうかい》した男《おとこ》たちは、そんなからだになったシルバーを気《き》の毒《どく》がっていた。

「そんじょそこらの男《おとこ》じゃねえんだ、シルバーは」舵手《だしゅ》のハンズがいった。「若《わか》いころにちゃんとした教育《きょういく》も受《う》けてるから、その気《き》になればむずかしい話《はなし》もできる。度胸《どきょう》もある。シルバーにかかれば、ライオンだってひとひねりよ。いつだったか、四人《よにん》を相手《あいて》にとっくみあいのけんかをして、四《よっ》つの頭《あたま》をガンガンかち合《あ》わせてた。武器《ぶき》も使《つか》わずにだ」

船員《せんいん》はみんなシルバーを尊敬《そんけい》していて、なんでもいうことをきいた。シルバーは話《はな》し方《かた》に気《き》をつかっていて、面倒見《めんどうみ》もいい。ぼくにはいつも親切《しんせつ》で、調理場《ちょうりば》に行《い》くと喜《よろこ》んでむかえてくれた。調理《ちょうり》場《ば》はいつもピカピカで、きれいにふいたお皿《さら》が並《なら》び、すみにはカゴに入《はい》ったオウムがいた。

「やあ、入《はい》れよ、ジム」シルバーはいつもそういった。「話《はな》し相手《あいて》になってくれ。だれよりも歓迎《かんげい》だ。まあすわれ。ここにいるのは、フリント船長《せんちょう》だ。オウムに、あの名高《なだか》い海賊《かいぞく》の名前《なまえ》をもらった。フリント船長《せんちょう》が、おれたちの航海《こうかい》の成功《せいこう》を予言《よげん》している。なあ、フリント船長《せんちょう》？」

するとオウムがすごい早口《はやくち》でまくしたてた。「ハチノギンカ！　ハチノギンカ！　ハチノギンカ！」息《いき》が切《き》れちゃうんじゃないかと心配《しんぱい》になるくらいで、シルバーがカゴにハンカチをばさっとかけるまで、ノンストップでしゃべる。

「このオウムは、二百歳《にひゃくさい》ぐらいなんだ。オウムってのは、超長生《ちょうながい》きでね。人間《にんげん》の悪事《あくじ》をオウム以上《いじょう》に見《み》てるのは、悪魔《あくま》だけだな。こいつはあの偉大《いだい》な海賊《かいぞく》、イングランド船長《せんちょう》の船《ふね》に乗《の》ってたんだ。マダガスカル、マラバル、スリナム、プロビデンス、それにポルトベロ、どこにでも行《い》ってる。銀《ぎん》を積《つ》んだ沈没船《ちんぼつせん》を引《ひ》きあげたときも、その場《ば》にいたんだ。それで『八《はち》の銀貨《ぎんか》』ってことばを覚《おぼ》えた。そりゃあ覚《おぼ》えるだろうよ、なにしろ三十五万枚《さんじゅうごまんまい》も銀貨《ぎんか》があったんだから。ゴア沖《おき》でインド総督号《そうとくごう》を襲《おそ》ったときもいっしょにいた。ぱっと見《み》じゃ、まだひな鳥《どり》みたいだろう。ところが、火薬《かやく》のにおいだってちゃんとかいだことがある。なあ、フリント船長《せんちょう》?」

「シンロヘンコウ、ヨウイ」オウムがかん高《だか》い声《こえ》を出《だ》す。

「どうだ、かしこいもんだろう」シルバーはポケットから角砂糖《かくざとう》を出《だ》した。オウムはカゴの柵《さく》をつついて、つぎつぎののしりことばを吐《は》いた。うわあ、鳥《とり》のくせにめちゃくちゃ口《くち》が悪《わる》い。

「これだよ。朱《しゅ》に交《まじ》われば赤《あか》くなるってやつだ。この無邪気《むじゃき》なオウムはこんなふうに悪態《あくたい》をつくが、自分《じぶん》じゃわかってない。牧師《ぼくし》さんの前《まえ》でだって、同《おな》じ調子《ちょうし》でしゃべるだろう」シルバーは牧師《ぼくし》さんと口《くち》にするとき、前髪《まえがみ》に指《ゆび》でふれて敬意《けいい》を表《ひょう》した。うん、やっぱりちゃんとした人《ひと》だ。

トリローニさんと船長《せんちょう》は、あいかわらず仲《なか》が悪《わる》かった。トリローニさんはなんでもはっきりいう人《ひと》だから、船長《せんちょう》を見下《みくだ》していることをかくそうともしない。船長《せんちょう》は船長《せんちょう》で、話《はな》しかけられないかぎり口《くち》をきかず、話《はな》すとしても事務的《じむてき》でそっけなく、用件《ようけん》のみ。船員《せんいん》への疑《うたが》いがかわらないかと問《と》い詰《つ》められると、さすがに、自分《じぶん》の思《おも》いちがいだったかもしれない、なかにはきびきびはたらく者《もの》もいるし、全体《ぜんたい》としてよくやっている、と認《みと》めた。船《ふね》については大満足《だいまんぞく》だそうだ。

「風上《かざかみ》に向《む》かうときもうまく進《すす》み、女房《にょうぼう》よりはるかにききわけがいい。が、無事《ぶじ》に帰国《きこく》できるかわからないとあっては、やはり乗《の》り気《き》にはなれません」

トリローニさんはそれをきくと、ぷいと背《せ》を向《む》け、いかにもご立腹《りっぷく》といったようすでデッキを歩《ある》いていった。

「あとひとことでもつまらん口《くち》をきいたら、ただじゃおかない」

嵐《あらし》にみまわれることもあったけど、それこそヒスパニオラ号《ごう》の力《ちから》の見《み》せどころだった。みんな、満足《まんぞく》していた。これで文句《もんく》をいうなんて、よっぽどのひねくれ者《もの》だ。ノアの方舟《はこぶね》が海《うみ》に出《で》たときから、こんなに船員《せんいん》を甘《あま》やかす船《ふね》もなかっただろうから。たいした理由《りゆう》もなく、ラムがふるまわれた。トリローニさんはだれかの誕生日《たんじょうび》だときさつけると、かならずプディングを出《だ》す。デッキのまんかには、ふたのあいたりんごの樽《たる》が置《お》いてあって、だれでも好《す》きに食《た》べられた。

「ろくなことにならないでしょう。甘《あま》やかされた船員《せんいん》ほど手《て》に負《お》えないものはない。わたしの信念《しんねん》です」船長《せんちょう》はリプジー先生《せんせい》にいった。

ところが実際《じっさい》には、りんご樽《だる》が船《ふね》を救《すく》ってくれた。この樽《たる》がなかったら、ぼくたちはせまりくる危険《きけん》に気《き》づかず、裏切《うらぎ》り者《もの》の手《て》にかかって死《し》んでいただろう。


はじまりは、こんなふうだった。

ヒスパニオラ号《ごう》は貿易風《ぼうえきふう》にのって、目指《めざ》す島《しま》の風上《かざかみ》に出《で》た（これ以上《いじょう》はいうわけにはいかない）。昼夜通《ちゅうやとお》してしっかり見張《みは》りをしながら、島《しま》に近《ちか》づいていった。計算《けいさん》では、あと一日《いちにち》くらいで着《つ》くはずで、その夜《よる》か、遅《おそ》くともつぎの日《ひ》の昼《ひる》には宝島《たからじま》が見《み》えてくるはずだった。針路《しんろ》は南南西《なんなんせい》、風《かぜ》を真《ま》横《よこ》から受《う》けて、海《うみ》もおだやかだ。船《ふね》は一定《いってい》のリズムで左右《さゆう》に揺《ゆ》れ、ときどきへさきの棒《ぼう》が水《みず》につかってしぶきをあげた。上下《じょうげ》の帆《ほ》が風《かぜ》でふくらむ。だれもがはりきっていた。冒険《ぼうけん》の第一章《だいいっしょう》が、もうすぐ完結《かんけつ》する。

日《ひ》が沈《しず》んだ直後《ちょくご》、仕事《しごと》をおえたぼくはベッドに向《む》かおうとして、ふとりんごが食《た》べたくなった。デッキにかけあがると、見張《みは》り番《ばん》はみんな島《しま》が見《み》えやしないかと、前方《ぜんぽう》に目《め》をこらしていた。舵手《だしゅ》は、前《まえ》の帆《ほ》をながめながら口笛《くちぶえ》を吹《ふ》いている。それ以外《いがい》にきこえるのは、船《ふね》のへさきとへりをたたく波《なみ》の音《おと》だけだ。

樽《たる》のなかには、りんごはもうほとんど残《のこ》っていなかった。底《そこ》のほうをたしかめようと、なかにすっぽり入《はい》って、暗《くら》いなかにすわっているうちに、波《なみ》の音《おと》や船《ふね》の揺《ゆ》れが心地《ここち》よくて、眠《ねむ》くなってきた。うとうとしているとき、いかにも大男《おおおとこ》が樽《たる》のすぐ近《ちか》くにドスンとすわったのがわかった。もたれかかったらしく、樽《たる》がぐらりと揺《ゆ》れた。飛《と》びだそうとしたとき、男《おとこ》がしゃべりだした。シルバーだ。最初《さいしょ》のひとことをきいて、なにがなんでも出《で》ちゃいけないと思《おも》った。こわいやら、内容《ないよう》が気《き》になるやらで、ふるえながら耳《みみ》をすました。すぐにわかった。この船《ふね》の善良《ぜんりょう》な人《ひと》たち全員《ぜんいん》の命《いのち》が、ぼくひとりにかかっている。

りんごの樽《たる》のなかできいたこと

「いや、おれじゃねえ」シルバーはいった。「船長《せんちょう》はフリントだ。おれは足《あし》がこれだから、舵手《だしゅ》だった。あの一斉射撃《いっせいしゃげき》をくらって、おれは片足《かたあし》をなくし、ピューの野郎《やろう》は両目《りょうめ》が見《み》えなくなった。足《あし》を切《き》り落《お》としたのは、一流《いちりゅう》の外科医《げかい》だ。大学《だいがく》なんかも出《で》て、ラテン語《ご》やらなにやら、とにかく学《がく》があったが、けっきょくはコーソウ要塞《ようさい》で首《くび》をくくられて、ほかの連中《れんちゅう》と同《おな》じく日《ひ》ざらしさ。ほかの連中《れんちゅう》ってのは、海賊《かいぞく》ロバートの一味《いちみ》だ。だいたい、ロイヤルフォーチュン号《ごう》とかなんとか、船《ふね》の名《な》前《まえ》を変《か》えたりするからそんな目《め》にあったんだ。いったん船《ふね》に名前《なまえ》をつけたら、変《か》えるもんじゃない。イングランド船長《せんちょう》がインド総督号《そうとくごう》を襲《おそ》ったあと、おれたちを無事《ぶじ》マラバルから連《つ》れ帰《かえ》ってくれたあのカサンドラ号《ごう》だって、ずっとその名《な》で通《とお》した。フリントのセイウチ号《ごう》だってそうさ。いやまったく、血《ち》で真《ま》っ赤《か》にそまって、沈没《ちんぼつ》しそうなほどどっさり金《かね》を積《つ》んでたなあ」

「すっげえ！」べつの声《こえ》がした。船員《せんいん》のなかでいちばん若《わか》い男《おとこ》で、いかにもほれぼれしている。

「海賊《かいぞく》のなかの海賊《かいぞく》だな、フリント船長《せんちょう》は！」

「きいた話《はなし》じゃ、デイヴィス船長《せんちょう》もなかなかの男《おとこ》だったらしい。同《おな》じ船《ふね》に乗《の》ったことはないがね。おれが乗《の》ったのは、最初《さいしょ》がイングランド、つぎがフリントの船《ふね》だ。そしてこの船《ふね》で、いわば一本立《いっぽんだ》ちしたってわけだ。イングランドのところで九百《きゅうひゃく》ポンド貯《た》めて、フリントのところで二千《にせん》ポンドになった。平《ひら》の船員《せんいん》にしては、上出来《じょうでき》だろ。そっくり銀行《ぎんこう》にあずけてある。いいか、これからはかせぐだけじゃダメだ、貯《た》めなきゃ意味《いみ》がない。イングランド船長《せんちょう》の手下《てした》がいまどうしてるかは、知《し》らないな。フリント船長《せんちょう》の手下《てした》はな……ほとんど乗《の》ってるんだよ、この船《ふね》に。食《く》いものにありつけてはしゃいでやがる。物乞《ものご》いをしてたのもいるからな。目《め》を失《うしな》ったピューも、こともあろうに、一年《いちねん》で千二百《せんにひゃく》ポンドも使《つか》いやがった。国《くに》のおえらいさんじゃあるまいし。それがいまじゃ、くたばって地獄《じごく》の底《そこ》だ。ここ二年《にねん》くらいはひどい暮《く》らしで、食《く》うや食《く》わずだった。物乞《ものご》い、盗《ぬす》み、人殺《ひとごろ》し。で、飢《う》え死《じ》に寸前《すんぜん》だ。まったく」

「金《かね》があっても、なんにもならねえんだな」若《わか》い船員《せんいん》がいう。

「金《かね》だろうがなんだろうが、バカには価値《かち》がない。だが、いいか。おまえは若《わか》いが、えらく頭《あたま》が切《き》れる。ひと目見《めみ》たときからわかった。だから、男《おとこ》と男《おとこ》の話《はなし》をする」

なんだって？　ぼくにいったのと同《おな》じお世辞《せじ》じゃないか。この腹黒《はらぐろ》い海賊《かいぞく》め！　できることなら、いますぐ樽《たる》ごしに刺《さ》し殺《ころ》してやりたい。シルバーはきかれているなんて夢《ゆめ》にも思《おも》わず、しゃべりつ

づけた。

「海《うみ》の冒険家《ぼうけんか》ってのはな、生活《せいかつ》は荒《あら》っぽいし、つるし首《くび》の危険《きけん》もおかす。だが、たらふく飲《の》み食《く》いして、ひとたび航海《こうかい》がおわれば大金《たいきん》を手《て》にする。はした金《がね》じゃない、何百《なんびゃく》ポンドだ。たいていのやつらは酒《さけ》と遊《あそ》びにぱあっと使《つか》っちまって、すっからかんでまた海《うみ》に出《で》る。だが、おれはちがう。金《かね》はぜんぶ貯《た》めておく。あっちに少《すこ》し、こっちに少《すこ》しだ。一《いっ》か所《しょ》にまとめると目《め》を引《ひ》くからな。おれももう五十《ごじゅう》だ。この航海《こうかい》からもどったら、かたぎになってまっとうな暮《く》らしをする。そろそろ潮《しお》どきってところだ。これまでさんざん、気《き》ままにやってきた。ほしいものは手《て》に入《い》れ、ふかふかのベッドで寝《ね》て、うまいもんを食《く》ってきた。海《うみ》の上《うえ》ではべつだがな。そのおれだって最初《さいしょ》は平《ひら》の船員《せんいん》さ、おまえと同《おな》じな」

「けどよ、あずけてある金《かね》はなくしたのと同《おな》じだろう？　この航海《こうかい》がおわったらブリストルに顔《かお》を出《だ》すわけにはいかねえだろうし」

「おいおい、どこにあずけたと思《おも》ってるんだ」シルバーはバカにしたようにいった。

「ブリストルの銀行《ぎんこう》かなんかだろ」

「ああ、出発《しゅっぱつ》する前《まえ》はな。だがいまは女房《にょうぼう》が全額《ぜんがく》もってる。望遠鏡亭《ぼうえんきょうてい》は売《う》っぱらった。借地権《しゃくちけん》や営業権《ぎょうけん》や道具《どうぐ》なんかもぜんぶな。女房《にょうぼう》とはよそで落《お》ちあう。場所《ばしょ》を教《おし》えてやってもいいぞ。おまえを信用《しんよう》しているからな。だが、ほかの連中《れんちゅう》がねたむだろうからなあ」

「奥《おく》さんは信用《しんよう》できるのか？」

「海《うみ》の冒険家《ぼうけんか》ってのはたいてい、あんまり仲間《なかま》を信用《しんよう》しないものだ。まあ一理あるが、おれはべつだ。仲間《なかま》が裏切《うらぎ》りをもくろんだとしても、おれには通《つう》じない。ピューをおそれていたやつもいたし、フリントをおそれていたやつもいた。だが、そのフリントがおそれていたのはおれだ。おれをおそれながら、自慢《じまん》もしてた。フリントの手下《てした》どもときたら、まったく、とんでもない荒《あら》くれ者《もの》だった。あいつらと海《うみ》に出《で》るなんて、悪魔《あくま》だっておじけづいただろうよ。いっとくが、おれはうぬぼれてないし、おまえも知《し》ってのとおり人《ひと》づきあいもいい。おれが舵手《だしゅ》だったとき、フリントの手下《てした》どもはとてもおとなしいなんていえる連中《れんちゅう》じゃなかった。その点《てん》、このジョン・シルバーといっしょに船《ふね》に乗《の》ってたら、心配《しんぱい》することはない」

「正直《しょうじき》にいうとさ、こうやってあんたと話《はな》すまで、この仕事《しごと》はまったく気《き》がのらなかったんだ。でも、気《き》が変《か》わったよ。握手《あくしゅ》だ」

「やっぱり、度胸《どきょう》も頭《あたま》もいいな」シルバーはいった。よっぽど力強《ちからづよ》く握手《あくしゅ》をしたのか、樽《たる》が揺《ゆ》れる。

「それに、おまえほど男前《おとこまえ》の海《うみ》の冒険家《ぼうけんか》には会《あ》ったことがない」

そうか、そういう意味《いみ》か。海《うみ》の冒険家《ぼうけんか》っていうのは要《よう》するに、ただの海賊《かいぞく》のことだ。そしていま耳《みみ》にした会話《かいわ》は、正直者《しょうじきもの》が悪《あく》の手《て》に落《お》ちた瞬間《しゅんかん》だ。もしかしたら、船《ふね》に残《のこ》った最後《さいご》の正直者《しょうじきもの》だったのかも……と思《おも》ったら、あとですぐちがうとわかって、ほっとした。シルバーが小《ちい》さく口笛《くちぶえ》を吹《ふ》くと、べつの男《おとこ》が来《き》て、そばに腰《こし》をおろした。

「ディックとは話《はなし》がついた」シルバーがいった。

「だと思《おも》ったぜ」答《こた》えたのは、舵手《だしゅ》のイズラエル・ハンズだ。「ディックはバカじゃねえからな」

ハンズは嚙《か》みタバコをくちゃくちゃやって、ぺっと吐《は》きだした。

「でもよ、シルバー、いったいいつまで物売《ものう》りの船《ふね》みてえにうろちょろしてなきゃいけねえんだ？ あのスモレットって船長《せんちょう》にはうんざりだぜ。人《ひと》をこき使《つか》いやがって！ 早《はや》くあの船室《せんしつ》に押《お》し入《い》って、ピクルスやらワインやらをちょうだいしてえよ」

「ハンズ、おまえは昔《むかし》っから頭《あたま》が弱《よわ》いな。話《はなし》をよくきけ。でっかい耳《みみ》があるんだから。いいか、おれが指示《しじ》するまでは、船員部屋《せんいんべや》で寝《ね》て、せっせとはたらき、ことばには気《き》をつけ、酒《さけ》を飲《の》むな。わかったか？」

「そりゃ、わかったけど。いつやるんだよ？ それを教《おし》えてくれ」ハンズはぶつぶつこぼした。

「いつやるか？」シルバーが声《こえ》をはりあげた。「いいだろう、知《し》りたきゃ教《おし》えてやる。のばせるだけのばした、ぎりぎり最後《さいご》の瞬間《しゅんかん》だ。腕《うで》ききのスモレット船長《せんちょう》が、おれたちのためにこの船《ふね》を動《うご》かしてくれる。トリローニとリプジーは地図《ちず》やなんかをもっているが、どこにかくしてあるのかわからない。おまえだって知《し》らんだろう。だから、あのふたりに宝《たから》を見《み》つけさせ、船《ふね》に積《つ》みこんでもらう。で、そこからだ。おまえらみてえなぼんくらがそろっててもらちが明《あ》かないから、船長《せんちょう》に帰《かえ》りの半分《はんぶん》くらいまで船《ふね》を進《すす》めてもらって、襲《おそ》うのはそれからだ」

「でも、おれたちだってみんな船乗《ふなの》りだぜ」ディックがいった。

「だからなんだっていうんだ」シルバーがぴしゃりという。「船《ふね》を動《うご》かすことはできても、どうやって針路《しんろ》をとるつもりだ？　だからおまえらはダメなんだ。おれだったら、せめて貿易風《ぼうえきふう》の吹《ふ》くあたりまで船長《せんちょう》に連《つ》れていってもらう。そうすりゃ、まぬけなミスもねえし、一日《いちにち》に水一杯《みずいっぱい》なんてことにもならない。だが、おまえらの性分《しょうぶん》はわかってる。気《き》が進《すす》まないが、金《かね》を積《つ》みこんだらすぐ、島《しま》であいつらを始末《しまつ》しよう。まったくおまえらときたら、酔《よ》っぱらわなきゃ満足《まんぞく》しないときてる。やれやれ、おまえらみたいなのと航海《こうかい》するなんて、吐《は》き気《け》がする」

「落《お》ち着《つ》けよ、シルバー」ハンズが声《こえ》をあげた。「だれもあんたに逆《さか》らっちゃいねえよ」

「おれがいままでどれだけ、りっぱな船《ふね》が襲撃《しゅうげき》されるのを見《み》てきたと思《おも》う？　威勢《いせい》のいい若者《わかもの》がどれだけ、処刑場《しょけいじょう》で日干《ひぼ》しになったことか！　それもこれもみんな、考《かんが》えなしにことを急《いそ》いだからだ。いいか、おれは海《うみ》のことなら、ちっとは知《し》ってるつもりだ。針路《しんろ》をさだめて風《かぜ》にのってれば、馬車《ばしゃ》を乗《の》りまわす身分《みぶん》になれるんだ。だが、おまえらじゃダメだ。おれにはわかる。おまえらは明日《あした》にでもラムをがぶ飲《の》みして、つるし首《くび》になるのがおちだ」

「あんたの説教好《せっきょうず》きはみんな知《し》ってる。けどよ、帆《ほ》の扱《あつか》いや舵《かじ》のとり方《かた》なら、あんたに負《ま》けないやつなんてたくさんいるぜ」ハンズがいった。「そういう連中《れんちゅう》は、遊《あそ》び好《ず》きな気《き》のいいやつだった。あんたみたいにお高《たか》くとまってねえで、はめをはずして浮《う》かれ騒《さわ》いでたよ」

「ふん、だからどうした？」シルバーはいい返《かえ》した。「そいつらが、いまどうしてる？ピューもそういうヤツだったが、物乞《ものご》いになり果《は》てて死《し》んだ。フリントも、サバンナでラムを飲《の》みすぎて死《し》んだ。そりゃ、おもしろい連中《れんちゅう》だったぜ。だが、いまどうしてる？ああ？」

「だけどさ」ディックが口《くち》をはさんだ。「あいつらを襲《おそ》うとして、いったいどう処分《しょぶん》するんだ」

「そうこなくっちゃな！」シルバーが感心《かんしん》したようにいった。「仕事《しごと》の話《はなし》はこうでないと。で、おまえならどうする？島《しま》に置《お》き去《ざ》りにするか。イングランドならそうするだろう。切《き》りきざんでベーコンみたいにしちまうか。フリントやビリー・ボーンズ流《りゅう》だ」

「たしかに、ビリーならそうするだろうな」ハンズがいった。「『死人《しにん》はかみつかない』ってのが口《くち》ぐせだった。自分《じぶん》が死《し》んでみて、かみつけないって身《み》に染《し》みてるだろうよ。あの世《よ》へ行《い》ったなかでも、ビリーほど荒《あら》っぽい男《おとこ》もいなかっただろうな」

「まったくだ」シルバーはいった。「荒《あら》っぽくてせっかちでなあ。だが、おれはもともとおだやかな人間《にんげん》だ。紳士《しんし》ってやつよ。しかし、今回《こんかい》ばかりは手《て》をゆるめない。やることをやる。おれとしては、殺《ころ》しに一票《いっぴょう》だ。議員《ぎいん》になって馬車《ばしゃ》を乗《の》りまわしているときに、船室《せんしつ》にいる口《くち》うるさい連中《れんちゅう》がひょっこり帰《かえ》ってくるなんて、ごめんだからな。祈《いの》っていたら悪魔《あくま》が出《で》てくるようなもんだ。いまは、待《ま》てだ。だが、そのときが来《き》たら、ひと思《おも》いにやる」

「シルバー、やっぱりあんたはたいした男《おとこ》だ！」ハンズの声《こえ》がはずんでいる。

「その目《め》で見届《みとど》けてからいえ。いっておくが、トリローニはおれがやる。あのまぬけじじいの首《くび》を、この手《て》でもぎとってやる」シルバーはいったんことばを切《き》ってから、ふいにいった。「おい、ディック。すまんがそこの樽《たる》から、りんごをとってくれ。のどがかわいた」

えっ、えっ、えっ！　ウソだろう？　できるものなら樽《たる》から飛《と》びだして逃《に》げたい。でも、手足《てあし》がぶるぶるふるえるし、勇気《ゆうき》も出《で》ない。ディックが立《た》ちあがろうとしている……だけど、だれかが制《せい》したみたいだ。ハンズの声《こえ》がした。

「やめとけよ、同《おな》じ樽《たる》なら、ラムにしようぜ」

「ディック」シルバーがいう。「おまえは信用《しんよう》できる。目盛《めも》りのついたのが酒樽《さかだる》だ。ほら、鍵《かぎ》だ。コップがあるから、入《い》れてもってこい」

ぼくはおびえながらも、さてはアローさんもこうやって酒《さけ》を手《て》に入《い》れてたんだな、と思《おも》った。ディックがはなれているあいだに、ハンズはシルバーに耳打《みみう》ちして何《なに》かしゃべっているようだった。ききとれたのは、ほんのひとことふたことだけど、それでも大事《だいじ》な情報《じょうほう》をつかんだ。同《おな》じような話《はなし》がとぎれとぎれ耳《みみ》に入《はい》ってくるなかに、はっきりときこえたことばがあったからだ。「ほかには寝返《ねがえ》りそうなヤツはいねえ」ってことは、船《ふね》にはまだまともな仲間《なかま》がいるんだ。

ディックがもどると、三人《さんにん》はコップをまわしてラムを飲《の》んだ。ひとりが「幸運《こううん》を祈《いの》って」といい、またひとりが「あの世《よ》のフリントに」とつづけ、最後《さいご》にシルバーがうたうみたいにいった。「おれたちに乾杯《かんぱい》。たんまりもうけて、たらふく食《く》える」

ちょうどそのとき、樽《たる》のなかにぼうっと明《あ》かりがさしてきた。見上《みあ》げると月《つき》が出《で》ていて、うしろの帆柱《ほばしら》のてっぺんを銀色《ぎんいろ》に染《そ》め、前《まえ》の帆《ほ》を白《しろ》く照《て》らしていた。見張《みは》りが叫《さけ》んだ。

「陸《りく》だ！」

作《さく》戦《せん》会《かい》議《ぎ》

デッキをかけまわる足音《あしおと》がひびく。船室《せんしつ》や船員部屋《せんいんべや》から、みんなが走《はし》り出《で》てくる。ぼくはすかさず樽《たる》から出《で》て、前《まえ》の帆《ほ》の裏側《うらがわ》にかくれた。そこから向《む》きを変《か》えて船尾《せんび》のほうへ走《はし》っていったら、ハンターとリプジー先生《せんせい》に出《で》くわし、いっしょに風上《かざかみ》の船首《せんしゅ》へ急《いそ》いだ。

船員《せんいん》はもう、ひとり残《のこ》らず集《あつ》まっていた。霧《きり》は、月《つき》が出《で》るのとほぼ同時《どうじ》にすっかり晴《は》れていた。南西《なんせい》に低《ひく》い山《やま》がふたつ見《み》える。ふたつの山《やま》は三《さん》キロくらいはなれていて、片方《かたほう》の向《む》こうには、三《みっ》つ目《め》の山《やま》がそびえ立《た》っていた。高《たか》い山《やま》で、頂上《ちょうじょう》は霧《きり》につつまれている。どの山《やま》も切《き》り立《た》っていて、とんがった形《かたち》だ。

夢《ゆめ》でも見《み》ているみたいだ。ついさっきのショックからまだ立《た》ち直《なお》ってない。すると、つぎつぎに命令《めいれい》を下《くだ》すスモレット船長《せんちょう》の声《こえ》がきこえてきた。ヒスパニオラ号《ごう》はこれから、二点《にてん》、風上《かざかみ》に針路《しんろ》を向《む》け、島《しま》の東側《ひがしがわ》をかすめるコースを進《すす》む。

「ところで、ききたいのだが」すべての帆《ほ》がしっかり張《は》られると、船長《せんちょう》がいった。「前方《ぜんぽう》に見《み》えるあの島《しま》を見《み》たことがある者《もの》はいるか?」

「あります。貿易船《ぼうえきせん》でコックをしていたとき、あの島《しま》で水《みず》を補給《ほきゅう》しました」シルバーがいった。

「停泊《ていはく》するのは、南《みなみ》にあるはなれ小島《こじま》の裏《うら》でいいのか?」船長《せんちょう》がたずねる。

「そうです。あの島《しま》は、がいこつ島《とう》と呼《よ》ばれていて、昔《むかし》は海賊《かいぞく》の拠点《きょてん》でした。おれがいた貿易船《ぼうえきせん》にひとり、ここの地名《ちめい》をぜんぶ知《し》ってる船員《せんいん》がいたんです。島《しま》には山《やま》が三《みっ》つあって、いちばん北《きた》の山《やま》は前帆柱《まえほばしら》の山《やま》、それから南《みなみ》に向《む》かって、大帆柱《おおほばしら》の山《やま》、後《うし》ろ帆柱《ほばしら》の山《やま》と並《なら》んでいます。ただし大帆柱《おおほばしら》の山《やま》は、ほら、雲《くも》をかぶったあのいちばん高《たか》いやつですが、ふつうは望遠鏡山《ぼうえんきょうやま》と呼《よ》ばれます。船《ふね》をとめて掃除《そうじ》するとき、あそこに見張《みは》りを立《た》てたからです。がいこつ島《とう》のかげで船《ふね》を掃除《そうじ》したんです」

「ここに地図《ちず》がある。その小島《こじま》で合《あ》っているか?」船長《せんちょう》がたずねた。

地図《ちず》を受《う》けとるシルバーの目《め》が、きらりと光《ひか》る。でも、地図《ちず》の紙《かみ》があたらしいので、がっかりしたのがぼくにはわかった。ビリー・ボーンズの荷箱《にばこ》に入《はい》っていた地図《ちず》ではなく、正確《せいかく》な〝写《うつ》し〟だ。地名《ちめい》や標高《ひょうこう》や水深《すいしん》は入《い》れてあるけど、赤《あか》いバツ印《じるし》と手書《てが》きのメモは入《はい》ってない。さぞかしくやしかったはずだけど、シルバーは顔《かお》には出《だ》さなかった。

「そうです。この小島《こじま》です、まちがいない。それにしても、見事《みごと》な地図《ちず》ですな。だれが描《か》いたんです? もの知《し》らずの海賊《かいぞく》には、こんな地図《ちず》は描《か》けないでしょう。ああ、これこれ、キッド船長《せんちょう》の入《い》り江《え》。たしかにそう呼《よ》ばれていました。南側《みなみがわ》に強《つよ》い潮《しお》の流《なが》れがあって、それが西岸沿《せいがんぞ》いに北上《ほくじょう》しています。船《ふね》を島《しま》の風上《かざかみ》にもってきたのは正解《せいかい》でしたな、船長《せんちょう》。とめて掃除《そうじ》するなら、ここほどぴったりの場所《ばしょ》はありません」

「助《たす》かったよ」スモレット船長《せんちょう》はいった。「またあとで知恵《ちえ》をかしてくれ。ご苦労《くろう》だった」

それにしても、シルバーはよく平気《へいき》で島《しま》を知《し》っていることを認《みと》めたものだな。そのあとシルバーがこっちに近《ちか》づいてきたから、正直《しょうじき》こわかった。ぼくがりんごの樽《たる》のなかであの計画《けいかく》をきいていたのは知《し》らないはずだ。でも、これだけ残忍《ざんにん》で腹黒《はらぐろ》いシルバーがこの船《ふね》を支配《しはい》しつつあると思《おも》うと、ぞっとする。腕《うで》をぽんとたたかれて、ぼくは身《み》ぶるいを止《と》められなかった。

「ようジム、いいところだぞ、この島《しま》は。若《わか》いもんにはぴったりの島《しま》だ。泳《およ》いだり木《き》にのぼったり、ヤギ狩《が》りもできる。ヤギさながら、山《やま》をのぼってもいい。ああ、若《わか》いころを思《おも》い出《だ》すなあ。足《あし》のことを忘《わす》れるとこだったよ。若《わか》くて足《あし》が二本《にほん》ともあるってのはいいもんだ。ちょいと探検《たんけん》に出《で》かけようってときは、ひとことといってくれ。弁当《べんとう》をつくってやろう」

そういって、いかにも親《した》しそうにぼくの肩《かた》をぽんとたたくと、松葉杖《まつばづえ》をつきながら下《した》におりていった。

船長《せんちょう》、トリローニさん、先生《せんせい》は、デッキのうしろのほうで話《はなし》をしていた。ああ、早《はや》くりんごの樽《たる》のなかでできいた話《はなし》を打《う》ち明《あ》けたい。だけど、みんなの前《まえ》で話《はなし》に割《わ》りこむのは気《き》がひける。何《なに》かいい口実《こうじつ》はないかな。すると、先生《せんせい》に呼《よ》ばれた。大《だい》のタバコ信者《しんじゃ》の先生《せんせい》は、パイプを船室《せんしつ》に置《お》き忘《わす》れたので、とってきてもらおうと思《おも》ったらしい。ぼくは小《ちい》さい声《こえ》なら届《とど》くくらい先生《せんせい》に近《ちか》づくと、すぐにいった。「先生《せんせい》、話《はなし》があるんです。船長《せんちょう》とトリローニさんといっしょに船室《せんしつ》におりてから、何《なに》か

しら理由《りゆう》をつけてぼくを呼《よ》んでください。たいへんなんです」

先生《せんせい》はちょっと顔色《かおいろ》を変《か》えたけど、すぐにいつもどおりになった。

「ありがとう、ジム。それが知《し》りたかったんだ」

先生《せんせい》はことさら大《おお》きな声《こえ》で、質問《しつもん》したふうをよそおった。

それから先生《せんせい》は背《せ》を向《む》けて、話《はなし》にもどった。三人《さんにん》はしばらく話《はなし》をつづけた。だれもおどろいた顔《かお》もしないし、大《おお》きな声《こえ》も口笛《くちぶえ》ひとつもらさないけど、先生《せんせい》がぼくのいったことを伝《つた》えてくれたのはたしかだ。船長《せんちょう》が水夫長《すいふちょう》のジョップ・アンダーソンに命令《めいれい》するのがきこえた。号笛《ごうてき》が鳴《な》り、全員《ぜんいん》がデッキに集《あつ》まる。

「全員《ぜんいん》に伝《つた》えておきたいことがある」スモレット船長《せんちょう》がいった。「前方《ぜんぽう》に見《み》える島《しま》が、目指《めざ》す目的《もくてき》地《ち》だ。さきほど、トリローニさんにきみたちの仕事《しごと》ぶりをたずねられ、だれもがりっぱに責務《せきむ》を果《は》たしていることを報告《ほうこく》した。トリローニさんはみなも知《し》っているとおりたいへん気前《きまえ》がいい方《かた》なの

で、わたしとリプジー先生《せんせい》と三人《さんにん》で船室《せんしつ》に行《い》き、みなの健康《けんこう》と幸運《こううん》を祈《いの》って乾杯《かんぱい》し、きみたちにはわれわれの健康《けんこう》と幸運《こううん》を祈《いの》って乾杯《かんぱい》してもらおう、ということになった。これはじつに寛大《かんだい》なとりはからいだ。きみたちも同感《どうかん》なら、トリローニさんにばんざいをしようではないか」

ばんざいの声《こえ》があがった。心《こころ》からうれしそうだったから、この人《ひと》たちがぼくたちの命《いのち》を狙《ねら》っているなんて信《しん》じられなかった。

「こんどはスモレット船長《せんちょう》にばんざいだ！」いったん声《こえ》が静《しず》まると、シルバーがいった。

ふたたび、元気《げんき》よくばんざいの声《こえ》があがった。

そのあと、三人《さんにん》は船室《せんしつ》におりていった。それからまもなく、ジムは船室《せんしつ》に来《く》るようにと伝言《でんごん》があった。

三人《さんにん》はテーブルを囲《かこ》んですわっていた。テーブルには、スペイン産《さん》ワインとレーズンが置《お》いてある。先生《せんせい》はかつらをひざの上《うえ》に置《お》き、パイプをぷかぷか吹《ふ》かしている。そわそわしているときのくせだ。あったかい夜《よる》だったから、船尾《せんび》の窓《まど》はあけてあった。船《ふね》のうしろにのびる白《しろ》い波《なみ》のすじが、月《つき》にきらめいている。

「さて、ジム」トリローニさんがいった。「話《はなし》があるそうだな。いいたまえ」

ぼくはできるだけ手短《てみじか》に、要点《ようてん》をもらさず、シルバーたちの会話《かいわ》の内容《ないよう》を伝《つた》えた。話《はな》しおわるまで、三人《さんにん》とも口《くち》をはさまず、身動《みうご》きひとつしないで、ずっとぼくの顔《かお》を見《み》すえていた。

「ジム、すわりなさい」先生《せんせい》がいった。

ぼくがテーブルにつくと、ワインをついでくれて、両手《りょうて》いっぱいのレーズンをくれた。三人《さんにん》は順々《じゅんじゅん》にうなずきながら、ぼくの健康《けんこう》を祝《いわ》って、幸運《こううん》と勇気《ゆうき》に乾杯《かんぱい》してくれた。

「船長《せんちょう》がいったとおりだったな」トリローニさんがいう。「わたしがまちがっていた。愚《おろ》か者《もの》だったことを認《みと》める。船長《せんちょう》の指示《しじ》に従《したが》おう」

「わたしも同罪《どうざい》です」船長《せんちょう》が答《こた》えた。「反乱《はんらん》をくわだてている船員《せんいん》は、かならず兆候《ちょうこう》を見《み》せるものです。こちらの目《め》が節穴《ふしあな》でなければ、よこしまな考《かんが》えを見抜《みぬ》き、しかるべき手《て》を打《う》つことができるはずなのです。しかし今回《こんかい》は、まんまとだまされました」

「なにぶん相手《あいて》はシルバーです。しかしまあ、たいした男《おとこ》だ」先生《せんせい》がいった。

「帆桁《ほげた》（帆《ほ》を張《は》るために帆柱《ほばしら》の上《うえ》に横《よこ》にわたす材《ざい》）につるしてやれば、たいした見《み》ものでしょう」船長《せんちょう》がいう。「しかし、話《はなし》をしていても、解決《かいけつ》にはつながりません。いくつかはっきりしている点《てん》があるので、トリローニさんのお許《ゆる》しがあれば、申《もう》しあげたい」

「あなたが船長《せんちょう》だ。なんでも遠慮《えんりょ》なく話《はな》してください」

「まず、前進《ぜんしん》あるのみです。いまさら引《ひ》き返《かえ》すわけにはいきません。ここで針路《しんろ》の変更《へんこう》を命《めい》じれば、すぐさま反乱《はんらん》が起《お》きる。つぎに、時間《じかん》はまだあります。少《すく》なくとも、宝《たから》を発見《はっけん》するまでは。最後《さいご》に、まだ寝返《ねがえ》っていない者《もの》もいます。遅《おそ》かれ早《はや》かれ戦《たたか》いになるでしょうが、チャンスを逃《のが》さずに、相手《あいて》が予期《よき》していないときに、先制攻撃《せんせいこうげき》をしかけたい。トリローニさん、あなたが連《つ》れてきた使用人《しようにん》は信頼《しんらい》できますね？」

「命《いのち》にかけて保証《ほしょう》する」トリローニさんはきっぱりいった。

「それで三人《さんにん》。ジムも含《ふく》めて、こちらはぜんぶで七人《しちにん》。あとは、シルバーに寝返《ねがえ》っていない船員《せんいん》が何人《なんにん》いるか」

「トリローニさんが集《あつ》めた者《もの》たちはだいじょうぶでしょう。シルバーに会《あ》う前《まえ》に選《えら》んだのですから」先生《せんせい》がいった。

「いいや。ハンズもわたしが選《えら》んだ」トリローニさんは答《こた》えた。

「わたしも、ハンズは信頼《しんらい》できると思《おも》っていました」船長《せんちょう》がいう。

「やつらがそろいもそろってイギリス人《じん》とは！」トリローニさんが怒《いか》りを爆発《ばくはつ》させた。「いっそのこと、この船《ふね》を吹《ふ》っ飛《と》ばしてやりたいところだ」

「まあ、みなさん」船長《せんちょう》がいった。「いまいえることは、これくらいです。じっと辛抱《しんぼう》して、注意《ちゅうい》をおこたらないことです。耐《た》えがたいのはわかっています。いますぐ攻撃《こうげき》をしかけるほうが、よほどすっきりするでしょう。しかし、だれが味方《みかた》か見《み》きわめるまでは、どうしようもありません。じっと辛抱《しんぼう》して風《かぜ》を待《ま》つ。それがわたしの考《かんが》えです」

「ジムは、だれよりも強力《きょうりょく》な味方《みかた》です。やつらにも警戒《けいかい》されていませんし、よく気《き》がつく」先生《せんせい》がいった。

「ジム、たよりにしているぞ」トリローニさんもいった。

ああ、逃《に》げだしたいくらいだ。ぼくにできることなんかなんにもないよ。ところが、このあと奇《き》妙《みょう》な偶然《ぐうぜん》が重《かさ》なって、けっきょくぼくがみんなを救《すく》うことになる。でもこのときはどんなに考《かんが》えても、信頼《しんらい》できるのは二十六人中《にじゅうろくにんちゅう》たった七人《しちにん》だった。しかも、その七人《しちにん》のうちひとりは子《こ》どもだ。つまり、十九対六《じゅうきゅうたいろく》で戦《たたか》うようなものだ。

第《だい》3部《ぶ》　宝島《たからじま》の冒険《ぼうけん》

島《しま》の冒《ぼう》険《けん》のはじまり

つぎの朝《あさ》デッキから見《み》ると、島《しま》のようすはすっかり変《か》わっていた。風《かぜ》は完全《かんぜん》におさまっていたけれど、夜《よる》のあいだにたくさん走《はし》ったので、いまは低地《ていち》の東海岸《ひがしかいがん》から一《いち》キロくらい南東《なんとう》のところだ。島《しま》の大部分《だいぶぶん》は、灰色《はいいろ》の森《もり》におおわれていた。ぼやっとした灰色《はいいろ》のなかにも、標高《ひょうこう》が低《ひく》い砂地《すなじ》が黄色《きいろ》いすじになっていたり、マツらしい木《き》の緑色《みどりいろ》があちこちに見《み》えたりした。ぽつぽつと生《は》えているのも、かたまって生《は》えているのもあったけど、どれもほかの木《き》にくらべてひときわ高《たか》い。でもやっぱり、全体《ぜんたい》がぼんやりした灰色《はいいろ》で、さびしい感《かん》じだ。森《もり》のはるか上《うえ》には三《みっ》つの山《やま》が、岩《いわ》はだをあらわにしてくっきりそびえ立《た》っていた。どの山《やま》もへんてこな形《かたち》だ。なかでも、ほかのふたつより百《ひゃく》メートルくらい高《たか》い望遠鏡山《ぼうえんきょうやま》はいちばん奇妙《きみょう》で、周囲《しゅうい》はぐるりと険《けわ》しい崖《がけ》なのに、てっぺんはスパッと切《き》りとられたみたいに平《たい》らで、彫像《ちょうぞう》をのせる台《だい》みたいだ。

ヒスパニオラ号《ごう》は波《なみ》のうねりを受《う》けて、排水口《はいすいこう》が水《みず》につかるほど揺《ゆ》れていた。帆桁《ほげた》が滑車《かっしゃ》を引《ひ》っぱり、舵《かじ》が音《おと》を立《た》てながら左右《さゆう》にぶつかり、船全体《ふねぜんたい》がきしみ、うめき、はずんでいる。帆《ほ》を支《ささ》えるロープにつかまっていても、目《め》の前《まえ》がぐるぐるまわった。船《ふね》が走《はし》っているときならなんとか一人前《いちにんまえ》の仕事《しごと》ができても、こうして船《ふね》がとまって、ビンが転《ころ》がるみたいに揺《ゆ》れていると、ひどい吐《は》き気《け》をおさえられない。しかも朝《あさ》のすきっ腹《ぱら》じゃあ、お手上《てあ》げだ。

船酔《ふなよ》いのせいか、島《しま》の外観《がいかん》のせいか、気《き》がめいってきた。どんよりした灰色《はいいろ》の森《もり》、ごつごつした岩山《いわやま》、険《けわ》しい海岸《かいがん》に砕《くだ》けてとどろく波音《なみおと》。日《ひ》ざしが照《て》りつけ、海鳥《うみどり》があたりで魚《さかな》をあさりながら鳴《な》いている。長《なが》い航海《こうかい》のあとだから早《はや》く上陸《じょうりく》したいと思《おも》うはずなのに、宝島《たからじま》のことなんか考《かんが》えるのもいやだ。

そのうえ、朝《あさ》っぱらからうんざりする仕事《しごと》が待《ま》っていた。風《かぜ》が期待《きたい》できないので、船《ふね》を停泊地《ていはくち》まで引《ひ》っぱっていくことになった。ボートをいくつかおろしてみんなで乗《の》りこみ、船《ふね》を五《ご》、六《ろっ》キロも引《ひ》っぱって島《しま》の一角《いっかく》をまわり、せまい水路《すいろ》を通《とお》って、がいこつ島《とう》の裏《うら》につけなきゃいけない。ぼくもボートのひとつに乗《の》る役目《やくめ》を買《か》って出《で》た。といっても、何《なに》かできるわけじゃない。うだるような暑《あつ》さのなかの重労働《じゅうろうどう》に、ボートを漕《こ》ぐみんなは文句《もんく》ばかりいっている。ぼくのボートは水夫長《すいふちょう》のアンダーソンが指揮《しき》をとっていたけど、みんなをまとめるどころか、いちばん大声《おおごえ》で不満《ふまん》をまくしたてた。

「ふざけんな、いつまでもこんなことをしてると思《おも》ったら大《おお》まちがいだ」

まずいぞ。その日《ひ》までみんな、いやな顔《かお》ひとつしないできびきびとはたらいていた。なのに島《しま》を見《み》たとたん、規律《きりつ》がゆるんでしまった。

停泊地《ていはくち》に入《はい》るときは、シルバーが舵手《だしゅ》のそばでボートの案内《あんない》を務《つと》めた。水深《すいしん》を測《はか》っていた男《おとこ》は、どこも地図《ちず》にあるより深《ふか》いと報告《ほうこく》したけれど、この水路《すいろ》を知《し》りつくしているシルバーには、迷《まよ》いがなかった。

「引《ひ》き潮《しお》で海底《かいてい》がえぐられているだけだ。シャベルで掘《ほ》ったようになっているんだよ」

船《ふね》は、地図《ちず》に錨《いかり》のマークがついていた場《ば》所《しょ》に着《つ》いた。宝島《たからじま》とがいこつ島《とう》の岸《きし》にはさまれた場《ば》所《しょ》で、どちらからも五百《ごひゃく》メートルくらいはなれている。海底《かいてい》はきれいな砂《すな》だ。錨《いかり》を投《な》げこむと、鳥《とり》がいっせいに飛《と》びたって鳴《な》き声《ごえ》をあげながら森《もり》の上《うえ》をぐるりとまわったけれど、すぐに舞《ま》いおりてきて、ふたたびあたりはしんとなった。

陸《りく》に囲《かこ》まれた、森《もり》に埋《うず》もれているような場《ば》所《しょ》だ。木々《きぎ》は満潮《まんちょう》のラインまで生《お》いしげり、岸《きし》はほとんど平地《へいち》だ。遠《とお》くに、あっちにひとつ、こっちにひとつと、山《やま》の頂《いただき》が並《なら》び、なんだか円形劇場《えんけいげきじょう》みたいだ。ふたつの小川《おがわ》、というかほとんど沼《ぬま》だけど、それが、池《いけ》みたいなこの入《い》り江《え》に流《なが》れこんで、あたりの木《こ》の葉《は》は毒々《どくどく》しいくらい明《あか》るい色《いろ》をしている。船《ふね》からだと、丸太小屋《まるたごや》も柵《さく》もぜんぜん見《み》えない。すっぽり森《もり》におおわれているからだ。昇降口《しょうこうぐち》にある例《れい》の地図《ちず》がなかったら、この島《しま》が誕生《たんじょう》して以来《いらい》、ここに錨《いかり》をおろしたのはぼくたちがはじめてだと思《おも》ったかもしれない。

風《かぜ》はそよとも動《うご》かない。きこえてくるのは、一《いち》キロくらい向《む》こうの外海《そとうみ》に打《う》ち寄《よ》せる波《なみ》の音《おと》だけ。停泊地《ていはくち》には、独特《どくとく》のよどんだにおいがたちこめていた。しめった木《こ》の葉《は》や腐《くさ》りかけの木《き》の幹《みき》のにおい。ふと見《み》ると、リプジー先生《せんせい》も卵《たまご》が腐《くさ》っているかたしかめるみたいに、鼻《はな》をくんくんさせていた。

「宝《たから》はどうかわからないが、熱病《ねつびょう》があることはまちがいない」先生《せんせい》はいった。

ボートでも態度《たいど》がよくなかった船員《せんいん》たちが、船《ふね》にもどってからは険悪《けんあく》そのものだった。デッキでぐだぐだ寝転《ねころ》んで、文句《もんく》をいいあっている。ちょっとした命令《めいれい》にもむっとした顔《かお》をして、しぶしぶいいかげんな仕事《しごと》をした。まじめな船員《せんいん》たちにもこの空気《くうき》が感染《かんせん》したらしく、たしなめる人《ひと》はひとりもいなかった。明《あき》らかに、反乱《はんらん》の気配《けはい》が雷雲《らいうん》みたいにたちこめていた。

危険《きけん》に気《き》づいたのは、ぼくたち側《がわ》だけではない。シルバーは、グループからグループへまめに足《あし》を運《はこ》び、しかるべきアドバイスをしてまわり、船員《せんいん》のかがみのようにふるまった。これまで以上《いじょう》に礼儀正《れいぎただ》しく、なんでも快《こころよ》く引《ひ》き受《う》け、笑顔《えがお》をふりまいた。何《なに》か命令《めいれい》されるとさっと松葉杖《まつばづえ》をついて、このうえなく元気《げんき》に答《こた》えた。

「承知《しょうち》しました！」

何《なに》もすることがないときは、みんなの不満《ふまん》をかくそうとしてるのか、つぎつぎに歌《うた》をうたった。どんよりとした昼《ひる》どき、どんよりとした雰囲気《ふんいき》のなか、シルバーのみえみえの気《き》づかいがいちばんぶきみだった。

ぼくたちは船室《せんしつ》で作戦会議《さくせんかいぎ》をひらいた。

「あとひとつでも船長命令《せんちょうめいれい》を出《だ》そうものなら、船員《せんいん》たちは一気《いっき》に襲《おそ》いかかってくるでしょう。いまや、乱暴《らんぼう》な返事《へんじ》しか返《かえ》ってきませんから。たしなめようものなら、たちまち刃物《はもの》を振《ふ》りかざしてくるかもしれません。かといってだまっていれば、シルバーにあやしまれて、やはり万事休《ばんじきゅう》すです。となると、たよれるのはただひとり」

「だれだね？」トリローニさんがたずねた。

「シルバーです」船長《せんちょう》が答《こた》えた。「いま騒《さわ》ぎを起《お》こされたくないのは、われわれだけではない。シルバーもです。いまのところ、船員《せんいん》たちの不満《ふまん》はささいなものです。チャンスがあれば、シルバーが説得《せっとく》しておとなしくさせるはず。そのチャンスを与《あた》えてはどうでしょう。午後《ごご》、上陸《じょうりく》を許可《きょか》するのです。もし全員《ぜんいん》おりたら、船《ふね》をわれわれのものにできます。ひとりもおりなかったら、この船室《せんしつ》にたてこもり、運《うん》を天《てん》に任《まか》せるまでです。一部《いちぶ》の者《もの》がおりたときは、もどってくるころにはシルバーが、かならずおとなしくさせているでしょう」

話《はなし》が決《き》まった。確実《かくじつ》な味方《みかた》に、弾《たま》をこめたピストルが手《て》わたされた。トリローニさんが連《つ》れてきたハンター、ジョイス、レッドルースの三人《さんにん》に事情《じじょう》を打《う》ち明《あ》けると、思《おも》ったほどおどろかず、むしろはりきっていた。船長《せんちょう》はデッキに出《で》て、船員《せんいん》たちに話《はなし》をした。

「みんなもこれだけ暑《あつ》ければつかれただろう。陸《りく》でひと休《やす》みするのも悪《わる》くない。ボートはまだおろしたままだから、乗《の》っていってかまわない。午後《ごご》いっぱい、上陸《じょうりく》の許可《きょか》を出《だ》す。日没三十分前《にちぼつさんじっぷんまえ》に、大砲《たいほう》で合図《あいず》するまでだ」

バカみたいだけど、上陸《じょうりく》さえすれば宝《たから》の山《やま》にひざ下《した》まで埋《う》まるとでも思《おも》ったんだろう。ふくれっ面《つら》はたちまち消《き》えて、わあっと歓声《かんせい》があがった。その声《こえ》は遠《とお》くの山《やま》にこだまして、また鳥《とり》がいっせいに飛《と》びたち、停泊地《ていはくち》のまわりに鳴《な》き声《ごえ》がひびいた。

船長《せんちょう》はさすがわかっていて、喜《よろこ》びに水《みず》を差《さ》さないように姿《すがた》を消《け》し、上陸《じょうりく》の指揮《しき》はシルバーに任《まか》せた。それで正解《せいかい》だと思《おも》う。デッキに残《のこ》っていたら、船員《せんいん》たちのもくろみに気《き》づかないふりはムリだったはずだ。もうみえみえだった。反乱軍《はんらんぐん》のリーダーはシルバーで、大多数《だいたすう》の船員《せんいん》がシルバーの手《て》の内《うち》にある。なかには正直者《しょうじきもの》もいたのがのちのちわかるけど、その人《ひと》たちは、そうとうぼんやりしてたんだろうな。あ、でもちがうかも。もしかしたらみんな、反乱《はんらん》の首謀者《しゅぼうしゃ》に影響《えいきょう》されていたけど、その度合《どあ》いは人《ひと》によってちがって、もともと善良《ぜんりょう》な人《ひと》たちは、誘《さそ》われたにせよ強制《きょうせい》されたにせよ、これ以上《いじょう》は悪《わる》だくみについていけなかったんじゃないかな。仕事《しごと》がイヤでなまけるのと、船《ふね》をのっとって罪《つみ》のない人《ひと》たちを殺《ころ》すのとでは、レベルがちがいすぎる。

ともあれ、上陸《じょうりく》するメンバーが決《き》まった。シルバーを含《ふく》めた十三人《じゅうさんにん》がボートに乗《の》り、六人《ろくにん》が船《ふね》に残《のこ》った。

そのとき、ふとひらめいた。とんでもない考《かんが》えだけど、あとになってそれが、ぼくたちの命《いのち》を救《すく》うことになる。その六人《ろくにん》がシルバーの手《て》の内《うち》のやつらだったら、ぼくたちが船《ふね》に立《た》てこもって戦《たたか》うのはムリだ。でも逆《ぎゃく》にいえば、たった六人《ろくにん》なんだから、ぼくひとりいなくなっても困《こま》らない。よし、上陸《じょうりく》しよう。そう決《き》めるなり、ぼくは船《ふな》べりをさっとのりこえて、近《ちか》いほうのボートのへさきにうずくまった。すぐにボートが動《うご》きだした。

だれもぼくに気《き》をとめず、へさきでオールをにぎっていた男《おとこ》がさらっといった。「なんだ、ジムか。頭《あたま》をひっこめてな」

でも、もうひとつのボートからシルバーが鋭《するど》い目《め》で見《み》ていて、いま乗《の》ったのはジムか、と大声《おおごえ》できいてきた。ああ、やっぱりまずかったかな。

ふたつのボートは先《さき》を争《あらそ》うように岸《きし》を目指《めざ》した。ぼくの乗《の》ったボートは出発《しゅっぱつ》も早《はや》かったし、軽《かる》くて漕《こ》ぎ手《て》の腕《うで》もよかったので、もうひとつのボートを大《おお》きく引《ひ》きはなした。へさきが水《みず》ぎわの木々《きぎ》のあいだに突《つ》っこむと、ぼくは枝《えだ》をつかんでぶらさがり、近《ちか》くのしげみに飛《と》びこんだ。シルバーたちは、まだ百《ひゃく》メートルくらいうしろだ。

「ジム！　おい、ジム！」シルバーの呼《よ》ぶ声《こえ》がする。

もちろん、無視《むし》だ。ジャンプしたり身《み》をかがめたりして、しげみをくぐりぬけて、ひたすら前《まえ》へ、もうこれ以上動《いじょううご》けなくなるまで走《はし》った。

最《さい》初《しょ》の一《いち》撃《げき》

やった、シルバーを出《だ》しぬいてやったぞ。なんだかわくわくしてきた。ぼくは、未知《みち》の土地《とち》をあらためて見《み》まわした。

ヤナギやガマや、見《み》たことないへんてこな沼地《ぬまち》の植物《しょくぶつ》が生《お》いしげるなかを走《はし》ったら、目《め》の前《まえ》に砂《すな》地《じ》が広《ひろ》がっていた。一《いち》、二《に》キロにわたって波打《なみう》つその砂地《すなじ》には、マツの木《き》がぽつぽつと生《は》えている。ぐにゃっと曲《ま》がった木《き》もたくさんあって、枝《えだ》ののび方《かた》はカシの木《き》みたいだけど、葉《は》っぱはヤナギみたいに白《しろ》っぽい。砂地《すなじ》の向《む》こう側《がわ》には山《やま》がひとつそびえ、ヘンな形《かたち》をした岩《いわ》の頂《いただき》がふたつ、日《ひ》の光《ひかり》をあびてくっきりとかがやいている。

ああ、冒険《ぼうけん》って楽《たの》しい。やっとそう思《おも》えた。無人《むじん》の島《しま》だし、船《ふね》の仲間《なかま》ともはなれている。目《め》の前《まえ》には、ものいわぬ鳥《とり》とけものしかいない。木立《こだち》に入《はい》ってあちこち歩《ある》きまわってみると、知《し》らない草《くさ》木《き》がそこかしこで花《はな》を咲《さ》かせ、ちょいちょいヘビも見《み》かけた。岩《いわ》かげから首《くび》をもたげ、コマがまわるみたいな音《おと》をたててこちらをにらんでいるヘビもいる。それがまさか、あの猛毒《もうどく》をもつ危険《きけん》なガラガラヘビだとは、そのときは思《おも》いもしなかった。

そのうち、カシみたいな木《き》が生《お》いしげる林《はやし》に入《はい》った。あとで知《し》ったけど、ライブオークとかエバーグリーンオークって名前《なまえ》らしい。砂地《すなじ》にそってイバラみたいに低《ひく》くしげり、枝《えだ》は奇妙《きみょう》にくねくねして、びっしり生《は》えた葉《は》はまるでかやぶき屋根《やね》みたいだ。このしげみは砂地《すなじ》の丘《おか》のてっぺんから下《した》に向《む》かってどんどん広《ひろ》がり、丈《たけ》も高《たか》くなっていき、アシの生《は》えた広《ひろ》い沼地《ぬまち》につながる。この沼地《ぬまち》から、二本《にほん》の川《かわ》のうち一本《いっぽん》が流《なが》れだし、船《ふね》の停泊地《ていはくち》にそそいでいた。沼《ぬま》は強《つよ》い日《ひ》ざしをあびて水蒸気《すいじょうき》をあげ、その向《む》こうでは望遠鏡山《ぼうえんきょうやま》が、もやのなかで揺《ゆ》らいでいた。

ふいに、ガマのしげみがざわざわ騒《さわ》いだかと思《おも》うと、一羽《いちわ》のカモがクワッと鳴《な》いて飛《と》びたち、さらに一羽《いちわ》、また一羽《いちわ》とあとにつづいた。たちまち水鳥《みずどり》の大群《たいぐん》が雲《くも》みたいに空《そら》をおおい、鳴《な》き声《ごえ》をあげながら、沼地《ぬまち》の上《うえ》をぐるぐるまわった。ヤバいぞ、海賊《かいぞく》が沼地《ぬまち》のはしに近《ちか》づいてきてるんだ。思《おも》ったとおり、低《ひく》い声《こえ》が遠《とお》くからきこえてきて、耳《みみ》をすましていると、だんだん大《おお》きく近《ちか》くなってきた。

ぼくはこわくてたまらず、いちばん近《ちか》くのライブオークのしげみに身《み》をひそめ、じっとうずくまってきき耳《みみ》をたてた。

さっきとはちがう声《こえ》が返事《へんじ》をしている。するとまた、さっきの声《こえ》がした。あ、シルバーだ。しゃべりだすとそのまま長々《ながなが》と話《はなし》をつづけ、相手《あいて》はたまにことばをはさむだけだ。口調《くちょう》からして、ずいぶんまじめな話《はなし》みたいだ。口《くち》げんかみたいにいいあっているけど、ことばはひとつもききとれない。しばらくして、ふたりは立《た》ち止《ど》まった。腰《こし》をおろしたのかもしれない。もう近《ちか》づいてこないし、鳥《とり》もだんだん静《しず》かになって、沼地《ぬまち》にもどってきていた。

そうだ、こうしちゃいられない。やることをやらなくちゃ。無謀《むぼう》にも悪党《あくとう》どもといっしょに上陸《じょうりく》したからには、せめて盗《ぬす》みぎきくらいしなきゃ。いまのぼくの任務《にんむ》はどう考《かんが》えても、しげみにかくれてできるだけ近《ちか》づくことだ。

声《こえ》がきこえた方角《ほうがく》と、警戒《けいかい》した鳥《とり》がまだ何羽《なんわ》か上《うえ》を飛《と》んでいることから、ふたりのいる場所《ばしょ》は正《せい》確《かく》につかめた。

ぼくは手足《てあし》をついてそろそろと、でも着実《ちゃくじつ》にふたりに近《ちか》づいていった。しげみのすきまからのぞいてみると、沼地《ぬまち》のそばに、木々《きぎ》でおおわれた小《ちい》さな緑《みどり》のくぼ地《ち》があって、ぼくのいるちょっと高《たか》いところからよく見《み》とおせる。そこでシルバーと船員《せんいん》のひとりが向《む》かいあって立《た》ったまま、話《はなし》をしていた。

日《ひ》ざしがギラギラとふたりに照《て》りつけている。シルバーはぬいだ帽子《ぼうし》を地面《じめん》に放《ほう》りだし、つやつやした色黒《いろぐろ》の大《おお》きな顔《かお》を熱気《ねっき》でテカらせている。しきりにたのみごとをしているみたいだ。

「なあ。おれはおまえを買《か》ってる。だからこの話《はなし》をしたんだ。おまえを気《き》に入《い》ってなけりゃ、わざわざ教《おし》えたりしない。もう動《うご》きだしてるんだ。いまさらどうしようもないし、結果《けっか》は出《で》ている。こんなことをいうのは、おまえの命《いのち》を助《たす》けたいからだ。あの荒《あら》くれどもにかぎつけられたら、おれはどうなる？　おい、トム、どうなると思《おも》う？」

「シルバー」相手《あいて》がいった。

顔《かお》が真《ま》っ赤《か》で、カラスみたいなしわがれ声《ごえ》がピンと張《は》ったロープみたいにふるえている。

「あんたは年上《としうえ》でベテランだし、正直《しょうじき》な人間《にんげん》だ。まあ、とにかくそういう評判《ひょうばん》だ。すぐに金《かね》を使《つか》い果《は》たしちまう船乗《ふなの》りとはちがって金《かね》ももってるし、肝《きも》もすわってる。おれの目《め》がたしかならな。なのに、あんなくず野郎《やろう》どもの仲間《なかま》になろうってのか？　やめとけって！　神《かみ》に誓《ちか》って、おれは手《て》を貸《か》すくらいなら、手《て》を失《うしな》うほうがいい。自分《じぶん》の務《つと》めに逆《さか》らったりしたら……」

突然《とつぜん》、物音《ものおと》がして、話《はなし》がさえぎられた。寝返《ねがえ》っていない正直者《しょうじきもの》をひとり見《み》つけた。そう思《おも》ったとき、もうひとりべつの正直者《しょうじきもの》がいることがわかった。その正直者《しょうじきもの》がどんな目《め》にあっているかも。沼《ぬま》のずっと向《む》こうで、ふいに怒《おこ》っているような叫《さけ》び声《ごえ》があがり、べつの大声《おおごえ》がつづいたかと思《おも》うと、おそろしい絶叫《ぜっきょう》が長々《ながなが》とひびきわたった。その声《こえ》は望遠鏡山《ぼうえんきょうやま》の岩《いわ》に何度《なんど》もこだまして、鳥《とり》の群《む》れがまたいっせいにバサバサと飛《と》びたち、空《そら》が暗《くら》くなった。死《し》の絶叫《ぜっきょう》がぼくの頭《あたま》のなかに鳴《な》りひびいているうちに、あたりはふたたびしんと静《しず》まりかえった。舞《ま》いおりてくる鳥《とり》の羽音《はおと》と、遠《とお》くでとどろく波音《なみおと》のほかは、けだるい午後《ごご》の空気《くうき》を乱《みだ》すものはない。

トムは叫《さけ》び声《ごえ》におどろいて、走《はし》りだす前《まえ》の馬《うま》みたいに飛《と》びあがったけど、シルバーはまばたきひとつしない。その場《ば》に立《た》ったまま、松葉杖《まつばづえ》に軽《かる》く寄《よ》りかかって、いまにも飛《と》びかかろうとするヘビみたいにトムを見《み》すえていた。

「シルバー！」トムは呼《よ》びかけながら手《て》を差《さ》しだした。

「さわるな！」シルバーはどなって、一《いち》メートルくらい飛《と》びのいた。すきのないすばやい動《うご》きが、トレーニングをつんだ体操選手《たいそうせんしゅ》みたいだ。

「わかったよ。あんたがそういうなら。そんなふうにおそれるのは、うしろめたいことがあるからだろ。けど、いまのあれは、いったいなんだったんだ？」

「いまのあれか」シルバーはニヤニヤして、いっそう油断《ゆだん》のない目《め》をした。大《おお》きな顔《かお》のなかで針《はり》みたいに細《ほそ》めた目《め》が、ガラスのかけらみたいにキラリと光《ひか》る。「あれはたぶん、アランだろうな」

それをきいたトムは、正義感《せいぎかん》から声《こえ》をはりあげた。

「アランだって！　なんてこった。あいつはほんものの海《うみ》の男《おとこ》だ。魂《たましい》が安《やす》らかでありますよう！　おい、シルバー、あんたとは長《なが》いつきあいだったが、縁《えん》を切《き》らせてもらう。みじめな死《し》に方《かた》をしようとも、おれは自分《じぶん》の務《つと》めを果《は》たす。アランを殺《ころ》したんだな。殺《ころ》せるもんなら、おれも殺《ころ》せばいい。死《し》んでもいいなりにはならない」

そういうと、トムはシルバーにくるりと背《せ》を向《む》け、海岸《かいがん》のほうへ勇《いさ》ましく歩《ある》いていった。でもけっきょく、トムの運命《うんめい》はそこまでだった。シルバーはひと声叫《こえさけ》んで近《ちか》くの木《き》の枝《えだ》をつかむと、わきにかかえていた松葉杖《まつばづえ》を武器《ぶき》にして、ひゅっと投《な》げた。トムの背中《せなか》のまんなかに、杖《つえ》の先《さき》が命中《めいちゅう》した。トムは両手《りょうて》をふりあげて一瞬《いっしゅん》あえぎ、倒《たお》れた。

致命傷《ちめいしょう》だったのかどうかはわからないけど、音《おと》からして背骨《せぼね》が折《お》れたんじゃないかと思《おも》う。とにかく立《た》ち直《なお》るひまはなかった。シルバーは松葉杖《まつばづえ》もない片足《かたあし》なのにびっくりするほどすばやく、倒《たお》れたままのトムにのしかかり、ナイフを二度《にど》、柄《え》まで深《ふか》く突《つ》き刺《さ》した。ぼくがかくれている場所《ばしょ》からでも、ナイフをふりおろすシルバーの激《はげ》しい息《いき》づかいがきこえた。

気絶《きぜつ》ってどういうものなのか、正確《せいかく》にはわからない。ほんの一瞬《いっしゅん》、まわりの世界《せかい》が渦巻《うずま》くもやのなかでふわふわしてたのだけは覚《おぼ》えている。シルバーも、鳥《とり》の群《む》れも、望遠鏡山《ぼうえんきょうやま》のてっぺんも、目《め》の前《まえ》でぐるぐるまわってさかさまになり、ありとあらゆる鐘《かね》が鳴《な》っているみたいで、遠《とお》くの声《こえ》が耳《みみ》の奥《おく》にわんわんときこえた。

われに返《かえ》ったとき、シルバーはすっかり落《お》ち着《つ》きはらって、松葉杖《まつばづえ》をかかえて帽子《ぼうし》もかぶっていた。すぐ足《あし》もとの草地《くさち》には、トムがぴくりとも動《うご》かずに横《よこ》たわっている。殺《ころ》した本人《ほんにん》は平気《へいき》な顔《かお》で、ナイフについた血《ち》を草《くさ》でぬぐっていた。ほかには何《なに》ひとつ変《か》わったことはない。もやのたちのぼる沼《ぬま》や高《たか》い山《やま》の頂《いただき》には、あいかわらず日《ひ》ざしが照《て》りつけていた。たったいま、目《め》の前《まえ》で人《ひと》ひとりの命《いのち》が無残《むざん》にうばわれたなんて、とても信《しん》じられない。

シルバーはポケットから小《ちい》さな笛《ふえ》をとりだすと、いくつか音色《ねいろ》を変《か》えて吹《ふ》いた。音《おと》がもわんとした空気《くうき》を伝《つた》わって遠《とお》くまで届《とど》く。もちろん、その合図《あいず》の意味《いみ》はわからない。でも、たちまち恐怖《きょうふ》でいっぱいになった。海賊《かいぞく》たちがやってくる。見《み》つかったらどうなるだろう。やつらは正直者《しょうじきもの》をふたりも殺《ころ》した。トムとアランのつぎは、ぼくかもしれない。

できるだけすみやかに、静《しず》かに、その場《ば》をはなれた。森《もり》のひらけたところに向《む》かおう。そうしているあいだにも、シルバーが仲間《なかま》と呼《よ》びあう声《こえ》がきこえてくる。ヤバい、危険信号《きけんしんごう》だ。ぼくはますますスピードをあげた。やっとしげみからはいでると、走《はし》りに走《はし》った。方角《ほうがく》なんかどうでもいい。人殺《ひとごろ》しから遠《とお》ざかりたい一心《いっしん》だ。走《はし》っているうちにますますこわくなってきて、頭《あたま》がおかしくなりそうだった。

ぼくは、どん底《ぞこ》まで追《お》いつめられていた。合図《あいず》の大砲《たいほう》が鳴《な》っても、ボートにもどれるわけがない。血《ち》のにおいがぷんぷんするあいつらといっしょにもどるなんて、ムリだ。見《み》つかったとたん、小鳥《ことり》みたいに首《くび》をひねり殺《ころ》されてしまう。ぼくが姿《すがた》を消《け》したことで、いかにも警戒《けいかい》してるっていう印象《いんしょう》を与《あた》えたはずだ。あの計画《けいかく》知《し》ってますよって、いっているようなものじゃないか。もうおしまいだ。さようなら、ヒスパニオラ号《ごう》。トリローニさん、リブジー先生《せんせい》、スモレット船長《せんちょう》、みんな、さようなら。ぼくに残《のこ》された運命《うんめい》は、飢《う》え死《じ》にか、裏切《うらぎ》り者《もの》に殺《ころ》されるか、どっちかだ。

そんなことを考《かんが》えながら走《はし》りつづけていると、いつのまにか頂《いただき》がふたつある小《ちい》さな山《やま》のふもとに来《き》ていた。ライブオークはほかの場所《ばしょ》よりまばらで、枝《えだ》は大《おお》きくりっぱで、森《もり》という感《かん》じだ。マツの木《き》もぽつぽつあって、高《たか》さが十五《じゅうご》メートル近《ちか》いのもある。沼地《ぬまち》より空気《くうき》がさわやかだ。

そこで、ぼくはまたどきっとして立《た》ち止《ど》まった。心臓《しんぞう》がばくばくいっている。

島《しま》の住《じゅう》人《にん》

　このあたりの山《やま》は険《けわ》しくて、石《いし》ころだらけだった。砂利《じゃり》が木々《きぎ》のあいだをはずみながらガラガラ落《お》ちていく。とっさに目《め》をやると、マツの木《き》のうしろにすごい速《はや》さでぴょんと飛《と》びこんでいく影《かげ》がある。人間《にんげん》？　それともクマかサル？　まったくわからないけど、黒《くろ》くて、毛《け》がぼさぼさ生《は》えている。思《おも》いがけない出会《であ》いに、こわくて足《あし》がすくんだ。

　進《すす》むこともももどることもできない。うしろには人殺《ひとごろ》し、前《まえ》には謎《なぞ》の生《い》きもの。でも、どうせ危険《きけん》なら、知《し》らないものより知《し》ってるもののほうがマシだ。森《もり》の怪物《かいぶつ》にくらべたら、シルバーだってこわくない気《き》がする。ぼくはまわれ右《みぎ》をして、ちらちらふりかえってうしろを注意《ちゅうい》しながら、ボートのほうへもどりはじめた。

　すると、すぐにまたさっきの生《い》きものが出《で》てきて、大《おお》まわりでぼくの行《ゆ》く手《て》をはばもうとした。ただでさえつかれているし、たとえ起《お》きてすぐみたいに元気《げんき》でも、スピードで勝《か》てる気《き》がしない。幹《みき》から幹《みき》へ、シカみたいにひょいひょい飛《と》びうつっていく。二本足《にほんあし》で走《はし》っているけど、身《み》をかがめてからだをほとんどふたつ折《お》りにしているから、人間《にんげん》に見《み》えない。でも、たしかに人間《にんげん》だ。まちがいない。

そういえば昔《むかし》、人食《ひとく》い族《ぞく》の話《はなし》をきいたことがある。思《おも》わず助《たす》けを呼《よ》ぼうとしたけど、どんなにけものっぽくてもとにかく人間《にんげん》だと思《おも》えばほっとする。そうなってくると、やっぱりシルバーがおそろしい。立《た》ちつくしたまま、逃《に》げる方法《ほうほう》を考《かんが》えた。あ、そうだ、ピストルをもってたんだ！　武器《ぶき》があると思《おも》ったらとたんに勇気《ゆうき》がわいてきて、思《おも》い切《き》って謎《なぞ》の相手《あいて》のほうに顔《かお》を向《む》け、すたすた歩《あゆ》みよった。

相手《あいて》は、かくれていた木《き》のうしろからじっと見《み》ていたらしく、ぼくが近《ちか》づいていくと、姿《すがた》をあらわして一歩前《いっぽまえ》に出《で》てきた。ふとためらってあとずさりしたけど、また近《ちか》づいてくる。ぼくはぎょっとして、そのあとあっけにとられた。相手《あいて》がいきなりひざまずいて、たのみこむみたいに両手《りょうて》を合《あ》わせて差《さ》しだしてきたから。

ぼくはまた立《た》ち止《ど》まって、たずねた。

「だれなの？」

「ベン・ガン」さびた錠前《じょうまえ》みたいにかすれて、ぎこちない声《こえ》だ。「あわれなベン・ガンだ。人間《にんげん》と口《くち》をきくのは三年《さんねん》ぶりだなあ」

感《かん》じのいい顔《かお》だ。もともと白《しろ》い肌《はだ》が露出《ろしゅつ》しているところはすっかり日《ひ》に焼《や》けて、くちびるまで黒《くろ》い。その黒《くろ》い顔《かお》のなかで、目《め》だけがはっとするほど明《あか》るい。こんなにみすぼらしいかっこうをした人《ひと》には会《あ》ったことも想像《そうぞう》したこともない。ぼろぼろの帆布《はんぷ》や防水布《ぼうすいふ》でつくった服《ふく》だけど、つぎはぎ部分《ぶぶん》は真鍮《しんちゅう》のボタンとか棒《ぼう》きれとか、帆《ほ》をくりつけるタールまみれのロープとかで、ちぐはぐだ。腰《こし》には真鍮《しんちゅう》のバックルがついた古《ふる》い革《かわ》のベルトをしていて、まともなのはそれだけだった。

「三年《さんねん》ぶり？　難破《なんぱ》したの？」ぼくはびっくりして声《こえ》をあげた。

「いや、置《お》き去《ざ》りにされた」

そういえば、きいたことがある。海賊《かいぞく》のあいだでよくあるおそろしい罰《ばつ》で、掟《おきて》を破《やぶ》ると、わずかな火薬《かやく》と弾丸《だんがん》を与《あた》えられ、絶海《ぜっかい》の無人島《むじんとう》に置《お》き去《ざ》りにされるって。

「置《お》き去《ざ》りにされて三年《さんねん》。それからというもの、ヤギと野《の》イチゴと牡蠣《かき》で食《く》いつないできた。人間《にんげん》どこにいたって、なんとか生《い》きていけるもんだ。だが、まともな食事《しょくじ》が恋《こい》しくてなあ。おまえ、チーズでももってねえか？　そうか、ないか。はあ、長《なが》くてたまんねえ夜《よる》に、何度《なんど》チーズの夢《ゆめ》を見《み》たことか。こんがり焼《や》けてトロッととろけて……はっと目《め》が覚《さ》めると、ああ、夢《ゆめ》かってなあ」

「もし船《ふね》にもどれたら、いくらでも食《た》べさせてあげるんだけど」

話《はな》しているあいだじゅう、ベン・ガンはぼくの上着《うわぎ》にさわったり、手《て》をなでたり、ブーツをながめたりしていた。人間《にんげん》に会《あ》えたのがうれしくて、子《こ》どもみたいにはしゃいでいる。でも、ぼくが「もし船《ふね》にもどれたら」といったとたん、おどろいてぱっと顔《かお》をあげ、さぐるような目《め》をした。

「もし？　もどれたら？　なんでだ、だれか邪魔《じゃま》でもするっていうのか？」

「おじさんがするとは思《おも》ってないけど」

「するわけない」ベン・ガンは力強《ちからづよ》くいった。「で、おまえの名前《なまえ》は？」

「ジム」

「ジムか、へえ」いかにもうれしそうだ。「あのなあ、ジム。おれはいままで、とてもきかせられないような荒《あら》っぽい人生《じんせい》を送《おく》ってきたんだ。だってよ、おれに信心深《しんじんぶか》い母親《ははおや》がいたなんて、想像《そうぞう》もできんだろうが。いまのこの姿《すがた》を見《み》たらさ」

「えっ、あ、うん、まあ」

「だろうな。ところが、いたんだよ。そりゃもう信心深《しんじんぶか》い母親《ははおや》がな。おれだって子《こ》どものころは、礼儀《れいぎ》をわきまえて、神《かみ》も敬《うやま》ってた。聖書《せいしょ》のことばだって、つなぎ目《め》がわかんねえくらいの速《はや》さですらすら暗唱《あんしょう》したもんだ。それがいまじゃ、このありさまよ。そもそものはじまりは、神聖《しんせい》な墓石《ぼせき》の上《うえ》でコインを投《な》げて賭《か》けをしたことだ。それからみるみる深《ふか》みにはまっちまって、信心深《しんじんぶか》いおふくろにいわれたとおりになった。おれをこの島《しま》に連《つ》れてきたのは、きっと神様《かみさま》だ。このさみしい島《しま》でいろいろ考《かんが》えて、また神様《かみさま》を信《しん》じるようになった。ラムのがぶ飲《の》みなんかもうしねえ。そりゃ、出《で》てくれば、幸運《こううん》を祝《いわ》ってほんのちびっとは飲《の》むけどな。おれは真人間《まにんげん》になると心《こころ》に決《き》めたんだ。そのためにはどうすればいいかもわかってる。じつはな、ジム」

そこであたりを見《み》まわすと、声《こえ》をひそめた。

「おれは金持《かねも》ちなんだ」

ああ、かわいそうに。こんなところでずっとひとりぼっちだったから、頭《あたま》がおかしくなったんだ。そう思《おも》ったのが、つい顔《かお》に出《で》ちゃったらしい。ベン・ガンは熱《ねっ》ぽくくりかえした。

「金《かね》をもってるんだよ！　金《かね》を！　いいか、おまえをりっぱな男《おとこ》にしてやる。きっと幸運《こううん》に感謝《かんしゃ》するだろうよ。おれを最初《さいしょ》に見《み》つけたんだから」

そこまでいうと、ベン・ガンは顔《かお》をくもらせて、つかんでいたぼくの手《て》をぎゅっとにぎると、ぼくの目《め》の前《まえ》に人《ひと》さし指《ゆび》を立《た》ててすごんだ。

「なあ、ジム。正直《しょうじき》にいえ。その船《ふね》ってのは、フリントの船《ふね》じゃねえだろうな？」

ああ、やった！　この人《ひと》は味方《みかた》だ！　ぼくは即答《そくとう》した。

「フリントの船《ふね》じゃない。フリントはもう死《し》んだよ。きかれたから正直《しょうじき》にいうけど、フリントの手《て》下《した》が何人《なんにん》か船《ふね》に乗《の》ってる。ああ、ぼくたちにとっては最悪《さいあく》だ」

「まさか……その……一本足《いっぽんあし》の男《おとこ》は？」ベン・ガンがあえぐようにいう。

「シルバーのこと？」

「そう、シルバー！　それがヤツの名前《なまえ》だった」

「コックとして乗《の》ってる。反乱《はんらん》の首謀者《しゅぼうしゃ》だよ」

ベン・ガンはつかんでいたぼくの手首《てくび》に、ふたたびぎゅっと力《ちから》をこめた。

「おまえをよこしたのがシルバーなら、おれは死《し》んだも同然《どうぜん》だ。だが、おまえはいったい、なんでここにいるんだ？」

心《こころ》は決《き》まった。ぜんぶ説明《せつめい》しよう。ぼくはこれまでの航海《こうかい》のことをすみからすみまで語《かた》り、すっかり困《こま》っていると説明《せつめい》した。ベン・ガンは食《く》いいるように耳《みみ》をかたむけて、話《はなし》がおわると、ぼくの頭《あたま》をぽんとたたいた。

「ジム、おまえはすごいやつだ。そうか、追《お》いつめられてるんだな。よし、このベン・ガンを信《しん》じろ。任《まか》せとけ。それにしても、地主《じぬし》のトリローニさんってのは、助《たす》けてもらったら気前《きまえ》よくふるまう人《ひと》かなあ。その人《ひと》も、追《お》いつめられてるんだろう？」

あんなに気前《きまえ》のいい人《ひと》はいないよ、とぼくはいった。

「そうか、だがなあ、何《なに》もおれは、門番《もんばん》にしてくれとか、使用人《しようにん》の制服《せいふく》を着《き》せてくれとか、そんなことをいってるんじゃない。目当《めあ》てはちがうんだ。あのな、おれのものも同然《どうぜん》の金《かね》から、取《と》り分《ぶん》を千《せん》ポンドくらいくれるかってことなんだ」

「もちろんだよ。だって、みんなで山分《やまわ》けってことになってるから」

「帰《かえ》りの船《ふね》にも乗《の》せてくれるか？」ベン・ガンは抜《ぬ》け目《め》のない顔《かお》でつけ加《くわ》えた。

「あたりまえじゃん！　トリローニさんはちゃんとした人《ひと》だし、あいつらがいなくなったら、帰《かえ》りは船《ふね》の仕事《しごと》を手伝《てつだ》ってもらわなきゃ」

「ああ、それもそうか」それですっかり安心《あんしん》したみたいだ。

「それでな、ジム、これだけは話《はな》しておく。これだけだぞ。おれは昔《むかし》、フリントの船《ふね》に乗《の》ってたんだ。ヤツはそのとき、この島《しま》に宝《たから》を埋《う》めた。腕《うで》っぷしの強《つよ》い手下《てした》を六人《ろくにん》連《つ》れて、一週間《いっしゅうかん》くらい陸《りく》にあがってた。そのあいだ、おれたちはおんぼろのセイウチ号《ごう》で、岸近《きしちか》くをただよってた。ある日《ひ》、合図《あいず》があって、フリントがひとりでボートに乗《の》ってもどってきた。頭《あたま》に青《あお》いスカーフをかぶってたっけな。もう日《ひ》も高《たか》くなるってのに、顔《かお》が真《ま》っ青《さお》だった。もどってきたのはフリントひとりで、あとの六人《ろくにん》は死《し》んだ。死《し》んで、埋《う》められたんだ。ひとりでどうやって始末《しまつ》したのか、船《ふね》にいたおれたちには見当《けんとう》もつかねえ。教会《きょうかい》の祈祷書《きとうしょ》に、『争《あらそ》い、殺《ころ》しあい、突然《とつぜん》の死《し》』ってあるが、まさにそれだ。それにしても、六対一《ろくたいいち》だぞ。ビリー・ボーンズが航海士《こうかいし》で、シルバーが舵手《だしゅ》だった。ふたりが宝《たから》のありかをたずねると、フリントはいったんだ。『さがしたきゃさがせ。だが、この船《ふね》はさらなる宝《たから》をさがして出航《しゅっこう》する！』

で、三年前《さんねんまえ》だが、おれはべつの船《ふね》に乗《の》ってて、たまたまこの島《しま》を見《み》かけた。それで仲間《なかま》にいったんだ。『あの島《しま》にはフリントの宝《たから》が埋《う》まってる。さがしてみようぜ』ってね。船長《せんちょう》は乗《の》り気《き》じゃなかったけど、仲間《なかま》はみんな大賛成《だいさんせい》で、上陸《じょうりく》した。十二日間《じゅうににちかん》、さがしにさがしたが見《み》つからず、日《ひ》ごとにおれは文句《もんく》をいわれるようになり、ついにある朝《あさ》、全員船《ぜんいんふね》に引《ひ》きあげた。

『ベンジャミン・ガン、てめえは残《のこ》れ』っていわれてね。

『ほら、銃《じゅう》とスキとつるはしだ。てめえはひとり残《のこ》って、好《す》きなだけフリントの宝《たから》とやらをさがしてろ』とな。

それから三年《さんねん》、おれはこの島《しま》にいた。まともな食《く》いもんなんか、これっぽかしも口《くち》にしてねえ。だが、いいか、おれがそんじょそこらの船乗《ふなの》りに見《み》えるか？　見《み》えねえよな。そうだ、おれはそこらのとはちがうんだ」

ベン・ガンはそういうと片目《かため》をつぶってみせ、ぼくをぎゅっとつねった。

「トリローニさんに、そう伝《つた》えてくれよ、ジム。そこらの船乗《ふなの》りとはちがうってな。三年間《さんねんかん》、この島《しま》の主《ぬし》だったんだ。昼《ひる》も夜《よる》も、晴《は》れの日《ひ》も雨《あめ》の日《ひ》も。ときにはお祈《いの》りも思《おも》い出《だ》した。ちゃんとそう伝《つた》えろよ。ときには、生《い》きてればすっかり年《とし》とった母親《ははおや》のことも思《おも》い浮《う》かべた。これもちゃんというんだぞ。だが、いちばん時間《じかん》をかけたのはべつにある。いいか、ここが肝心《かんじん》だぞ。かなりの時間《じかん》をかけた仕事《しごと》があるんだ。そういってから、こんな具合《ぐあい》にトリローニさんをちょいとつねってやれ」

ベン・ガンは、秘密《ひみつ》を打《う》ち明《あ》けるみたいに、またぼくをつねった。

「いいか。そのあと、こういうんだぞ。ベン・ガンはいい人間《にんげん》です。いい忘《わす》れるなよ。りっぱなお生《う》まれの方《かた》を、海《うみ》の冒険家《ぼうけんか》なんて連中《れんちゅう》よりはるかに信用《しんよう》してます、ってな。おれもそんな連中《れんちゅう》のひとりだったがね。いいか、はるかに信用《しんよう》してます、だぞ」

「あのさ、なにがなんだかさっぱりわかんないよ。でも、どっちにしてもどうにもならないんだよ。どうやったら船《ふね》にもどれるかわかんないんだから」

「ああ、たしかにどうにもならねえ。だがな、ボートならある。おれがつくったんだ。白《しろ》い岩《いわ》の下《した》にかくしてあるから、いよいよのときには、日《ひ》が暮《く》れてから乗《の》ればいい。ん？　おい！　あれはなんだ？」

日《ひ》が沈《しず》むまでまだ一《いち》、二時間《にじかん》あるのに、合図《あいず》の大砲《たいほう》が雷《かみなり》のようにとどろき、島《しま》じゅうにこだました。

「戦《たたか》いがはじまったんだ！」ぼくは叫《さけ》んだ。「ついてきて！」

恐怖《きょうふ》は一瞬《いっしゅん》で吹《ふ》き飛《と》んで、ぼくは入《い》り江《え》の停泊地《ていはくち》に向《む》かって走《はし》りだした。ぼくに並《なら》んで、ベン・ガンがヤギ皮《がわ》のぼろ服《ふく》をまとって軽々《かるがる》と走《はし》る。

「左《ひだり》だ、左《ひだり》。ジム、左《ひだり》を行《い》け。木《き》のかげにかくれながら走《はし》れ。ああ、おれがはじめてヤギをしとめた場所《ばしょ》だ。いまじゃヤギも、ここまではおりてこない。ベン・ガンがこわいもんだから、山《やま》の上《うえ》に逃《に》げちまった。ほら、あっちはドウキョウ墓地《ぼち》だ」……共同墓地《きょうどうぼち》、っていいたいのかな……「塚《つか》がいくつもあるだろう。日曜日《にちようび》かなあって思《おも》うと、ときどきあそこでお祈《いの》りするんだ。とても教会《きょうかい》とはいえねえが、かえっておごそかな気《き》がしてな。そうそう、なにしろベン・ガンはあれこれ不自由《ふじゆう》していたんで、といえよ。牧師《ぼくし》もいないし、聖書《せいしょ》も旗《はた》もなかったんです、ってな」

走《はし》りながら、ぼくの返事《へんじ》を期待《きたい》するでもなく、ベン・ガンはひとりでしゃべりつづけた。

大砲《たいほう》の音《おと》がひびいてずいぶん経《た》ったころ、小銃《しょうじゅう》の一斉射撃《いっせいしゃげき》の音《おと》がきこえた。

そしてまた、静《しず》かになった。四百《よんひゃく》メートルもはなれていない森《もり》の上《うえ》に、ユニオンジャック（英国《えいこく》の国旗《こっき》）がはためくのが見《み》えた。

第《だい》4部《ぶ》 バリケード

リプジー先生《せんせい》が語《かた》る、船《ふね》を捨《す》てたいきさつ

一時半《いちじはん》ごろ、船《ふね》の用語《ようご》でいえば三点鐘《さんてんしょう》のころ、ヒスパニオラ号《ごう》からボートが二艘《にそう》、岸《きし》に向《む》かった。船長《せんちょう》とトリローニさんとわたしは、船室《せんしつ》でいろいろ相談《そうだん》をしていた。少《すこ》しでも風《かぜ》があれば、船《ふね》に残《のこ》った六人《ろくにん》の反乱者《はんらんしゃ》たちを襲《おそ》い、錨《いかり》のつなを切《き》って海《うみ》へ出《で》ていただろう。だが、風《かぜ》はなかった。しかも、ハンターがとんでもない知《し》らせをもってきた。ジムがボートに乗《の》りこんでシルバーたちについて行《い》ったという。

ジムが裏切《うらぎ》ったとはだれも思《おも》わなかったが、安否《あんぴ》が気《き》がかりだった。あんな殺気立《さっきだ》った男《おとこ》たちといっしょでは、再会《さいかい》できるかどうかは五分五分《ごぶごぶ》だ。わたしたちは急《いそ》いでデッキに出《で》た。板《いた》のつぎ目《め》にたまった塗料《とりょう》がふつふつと泡立《あわだ》っている。悪臭《あくしゅう》がただよい、胸《むね》がむかむかした。熱病《ねつびょう》と赤痢《せきり》がある場所《ばしょ》がにおいでわかるなら、まさにこの不快《ふかい》な停泊地《ていはくち》がそうだろう。六人《ろくにん》の悪党《あくとう》どもは、船首《せんしゅ》の帆《ほ》の下《した》に腰《こし》をおろし、ぶつくさ文句《もんく》をいっていた。島《しま》に目《め》をやると、河口《かこう》のすぐ近《ちか》くにボートが二《に》艘《そう》つながれて、ひとりずつ見張《みは》りがいる。ひとりは口笛《くちぶえ》で名誉革命時代《めいよかくめいじだい》に流行《はや》った『リリバレーロ』を吹《ふ》いていた。

ただ待《ま》っていても気《き》をもむばかりなので、ハンターとわたしが小型《こがた》ボートで偵察《ていさつ》に行《い》くことになった。

シルバーたちのボートは島《しま》の西寄《にしよ》りに着《つ》けてあったが、わたしたちはまっすぐ進《すす》み、地図《ちず》にあるバリケードの方角《ほうがく》を目指《めざ》した。見張《みは》りのふたりは、こちらに気《き》づいてめんくらったようだ。『リリバレーロ』がぴたりと止《や》み、どうしたものかと相談《そうだん》しているのが見《み》えた。もしシルバーに報告《ほうこく》に行《い》っていたら、事態《じたい》は変《か》わっていたかもしれない。だが、ふたりは見張《みは》りをつづけ、ふたたび『リリバレーロ』がきこえてきた。おそらくシルバーに動《うご》くなと命令《めいれい》されていたのだろう。

岸辺《きしべ》はややカーブして陸地《りくち》が突《つ》きでていたので、そのかげにかくれるように舵《かじ》をとった。到着《とうちゃく》するころには、二艘《にそう》のボートは見《み》えなくなった。わたしは飛《と》びおりると、小走《こばし》りに進《すす》んだ。少《すこ》しでも暑《あつ》さをしのげるように大《おお》きなハンカチを帽子《ぼうし》の下《した》にはさみ、用心《ようじん》のため二丁《にちょう》のピストルに弾《たま》をこめておいた。

百《ひゃく》メートルも行《い》かないうちに、バリケードに到着《とうちゃく》した。

小高《こだか》い丘《おか》の頂上近《ちょうじょうちか》くに、真水《まみず》がわいている。そのすぐそばに、頑丈《がんじょう》な丸太小屋《まるたごや》があった。いざとなれば四十人《よんじゅうにん》はたてこもれそうで、四方《しほう》の壁《かべ》には銃《じゅう》を撃《う》つ小窓《こまど》がある。小屋《こや》のまわりは木《き》が広《ひろ》く伐《ばっ》採《さい》され、その外側《そとがわ》に高《たか》さ二《に》メートルほどの柵《さく》がはりめぐらされていた。出入《でい》り口《ぐち》や途切《とぎ》れたところはなく、頑丈《がんじょう》でそうかんたんにはこわせそうにない。それでいて見《み》とおしがいいので、外側《そとがわ》がよく見《み》える。この小屋《こや》にいれば、敵《てき》がどこにいても発見《はっけん》できる。安全《あんぜん》な場所《ばしょ》でじっと待《ま》ち、あらわれたら狙《ねら》い撃《う》てばいい。必要《ひつよう》なのは、油断《ゆだん》のない見張《みは》りと食料《しょくりょう》だけだ。よほどの奇襲《きしゅう》でもくらわないかぎり、一連隊《いちれんたい》を相手《あいて》にしてももちこたえそうだ。

なかでもありがたいのは、わき水《みず》だ。たしかにヒスパニオラ号《ごう》の船室《せんしつ》はじゅうぶん広《ひろ》くて、武器《ぶき》に弾薬《だんやく》、食料《しょくりょう》に上等《じょうとう》のワイン、なんでもそろっていたが、ひとつだけ見落《みお》としていたものがあった。水《みず》だ。そう考《かんが》えていたら、突然断末魔《とつぜんだんまつま》のような絶叫《ぜっきょう》が島《しま》じゅうにひびきわたった。わたしも、無残《むざん》な死《し》を知《し》らないわけではない。カンバーランド公《こう》のもと従軍《じゅうぐん》し、ベルギーのフォントノワの戦《たたか》いでは傷《きず》も負《お》った。それでも、このときばかりは心臓《しんぞう》が止《と》まりそうになった。ジムがやられた。とっさにそう思《おも》ったからだ。

元軍人《もとぐんじん》だからというより、医者《いしゃ》としての長年《ながねん》の経験《けいけん》が、わたしを動《うご》かした。医療現場《いりょうげんば》ではぐずぐずしていられない。わたしはすぐさま決断《けつだん》し、岸辺《きしべ》に引《ひ》き返《かえ》して、ボートに飛《と》び乗《の》った。

ハンターが腕《うで》のいい漕《こ》ぎ手《て》なのが幸《さいわ》いして、ボートは水上《すいじょう》を飛《と》ぶように疾走《しっそう》し、すぐにヒスパニオラ号《ごう》に帰《かえ》りついた。

船《ふね》に乗《の》りこむと、だれもが動揺《どうよう》していた。無理《むり》もない。トリローニさんは、みんなを危険《きけん》におとしいれたと自分《じぶん》を責《せ》め、真《ま》っ青《さお》な顔《かお》ですわりこんでいた。やはり、やさしい人《ひと》だ。六人《ろくにん》の船員《せんいん》のうちのひとりが、同《おな》じくらい衝撃《しょうげき》を受《う》けているのが顔《かお》でわかった。

「あの男《おとこ》は、この手《て》のことには慣《な》れていないようです」船長《せんちょう》があごでそちらを示《しめ》した。「さきほどの悲鳴《ひめい》をきいて、気《き》を失《うしな》いかけていました。もうひと押《お》しで、こちらの味方《みかた》になりそうです」

わたしは船長《せんちょう》に自分《じぶん》の計画《けいかく》を伝《つた》え、細《こま》かな段取《だんど》りを相談《そうだん》した。

まず、レッドルースに護身用《ごしんよう》のマスケット銃《じゅう》（ライフルの前身《ぜんしん》となった銃《じゅう》）を数丁《すうちょう》と弾《たま》よけのマットレスをもたせ、船室《せんしつ》とデッキの前方《ぜんぽう》をつなぐ通路《つうろ》で見張《みは》りをしてもらった。ハンターに船尾《せんび》の窓《まど》の下《した》までボートをまわしてもらい、ジョイスとわたしで荷物《にもつ》を積《つ》みこんだ。火薬《かやく》の缶《かん》、銃《じゅう》、乾《かん》パンの袋《ふくろ》、ベーコンの樽《たる》、ブランデーの樽《たる》、わたしのたいせつな医療器具《いりょうきぐ》などだ。

トリローニさんと船長《せんちょう》はデッキに残《のこ》っていた。船長《せんちょう》は、六人《ろくにん》のリーダーの舵手《だしゅ》のハンズに呼《よ》びかけた。

「ハンズ、わたしたちがもっているピストルには弾《たま》がこめてある。おまえたちのうち、ひとりでも合図《あいず》しようものなら、命《いのち》はないと思《おも》え」

これには六人《ろくにん》もぎょっとしたらしい。しばらく話《はな》しあってから、全員《ぜんいん》が船首側《せんしゅがわ》の昇降口《しょうこうぐち》をあたふたとおりていった。船尾《せんび》にまわって背後《はいご》からわたしたちを襲《おそ》うつもりだったにちがいない。だが、通路《つうろ》にレッドルースが待《ま》ちかまえているのがわかると、すぐに引《ひ》き返《かえ》してきた。ひとりがデッキにひょいと頭《あたま》を出《だ》した。

「うせろ、臆病者《おくびょうもの》め！」船長《せんちょう》がどなる。

頭《あたま》がさっとひっこんだ。しばらく、おびえた六人《ろくにん》は物音《ものおと》ひとつたてなかった。

そのときにはもう、わたしたちはかたっぱしから荷物《にもつ》を積《つ》みこんでいた。ジョイスとわたしは船《せん》尾《び》の窓《まど》から出《で》てボートに乗《の》り、ふたたびいそいで岸辺《きしべ》を目指《めざ》した。

わたしたちを見《み》るのもさすがに二度目《にどめ》なので、ボートの見張《みは》りも警戒《けいかい》したらしい。『リリバレーロ』がぴたりと止《や》んだ。わたしたちのボートが陸地《りくち》のかげにかくれようというとき、見張《みは》りのひとりがぱっと岸《きし》にあがり、姿《すがた》を消《け》した。わたしは計画《けいかく》を変更《へんこう》して、シルバーたちのボートをこわしてやろうとしたが、やつらが近《ちか》くにひそんでいるかもしれない。無理《むり》をして計画《けいかく》をだいなしにしてはまずいと思《おも》い、とどまった。

さっきと同《おな》じ場所《ばしょ》にボートを着《つ》けると、丸太小屋《まるたごや》に立《た》てこもる準備《じゅんび》にとりかかった。まずは三人《さんにん》でもてるだけ荷物《にもつ》をもっていき、柵《さく》のなかに投《な》げ入《い》れた。それからジョイスを見張《みは》りに残《のこ》した。ひとりきりだが、マスケット銃《じゅう》を六丁《ろくちょう》もたせてある。そしてハンターとわたしはボートにもどり、また荷物《にもつ》を運《はこ》んだ。息《いき》つくひまもなく往復《おうふく》し、ようやくすべての荷物《にもつ》を運《はこ》びおわると、ジョイスとハンターを見張《みは》りにつけて、わたしはあらんかぎりの力《ちから》でボートを漕《こ》ぎ、ヒスパニオラ号《ごう》にもどった。

二度目《にどめ》の荷物運《にもつはこ》びにとりかかったのだが、危険《きけん》なようで、じつはさほどでもなかった。たしかに数《かず》では負《ま》けているが、こちらには武器《ぶき》がある。向《む》こうはだれひとりマスケット銃《じゅう》をもっていないから、ピストルの射程距離《しゃていきょり》まで近《ちか》づくころには、五《ご》、六人《ろくにん》は倒《たお》せそうだ。

トリローニさんが船尾《せんび》の窓《まど》のところでわたしを待《ま》っていた。真《ま》っ青《さお》だった顔《かお》の色《いろ》はよくなっている。投《な》げたもやいづな（船《ふね》をつなぎとめるためのつな）を受《う》けとってボートを船《ふね》につなぎ、荷物《にもつ》を積《つ》むのを手伝《てつだ》ってくれた。ベーコン、火薬《かやく》、乾《かん》パン。あとはマスケット銃《じゅう》と短剣《たんけん》をトリローニさんとわたしとレッドルースと船長《せんちょう》にそれぞれひとつずつ。残《のこ》った武器《ぶき》と火薬《かやく》は海《うみ》に捨《す》てた。水深《すいしん》四《し》、五《ご》メートルの海底《かいてい》に沈《しず》んだはがねが、きれいな砂地《すなじ》で日《ひ》の光《ひかり》をあびてきらめくのが見《み》えた。

潮《しお》が引《ひ》きはじめていたので、船《ふね》は錨《いかり》のまわりをまわるように流《なが》されていた。シルバーたちのボートがある方角《ほうがく》から、呼《よ》びあう声《こえ》がきこえてくる。ジョイスとハンターははるか東《ひがし》にいるので心配《しんぱい》ないが、ぐずぐずしてはいられない。

レッドルースが見張《みは》りからもどってきてボートに飛《と》び乗《の》ると、わたしたちは船長《せんちょう》が乗《の》りやすいように、ボートを船尾《せんび》の先端《せんたん》にまわした。

「おい、おまえたち、きこえるか」船長《せんちょう》が呼《よ》びかけた。

船員部屋《せんいんべや》からは返事《へんじ》がない。

「エイブラハム・グレイ、おまえにいっておきたい」

それでも返事《へんじ》はない。

「グレイ」船長《せんちょう》は少《すこ》し声《こえ》をはりあげた。「わたしはこの船《ふね》をはなれる。おまえもいっしょに来《こ》い。船長命令《せんちょうめいれい》だ。おまえがほんとうは善良《ぜんりょう》な人間《にんげん》だということはわかっている。おまえたちのだれひとり、見《み》かけほど悪《わる》くないこともわかっている。手《て》もとの時計《とけい》で三十秒《さんじゅうびょう》待《ま》つ。それまでに出《で》てこい」

沈黙《ちんもく》がつづく。

「グレイ、来《こ》い。ぐずぐずするな。一秒一秒《いちびょういちびょう》に、わたしの命《いのち》も、仲間《なかま》の命《いのち》もかかっている」

突然《とつぜん》、とっくみあいが始《はじ》まったらしい。殴《なぐ》りあう音《おと》がして、ほおにナイフの傷《きず》をつけたグレイが飛《と》びだしてきた。口笛《くちぶえ》で呼《よ》ばれた犬《いぬ》のように、船長《せんちょう》のもとへ走《はし》ってくる。

「連《つ》れてってください」

つぎの瞬間《しゅんかん》、ふたりはボートに飛《と》び乗《の》り、わたしたちは漕《こ》ぎだした。

こうして船《ふね》をあとにしたが、上陸《じょうりく》してバリケードのなかに入《はい》れたのは、まだまだ先《さき》だった。

リプジー先生《せんせい》がつづいて語《かた》る、ボートの最後《さいご》の航行《こうこう》

ヒスパニオラ号《ごう》と岸辺《きしべ》のあいだを航行《こうこう》するのは五度目《ごどめ》だが、これまでとはだいぶちがった。まず、ちっぽけなこのボートには、荷物《にもつ》が多《おお》すぎた。大人《おとな》が五人《ごにん》、しかもトリローニさん、レッドルース、船長《せんちょう》の三人《さんにん》は身長《しんちょう》二《に》メートル近《ちか》いから、それだけで重量《じゅうりょう》オーバーだ。そこへ火薬《かやく》とベーコンと乾《かん》パンを積《つ》んでいる。船尾《せんび》の船《ふな》べりは海面《かいめん》すれすれで、何度《なんど》か水《みず》が少《すこ》しずつ入《はい》ってきて、百《ひゃく》メートルも行《い》かないうちに、わたしのズボンとコートの裾《すそ》はびしょぬれになった。

船長《せんちょう》の指図《さしず》でバランスがとれるようにすわると、いくぶん水平《すいへい》になった。それでもまだ、息《いき》をするにも気《き》をつかった。

それに、潮《しお》がぐんぐん引《ひ》いていて、湾内《わんない》では強《つよ》い潮流《ちょうりゅう》が波《なみ》を立《た》てながら西《にし》へ、それから南《みなみ》へと方《ほう》向《こう》を変《か》え、今朝《けさ》ヒスパニオラ号《ごう》が入《はい》ってきたせまい水路《すいろ》を外海《そとうみ》に向《む》かって流《なが》れていた。荷物《にもつ》を積《つ》み

すぎのボートにはさざ波《なみ》でも危険《きけん》なのに、輪《わ》をかけてまずいのは、本来《ほんらい》のコースからはずれて、めざす陸地《りくち》のかげからはなれてしまうことだ。このまま潮《しお》に流《なが》されたら、シルバーたちのボートのそばに出《で》てしまう。いつ海賊《かいぞく》どもがあらわれるかわからない。

「船長《せんちょう》、これではバリケードの方向《ほうこう》にへさきを向《む》けられません」

わたしが舵《かじ》をとり、まだ元気《げんき》が残《のこ》っている船長《せんちょう》とレッドルースが漕《こ》いでいた。

「潮《しお》で流《なが》されてしまう。もう少《すこ》し強《つよ》く漕《こ》げませんか」

「これ以上《いじょう》強《つよ》くしたら、ボートがひっくりかえってしまう。なんとかこらえてください。潮《しお》をのりきるまでたのみます」

努力《どりょく》はしてみたが、潮《しお》はボートを西《にし》へ西《にし》へと押《お》し流《なが》すから、逆《さか》らうにはへさきを東《ひがし》に向《む》けないといけない。そうすると、目指《めざ》す上陸地点《じょうりくちてん》とほぼ直角《ちょっかく》になってしまう。

「このぶんでは、いつまでたっても岸《きし》に着《つ》きません」わたしはいった。

「これしかコースがとれないなら、このまま行《い》くしかありません」船長《せんちょう》は答《こた》えた。「流《なが》されるわけにはいきませんから。いったん目的地《もくてきち》の風下《かざしも》に流《なが》されたら、どこへ着《つ》くのかわかりませんし、襲《おそ》われる危険《きけん》もあります。しかし、このまま進《すす》んでいれば、いずれ潮流《ちょうりゅう》は弱《よわ》まるはずです。そうしたら、岸《きし》に沿《そ》ってもどればいい」

「もう弱《よわ》まってきてます。少《すこ》しペースを落《お》としてもだいじょうぶそうです」へさきにすわっていたグレイがいった。

「そうか、ありがとう」わたしは答《こた》えた。船《ふね》で何《なに》も起《お》こらなかったような顔《かお》をして。全員《ぜんいん》がもう、グレイを味方《みかた》として扱《あつか》っていた。

ふいに船長《せんちょう》が声《こえ》をあげた。さっきまでとは声《こえ》の調子《ちょうし》がちがう。

「大砲《たいほう》があった！」

「それなら、だいじょうぶです」

丸太小屋《まるたごや》が砲撃《ほうげき》される心配《しんぱい》をしていると思《おも》って、わたしは即答《そくとう》した。

「やつらも大砲《たいほう》を陸《りく》にあげられないでしょう。仮《かり》にできたとしても、森《もり》のなかを運《はこ》ぶのは不可能《ふかのう》です」

「いや、そういうことではない。先生《せんせい》、うしろを見《み》てください」船長《せんちょう》がいった。

すっかり忘《わす》れていた。船《ふね》には旋回砲《せんかいほう》があった。わたしはふりかえってぞっとした。船《ふね》に残《のこ》った五《ご》人《にん》が、大砲《たいほう》にかぶせた「ジャケット」と呼《よ》ばれる丈夫《じょうぶ》な防水布《ぼうすいふ》をあわただしくはがしていた。しかも、砲弾《ほうだん》と火薬《かやく》をそのまま残《のこ》してきてしまった。斧《おの》をふるって箱《はこ》をこわせば、それがそっくりやつらの手《て》に落《お》ちる。

「ハンズのやつ、フリントの船《ふね》では砲手《ほうしゅ》（大砲《たいほう》を発射《はっしゃ》させる役目《やくめ》）でした」グレイがかすれた声《こえ》でいった。

こうなってはしかたがない。危険《きけん》を承知《しょうち》でボートのへさきを上陸地点《じょうりくちてん》に向《む》けた。強《つよ》い潮流《ちょうりゅう》からは抜《ぬ》けていたので、慎重《しんちょう》にゆっくり漕《こ》いでもなんとか舵《かじ》はとれたので、進行方向《しんこうほうこう》を目的地《もくてきち》に合《あ》わせた。だが、まずいことに、このコースを保《たも》つとボートの側面《そくめん》がヒスパニオラ号《ごう》に向《む》いてしまい、砲弾《ほうだん》のかっこうの的《まと》になってしまう。

酔《よ》って真《ま》っ赤《か》な顔《かお》をしたイズラエル・ハンズがデッキに出《で》てくるのが見《み》え、砲弾《ほうだん》をドスンと置《お》く音《おと》までした。

「このなかで射撃《しゃげき》がいちばんうまいのは？」船長《せんちょう》がたずねた。

「だんぜんトリローニさんです」わたしはいった。

「トリローニさん、やつらのひとりを撃《う》ってください。できればハンズがいい」

トリローニさんは顔色《かおいろ》ひとつかえずに、銃《じゅう》の点火薬《てんかやく》をたしかめた。

「どうか静《しず》かに撃《う》ってください」船長《せんちょう》が大声《おおごえ》でいう。「でないとボートがひっくりかえります。みなさんも、トリローニさんが銃《じゅう》を構《かま》えたらボートのバランスをとる準備《じゅんび》をしてください」

トリローニさんが銃身《じゅうしん》をもちあげると、わたしたちはボートを止《と》め、反対側《はんたいがわ》に集《あつ》まった。ボートに一滴《いってき》たりとも水《みず》を入《い》れないようバランスをとる。

大砲《たいほう》はもうこちらに向《む》けられていて、ハンズが砲口《ほうこう》（大砲《たいほう》の弾丸《だんがん》が出《で》る口《くち》）に立《た》って火薬《かやく》を詰《つ》めていた。ちょうど狙《ねら》いやすい。ところが運悪《うんわる》く、トリローニさんが撃《う》った瞬間《しゅんかん》、ハンズが前《まえ》かがみになった。弾丸《だんがん》はハンズの頭上《ずじょう》をかすめていき、あたって倒《たお》れたのは、ほかの四人《よにん》のうちひとりだった。

絶叫《ぜっきょう》がひびき、ヒスパニオラ号《ごう》に残《のこ》った海賊《かいぞく》どもだけでなく、海岸《かいがん》のほうからも大勢《おおぜい》の叫《さけ》び声《ごえ》があがった。そちらに目《め》をやると、ほかの海賊《かいぞく》どもが木立《こだち》からぞろぞろ出《で》てきて、二艘《にそう》のボートに飛《と》び乗《の》るのが見《み》えた。

「来《く》るぞ」わたしはいった。

「よし、全力《ぜんりょく》で漕《こ》ぎましょう」船長《せんちょう》がいう。「水《みず》につかる心配《しんぱい》などしていられない。岸《きし》に着《つ》けなければおしまいです」

「来《く》るのは一艘《いっそう》だけです。ほかの連中《れんちゅう》は岸《きし》をまわって、こちらの行《ゆ》く手《て》をふさぐ気《き》だ」わたしはいった。

「走《はし》っても、むだです。陸《りく》にあがった船乗《ふなの》りなどただの役立《やくた》たずです。心配《しんぱい》なのはやつらじゃない。大砲《たいほう》です。こっちはかっこうの標的《ひょうてき》だ。はずしようがありません。トリローニさん、導火線《どうかせん》に火《ひ》がつくのが見《み》えたら教《おし》えてください。ボートを止《と》めます」

積《つ》みすぎのボートにしては速《はや》いペースで進《すす》み、ほとんど水《みず》もかぶらずに岸《きし》に近《ちか》づいた。あと三《さん》、四十回漕《よんじっかいこ》げば着《つ》きそうだ。潮《しお》が引《ひ》いて、しげみの下《した》には細長《ほそなが》い砂地《すなじ》があらわになっていた。追《お》いかけてくるボートはもう気《き》にしなくていい。突《つ》きでた陸地《りくち》のかげにかくれて、見《み》えなくなっていた。あれほどわたしたちを手間《てま》どらせた引《ひ》き潮《しお》がこんどは助《たす》けとなり、追《お》いかけてくる海賊《かいぞく》を手間《てま》どらせていた。おそれるべきはただひとつ、大砲《たいほう》だ。

「できればボートを止《と》めて、もうひとり倒《たお》したいところです」船長《せんちょう》がいった。海賊《かいぞく》たちがなんとしても大砲《たいほう》を撃《う》とうと急《いそ》いでいるのは、明《あき》らかだった。倒《たお》れた仲間《なかま》には目《め》もくれない。まだ息《いき》があって、はって逃《に》げようとしている。

「用意《ようい》！」トリローニさんが叫《さけ》んだ。

「止《と》まれ！」船長《せんちょう》がすかさず命《めい》じる。

船長《せんちょう》とレッドルースが力任《ちからまか》せに逆《ぎゃく》に漕《こ》いだので、船尾《せんび》がずぶっと水《みず》につかった。その瞬間《しゅんかん》、轟音《ごうおん》がとどろいた。ジムがきいた最初《さいしょ》の砲声《ほうせい》だ。その前《まえ》のトリローニさんの銃声《じゅうせい》は聞《き》こえなかったらしい。砲弾《ほうだん》がどこに落《お》ちたのか、だれもはっきりとはわからないが、頭上《ずじょう》を飛《と》んでいったらしい。爆風《ばくふう》にあおられて、わたしたちはひどい目《め》にあったから。

ボートは船尾《せんび》からゆっくり、深《ふか》さ一《いち》メートルほどの海《うみ》に沈《しず》んだ。船長《せんちょう》とわたしは向《む》かいあって立《た》っていたが、ほかの三人《さんにん》は頭《あたま》から海《うみ》に落《お》ち、立《た》ちあがったときにはびしょぬれで、泡《あわ》を吹《ふ》いていた。

これくらいなら、大《おお》きな被害《ひがい》ではない。だれも命《いのち》を落《お》としていないし、水《みず》のなかを歩《ある》いて無事《ぶじ》に上陸《じょうりく》できた。だが、積《つ》み荷《に》はすべて海《うみ》に沈《しず》み、さらに悪《わる》いことに、もってきた銃《じゅう》のうち、使《つか》えるのは二丁《にちょう》になってしまった。ひざに置《お》いていたわたしの銃《じゅう》は、とっさにつかんで頭上《ずじょう》にかかげたので助《たす》かった。船長《せんちょう》は最初《さいしょ》から革《かわ》のベルトで銃《じゅう》を肩《かた》にかけ、さすがというべきか、発射装置《はっしゃそうち》を上《うえ》にしていた。あとの三丁《さんちょう》は、ボートとともに水《みず》につかった。

不安《ふあん》に追《お》い打《う》ちをかけるように、海岸沿《かいがんぞ》いのしげみからきこえていた人《ひと》の声《こえ》が近《ちか》づいてきた。戦力《せんりょく》をうばわれた状態《じょうたい》で、バリケードまでの道《みち》をふさがれる危険《きけん》がある。しかも、ハンターとジョイスは複数《ふくすう》の敵《てき》に襲《おそ》われたら、機転《きてん》をきかせて立《た》ち向《む》かえるだろうか。ハンターはしっかり者《もの》だが、心配《しんぱい》なのはジョイスだ。性格《せいかく》がよく礼儀正《れいぎただ》しいので、主人《しゅじん》の服《ふく》にブラシをかけるのには向《む》いているが、戦《たたか》いにはとうてい向《む》いてない。

不安《ふあん》なまま、わたしたちは大急《おおいそ》ぎで浅瀬《あさせ》をわたって上陸《じょうりく》した。無残《むざん》に沈《しず》んだボートと、火薬《かやく》と食料《しょくりょう》の半分以上《はんぶんいじょう》をあとに残《のこ》して。

リプジー先生《せんせい》がつづいて語《かた》る、一《いち》日《にち》目《め》の戦《たたか》いのおわり

バリケードまでつづく小《ちい》さな森《もり》を、わたしたちは一目散《いちもくさん》に走《はし》った。一歩《いっぽ》ごとに、海賊《かいぞく》たちの声《こえ》が近《ちか》くなってくる。そのうち、追《お》いかけてくる足音《あしおと》や、やぶのなかを突《つ》き進《すす》むときの小枝《こえだ》が折《お》れる音《おと》まできこえてきた。

いよいよ小《こ》ぜり合《あ》いは避《さ》けられそうにない。わたしは銃《じゅう》の点火薬《てんかやく》をたしかめた。

「船長《せんちょう》」わたしはいった。「トリローニさんは射撃《しゃげき》の名人《めいじん》です。その銃《じゅう》をわたしてください。トリローニさんの銃《じゅう》は使《つか》いものになりません」

ふたりは銃《じゅう》を交換《こうかん》した。ここしばらくすっかり無口《むくち》で冷静《れいせい》になったトリローニさんは、立《た》ち止《ど》まって、銃《じゅう》が作動《さどう》するかをたしかめた。わたしはグレイが武器《ぶき》をもっていないのに気《き》づいて、短剣《たんけん》をわたした。グレイが手《て》につばを吐《は》き、眉《まゆ》を寄《よ》せて、刃《は》で風《かぜ》をびゅんと切《き》る。見《み》ているこっちも勇気《ゆうき》

がわいた。からだつきからしても、このあらたな味方《みかた》がたよりになるのはまちがいない。

四十歩《よんじっぽ》ほど進《すす》んで森《もり》のはずれに出《で》ると、目《め》の前《まえ》にバリケードが見《み》えた。小屋《こや》を囲《かこ》う柵《さく》の南側《みなみがわ》のまんなかあたりにたどりつくと、ほとんど同時《どうじ》に、七人《しちにん》の海賊《かいぞく》が姿《すがた》をあらわした。水夫長《すいふちょう》のジョップ・アンダーソンを先頭《せんとう》に、南西《なんせい》の角《かど》から叫《さけ》び声《ごえ》をあげてやってくる。

しかしそこで、めんくらったように足《あし》を止《と》めた。そのすきに、トリローニさんとわたしが、それから丸太小屋《まるたごや》のハンターとジョイスも発砲《はっぽう》した。四人《よにん》の射撃《しゃげき》はばらばらだったが、効果《こうか》はあった。敵《てき》のひとりが倒《たお》れ、残《のこ》りはそっこうで逃《に》げだし、森《もり》のなかに飛《と》びこんだ。

弾《たま》をこめなおし、柵《さく》づたいに歩《ある》いて倒《たお》れた男《おとこ》を見《み》にいった。即死《そくし》だ。弾《たま》は心臓《しんぞう》をつらぬいていた。

敵《てき》を撃退《げきたい》したと喜《よろこ》びかけた瞬間《しゅんかん》、しげみのなかでピストルが鳴《な》った。弾丸《だんがん》がわたしの耳《みみ》もとをかすめたかと思《おも》うと、レッドルースがよろめき、ばったりと倒《たお》れた。トリローニさんとわたしはすかさず撃《う》ちかえしたが、敵《てき》の姿《すがた》が見《み》えないので、火薬《かやく》をむだにしただけだった。ふたたび弾《たま》をこめなおすと、レッドルースのようすをたしかめた。

船長《せんちょう》とグレイが傷《きず》を調《しら》べていたが、わたしはひと目《め》で、手遅《ておく》れだとわかった。

わたしたちがすぐさま撃《う》ちかえしたので、敵《てき》はまた逃《に》げていったらしい。それ以上《いじょう》の襲撃《しゅうげき》はなく、血《ち》を流《なが》してうめくレッドルースをかつぎあげて柵《さく》をこえ、丸太小屋《まるたごや》に運《はこ》んだ。

ああ、気《き》の毒《どく》に。この騒《さわ》ぎの発端《ほったん》からいままで、おどろきや不平《ふへい》や不安《ふあん》を口《くち》にすることもなく、不満《ふまん》そうな顔《かお》ひとつしないでついてきてくれたのに、こうして寝《ね》かされて最期《さいご》を待《ま》っている。船《ふね》の見張《みは》りに立《た》ったときは、マットレスを盾《たて》に、まるでトロイの戦士《せんし》のようだった。どんな命令《めいれい》にもだまって従《したが》い、ねばり強《づよ》く、見事《みごと》に任務《にんむ》を果《は》たした。わたしたちより二十《にじゅう》も上《うえ》の、不言実行《ふげんじっこう》のたのもしい最年長者《さいねんちょうしゃ》。そのレッドルースが、死《し》をむかえようとしている。

トリローニさんはかたわらにひざまずき、子《こ》どものように泣《な》きながらレッドルースの両手《りょうて》にキスをした。

「先生《せんせい》、わたしはもう、だめなんでしょう?」レッドルースがいった。

「レッドルース、生《う》まれたところに帰《かえ》るんだよ」わたしはいった。

「その前《まえ》に、銃《じゅう》を一発《いっぱつ》食《く》らわせてやりたかった」

「ああ、レッドルース、わたしを許《ゆる》すといってくれ」トリローニさんがいった。

「だんなさま、そんな、もったいない。でも、どうしてもとおっしゃるなら。アーメン」

沈黙《ちんもく》が流《なが》れ、レッドルースはお祈《いの》りをあげてもらえないかといった。「しきたりなんで」申《もう》し訳《わけ》なさそうに、そうつけ足《た》す。

それからまもなく、静《しず》かに息《いき》を引《ひ》きとった。

わたしは前《まえ》から、船長《せんちょう》の服《ふく》の胸《むな》もとやポケットが妙《みょう》にふくらんでいることに気《き》づいていたが、いつのまにか、そこからいろいろなものがとりだされていた。ユニオンジャック、聖書《せいしょ》、頑丈《がんじょう》なロープ、ペンとインク、航海日誌《こうかいにっし》、たくさんのタバコ。船長《せんちょう》は柵《さく》の内側《うちがわ》に、切《き》り倒《たお》されて枝《えだ》をはらったモミの木《き》を見《み》つけ、ハンターの手《て》を借《か》りて、小屋《こや》のすみの丸太《まるた》が十字《じゅうじ》に組《く》んであるところに立《た》てかけた。よじのぼって屋根《やね》にあがると、自分《じぶん》の手《て》でユニオンジャックを結《むす》びつけた。

それでだいぶ気持《きも》ちが落《お》ち着《つ》いたらしい。小屋《こや》のなかにもどってくると、ほかのことはどうでもいいみたいに、物資《ぶっし》を点検《てんけん》しはじめた。それでもレッドルースの最期《さいご》はきちんと見届《みとど》け、すべてがおわると、もう一枚旗《いちまいはた》をもってきて、レッドルースのからだにうやうやしくかけた。

「あまり自分《じぶん》を責《せ》めないことです」船長《せんちょう》はトリローニさんの手《て》をとっていった。「きっと本望《ほんもう》でしょう。なげく必要《ひつよう》はありません。船長《せんちょう》と主人《しゅじん》への務《つと》めを果《は》たしたのですから。教会《きょうかい》の教《おし》えには反《はん》するかもしれませんが、事実《じじつ》です」

船長《せんちょう》は、わたしをわきへ呼《よ》んだ。

「先生《せんせい》、帰《かえ》りがおそい場合《ばあい》にお仲間《なかま》の船《ふね》が来《く》るというのは、何週間後《なんしゅうかんご》ですか?」

何週間後《なんしゅうかんご》ではなく何《なん》か月後《げつご》だ、とわたしは答《こた》えた。八月《はちがつ》のおわりまでにもどらなければ、ブランドリーが捜索《そうさく》の船《ふね》を送《おく》ってくれることになっている。それより早《はや》くも遅《おそ》くもない。

「どのくらいか、ご自分《じぶん》で計算《けいさん》してみてください」

「そうですか。よほど楽観的《らっかんてき》になっても、かなりせっぱつまることになりますね」

船長《せんちょう》は頭《あたま》をかいた。

「せっぱつまる？」

「二度目《にどめ》の積《つ》み荷《に》が沈《しず》んだのは、手痛《ていた》い損失《そんしつ》だということです。弾薬《だんやく》はなんとかなるでしょう。問題《もんだい》は食料《しょくりょう》です。まったく足《た》りません。リプジー先生《せんせい》、正直《しょうじき》いって、ひとつ口《くち》が減《へ》って助《たす》かったといえるほどです」

船長《せんちょう》はそういって、旗《はた》をかけた遺体《いたい》を指《さ》した。

そのとき、轟音《ごうおん》と風《かぜ》を切《き》る音《おと》がひびいてきて、砲弾《ほうだん》が丸太小屋《まるたごや》のだいぶ上《うえ》を越《こ》え、裏《うら》の森《もり》のなかに落《お》ちた。

「やれやれ！　がんがん撃《う》つがいい。火薬《かやく》はすぐに底《そこ》をつくだろう」船長《せんちょう》は叫《さけ》んだ。

二度目《にどめ》の砲撃《ほうげき》は、狙《ねら》いがより正確《せいかく》になっていた。砲弾《ほうだん》は柵《さく》のなかに落《お》ち、砂煙《すなけむり》があがった。それでも被害《ひがい》はない。

「船長《せんちょう》」トリローニさんがいった。「船《ふね》からこの小屋《こや》は見《み》えないはずだ。旗《はた》を狙《ねら》って撃《う》っているにちがいない。おろしたほうがよいのでは？」

「旗《はた》をおろす？　とんでもない、おろしません」船長《せんちょう》が声《こえ》をあげた。

この決意《けつい》に、だれもが共感《きょうかん》した。勇敢《ゆうかん》な海《うみ》の男《おとこ》の心意気《こころいき》を示《しめ》すだけでなく、すぐれた戦術《せんじゅつ》でもあり、わたしたちは砲撃《ほうげき》などものともしないと敵《てき》に伝《つた》えていた。

日《ひ》が暮《く》れるまで、砲撃《ほうげき》はつづいた。つぎつぎに砲弾《ほうだん》が落《お》ちてきたが、小屋《こや》の上《うえ》を越《こ》えていったり、届《とど》かなかったり、柵《さく》のなかに落《お》ちて砂煙《すなけむり》をあげたりだった。狙《ねら》いを高《たか》くしないと届《とど》かないので勢《いきお》いがなく、やわらかい砂地《すなじ》にずぶりと落《お》ちるだけで、はねかえってくる心配《しんぱい》もない。一度《いちど》だけ屋根《やね》を突《つ》き破《やぶ》ってきたが、そのまま床下《ゆかした》へ抜《ぬ》けた。わたしたちはすぐにそんないたずらにも慣《な》れてしまい、クリケットの試合《しあい》を見《み》ていたらボールが飛《と》んできたくらいにしか思《おも》わなくなった。

「こうなると、いいことがひとつあります」船長《せんちょう》がいった。「おそらく敵《てき》は、バリケードの前方《ぜんぽう》の森《もり》にはいないでしょう。潮《しお》もすっかり引《ひ》いたから、積《つ》み荷《に》も水《みず》から出《で》ているはずです。だれかベーコンをとりに行《い》けませんか？」

グレイとハンターが志願《しがん》した。ふたりはしっかり武装《ぶそう》してそっとバリケードを出《で》たが、けっきょくむだな試《こころ》みにおわった。敵《てき》は思《おも》った以上《いじょう》に大胆《だいたん》だった。それとも、ハンズの砲撃《ほうげき》の腕《うで》をよほど信頼《しんらい》していたのかもしれない。四《し》、五人《ごにん》がわたしたちの積《つ》み荷《に》をかつぎあげ、近《ちか》くにとめたボートにせっせと運《はこ》んでいた。オールか何《なに》かを動《うご》かして、ボートが潮《しお》に流《なが》されないようにしている。シルバーが船尾《せんび》にすわり、指揮《しき》をとっていた。秘密《ひみつ》のかくし場所《ばしょ》があるのか、全員《ぜんいん》がマスケット銃《じゅう》をたずさえていた。

船長《せんちょう》が腰《こし》をおろし、航海日誌《こうかいにっし》をつけはじめた。書《か》き出《だ》しは以下《いか》のとおり。

『船長《せんちょう》アレクサンダー・スモレット、船医《せんい》デイヴィッド・リプジー、大工助手《だいくじょしゅ》エイブラハム・グレイ、船主《ふなぬし》ジョン・トリローニ、船主《ふなぬし》の使用人《しようにん》にして船員外《せんいんがい》のジョン・ハンターおよびリチャード・ジョイス。以上六名《いじょうろくめい》が残《のこ》って正義《せいぎ》のために戦《たたか》う。十日分《とおかぶん》ほどの限《かぎ》られた食料《しょくりょう》をたずさえ、本日《ほんじつ》、宝島《たからじま》に上陸《じょうりく》。丸太小屋《まるたごや》に国旗《こっき》をかかげる。船主《ふなぬし》の使用人《しようにん》にして船員外《せんいんがい》のトーマス・レッドルースは、反乱軍《はんらんぐん》の銃弾《じゅうだん》を受《う》け死亡《しぼう》。キャビンボーイのジェームズ・ホーキンズは……』

そのとき、わたしはジム・ホーキンズのあわれな運命《うんめい》を思《おも》いやっていた。

すると、裏手《うらて》から大《おお》きな呼《よ》び声《ごえ》があった。

「だれかが呼《よ》んでいます」見張《みは》りに立《た》っていたハンターがいう。

「先生《せんせい》！　トリローニさん！　船長《せんちょう》！　おーい、ハンター！」叫《さけ》び声《ごえ》がきこえた。

ドアから飛《と》びだすと、柵《さく》をのぼってやってくる、ジム・ホーキンズの元気《げんき》な姿《すがた》が見《み》えた。

ジム・ホーキンズがふたたび語《かた》る、バリケードのなかの仲間《なかま》たち

ベン・ガンはユニオンジャックに気《き》づくと、ぴたっと立《た》ち止《ど》まった。ぼくの腕《うで》をつかんで引《ひ》き止《と》め、すわりこむ。

「ほれ、おまえの仲間《なかま》はあそこだ、まちがいねえ」

「海賊《かいぞく》がいるんじゃやない？」ぼくはいった。

「まさか！　海《うみ》の冒険家《ぼうけんか》でもなきゃ、やってこねえ島《しま》だ。シルバーだったら、ドクロの海賊旗《かいぞくき》をかかげるに決《き》まってる。ありゃ、まちがいなくおまえの仲間《なかま》だ。派手《はで》にバンバンやってたが、お仲間《なかま》が勝《か》ったんだろうよ。で、上陸《じょうりく》してきて、このおんぼろバリケードのなかに陣《じん》どったってわけだ。何年《なんねん》も前《まえ》にフリント船長《せんちょう》がつくったんだぞ。まったくあの男《おとこ》ときたら、海賊《かいぞく》の頭《かしら》にふさわしかったよ！　敵《てき》がいるとすりゃあ、ラム酒《しゅ》くらいのもんだ。こわい者《もの》なしってのは、あの男《おとこ》のことだ。そ

うはいっても、シルバーはべつだ。あいつは上等《じょうとう》なヤツだったからな」

「そっか。だったら、ますます急《いそ》がなくちゃ」

「待《ま》て。まだ行《い》っちゃいけねえ。おまえはたしかにしっかりしてるが、まだ子《こ》どもだろう。このベン・ガンはぬかりのない男《おとこ》なんだ。たとえラムがあったって、行《い》かないぞ。おまえが行《い》こうとしてる場所《ばしょ》にはな。ラムなんかに、つられねえ。おまえのいうりっぱな地主《じぬし》さんとやらに、名誉《めいよ》をかけて誓《ちか》ってもらうまではダメだ。おれのことばを忘《わす》れんでくれよ。『心《こころ》から信用《しんよう》してます』と、こういうんだぞ。『たよりにしてます』とな。で、最後《さいご》にちょいとばかし、つねってやれ」

そういって、ベン・ガンはぼくをつねった。三回目《さんかいめ》だ。あいかわらず抜《ぬ》け目《め》なさそうな顔《かお》をしている。

「おれに会《あ》いたきゃ、どこに来《く》ればいいかはわかってるな？　今日会《きょうあ》った場所《ばしょ》だ。会《あ》いに来《く》るってときは、白《しろ》いものを手《て》にもってきてくれ。それもひとりっきりでな。おっと、忘《わす》れてた！　お仲間《なかま》にいっといてくれ。『ベン・ガンという男《おとこ》には、それなりの深《ふか》い理由《りゆう》があるんです』とな」

「まあ、なんとなくわかった。提案《ていあん》があるんでしょ。だから、トリローニさんか、リプジー先生《せんせい》と話《はな》したいんだよね。会《あ》えるのは、今日会《きょうあ》ったところ。それでいい？」

「時間《じかん》も決《き》めなきゃだ。昼《ひる》から三時《さんじ》くらいってことにしよう」

「オッケー。じゃあ、ぼく、もう行《い》っていい?」

「忘《わす》れるなよ」心配《しんぱい》そうにベン・ガンがいう。

「たよりにしてる、それなりの深《ふか》い理由《りゆう》があるって、ちゃんというんだぞ。この、『それなりの深《ふか》い理由《りゆう》』ってのが、たいせつなとこなんだ。男《おとこ》と男《おとこ》の話《はなし》だからな」

ベン・ガンはまだぼくの腕《うで》をはなさない。

「ほれ、行《い》っていいぞ。おっと、もしシルバーに会《あ》っても、おれを売《う》ったりしないでくれよ。どんなひどい目《め》にあってもだ。おまえなら、だいじょうぶだな? それにしても、やつらが上陸《じょうりく》して野《や》営《えい》でもはじめたら、朝《あさ》には死人《しにん》がでるぞ」

そのとき、ものすごい音《おと》がした。大砲《たいほう》の弾《たま》が木立《こだち》を抜《ぬ》けて飛《と》んできて、砂浜《すなはま》に落《お》ちた。ここから百《ひゃく》メートルもはなれていない。ぼくたちはあわてて、べつべつの方向《ほうこう》に走《はし》った。

それから一時間《いちじかん》くらい、ドーンドーンという爆撃音《ばくげきおん》が島《しま》じゅうに鳴《な》りひびき、砲弾《ほうだん》が森《もり》につぎつぎ飛《と》んできた。ぼくは、木《き》から木《き》へとかくれながら逃《に》げたけど、おそろしい砲弾《ほうだん》はずっと追《お》いかけてきた。少《すく》なくともそんな気《き》がしていた。砲撃《ほうげき》が静《しず》まってきても、バリケードのほうに行《い》く気《き》にはなれなかった。砲弾《ほうだん》がいちばん多《おお》く落《お》ちていたからだ。でも、ちょっとだけ元気《げんき》をとりもどしたので、東《ひがし》へぐるりと遠回《とおまわ》りして、海岸沿《かいがんぞ》いのしげみのなかをこっそり歩《ある》いた。

太陽《たいよう》がちょうど沈《しず》んで、海風《うみかぜ》で森《もり》がザワザワと音《おと》をたて、船《ふね》がとまっている灰色《はいいろ》の海面《かいめん》に波《なみ》が立《た》っていた。引《ひ》き潮《しお》で、砂浜《すなはま》が大《おお》きく広《ひろ》がっている。昼間《ひるま》はあんなに暑《あつ》かったのに、ひんやりした空《くう》気《き》がジャケットの下《した》まで忍《しの》びこんできた。

ヒスパニオラ号《ごう》は、前《まえ》と同《おな》じところに停泊《ていはく》していた。でも、帆《ほ》のいちばん上《うえ》にはためいているのは、ドクロ印《じるし》の黒《くろ》い海賊旗《かいぞくき》だ。そのとき、赤《あか》い光《ひかり》がひらめいて、大砲《たいほう》の音《おと》があたりに鳴《な》りひびいた。そしてもう一発《いっぱつ》、砲弾《ほうだん》が放《はな》たれると、それが最後《さいご》だった。

ぼくはしばらく伏《ふ》せたまま、騒《さわ》ぎをながめていた。海賊《かいぞく》たちがバリケード近《ちか》くの砂浜《すなはま》で、斧《おの》をふるっている。あとで見《み》ると、こわされていたのは小型《こがた》ボートだった。遠《とお》くの河口《かこう》のあたりで、大《おお》きなたき火《び》がめらめらと燃《も》えているのが木立《こだち》のすきまから見《み》えた。そことヒスパニオラ号《ごう》のあいだを、ボートが一艘《いっそう》、行《い》ったり来《き》たりしている。昼間《ひるま》はどんよりした顔《かお》をしていた海賊《かいぞく》たちが、子《こ》どもみたいにはしゃいでオールを漕《こ》いでいる。酔《よ》っぱらっているんだな。

そろそろ小屋《こや》に行《い》ってもいいだろう。

いまいるのは、停泊地《ていはくち》の東側《ひがしがわ》を囲《かこ》むように出《で》っぱっている砂《すな》の岬《みさき》のかなり先端《せんたん》だ。ここは水《みず》が半《はん》分《ぶん》引《ひ》けば、がいこつ島《とう》とつながる。立《た》ちあがると、岬《みさき》の先端《せんたん》に、しげみに囲《かこ》まれた大《おお》きな白《しろ》い岩《いわ》が突《つ》きだしている。あれがベン・ガンのいっていた「白《しろ》い岩《いわ》」かな。ボートが必要《ひつよう》になったら、あそこに行《い》けばいい。

ぼくは森《もり》のなかを歩《ある》いていった。そしてやっと、海岸《かいがん》に面《めん》したバリケードの裏側《うらがわ》にたどりついた。仲間《なかま》たちは、あたたかくむかえてくれた。

ぼくは、いままでのことをぜんぶ報告《ほうこく》した。それから、ゆっくりとあたりをながめてみた。小屋《こや》は、屋根《やね》も壁《かべ》も床《ゆか》も、マツの丸太《まるた》でできている。床《ゆか》はところどころ、三十《さんじっ》センチくらい砂地《すなじ》から高《たか》くなっていた。ドアの外《そと》はベランダになっていて、泉《いずみ》がわいている。妙《みょう》な手《て》づくりのおけ、つまり船《ふね》で使《つか》う鉄鍋《てつなべ》が底《そこ》を抜《ぬ》かれた状態《じょうたい》で砂《すな》のなかに埋《う》めこまれて、そこに水《みず》がたまっている。船長《せんちょう》ふうにいうと、「船荷満載時《ふなにまんさいじ》の喫水線《きっすいせん》」まで埋《う》まっている。

柵《さく》の内側《うちがわ》は、丸太小屋《まるたごや》以外《いがい》には、ほとんど何《なに》もなかった。すみっこのほうに、暖炉《だんろ》のようなものがあるだけだ。平《たい》らな石《いし》が下《した》にしかれて、火《ひ》を入《い》れるさびた鉄《てつ》カゴが置《お》いてあった。

丘《おか》の斜面《しゃめん》と柵《さく》の内側《うちがわ》の木《き》は、丸太小屋《まるたごや》をたてるために切《き》り倒《たお》されていた。切《き》り株《かぶ》を見《み》ると、どれだけ太《ふと》い木《き》だったのかがよくわかる。木《き》がなくなったせいで、土《つち》が雨《あめ》で流《なが》されてしまい、砂《すな》におおわれていた。鉄鍋《てつなべ》からわき水《みず》が流《なが》れているところだけがびっしりとコケにおおわれ、シダや地《ち》をはうような低木《ていぼく》が砂《すな》のあいだから青々《あおあお》と顔《かお》を出《だ》していた。柵《さく》のすぐ外《そと》は、防御《ぼうぎょ》しづらいとみんなが文句《もんく》をいうくらい近《ちか》くまで、高《たか》い木々《きぎ》がうっそうとしげる森《もり》がせまっている。陸側《りくがわ》はぜんぶモミの木《き》で、海側《うみがわ》はライブオークも混《ま》ざっていた。

冷《つめ》たい夜風《よかぜ》が、ほったて小屋《ごや》のすきまからヒューヒュー入《はい》ってきて、細《こま》かい砂《すな》を床《ゆか》にばらまいていた。目《め》や口《くち》にも飛《と》びこんでくるし、夕食《ゆうしょく》にも入《はい》ってしまう。鉄鍋《てつなべ》の底《そこ》のわき水《みず》のなかでも砂《すな》が踊《おど》っていて、まるで煮《に》えはじめたお粥《かゆ》みたいだ。

煙突《えんとつ》は、屋根《やね》にあいた四角《しかく》い穴《あな》だ。ちゃんと外《そと》に出《で》ていく煙《けむり》はほんの少《すこ》しで、残《のこ》りは小屋《こや》じゅうで渦《うず》を巻《ま》いているので、ぼくたちはせきこんだり、涙《なみだ》が止《と》まらなくなったりした。

あたらしい仲間《なかま》のグレイは、顔《かお》に包帯《ほうたい》を巻《ま》いていた。逃《に》げてきたときにケガをしたそうだ。レッドルースさんはまだ埋葬《まいそう》されないまま、壁《かべ》ぎわに寝《ね》かされている。ユニオンジャックの下《した》で、カチカチにかたくなっていた。

何《なに》もしないでぼーっとしていたら、みんなすごく沈《しず》んでいたと思《おも》う。だけど、船長《せんちょう》がそうさせなかった。まず全員《ぜんいん》を集《あつ》めて、班《はん》に分《わ》けた。リプジー先生《せんせい》、グレイ、ぼくの班《はん》と、トリローニさん、ハンター、ジョイスの班《はん》だ。だれもがくたくただったけど、薪集《たきぎあつ》め係《がかり》と、墓掘《はかほ》り係《がかり》にふたりずつ選《えら》ばれた。リプジー先生《せんせい》は料理係《りょうりがかり》で、ぼくはドアの見張《みは》り係《がかり》をすることになった。船長《せんちょう》は、あっちこっち見《み》てまわって、みんなをはげましたり、必要《ひつよう》なら手《て》を貸《か》したりした。

たまに、リプジー先生《せんせい》がドアのところに来《き》た。外《そと》の空気《くうき》を吸《す》うためと、煙《けむり》でヒリヒリする目《め》を休《やす》めるためだ。来《く》るたび、ぼくに話《はな》しかける。

「船長《せんちょう》は、わたしなんかよりもずっとたいした人《ひと》だ。わたしがこんなふうにいうときは、本気《ほんき》だよ」

来《き》ても、しばらくだまったままのときもあった。そして首《くび》をかしげてぼくを見《み》ると、たずねた。

「そのベン・ガンという男《おとこ》は、信用《しんよう》できるのか？」

「わからないんです、先生《せんせい》。正気《しょうき》かどうかもわからないし」

「まあ、そこはだいじょうぶだろう。三年間《さんねんかん》も無人島《むじんとう》にひとりっきりで爪《つめ》をかんで暮《く》らしていたような男《おとこ》に、わたしたちと同《おな》じようにふるまえといっても、むずかしいだろうからな。人間《にんげん》というのはそういうものだ。ほしがっていたのは、チーズだったかな？」

「はい、そうです」

「そうか。ジム、味《あじ》にうるさいのが役《やく》に立《た》つこともあるものだな。わたしのかぎタバコ箱《ばこ》は見《み》たことがあるだろう？　だが、実際《じっさい》に吸《す》っているところは見《み》たことがないはずだ。というのも、あのなかにパルメザンチーズが入《はい》っているんだ。イタリア製《せい》で栄養価《えいようか》の高《たか》いチーズだ。そいつをベン・ガンにやろう！」

夕食《ゆうしょく》の前《まえ》に、ぼくたちはレッドルースさんを砂浜《すなはま》に埋葬《まいそう》した。みんなで帽子《ぼうし》を胸《むね》に、しばらくのあいだ風《かぜ》に吹《ふ》かれて、埋《う》めた場所《ばしょ》を囲《かこ》んで立《た》っていた。薪集《たきぎあつ》め係《がかり》がかなりたくさん集《あつ》めてきたのに、船長《せんちょう》は不服《ふふく》らしく、首《くび》を振《ふ》りながらいった。「明日《あした》はもっとがんばってもらわないと」

ベーコンを食《た》べたあと、みんなで一杯《いっぱい》ずつ強《つよ》いブランデーを飲《の》んでいたとき、先生《せんせい》とトリローニさんと船長《せんちょう》はすみっこに集《あつ》まって、これからのことを話《はな》しあった。

どうしたらいいか決《き》めかねているみたいだ。食料《しょくりょう》がどんどん少《すく》なくなっているから、助《たす》けの船《ふね》が来《く》る前《まえ》に飢《う》え死《じ》にしかけて降参《こうさん》なんてことになったら困《こま》る。それでもやはり、なんとか海賊《かいぞく》を始末《しまつ》していこうと決《き》まった。海賊旗《かいぞくき》をおろさせるか、ヒスパニオラ号《ごう》で逃《に》げ帰《かえ》らせるまで、みんなで力《ちから》を合《あ》わせよう。十九人《じゅうくにん》だった敵《てき》が十五人《じゅうごにん》にまで減《へ》ったし、そのうちふたりはケガをしていて、少《すく》なくとも大砲《たいほう》のそばで撃《う》たれた男《おとこ》は生《い》きていたとしても重傷《じゅうしょう》だ。ぼくたちだって攻撃《こうげき》するときには、それなりの覚悟《かくご》が必要《ひつよう》だ。命《いのち》を守《まも》るため、ほんとうに注意《ちゅうい》しなくちゃならない。だけど、こっちにはラッキーなことがふたつある。海賊《かいぞく》たちのラム好《ず》きと、この島《しま》の気候《きこう》だ。

まず、ラム。一《いち》キロくらいはなれていても、夜中《よなか》まで騒《さわ》いでうたう声《こえ》がはっきりきこえてくる。それから、気候《きこう》だ。リプジー先生《せんせい》が賭《か》けてもいいといっていたけれど、あんな湿地帯《しっちたい》で野営《やえい》をして薬《くすり》ももっていないとなると、半分《はんぶん》くらいは一週間《いっしゅうかん》もしないうちに病気《びょうき》になる。

「つまり、わたしたちが先《さき》に全滅《ぜんめつ》しなければ、やつらはさっさと船《ふね》で逃《に》げ帰《かえ》る可能性《かのうせい》が高《たか》い。船《ふね》さえあれば、また海賊《かいぞく》ができるわけだから」リプジー先生《せんせい》がいった。

「船《ふね》を失《うしな》うなんてはじめてだ」船長《せんちょう》がいった。

もちろん、ぼくはくたくただった。何度《なんど》も寝返《ねがえ》りをうったあと、すとんと眠《ねむ》りに落《お》ちて、丸太《まるた》みたいに動《うご》かなかった。

ほかのみんなは早《はや》くに起《お》きて朝食《ちょうしょく》をすませ、きのう集《あつ》めた半分《はんぶん》くらいの薪《たきぎ》をまた積《つ》んでいた。ぼくは、バタバタする音《おと》といろんな声《こえ》で、目《め》が覚《さ》めた。

「休戦旗《きゅうせんき》だぞ！」

だれかがいった。その直後《ちょくご》、おどろきの声《こえ》がきこえた。

「シルバーだ！」

それをきいて、ぼくは飛《と》び起《お》きた。目《め》をこすりながら、あわてて銃《じゅう》を撃《う》つ小窓《こまど》に走《はし》っていった。

交《こう》渉《しょう》に来《き》たシルバー

柵《さく》の外側《そとがわ》に海賊《かいぞく》がふたりいる。ひとりは白《しろ》い布《ぬの》を振《ふ》っている。もうひとりはシルバー本人《ほんにん》で、落《お》ち着《つ》いた顔《かお》でとなりに立《た》っている。

明《あ》け方《がた》で、航海《こうかい》に出《で》てからいちばん寒《さむ》い朝《あさ》だったから、からだのしんまで冷《ひ》えた。空《そら》は晴《は》れて、雲《くも》ひとつない。こずえが日《ひ》の光《ひかり》をあびてバラ色《いろ》にきらめいている。シルバーと手下《てした》が立《た》っているあたりはかげになっていて暗《くら》く、夜《よる》のうちに沼《ぬま》からあがってきた白《しろ》い霧《きり》がひざのあたりまでつつんでいた。こんなに寒《さむ》くて霧《きり》までかかるのだから、やっぱりこの島《しま》はとても環境《かんきょう》がいいとはいえない。明《あき》らかに熱病《ねつびょう》になりそうな、じめじめして不健康《ふけんこう》な場所《ばしょ》だ。

「全員《ぜんいん》、小屋《こや》から出《で》ないように。おそらくわなだろうから」

船長《せんちょう》はこういうと、海賊《かいぞく》たちに声《こえ》をかけた。

「何者《なにもの》だ？　動《うご》いたら、撃《う》つぞ」

「休戦旗《きゅうせんき》をもってきた」シルバーが叫《さけ》んだ。

船長《せんちょう》はドアの前《まえ》で、だまし撃《う》ちされてもかわせるよう立《た》ち位置《いち》に気《き》をつけている。ふりかえって、ぼくたちにいった。

「リプジー先生《せんせい》の班《はん》は、見張《みは》りをたのみます。先生《せんせい》は北側《きたがわ》を。ジムは東《ひがし》、グレイは西《にし》だ。残《のこ》りのみんなはマスケット銃《じゅう》に弾《たま》をこめるんだ。みんな、しっかり気《き》を引《ひ》きしめて」

そういうと船長《せんちょう》は、海賊《かいぞく》たちのほうに向《む》きなおって叫《さけ》んだ。

「休戦旗《きゅうせんき》などもって、いったいなんのつもりだ？」

すると、もうひとりの男《おとこ》が大声《おおごえ》で答《こた》えた。

「シルバー船長《せんちょう》は、戦《たたか》いをおわらせにきたんだ」

「シルバー船長《せんちょう》だと！　知《し》らんな、そんなヤツ。だれのことだ？」

船長《せんちょう》が叫《さけ》ぶ。そして、ひとりごとがきこえてきた。

「シルバーが船長《せんちょう》だと？　まったく、出世《しゅっせ》したものだな！」

シルバーが話《はな》しはじめた。

「わたしです、スモレット船長《せんちょう》。こいつらに勝手《かって》に船長《せんちょう》に選《えら》ばれました。そちらが船《ふね》を捨《す》てたからです」

シルバーは、「捨《す》てた」という部分《ぶぶん》をとくに強調《きょうちょう》した。

「話《はな》しあいがうまくいけば、すぐに降参《こうさん》します。もう、大喜《おおよろこ》びでね。スモレット船長《せんちょう》、約束《やくそく》してもらえませんか。話《はなし》がおわったら、この柵《さく》の外《そと》に無事《ぶじ》に出《だ》させてもらいたい。それから、銃《じゅう》で撃《う》つときは、その前《まえ》に一分《いっぷん》だけほしい。逃《に》げさせてください」

「シルバー。わたしには、おまえと話《はな》しあう気《き》などさらさらない。話《はな》したいなら、来《く》るのは勝手《かって》だ。だまし撃《う》ちも、おまえたちの専門《せんもん》だ。勝手《かって》にするがいい」

「そうですか、わかりました」シルバーは、明《あか》るい声《こえ》で叫《さけ》んだ。「あなたからそういってもらえれば、じゅうぶんってもんです。おれは、あなたみたいな人間《にんげん》をよくわかってるから」

休戦旗《きゅうせんき》をもった海賊《かいぞく》が、シルバーを引《ひ》き止《と》めようとしている。さっきのスモレット船長《せんちょう》のすっかり見下《みくだ》した返事《へんじ》をきいたら、あたりまえだ。でも、シルバーは高笑《たかわら》いしながら、心配《しんぱい》なんぞいらないというふうに海賊《かいぞく》の背中《せなか》をぱんぱんたたいた。シルバーが柵《さく》の前《まえ》に歩《ある》いてくる。松葉杖《まつばづえ》を投《な》げ入《い》れ、片足《かたあし》をあげると、器用《きよう》にすばやくのりこえて、こちら側《がわ》に着地《ちゃくち》した。

ぼくはあっけにとられて、見張《みは》りのことなど頭《あたま》になかった。持《も》ち場《ば》の小窓《こまど》をふらふらとはなれ、こっそり船長《せんちょう》のうしろに移動《いどう》した。船長《せんちょう》はドアの前《まえ》に腰《こし》をおろし、ひざにひじをのっけてほおづえをつき、砂《すな》に埋《う》まった鉄鍋《てつなべ》からわいてくる水《みず》を見《み》つめている。そして陽気《ようき》な調子《ちょうし》で、『いざ、乙女《おとめ》よ、若者《わかもの》よ』という古《ふる》い歌《うた》を口笛《くちぶえ》で吹《ふ》いていた。丘《おか》をのぼるのはシルバーにとってはひと苦労《くろう》だった。

傾斜《けいしゃ》がきつく、あちこちに太《ふと》い切《き》り株《かぶ》があって、砂《すな》がやわらかいので松葉杖《まつばづえ》が役《やく》に立《た》たず、まるで逆風《ぎゃくふう》に向《む》かう船《ふね》みたいだ。それでももくもくと進《すす》みつづけ、ついに船長《せんちょう》の前《まえ》までやってくると、堂々《どうどう》と敬礼《けいれい》した。いちばんいい服《ふく》を着《き》ている。ゆったりした青《あお》い上着《うわぎ》は真鍮《しんちゅう》のボタンがずらりと並《なら》び、ひざまで届《とど》いている。モールかざりがうつくしい帽子《ぼうし》をななめにかぶっている。

「来《き》たか。腰《こし》をおろしてはどうだ？」船長《せんちょう》が顔《かお》をあげた。

「なかには入《い》れてもらえないというわけですか、スモレット船長《せんちょう》？　今朝《けさ》はかなり冷《ひ》えますな。外《そと》の砂《すな》の上《うえ》ってのはいかがなもんかと」

「まったくなあ、シルバー。よけいなことさえしなければ、調理場《ちょうりば》のコックでいられたものを。自《じ》分《ぶん》でまいた種《たね》だ。わたしの船《ふね》のコックならきちんともてなすが、反乱《はんらん》を起《お》こした海賊《かいぞく》シルバー船長《せんちょう》とやらには、絞首台《こうしゅだい》がお似合《にあ》いだ！」

「ああ、ああ、そうですか」

シルバーはいわれたとおり、砂《すな》の上《うえ》に腰《こし》をおろした。「この足《あし》ですから、立《た》つときはちょっと手《て》を貸《か》してもらわないとね。それにしても、いかした小屋《こや》じゃありませんか。おっ、ジムか！　おはよう、最高《さいこう》の朝《あさ》だな。リプジー先生《せんせい》、ごきげんよう。なんてこった、まるで幸《しあわ》せ一家《いっか》みたいですなあ」

「いいたいことがあるならさっさといえ」船長《せんちょう》がいった。

「たしかに、スモレット船長《せんちょう》。任務《にんむ》は任務《にんむ》ですからね。いや、まったく、きのうの夜《よる》はすっかりやられました。圧勝《あっしょう》でしたな。そっちには、てこ棒使《ぼうづか》いの名手《めいしゅ》がいるらしい。正直《しょうじき》、こっちも何人《なんにん》かはほんとうにふるえあがっちまいまして。いや、全員《ぜんいん》だな。おれだって、もうおそろしくて。それで、話《はな》しあいに来《き》たというわけです。ですが、スモレット船長《せんちょう》、二度目《にどめ》も同《おな》じと思《おも》ったら大《おお》まちがいです！　ちゃんと交代《こうたい》で見張《みは》りをして、ラムもちょいとひかえるってもんです。きのうは全員《ぜんいん》べろんべろんだったと思《おも》ってるでしょうが、おれは酔《よ》っぱらっちゃいなかった。ただひどくつかれてただけです。ほんの少《すこ》し早《はや》く目《め》が覚《さ》めてれば、あなたがたをつかまえてたはずだ。おれが行《い》ったとき、まだあいつは生《い》きてたんだから」

「それで？」スモレット船長《せんちょう》は、落《お》ち着《つ》きはらっていた。

ほんとうは船長《せんちょう》も、シルバーの話《はなし》はちんぷんかんぷんのはずなのに、まったく顔《かお》に出《だ》していない。ぼくは、もしかして、と思《おも》った。そういえばベン・ガンが、最後《さいご》にいっていたっけ。「朝《あさ》には死人《しにん》が出《で》る」って。きっとベン・ガンが、海賊《かいぞく》たちがたき火《び》を囲《かこ》んで酔《よ》いつぶれていたところを襲《おそ》ったんだろう。やった、敵《てき》は残《のこ》り十四人《じゅうよにん》になった。

「つまり、こういうことです。こっちはあの宝《たから》をいただきたい。ぜったいに手《て》に入《い》れたい、それだけのことです！　あなたがたは生《い》きて帰《かえ》るほうをお望《のぞ》みでしょう？　そうすればいい。そして地図《ちず》はそっちの手《て》にあるんでしょう？」

「その可能性《かのうせい》はあるな」船長《せんちょう》がいった。

「まあいいでしょう、もってるのはわかってる。それにしたって、そんなそっけない返事《へんじ》をしなくてもいいでしょうに。かくしたって、ムダです。こっちは地図《ちず》がほしい、それだけです。あなたがたを傷《きず》つけるつもりなど、さらさらない」

「残念《ざんねん》だが、たのみはきけん。おまえの考《かんが》えていることくらい、わかっている。勝手《かって》にしろ。ただし思《おも》いどおりにはならないだろうが」

船長《せんちょう》は顔色《かおいろ》ひとつかえずにシルバーを見《み》つめて、パイプにタバコを詰《つ》めはじめた。

「もしかして、グレイが……」シルバーは、かっとなった。

「だまれ！　グレイは何《なに》もしゃべっていない。こちらも何《なに》もききやしないしな。いっそ、おまえもグレイもこの島《しま》もぜんぶ、吹《ふ》き飛《と》ばされて地獄《じごく》に落《お》ちればいいと思《おも》っている。これがわたしの本心《ほんしん》だ。わかったか」

船長《せんちょう》の勢《いきお》いに、シルバーは静《しず》かになった。気分《きぶん》が落《お》ち着《つ》いたようだ。

「なるほど。あなたみたいな人《ひと》は、場合《ばあい》によって善悪《ぜんあく》の判断《はんだん》が変《か》わるようだが、おれには関係《かんけい》ない。

口《くち》は出《だ》しませんよ。ところで、そちらがタバコをお吸《す》いになるなら、おれも一服《いっぷく》いただきたい」

シルバーは、タバコをパイプに詰《つ》めて火《ひ》をつけた。しばらくふたりは、だまってタバコをふかしながらすわっていた。相手《あいて》の顔《かお》を見《み》たり、パイプをはずしたり、前《まえ》かがみになってつばを吐《は》いたりしているようすは、まるでお芝居《しばい》かなんかみたいだった。

「さてと」シルバーが口《くち》をひらく。

「では、こうしましょう。宝《たから》の地図《ちず》をこちらにわたしてください。かわいそうな船乗《ふなの》りを銃《じゅう》で撃《う》ったり、寝《ね》こみを襲《おそ》うのはやめていただきたい。従《したが》ってくれれば、こちらだって歩《あゆ》み寄《よ》るんですから。宝《たから》を積《つ》みおわったら、いっしょに船《ふね》に乗《の》ってもらってもいい。どこか安全《あんぜん》な場所《ばしょ》までお連《つ》れしましょう。わたしの名誉《めいよ》に誓《ちか》ってもいい。まあ、うちの連中《れんちゅう》もいままでこき使《つか》われたうらみがあるだろうし、荒《あら》っぽいところがあるから、島《しま》に残《のこ》ってもらってもかまいません。食料《しょくりょう》も人数分《にんずうぶん》きっちり分《わ》けてあげますよ。で、海《うみ》に出《で》て最初《さいしょ》に会《あ》った船《ふね》に、あなたがたを助《たす》けにいくようたのみましょう。これも名誉《めいよ》に誓《ちか》います。さあ、どうします？　こんなにいい条件《じょうけん》もないでしょう？」

シルバーの声《こえ》が大《おお》きくなる。

「なかにいるみなさんも、きいてましたか？　あなた方《がた》にもいってるんですよ」

船長《せんちょう》は立《た》ちあがって、パイプをトントンとたたいて灰《はい》を左手《ひだりて》で受《う》けとめた。

「それでおわりか？」

「ええ、おわりですとも！　断《ことわ》ったら、お目《め》にかかるのはこれが最後《さいご》です。あとは、飛《と》んでくるのは鉄砲玉《てっぽうだま》だけです」

「なるほど。では、わたしが話《はな》す番《ばん》だ。もしおまえたちがひとりずつ武器《ぶき》をもたずに来《き》たら、足《あし》かせをはめてイギリスまで運《はこ》んでやろう。公正《こうせい》な裁判《さいばん》を受《う》けさせてやるよ。それができないなら、ユニオンジャックをかかげるこのアレクサンダー・スモレット、おまえたち全員《ぜんいん》を海《うみ》の底《そこ》に沈《しず》めてやるまでだ。地図《ちず》なしに宝《たから》は見《み》つからない。船《ふね》の操縦《そうじゅう》ができる者《もの》もいない。勝《か》ち目《め》はないぞ。ここにいるグレイは仲間五人《なかまごにん》を捨《す》てて、こちらに来《き》た。シルバー船長《せんちょう》とやら、おまえの船《ふね》は動《うご》かない。八方《はっぽう》ふさがりだってことは、すぐにわかるはずだ。いいか、よくきけ、親切《しんせつ》に話《はな》してやるのもこれが最後《さいご》だ。つぎに会《あ》ったら、おまえの背中《せなか》に弾《たま》をぶちこんでやる。去《さ》れ、シルバー。とっととうせろ。すぐに消《き》えてくれ」

うわ、すごい顔《かお》。シルバーは完全《かんぜん》にキレて、目《め》を見開《みひら》いている。パイプをぶんぶん振《ふ》って、タバコの火《ひ》を落《お》とした。

「手《て》を貸《か》せ！」シルバーが声《こえ》をあげる。

「断《ことわ》る」船長《せんちょう》がいう。

「だれか、立《た》たせろ！」シルバーがどなった。

だれも動《うご》かない。ありとあらゆる悪態《あくたい》をつきながら、シルバーは手足《てあし》をついて砂《すな》の上《うえ》をはい、ドアにつかまりながら、松葉杖《まつばづえ》をついて立《た》ちあがった。そして、わき水《みず》につばを吐《は》いた。

「おいっ、てめえらもただじゃおかねえ。一時間《いちじかん》もしたら、このボロ小屋《ごや》をラムの樽《たる》みたいにたたきこわしてやる。それまで、せいぜい笑《わら》っとけ。すぐに、吠《ほ》え面《づら》かくことになるぜ。死《し》んだほうがマシだって思《おも》わせてやるからよ」

ぞっとするようなことばを吐《は》きながら、シルバーはよろよろと砂地《すなじ》をくだり、休戦旗《きゅうせんき》をもった海賊《かいぞく》に向《む》こう側《がわ》から支《ささ》えられて、四《し》、五回失敗《ごかいしっぱい》したのちに柵《さく》を越《こ》えた。そして、あっというまに森《もり》のなかに姿《すがた》を消《け》した。

攻《こう》撃《げき》

シルバーのうしろ姿《すがた》を目《め》で追《お》っていた船長《せんちょう》は、見《み》えなくなるとすぐ、こちらをふりかえった。そして、グレイ以外《いがい》の全員《ぜんいん》が持《も》ち場《ば》をはなれているのに気《き》づいた。

「持《も》ち場《ば》にもどれ！」

船長《せんちょう》がどなるなんて、はじめてだ。ぼくたちは、すごすごともどった。

「グレイ、きみの名前《なまえ》を日誌《にっし》に書《か》き残《のこ》しておこう。船乗《ふなの》りらしく任務《にんむ》を全《まっと》うしたな。トリローニさん、あなたにはびっくりです。リプジー先生《せんせい》も、たしか軍《ぐん》に所属《しょぞく》していたはずでしょう！　フォントノワの戦《たたか》いでもそんなふうだったら、ベッドで寝《ね》ていたほうがよろしかったでしょうな」

リプジー先生《せんせい》の班《はん》は小窓《こまど》の見張《みは》りにもどり、残《のこ》りはマスケット銃《じゅう》に弾《たま》をこめる作業《さぎょう》をはじめた。みんな、船長《せんちょう》に怒《おこ》られて、しゅんとしている。

船長《せんちょう》はしばらくだまって見《み》ていたけれど、そのうち口《くち》をひらいた。

「きいてくれ。わたしはシルバーにさんざんいってやった。わざときつくあたった。一時間《いちじかん》もしたら、ヤツはいっていたとおり攻撃《こうげき》してくるだろう。数《かず》ではもちろん、こちらが劣《おと》っている。だが、こちらには小屋《こや》がある。まあ、一分前《いっぷんまえ》なら、規律《きりつ》をもった戦《たたか》いもできるといったところですが、いまとなっては、そうもいえなくなった。ただ、強《つよ》い気持《きも》ちで戦《たたか》えば、必《かなら》ず勝《か》てるはずだ」

そういって船長《せんちょう》は、全員《ぜんいん》の持《も》ち場《ば》を見《み》てまわって確認《かくにん》した。

小屋《こや》の東側《ひがしがわ》と西側《にしがわ》の面《めん》はせまくて、小窓《こまど》はふたつずつしかない。ドアのある南側《みなみがわ》も、ふたつだけ。北側《きたがわ》は、五《いつ》つだ。銃《じゅう》は、ぼくたち七人《しちにん》に対《たい》して、ちょうど二十丁《にじっちょう》ある。それぞれの持《も》ち場《ば》のほぼまんなか、四《よん》か所《しょ》に薪《たきぎ》を積《つ》んで、テーブルがわりにしている。その上《うえ》には、銃弾《じゅうだん》と、弾《たま》をこめたマスケット銃《じゅう》が四丁《よんちょう》置《お》かれ、撃《う》ち手《て》がすぐ手《て》にとれるようになっている。床《ゆか》のまんなかには、短剣《たんけん》が並《なら》べられていた。

「火《ひ》は捨《す》てよう。もう寒《さむ》くないし、煙《けむり》に目《め》をやられたらまずい」船長《せんちょう》がいった。

トリローニさんが鉄《てつ》カゴごと外《そと》に出《だ》すと、燃《も》えさしが砂《すな》の上《うえ》でくすぶって煙《けむり》をあげた。

「ジムは朝食《ちょうしょく》がまだだろう。好《す》きにとって、持《も》ち場《ば》で食《た》べなさい。ほら、急《いそ》げ。はじまったら食《た》べられなくなるぞ。ハンター、みんなにブランデーを配《くば》ってくれ」

こうしているあいだにも、船長《せんちょう》は心《こころ》のなかで作戦《さくせん》を練《ね》っていた。

「リプジー先生《せんせい》、あなたはドアの前《まえ》に立《た》ってください。気《き》をつけて、相手《あいて》に姿《すがた》を見《み》られないように。

外《そと》にからだを出《だ》さないように、ドアから銃《じゅう》を撃《う》ってください。ハンターは東側《ひがしがわ》だ。ジョイスは西側《にしがわ》。トリローニさんは、銃《じゅう》の腕《うで》がいちばんだから、グレイとふたりで小窓《こまど》が五《いつ》つある北側《きたがわ》をお願《ねが》いします。もっとも危険《きけん》な位置《いち》です。敵《てき》がここまで近《ちか》づいてきて、この小窓《こまど》から銃《じゅう》を撃《う》ってきたりしたら、最悪《さいあく》なことになる。ジム、きみとわたしは射撃《しゃげき》の役《やく》には立《た》たない。弾《たま》をこめたり、手助《てだす》けをしよう」

船長《せんちょう》がいうように、もう寒《さむ》くない。太陽《たいよう》が木立《こだち》の上《うえ》にのぼり、森《もり》のなかの空《あ》き地《ち》を照《て》らして、立《た》ちのぼっていたもやをひとのみしてしまった。砂《すな》が熱《あつ》くなり、小屋《こや》の丸太《まるた》の樹脂《じゅし》が溶《と》けだした。みんな、ジャケットも上着《うわぎ》もぬぎ捨《す》てた。シャツのボタンをはずし、袖《そで》をぐいっとまくりあげる。暑《あつ》さと不安《ふあん》でぼうっとしながら、持《も》ち場《ば》についた。

一時間《いちじかん》が経《た》った。

「やつらはまだか！」船長《せんちょう》が声《こえ》をあげた。「まるで無風状態《むふうじょうたい》みたいだ。グレイ、口笛《くちぶえ》でも吹《ふ》いて呼《よ》んでやれ」

そのとき、攻撃《こうげき》の最初《さいしょ》の知《し》らせが来《き》た。

「船長《せんちょう》、人影《ひとかげ》を見《み》たら、撃《う》ってよろしいのですか？」ジョイスがたずねた。

「あたりまえだ！」

「承知《しょうち》しました」ジョイスがいつもどおり、礼儀《れいぎ》正《ただ》しく冷静《れいせい》に答《こた》えた。

しばらく、何《なに》も起《お》こらなかった。でも、人影《ひとかげ》を見《み》たらというジョイスの言葉《ことば》に気《き》が引《ひ》きしまり、マスケット銃《じゅう》を手《て》にした五人《ごにん》は警戒《けいかい》して、目《め》と耳《みみ》を研《と》ぎすましました。船長《せんちょう》は小屋《こや》のまんなかで、口《くち》をぎゅっとむすび、眉《まゆ》を寄《よ》せている。

数秒後《すうびょうご》、ふいにジョイスが銃《じゅう》を構《かま》えなおして撃《う》った。その銃声《じゅうせい》が消《き》えないうちに、バリケードの外《そと》からつぎつぎと、一列《いちれつ》で飛《と》ぶガンの群《む》れみたいに銃弾《じゅうだん》が飛《と》んできた。いくつか小屋《こや》にもあたったけど、なかまでは飛《と》んでこなかった。火薬《かやく》の煙《けむり》が消《き》えると、バリケードも森《もり》もふたたび静《しず》まりかえった。枝《えだ》も揺《ゆ》れず、銃《じゅう》が光《ひか》ることもなく、敵《てき》のいる気配《けはい》がない。

「命中《めいちゅう》したか？」スモレット船長《せんちょう》がたずねた。

「いいえ、していないと思《おも》います」ジョイスが答《こた》えた。

「正直《しょうじき》でよろしいが、つぎはたのむぞ。ジム、ジョイスの銃《じゅう》に弾《たま》をこめてくれ。リプジー先生《せんせい》、正面《しょうめん》からは何発《なんぱつ》でしたか？」

「はっきりわかりましたよ。こちら側《がわ》は三発《さんぱつ》です。三回光《さんかいひか》りました。となりあわせのところから二発《にはつ》、ずっと西側《にしがわ》から一発《いっぱつ》です」

「三発《さんぱつ》！　トリローニさんのほうはどうでした？」

この質問《しつもん》に答《こた》えるのは、むずかしかった。北側《きたがわ》からの攻撃《こうげき》はかなり激《はげ》しかったからだ。トリローニさんの計算《けいさん》だと七発《ななはつ》で、グレイは八発《はっぱつ》か九発《きゅうはつ》と答《こた》えた。東《ひがし》と西《にし》からは、それぞれ一発《いっぱつ》ずつ。つまり、北側《きたがわ》から攻撃《こうげき》をしかけてこようとしているのは明《あき》らかで、それ以外《いがい》はただのおどしだ。それでも、船長《せんちょう》は作戦《さくせん》を変《か》えなかった。敵《てき》が柵《さく》をのりこえて小屋《こや》まで近《ちか》づき、からっぽの小窓《こまど》を見《み》つけたら、そこから撃《う》ってくるはずで、そうなったらぼくたちはネズミみたいにあっけなく殺《ころ》されてしまうだろう、という。

考《かんが》える時間《じかん》などない。突然《とつぜん》、数人《すうにん》の海賊《かいぞく》たちが、北側《きたがわ》の森《もり》から雄《お》たけびをあげながら飛《と》びだし、バリケードに向《む》かって走《はし》ってきた。それと同時《どうじ》に、森《もり》から銃声《じゅうせい》があがり、ひらいていたドアから弾《たま》が飛《と》びこんできて、リブジー先生《せんせい》の銃《じゅう》を粉々《こなごな》にしてしまった。

海賊《かいぞく》たちはサルみたいに柵《さく》に群《むら》がっている。トリローニさんとグレイが銃《じゅう》を連続《れんぞく》して撃《う》ち、三人《さんにん》が倒《たお》れた。ひとりは柵《さく》の内側《うちがわ》にうつぶせに、あとのふたりは外側《そとがわ》であおむけになっている。ただ、内側《うちがわ》のひとりは弾《たま》があたったのではなくておびえていただけらしく、すぐに立《た》ちあがると、森《もり》のほうへ走《はし》って姿《すがた》を消《け》してしまった。

ふたりが死《し》に、ひとりが逃《に》げ、四人《よにん》が柵《さく》を越《こ》えてきた。森《もり》のなかには七《しち》、八人《はちにん》かくれていて、それぞれ何丁《なんちょう》かずつマスケット銃《じゅう》をもっているらしく、でたらめにえんえんと撃《う》ってくる。

四人《よにん》が声《こえ》をあげながら、小屋《こや》に向《む》かってまっすぐ走《はし》ってきた。森《もり》にひそんでいる海賊《かいぞく》たちも声援《せいえん》を送《おく》っている。こっちからも何発《なんぱつ》か撃《う》ったけど、あわてているせいか、ぜんぜんあたらない。そうこうするうちに、四人《よにん》は丘《おか》をのぼって、目《め》の前《まえ》までやってきた。

水夫長《すいふちょう》のアンダーソンの顔《かお》が、まんなかの小窓《こまど》からのぞいた。

「ここだーっ、かかれ！」アンダーソンの大声《おおごえ》がとどろく。

同時《どうじ》に、べつの海賊《かいぞく》がハンターの銃《じゅう》の先《さき》をつかんでむりやりもぎとり、小窓《こまど》から引《ひ》きぬいた。ハンターはガツンとなぐりつけられて、気《き》を失《うしな》って床《ゆか》に倒《たお》れてしまった。弾《たま》をよけながら小屋《こや》の外《そと》を走《はし》っていた三人目《さんにんめ》が、突然《とつぜん》ドアの前《まえ》にあらわれて、リプジー先生《せんせい》に短剣《たんけん》で切《き》りかかった。

形勢《けいせい》は完全《かんぜん》に逆転《ぎゃくてん》していた。さっきまで小屋《こや》のなかにかくれて、姿《すがた》が丸見《まるみ》えの敵《てき》を撃《う》っていたのに、すっかり踏《ふ》みこまれて、やりかえせない。

でも、小屋《こや》のなかに煙《けむり》が立《た》ちこめていたおかげで助《たす》かった。叫《さけ》び声《ごえ》、走《はし》りまわる音《おと》、発砲《はっぽう》の光《ひかり》、銃声《じゅうせい》のなかで、ひときわ大《おお》きなどなり声《ごえ》がひびいた。

「外《そと》に出《で》ろ。外《そと》で戦《たたか》うんだ！　短剣《たんけん》をもて！」船長《せんちょう》の声《こえ》だ。

ぼくが短剣《たんけん》を手《て》にとると、同時《どうじ》に横《よこ》から手《て》がのびてきた。そいつがつかんだ剣《けん》があたって手《て》が切《き》れたけど、痛《いた》みも感《かん》じない。ドアから、日《ひ》の光《ひかり》がふりそそぐ外《そと》に出《で》る。だれかがすぐうしろにいるけど、だれなのかわからない。前《まえ》のほうでは、リプジー先生《せんせい》が丘《おか》をくだって海賊《かいぞく》を追《お》いかけていく。

こっちから海賊《かいぞく》の姿《すがた》が見《み》えたときには、敵《てき》の構《かま》えをくずしたかと思《おも》うと、顔《かお》をザッと切《き》りつけ、たおしてしまった。

「小屋《こや》をまわるんだ、みんな！　小屋《こや》をまわれ！」船長《せんちょう》が叫《さけ》んだ。

こんな大騒《おおさわ》ぎのなかでも、船長《せんちょう》の声《こえ》がいつもとちょっとちがうのがわかる。

ぼくはいわれるまま、小屋《こや》の東側《ひがしがわ》に向《む》かって走《はし》って、短剣《たんけん》を振《ふ》りあげながら角《かど》を曲《ま》がった。つぎの瞬間《しゅんかん》、目《め》の前《まえ》にアンダーソンがいた。うなり声《ごえ》をあげながら、短剣《たんけん》を振《ふ》りかざしてくる。剣《けん》が太陽《たいよう》に反射《はんしゃ》してギラリと光《ひか》る。こわがっている場合《ばあい》じゃない。短剣《たんけん》が振《ふ》りおろされるギリギリのところで、ぼくは横《よこ》にとびのいた。だけど、着地《ちゃくち》したやわらかい砂《すな》に足《あし》をとられて、斜面《しゃめん》を転《ころ》げ落《お》ちてしまった。

さっき小屋《こや》を出《で》たとき、海賊《かいぞく》たちはぼくたちを全滅《ぜんめつ》させようと、柵《さく》に群《むら》がっていた。赤《あか》い寝帽子《ねぼうし》（髪《かみ》が乱《みだ》れないように、寝《ね》るときにかぶる帽子《ぼうし》）をかぶった男《おとこ》が、短剣《たんけん》を口《くち》にくわえて柵《さく》に片足《かたあし》をかけてまたがっている。ぼくが転《ころ》がったのはほんの一瞬《いっしゅん》だったらしく、立《た》ちあがって見《み》てみると、状況《じょうきょう》はまったく同《おな》じだった。帽子《ぼうし》の男《おとこ》はまだ柵《さく》の上《うえ》で、もうひとりはやっと柵《さく》から頭《あたま》を出《だ》したばかりだ。けれど、このほんのわずかなあいだに戦《たたか》いはおわり、勝利《しょうり》はぼくたちのものとなっていた。

ぼくのうしろにいたのはグレイで、アンダーソンがまだ短剣《たんけん》を振《ふ》りおろしたままのかっこうでいたところを、一瞬《いっしゅん》で剣《けん》で切《き》り倒《たお》していた。小窓《こまど》から小屋《こや》のなかに撃《う》ちこもうとして、逆《ぎゃく》に撃《う》たれた海賊《かいぞく》もいた。うめきながら転《ころ》がっている手《て》ににぎられたピストルから、まだ煙《けむり》が出《で》ている。さっき見《み》た三人目《さんにんめ》は、リプジー先生《せんせい》が剣《けん》で倒《たお》した。柵《さく》をのぼってきた四人《よにん》のうち、無傷《むきず》だったのはたったひとりだけど、死《し》ぬのがこわくなったのか、短剣《たんけん》を捨《す》てて外側《そとがわ》に出《で》ようとしていた。

「撃《う》て！　なかから撃《う》つんだ！　みんな、なかへもどれ」リプジー先生《せんせい》が叫《さけ》んだ。

でも、だれも撃《う》たなかったので、最後《さいご》のひとりは逃《に》げていき、仲間《なかま》といっしょに森《もり》のなかへ消《き》えた。三秒後《さんびょうご》には、敵《てき》は全員《ぜんいん》いなくなっていた。残《のこ》ったのは、五人《ごにん》の海賊《かいぞく》だ。四人《よにん》が柵《さく》の内側《うちがわ》で、ひとりは外側《そとがわ》で倒《たお》れている。

リプジー先生《せんせい》とグレイとぼくは、大急《おおいそ》ぎで小屋《こや》に走《はし》った。逃《に》げた海賊《かいぞく》たちが銃《じゅう》をとりにもどってきて、すぐにでも攻撃《こうげき》が再開《さいかい》されるかもしれない。

小屋《こや》のなかは煙《けむり》も少《すこ》しおさまっていたので、勝利《しょうり》のかわりに何《なに》を失《うしな》ったか、ひと目《め》でわかった。ハンターが小窓《こまど》の前《まえ》で気《き》を失《うしな》って倒《たお》れている。ジョイスは、頭《あたま》を撃《う》たれて二度《にど》と動《うご》かなくなっていた。小屋《こや》のまんなかでは、トリローニさんが船長《せんちょう》を助《たす》け起《お》こしているけれど、ふたりとも真《ま》っ青《さお》な顔《かお》をしていた。

「船長《せんちょう》が負傷《ふしょう》した」トリローニさんがいった。

「逃《に》げられましたか?」船長《せんちょう》がきいた。

「走《はし》れる連中《れんちゅう》は、逃《に》げていきました。五人《ごにん》は仕留《しと》めましたよ」リプジー先生《せんせい》が答《こた》えた。

「五人《ごにん》!」船長《せんちょう》が大《おお》きな声《こえ》をあげた。「そうか、それはよかった。倒《たお》れたのがこっちは三人《さんにん》、向《む》こうが五人《ごにん》となれば、これで四人対九人《よにんたいきゅうにん》だ。最初《さいしょ》と比《くら》べたら、ずいぶんいいバランスになった。当初《とうしょ》は七人対十九人《しちにんたいじゅうくにん》で、悲惨《ひさん》なものでしたからね」

すぐに、海賊《かいぞく》の生《い》き残《のこ》りは八人《はちにん》になった。船《ふね》でトリローニさんに撃《う》たれて負傷《ふしょう》した海賊《かいぞく》がその日《ひ》の夜《よる》に死《し》んだから。もちろん、あとで知《し》ったことだけど。

第《だい》5部《ぶ》 ぼくの海《うみ》の冒険《ぼうけん》

どうして冒《ぼう》険《けん》がはじまったか

海賊《かいぞく》たちはもう襲《おそ》ってこなかった。森《もり》から銃声《じゅうせい》もきこえない。船長《せんちょう》がいうには、「今日《きょう》の割《わ》り当《あ》てはおしまい」らしい。ぼくたちは場所《ばしょ》を奪《うば》われる心配《しんぱい》もなく落《お》ち着《つ》いて、ケガ人《にん》の手当《てあ》てをしたり、夕食《ゆうしょく》をとったりした。トリローニさんとぼくは、危険《きけん》を承知《しょうち》で外《そと》で料理《りょうり》した。外《そと》にいても負傷《ふしょう》者《しゃ》たちのうめき声《ごえ》がきこえてきて、こわくて集中《しゅうちゅう》できない。

戦《たたか》いで倒《たお》れた八人《はちにん》のうち、息《いき》があるのは三人《さんにん》だけだった。小窓《こまど》のそばで撃《う》たれた海賊《かいぞく》と、ハンターと、船長《せんちょう》だ。最初《さいしょ》のふたりはかなり危険《きけん》な状態《じょうたい》で、海賊《かいぞく》のほうは治療中《ちりょうちゅう》に死《し》んでしまった。ハンターは、先生《せんせい》をはじめみんなで必死《ひっし》に助《たす》けようとしたけれど、意識《いしき》が回復《かいふく》することはなかった。ぼくの家《いえ》で発作《ほっさ》を起《お》こしたビリー・ボーンズみたいに一日《いちにち》じゅう息《いき》が苦《くる》しそうで、生死《せいし》の境《さかい》をさまよっていた。殴《なぐ》られて肋骨《ろっこつ》を、倒《たお》れたときに頭蓋骨《ずがいこつ》を折《お》っていて、つぎの夜《よる》、静《しず》かに天国《てんごく》へ旅立《たびだ》った。

船長《せんちょう》の傷《きず》は深《ふか》かったけれど、命《いのち》に別状《べつじょう》はなかった。内臓《ないぞう》にも致命傷《ちめいしょう》はない。最初《さいしょ》に襲《おそ》ってきたアンダーソンの弾《たま》の一発目《いっぱつめ》が肩甲骨《けんこうこつ》を折《お》り、肺《はい》をかすめていたけれど、たいしたことはない。二発目《にはつめ》も、ふくらはぎの筋肉《きんにく》を少《すこ》しえぐって筋《すじ》ちがいを起《お》こさせた程度《ていど》だった。リプジー先生《せんせい》によると、確実《かくじつ》に治《なお》るけれど、この先数週間《さきすうしゅうかん》は手足《てあし》を動《うご》かしてはいけないし、どうしてもでなければ話《はな》すことも禁止《きんし》だそうだ。

ぼくの手《て》の傷《きず》はノミにかまれたくらいのものだ。リプジー先生《せんせい》は薬《くすり》をぬってくれると、ついでに、ぼくの耳《みみ》をぴっと引《ひ》っぱった。

食事《しょくじ》のあと、トリローニさんとリプジー先生《せんせい》は船長《せんちょう》の横《よこ》にすわって、しばらく相談《そうだん》をしていた。話《はなし》がおわったのは、正午過《しょうごす》ぎだ。リプジー先生《せんせい》は帽子《ぼうし》とピストルを手《て》にして、短剣《たんけん》を身《み》につけると、ポケットに地図《ちず》を入《い》れ、マスケット銃《じゅう》を肩《かた》からかけた。そして、北側《きたがわ》の柵《さく》を越《こ》えて、早足《はやあし》で森《もり》に入《はい》っていった。

グレイとぼくは、小屋《こや》のすみっこにすわっていたので、三人《さんにん》の会話《かいわ》をきいていなかった。グレイは、先生《せんせい》の突然《とつぜん》の行動《こうどう》にあ然《ぜん》として、口《くち》からはずしたパイプをもどすのも忘《わす》れている。

「なんだなんだ、先生《せんせい》、おかしくなっちまったのか？」グレイがいった。

「まさか。みんながおかしくなっても、先生《せんせい》はならないよ！」

「そうか、だったら、おれのほうがおかしくなっちまったのかなあ」

「先生《せんせい》には、きっと考《かんが》えがあるんだよ。もしかして、ベン・ガンに会《あ》いにいったのかも」

そして、やっぱり思《おも》ったとおりだった。だけどそのときは、小屋《こや》のなかは息苦《いきぐる》しいほど暑《あつ》く、柵《さく》の内側《うちがわ》の砂地《すなじ》も真昼《まひる》の日《ひ》ざしに照《て》りつけられて熱《あつ》くなり、ついつい、あんまりほめられない考《かんが》えが浮《う》かんできた。リプジー先生《せんせい》、うらやましいなあ、と。きっといまごろ、森《もり》の涼《すず》しい木陰《こかげ》のなかを歩《ある》いているんだろうな。鳥《とり》がさえずり、マツのいい香《かお》りがただよっている。それにひきかえぼくなんか、じりじり照《て》りつけられながら、樹脂《じゅし》でべとべとの服《ふく》を着《き》て、こんな場所《ばしょ》にすわってる。あたりは血《ち》だらけで、あわれな死体《したい》がごろごろしてる。ああ、いやだ。いやでたまらない。こわいより、いやなのが勝《か》つくらいだ。

小屋《こや》の外側《そとがわ》に飛《と》び散《ち》った血《ち》を水《みず》で流《なが》したり、夕食《ゆうしょく》の洗《あら》いものをしたりしているあいだもずっと、いやだ、先生《せんせい》がうらやましい、という気持《きも》ちがつきまとっていた。とうとうぼくは、だれにも見《み》られていないのを確認《かくにん》して、そばにあった袋《ふくろ》から乾《かん》パンをとって両方《りょうほう》のポケットに詰《つ》めこんだ。脱出《だっしゅつ》計画《けいかく》の第一歩《だいいっぽ》だ。

ただのバカ野郎《やろう》だ。むちゃで考《かんが》えなしだ。だけど、どうせやるならちゃんと用心《ようじん》しようと決《き》めていた。これだけ乾《かん》パンがあれば、もし何《なに》かあっても少《すく》なくとも明日《あした》の夜《よる》まではだいじょうぶだろう。

ぼくはピストルを二丁《にちょう》つかんだ。火薬《かやく》と弾《たま》はもっていたので、武器《ぶき》はそろった。

頭《あたま》のなかには、なかなかいい計画《けいかく》があった。船《ふね》の停泊地《ていはくち》の東側《ひがしがわ》で外海《そとうみ》と分《わ》けるようにのびる砂地《すなじ》をくだって、きのうの夜《よる》に見《み》た白《しろ》い岩《いわ》まで行《い》き、ベン・ガンがかくしたボートを見《み》にいく。やってみるだけの価値《かち》はある。そしてあとになって、ほんとうにやってよかったと思《おも》えた。勝手《かって》に出《で》ていくなんて、ダメに決《き》まっている。だからしかたないけど、〝無断外出《むだんがいしゅつ》〟するしかない。だれも見《み》ていないすきに、こっそり抜《ぬ》けだす作戦《さくせん》だ。こんなやり方《かた》は最低《さいてい》だし、計画《けいかく》そのものにケチがつく気《き》がする。だけど、まだガキだったし、とにかく実行《じっこう》するんだと意地《いじ》になっていた。

ついに、最高《さいこう》のタイミングがやってきた。トリローニさんとグレイは、船長《せんちょう》の包帯《ほうたい》を巻《ま》くのを手《て》伝《つだ》っている。だれもこっちを見《み》ていない。ぼくはすかさず飛《と》びだし、柵《さく》を越《こ》えて、深《ふか》い木立《こだち》のなかへ走《はし》った。だれにも気《き》づかれないうちに、呼《よ》び声《ごえ》も届《とど》かない遠《とお》くまで逃《に》げた。

バカなことをしたのは、これで二度目《にどめ》だ。一度目《いちどめ》よりずっとひどい。小屋《こや》を守《まも》れる健康《けんこう》な人《ひと》がふたりしかいないのに、飛《と》びだすなんて。でもけっきょく、一度目《いちどめ》のときと同《おな》じように、この行動《こうどう》がぼくたちみんなを救《すく》うことになる。

ぼくは島《しま》の東側《ひがしがわ》の海岸《かいがん》をまっすぐ目指《めざ》した。船《ふね》に残《のこ》っている海賊《かいぞく》たちに見《み》つからないように、岬《みさき》の外海側《そとうみがわ》を歩《ある》いた。夕方近《ゆうがたちか》いけど、日《ひ》ざしが強《つよ》くて暑《あつ》い。高《たか》い木々《きぎ》のあいだを歩《ある》いていると、いろんな音《おと》がきこえてきた。ずっと向《む》こうから絶《た》え間《ま》なくひびいてくる、ゴウゴウという波《なみ》の音《おと》。いつもより強《つよ》い海風《うみかぜ》が、葉《は》をサラサラ、大枝《おおえだ》をギシギシ鳴《な》らす。冷《つめ》たい風《かぜ》がほおをなでるころに、森《もり》を抜《ぬ》けた。目《め》の前《まえ》に広《ひろ》がる青《あお》い海《うみ》は、太陽《たいよう》に照《て》らされてきらめき、水平線《すいへいせん》までつづいている。岸《きし》には、波《なみ》が打《う》ち寄《よ》せては白《しろ》いしぶきをあげている。

この島《しま》のまわりの海《うみ》は、いつも荒《あ》れている。太陽《たいよう》が照《て》りつけて風《かぜ》もなく、海面《かいめん》が青《あお》くおだやかでも、外海《そとうみ》の岸《きし》には大波《おおなみ》が打《う》ち寄《よ》せて、昼《ひる》も夜《よる》もやかましい。波音《なみおと》がきこえない場所《ばしょ》なんて、あの島《しま》にはなかったと思《おも》う。

ぼくは浮《う》かれ気分《きぶん》で、海岸線《かいがんせん》を歩《ある》いた。そろそろ安全《あんぜん》かなと思《おも》うくらい南下《なんか》すると、深《ふか》いしげみにかくれて、用心《ようじん》しながら高《たか》みまでのぼってみた。

うしろには外海《そとうみ》が、目《め》の前《まえ》には停泊地《ていはくち》の入《い》り江《え》が広《ひろ》がっていた。ついさっきまで吹《ふ》き荒《あ》れていた海風《うみかぜ》が、もういいや、とでもいうふうにぴたりとやんだ。あとは気《き》まぐれなそよ風《かぜ》が南《みなみ》と南東《なんとう》から吹《ふ》くだけで、もわっとした霧《きり》を運《はこ》んでくる。停泊地《ていはくち》は、がいこつ島《とう》のかげにかくれているから風《かぜ》がさえぎられ、ぼくたちがここに来《き》たときと同《おな》じどんよりした灰色《はいいろ》をしている。鏡《かがみ》のような水面《すいめん》にはヒスパニオラ号《ごう》が、帆柱《ほばしら》のいちばん高《たか》いところから喫水線《きっすいせん》まで、しっかりと姿《すがた》をうつしていた。てっぺんに見《み》えるのは、ドクロ印《じるし》の海賊旗《かいぞくき》だ。

そばに浮《う》かぶボートに、シルバーが乗《の》っていた。シルバーは、どこにいてもすぐわかる。ヒスパニオラ号《ごう》の船尾《せんび》から、ふたりの男《おとこ》が身《み》を乗《の》りだしている。ひとりは、数時間前《すうじかんまえ》に柵《さく》をまたいでいた赤《あか》い寝帽子《ねぼうし》の男《おとこ》だ。海賊《かいぞく》たちは、笑《わら》いながらしゃべっていた。一《いち》キロ以上《いじょう》はなれているから、もちろん何《なに》をいっているのかはきこえない。そのとき突然《とつぜん》、ぎょっとするような気味《きみ》の悪《わる》い叫《さけ》び声《ごえ》がきこえてきた。最初《さいしょ》はビックリしたけれど、すぐにオウムのフリント船長《せんちょう》の鳴《な》き声《ごえ》だと気《き》づいた。シルバーの手首《てくび》にとまったフリント船長《せんちょう》の、あざやかな羽《はね》の色《いろ》が目《め》に浮《う》かぶようだ。ボートは船《ふね》からはなれて海岸《かいがん》に向《む》かった。帽子《ぼうし》の男《おとこ》ともうひとりの海賊《かいぞく》が、昇降口《しょうこうぐち》から船室《せんしつ》におりていく。

夕日《ゆうひ》が望遠鏡山《ぼうえんきょうやま》のうしろに沈《しず》み、あっというまに霧《きり》が濃《こ》くなってきた。いよいよ暗《くら》くなりはじめている。今夜《こんや》じゅうにボートをさがすなら、急《いそ》がなきゃ。

低《ひく》いしげみから白《しろ》い岩《いわ》が突《つ》きでている。でも、まだ二百《にひゃく》メートルくらい先《さき》だ。ぼくは、ときどき手足《てあし》をついてはいながら、かなりの時間《じかん》をかけてしげみのなかを進《すす》んだ。ごつごつした白《しろ》い岩《いわ》に手《て》をかけるころには、すっかり夜《よる》になっていた。土手《どて》とひざ下《した》まで生《お》いしげる低木《ていぼく》のせいでよく見《み》えないけれど、岩《いわ》のすぐ下《した》は、芝《しば》が生《は》えたすごく小《ちい》さなくぼ地《ち》になっていた。そのまんなかに、移動《いどう》民族《みんぞく》がもっているようなヤギ皮《がわ》の小《ちい》さいテントがあった。

ぼくはおりていって、テントの布《ぬの》をめくってみた。ベン・ガンのボートだ。手《て》づくりで、おんぼろだけど頑丈《がんじょう》な木《き》で、少《すこ》しゆがんでいる。ボートのなかには毛《け》を内側《うちがわ》にしたヤギ皮《がわ》がはってあった。ぼくが乗《の》るにしてもかなり小《ちい》さくて、大人《おとな》が乗《の》っているところなんて想像《そうぞう》もできない。すわる場所《ばしょ》は低《ひく》い位置《いち》にあって、前《まえ》のほうに足置《あしお》きみたいなものがある。あとは、水《みず》かきが両方《りょうほう》についているパドルが一本《いっぽん》。

そのときは、古代《こだい》イギリス人《じん》がつくった小舟《こぶね》など見《み》たことがなかったけど、あとになって見《み》てから思《おも》った。ベン・ガンのボートは人類《じんるい》が最初《さいしょ》につくったいちばんみすぼらしい小舟《こぶね》にそっくりだ。とはいえ、このボートにはすばらしい長所《ちょうしょ》があった。とんでもなく軽《かる》いから、ラクにもち運《はこ》びができる。

ボートも見《み》つけたことだし、〝無断外出《むだんがいしゅつ》〟をじゅうぶんに楽《たの》しんだはずだ。ところが、いつのまにかあたらしい計画《けいかく》が頭《あたま》に浮《う》かんできて、実行《じっこう》したくてたまらない。船長《せんちょう》に何《なに》をいわれてもやりたい気分《きぶん》だった。計画《けいかく》というのは、暗闇《くらやみ》にまぎれてヒスパニオラ号《ごう》に近《ちか》づいて錨《いかり》のつなを切《き》ることだ。船《ふね》を漂流《ひょうりゅう》させて、どこかに着岸《ちゃくがん》させてしまおう。海賊《かいぞく》たちは、今朝《けさ》の戦《たたか》いに負《ま》けたからには、さっさと錨《いかり》をあげてこの島《しま》を出《で》たいと思《おも》っているはずだ。だったら、ぼくが止《と》めなきゃ。ヒスパニオラ号《ごう》の見張《みは》りには使《つか》えるボートはもう残《のこ》っていない。楽勝《らくしょう》でできる気《き》がする。

ぼくは真《ま》っ暗《くら》になるまでじっとすわって待《ま》ち、おなかいっぱいに乾《かん》パンを食《た》べた。計画《けいかく》を実行《じっこう》するにはこれ以上《いじょう》の夜《よる》はない。霧《きり》が濃《こ》くなり、何《なに》も見《み》えなくなってきた。沈《しず》んでいく日《ひ》の光《ひかり》がどんどん弱《よわ》くなって、消《き》えた。やがて、完全《かんぜん》な暗闇《くらやみ》が島《しま》を包《つつ》んだ。よし、いまだ。ぼくはボートを肩《かた》にかついで、たまにつまずきながら、手《て》さぐりでくぼ地《ち》をのぼった。船《ふね》の停泊地《ていはくち》のあたりで見《み》えるのは、ふたつだけだった。

ひとつは海岸《かいがん》のたき火《び》。敗《やぶ》れた海賊《かいぞく》たちが沼地《ぬまち》でどんちゃん騒《さわ》ぎをしている。もうひとつは、暗《くら》闇《やみ》のなかにかがやくぼんやりとした光《ひかり》。たぶんヒスパニオラ号《ごう》の明《あ》かりだ。引《ひ》き潮《しお》に揺《ゆ》られて、こっちに船首《せんしゅ》を向《む》けている。明《あ》かりがついているのは船尾側《せんびがわ》にある船室《せんしつ》だけらしい。窓《まど》からこぼれ出《で》る強《つよ》い光《ひかり》が、霧《きり》に反射《はんしゃ》している。

引《ひ》き潮《しお》になってからしばらく経《た》っていたので、ぼくは足首《あしくび》まで水《みず》につかりながら、ぐしゃぐしゃの砂地《すなじ》を歩《ある》かないといけなかった。やっと波打《なみう》ちぎわまで来《く》ると、少《すこ》し水《みず》に入《はい》って歩《ある》き、えいっと力《ちから》をこめてボートを浮《う》かべた。

引《ひ》き潮《しお》

乗《の》る前《まえ》からわかっていたけれど、ベン・ガンのボートは、ぼくの身長《しんちょう》と体重《たいじゅう》ならじゅうぶん安全《あんぜん》だった。浮力《ふりょく》もあるし、小《こ》まわりもきく。ただしへそ曲《ま》がりで、少《すこ》しかたむいているから、かなり乗《の》りにくい。風《かぜ》の影響《えいきょう》をもろに受《う》けるし、勝手《かって》にぐるぐるまわってしまう。コツをつかむまではちょっと扱《あつか》いにくいぞと、ベン・ガンがいっていたとおりだ。

そうかんたんにコツをつかめるわけがない。あちこち向《む》くのに、行《い》きたい方向《ほうこう》には向《む》いてくれない。ヒスパニオラ号《ごう》に近《ちか》づけたのは、引《ひ》き潮《しお》の流《なが》れのおかげだった。運《うん》よく、どう漕《こ》いでも、引《ひ》き潮《しお》がボートを運《はこ》んでいってくれる。ヒスパニオラ号《ごう》はもう真正面《ましょうめん》だ。

最初《さいしょ》、暗闇《くらやみ》より黒《くろ》い点《てん》みたいなものが目《め》の前《まえ》に浮《う》かんできた。そして、帆柱《ほばしら》と船体《せんたい》が姿《すがた》をあらわしはじめた。先《さき》に行《い》くにつれて、引《ひ》き潮《しお》の流《なが》れはどんどん速《はや》くなり、気《き》づいたら、ヒスパニオラ号《ごう》の錨《いかり》をつなぐつなの真横《まよこ》に来《き》ていた。ぼくは、とっさにそれをつかんだ。

つなは弓《ゆみ》の弦《つる》みたいにピンと張《は》っていた。船《ふね》はそうとう強《つよ》い力《ちから》で流《なが》れに引《ひ》っぱられている。あたりは真《ま》っ暗《くら》で、さざ波《なみ》が泡立《あわだ》ち、渓谷《けいこく》にいるみたいな音《おと》がしている。このつなをナイフで切《き》ったら、ヒスパニオラ号《ごう》は引《ひ》き潮《しお》にどんどん流《なが》されていくだろう。

よし、計画《けいかく》どおりだ。あれ、でも、錨《いかり》につながれてピンと張《は》っているこのつなをいきなり切《き》ったら、ヒスパニオラ号《ごう》が暴《あば》れ馬《うま》みたいになって危険《きけん》なんじゃないか。考《かんが》えなしに錨《いかり》から切《き》りはなしたら最後《さいご》、ぼくの乗《の》っているボートは空中《くうちゅう》に放《ほう》りだされてしまうかも。

ぼくは、手《て》を止《と》めた。あきらめるしかないと思《おも》ったとき、またしても運《うん》が味方《みかた》してくれた。南東《なんとう》と南《みなみ》から吹《ふ》いていたそよ風《かぜ》が、日《ひ》が暮《く》れてから、南西《なんせい》に変《か》わってきた。どうしたもんかと考《かんが》えているうちに、ヒスパニオラ号《ごう》はその風《かぜ》を受《う》けて、引《ひ》き潮《しお》の流《なが》れにのっていた。ピンと張《は》っていたつながゆるみ、にぎっていた手《て》がさっと水《みず》につかった。やったぞ。

よし、決《き》めた。折《お》りたたみナイフを出《だ》して歯《は》でこじあけ、つなのより糸《いと》を一本《いっぽん》ずつ切《き》っていった。あと二本《にほん》、というところでとめておく。このままボートに寝《ね》っ転《ころ》がって、また風《かぜ》でロープがゆるむのを待《ま》とう。

さっきから船室《せんしつ》から、うるさいしゃべり声《こえ》がきこえていた。作業《さぎょう》に夢中《むちゅう》で話《はなし》の内容《ないよう》まできいていなかったけれど、することがなくなったので、耳《みみ》をすましてみた。

声《こえ》のひとりは、舵手《だしゅ》のハンズだ。昔《むかし》、フリント船長《せんちょう》の砲手《ほうしゅ》だったヤツだ。もうひとりは、赤《あか》い寝《ね》帽子《ぼうし》の男《おとこ》。ふたりともうべろんべろんなのに、まだ飲《の》んでいる。どっちかが、わけのわからないことをやかましく叫《さけ》びながら、船尾側《せんびがわ》の窓《まど》をあけて何《なに》かを投《な》げ捨《す》てた。たぶん、あきビンだ。ふたりは酔《よ》っぱらってるうえに、相手《あいて》にキレていて、どなりあいのけんかをしている。殴《なぐ》りあいになりそうなののしり声《ごえ》がつづき、しばらくするとおさまって、ぶつぶつ文句《もんく》をいう。そしてまたちょっとすると、どなりあいがはじまる。ずっとそのくりかえしだ。

海岸《かいがん》に目《め》をやると、大《おお》きいたき火《び》があたたかそうに燃《も》えているのが木々《きぎ》のあいだから見《み》えた。海賊《かいぞく》のひとりが、古《ふる》い船乗《ふなの》りの歌《うた》をつまらない一本調子《いっぽんぢょうし》でうたっている。毎回《まいかい》、フレーズの最後《さいご》の音《おと》がふるえて下《さ》がる。本人《ほんにん》があきるまで、えんえんとつづきそうだ。船《ふね》に乗《の》っているときに何度《なんど》かきいたことがある歌《うた》だし、歌詞《かし》も覚《おぼ》えていた。

生《い》き残《のこ》ったのは、たったひとり
海《うみ》に出《で》たときは、七十五人《ななじゅうごにん》

今朝《けさ》、大量《たいりょう》に仲間《なかま》を失《うしな》った海賊《かいぞく》たちに、こんなにぴったりの悲《かな》しい歌《うた》はない。それなのに、船《ふね》を浮《う》かべる海《うみ》に負《ま》けずに冷《つめ》たい心《こころ》の持《も》ち主《ぬし》らしく、平気《へいき》ではしゃいでいた。

やっと、待《ま》ちに待《ま》った風《かぜ》が吹《ふ》いた。真《ま》っ暗《くら》ななか、ヒスパニオラ号《ごう》がじわじわ近《ちか》づいてくる。ぼくはゆるんだつなをもう一度《いちど》手《て》にとると、残《のこ》ったより糸《いと》を力《ちから》いっぱい切《き》った。

風《かぜ》が吹《ふ》いてもぼくの乗《の》ったボートはほとんど動《うご》いていなかったから、ヒスパニオラ号《ごう》の船首《せんしゅ》にぶつかりそうだ。でもその瞬間《しゅんかん》、船《ふね》は引《ひ》き潮《しお》の流《なが》れにのってゆっくりと反対《はんたい》に向《む》きを変《か》えはじめていた。

まずい、どうしよう。ボートはいまにも沈《しず》みそうだ。船《ふね》からうまくはなれられないので、船尾《せんび》に向《む》かってまっすぐボートを漕《こ》ぎ、やっと距離《きょり》をとった。最後《さいご》のひとかきをした瞬間《しゅんかん》、船尾《せんび》からたれさがっている細《ほそ》いロープに手《て》が触《ふ》れた。とっさに、ぼくはロープをつかんだ。

どうしてそんなことをしたんだろう。最初《さいしょ》は本能的《ほんのうてき》にやっただけだ。でも、いざロープをにぎり、しっかり固定《こてい》されているのがわかると、好奇心《こうきしん》がおさえられなくなった。よーし、窓《まど》から船室《せんしつ》のなかをのぞいてやろう。

両手《りょうて》でロープをたぐりよせ、だいぶ近《ちか》づいたと思《おも》ったところで、危険《きけん》を承知《しょうち》で一気《いっき》に腰《こし》を浮《う》かせた。船室《せんしつ》の天井《てんじょう》と部屋《へや》のようすが少《すこ》し見《み》える。

ヒスパニオラ号《ごう》とボートはくっついたまま、すいすい海面《かいめん》をすべり、海岸《かいがん》のたき火《び》と平行《へいこう》なところまで移動《いどう》していた。ヒスパニオラ号《ごう》は、押《お》し寄《よ》せるさざ波《なみ》のなかを水《みず》しぶきをあげながら進《すす》み、ザブンザブンと船乗《ふなの》りふうにいえば〝大声《おおごえ》でしゃべって〟いる。窓《まど》の下枠《したわく》から目《め》だけ出《だ》してのぞくと、なかのふたりがまったくあわてていない理由《りゆう》がわかった。ボートがぐらつくのでちらっとしか見《み》られなかったけれど、じゅうぶんだ。ふたりはとっくみあいのけんかをしていた。しかもおたがい、相手《あいて》の首《くび》に手《て》をかけている。

ぼくはボートにすとんと腰《こし》をおろした。ぎりぎりのタイミングだ。ぐらりと揺《ゆ》れたボートから落《お》っこちるところだった。暗《くら》くて何《なに》も見《み》えない。もわんとしたランプの明《あ》かりに照《て》らされる、鬼《おに》みたいなふたりの赤《あか》い顔《かお》だけが目《め》の前《まえ》にちらつく。ぼくは、暗闇《くらやみ》に慣《な》らすために目《め》をとじた。

永遠《えいえん》につづくかと思《おも》った歌《うた》がやっとおわり、ずいぶんと数《かず》の少《すく》なくなった海賊《かいぞく》たちが、たき火《び》のまわりで声《こえ》をそろえてべつの歌《うた》をうたいはじめた。何度《なんど》もきかされたあの歌《うた》だ。

死人《しにん》の箱《はこ》には十五人《じゅうごにん》
ヨーホーホー、ラム一本《いっぽん》！
酒《さけ》と悪魔《あくま》が残《のこ》りのやつらを片《かた》づけた
ヨーホーホー、ラム一本《いっぽん》！

きっといまごろヒスパニオラ号《ごう》のなかでは、酒《さけ》と悪魔《あくま》がいそがしくしているんだろうな。そのとき突然《とつぜん》ボートがかたむいて、ぼくはギクッとした。急《きゅう》に向《む》きが変《か》わり、またべつの方向《ほうこう》へ進《すす》もうとしている。潮《しお》の流《なが》れがとんでもなく速《はや》くなっていた。

とっさに目《め》をあけると、うっすらと青白《あおじろ》く光《ひか》るさざ波《なみ》が、せまるように鋭《するど》い音《おと》をたてている。ヒスパニオラ号《ごう》は二《に》、三《さん》メートル前《まえ》にいて、ぼくのボートはあいかわらず、引《ひ》きずられるようにぐるぐる進行方向《しんこうほうこう》を変《か》えている。ヒスパニオラ号《ごう》の帆柱《ほばしら》が暗闇《くらやみ》のなかで揺《ゆ》れ動《うご》いているのが見《み》える。南《みなみ》へ流《なが》されているようだ。

ふりかえってうしろを見《み》て、心臓《しんぞう》が飛《と》びだしそうになった。たき火《び》が、真《ま》うしろにある。巨大《きょだい》なヒスパニオラ号《ごう》と、くるくるまわるちっちゃなボートを巻《ま》きこんだ潮《しお》の流《なが》れは、直角《ちょっかく》に曲《ま》がり、さらに激《はげ》しさを増《ま》しながら、高《たか》く泡《あわ》を立《た》て、渦《うず》を巻《ま》いて外海《そとうみ》に向《む》かっていく。

突然《とつぜん》、目《め》の前《まえ》のヒスパニオラ号《ごう》が、グワンと向《む》きを変《か》えた。たぶん、二十度《にじゅうど》くらい。そのとき、ヒスパニオラ号《ごう》から叫《さけ》び声《ごえ》がつづいてあがるのがきこえた。デッキへの昇降口《しょうこうぐち》の階段《かいだん》をバタバタかけあがる足音《あしおと》もする。酔《よ》っぱらってけんかをしていた海賊《かいぞく》たちがやっと、危険《きけん》がせまっているのに気《き》づいたんだろう。

ぼくはおんぼろボートの床《ゆか》にうずくまって、神様《かみさま》に祈《いの》りはじめた。きっと海峡《かいきょう》の出口《でぐち》で、ボートごと、砕《くだ》け散《ち》る大波《おおなみ》にのまれてしまう。あっというまに、ちっぽけな悩《なや》みや苦労《くろう》なんて消《き》えてなくなる。死《し》ぬのは、そんなにこわくない。だけど、その運命《うんめい》がやってくるのを、だまって見《み》ていなきゃいけないのが耐《た》えられない。

いったい何時間《なんじかん》経《た》っただろう。大波《おおなみ》にもまれて、ボートはあっちにこっちに揺《ゆ》り動《うご》かされつづけた。飛《と》んでくる水《みず》しぶきでびしょびしょになりながら、こんど大波《おおなみ》が来《き》たらおしまいだとおびえていた。そのうち、どっとつかれが襲《おそ》ってきた。恐怖《きょうふ》の真《ま》っただなかにいるのに、感覚《かんかく》がなくなり、放心状態《ほうしんじょうたい》だ。いつのまにか眠《ねむ》りに落《お》ちていた。波《なみ》に揺《ゆ》れるボートのなかで、夢《ゆめ》を見《み》た。なつかしい故郷《ふるさと》と、ベンボウ提督亭《ていとくてい》の夢《ゆめ》を。

さまようボート

目《め》が覚《さ》めると、あたりはすっかり明《あか》るくなっていた。ボートは島《しま》の南西《なんせい》のあたりで波《なみ》に揺《ゆ》られている。日《ひ》はのぼっていたけれど、海《うみ》から崖《がけ》になってそびえ立《た》つ望遠鏡山《ぼうえんきょうやま》のかげにかくれて見《み》えない。ホールボーリン岬《みさき》と後《うし》ろ帆柱《ほばしら》の山《やま》は、すぐそばだ。山《やま》は、木《き》が生《は》えていないので土色《つちいろ》をしている。岬《みさき》は十五《じゅうご》メートルくらいの切《き》り立《た》った崖《がけ》で、落《お》ちてきた大《おお》きな岩《いわ》がごろごろしていた。陸《りく》までは四《よん》百《ひゃく》メートルもない。最初《さいしょ》、このままボートを漕《こ》いでいき、この岩場《いわば》から島《しま》にあがろうかと思《おも》った。

でも、すぐにあきらめた。落《お》ちてきた岩《いわ》のあいだで波《なみ》が砕《くだ》けてゴウゴウと大《おお》きな音《おと》をたて、水しぶきがつぎつぎにあがっては散《ち》る。あんなところにボートを寄《よ》せたら、岩場《いわば》にたたきつきられて命《いのち》を落《お》とすか、うまく上陸《じょうりく》できたとしても、あの岬《みさき》の岩山《いわやま》をのぼりきるのはぜったいムリだ。

それだけじゃない。平《たい》らな岩《いわ》の上《うえ》をのそのそはったり、バシャーンとすごい音《おと》をたてて海《うみ》に飛《と》びこんだりしている、巨大《きょだい》なぬるぬるモンスターがたくさんいた。まるで〈巨大《きょだい》ナメクジ〉だ。五《ご》、六十頭《ろくじっとう》くらいで群《む》れをつくり、そこらじゅうにグアグアと鳴《な》く声《こえ》がこだましている。

その巨大《きょだい》ナメクジはトドで、まったく危険《きけん》ではなかった。でもそのときは知《し》らないから、ほんとうにおっかなかった。おまけにゴツゴツの岩場《いわば》と荒々《あらあら》しい波《なみ》を見《み》ていたら、とてもじゃないけど上陸《じょうりく》しようという気《き》はなくなった。海《うみ》でおなかをすかせて死《し》んだほうがマシだ。

そうだ、もっとラクに上陸《じょうりく》できそうな場所《ばしょ》があったはずだ。引《ひ》き潮《しお》になると、ホールボーリン岬《みさき》の北側《きたがわ》に、細長《ほそなが》い黄色《きいろ》の砂地《すなじ》が姿《すがた》をあらわす。そして、そのもっと向《む》こうには、もうひとつの岬《みさき》、地図《ちず》の名前《なまえ》だとウッズ岬《みさき》がある。海岸沿《かいがんぞ》いまで背《せ》の高《たか》い緑《みどり》のマツの木々《きぎ》が生《お》いしげっている場所《ばしょ》だ。

そういえば前《まえ》にシルバーが、島《しま》の西海岸《にしかいがん》に沿《そ》って北《きた》に向《む》かう潮流《ちょうりゅう》があるといってたっけ。ぼくのボートも、もうその流《なが》れにのっている。それなら、ホールボーリン岬《みさき》をあきらめて体力《たいりょく》を温存《おんぞん》し、もっと上陸《じょうりく》しやすそうなウッズ岬《みさき》にしよう。

海《うみ》はゆらりゆらりと大《おお》きく波打《なみう》っている。風《かぜ》は南《みなみ》から、休《やす》みなくおだやかに吹《ふ》いている。潮《しお》の流《なが》れと同《おな》じ方向《ほうこう》だから、大波《おおなみ》がしぶきをあげることもない。

もし風向《かざむ》きが逆《ぎゃく》だったら、ぼくはとっくに死《し》んでいただろう。でも運《うん》よく、ぼくのちっちゃくて軽《かる》いボートは、なんの問題《もんだい》もなくゆったりと進《すす》んでいた。ときどきボートの床《ゆか》に寝《ね》そべり、船《ふな》べりから顔《かお》を半分《はんぶん》だけのぞかせて外《そと》をながめた。大《おお》きな青《あお》い波頭《なみがしら》がぼくの真上《まうえ》でうねっている。ボートは、まるでバネがきいているみたいにほんの少《すこ》しはねあがったり、ダンスみたいに動《うご》いたりして、小鳥《ことり》のように軽々《かるがる》と波《なみ》の谷間《たにま》にすべり落《お》ちる。

だんだん大胆《だいたん》になってきて、パドルを使《つか》ってみることにした。でも、ちょっと体重《たいじゅう》のかけ方《かた》を変《か》えただけで、ボートの動《うご》きはとんでもなく変《か》わった。ぼくがかすかに動《うご》いただけで、ボートはさっきまでのゆるやかなダンスをやめて、波《なみ》のてっぺんから急角度《きゅうかくど》ですべり落《お》ちた。目《め》がまわる。ボートは水《みず》しぶきをあげて、つぎの波《なみ》にザッパーンと突《つ》っこんだ。

びしょぬれだ。すっかりおじけづいて、すぐにまた床《ゆか》に寝《ね》そべった。するとボートは落《お》ち着《つ》きをとりもどしたみたいに、大波《おおなみ》のあいだをゆったりと進《すす》みはじめた。そうか、好《す》きにさせろ、じゃますんな、ってわけか。それにしても、自分《じぶん》でボートの方向《ほうこう》を変《か》えられないとなると、いったいどうやって島《しま》にもどればいいんだろう。

考《かんが》えれば考《かんが》えるほど、ぞっとする。でも、必死《ひっし》で冷静《れいせい》さを保《たも》った。まず、そうとう注意《ちゅうい》しながら、帽子《ぼうし》を使《つか》ってそーっとなかに入《はい》った水《みず》をかき出《だ》した。それからまた、船《ふな》べりから外《そと》をのぞいた。どうやってうねる大波《おおなみ》のなかをなめらかに進《すす》んでいるのか、観察《かんさつ》したい。

そうか、大波《おおなみ》というのは、海岸《かいがん》や船《ふね》のデッキからながめていると大《おお》きくてなめらかな光《ひか》る山《やま》みたいなのに、こうやって近《ちか》くでひとつひとつを見《み》てみると、山脈《さんみゃく》みたいなものなんだ。山頂《さんちょう》があり、なだらかな場所《ばしょ》があり、谷《たに》がある。ボートは右《みぎ》に左《ひだり》に揺《ゆ》れながら、波《なみ》の斜面《しゃめん》や高《たか》いてっぺんは避《さ》けつつ、低《ひく》くなっているところをうまいことすり抜《ぬ》けていた。

そういうことか。やっぱりこうして、ボートのバランスをくずさないようにしてなきゃいけない。でも、波《なみ》がおだやかなところだったら、パドルを出《だ》して島《しま》に向《む》かって漕《こ》いでもだいじょうぶだろう。

ぼくは、すぐに実行《じっこう》した。つかれる姿勢《しせい》だけど、ひじをついて寝《ね》そべり、ときどき、ボートのへさきが海岸《かいがん》に向《む》くように軽《かる》く漕《こ》いだ。

くたくたになったし、のろのろだけど、ちゃんと前進《ぜんしん》している。近《ちか》づくにつれてウッズ岬《みさき》に着《つ》くのがムリなのはわかってきた。それでも、数百《すうひゃく》メートルは東《ひがし》に進《すす》めた。もう少《すこ》しだ。涼《すず》しそうな緑《みどり》のこずえがそよ風《かぜ》に揺《ゆ》れているのが見《み》える。ホールボーリン岬《みさき》のほうなら、確実《かくじつ》に着《つ》けそうだ。

そろそろ限界《げんかい》かもしれない。のどがかわいてしょうがないし、頭《あたま》の上《うえ》から日《ひ》ざしがふりそそぎ、照《て》り返《かえ》しはその千倍《せんばい》だ。かかった海水《かいすい》が乾《かわ》いて塩《しお》がかたまり、唇《くちびる》はガサガサ、のどはヒリヒリ、頭《あたま》はガンガン。岬《みさき》の森《もり》はすぐそこなんだから、早《はや》く上陸《じょうりく》したくてたまらない。ところがぼくのボートときたら、あっさり潮《しお》の流《なが》れにのって岬《みさき》を通《とお》りすぎていく。目《め》の前《まえ》にまた、海《うみ》が広《ひろ》がった。ああ、そうか、そういう手《て》もあるな。

一《いち》キロもはなれていないところに、ヒスパニオラ号《ごう》が浮《う》かんでいる。なかには海賊《かいぞく》が残《のこ》ってるから見《み》つかったらつかまるけど、のどがカラカラすぎて、いっそのことそのほうがマシかもと思《おも》えて

くる。考《かんが》えがまとまらないうちに、びっくりする光景《こうけい》が目《め》に入《はい》って、ぼくは、ぽかんと見《み》つめるだけだった。

　ヒスパニオラ号《ごう》は大《おお》きな帆《ほ》と、小《ちい》さな三角帆《さんかくほ》をあげている。真《ま》っ白《しろ》なきれいな帆《ほ》が太陽《たいよう》の光《ひかり》を浴《あ》びて、雪《ゆき》や銀《ぎん》みたいにきらめいていた。最初《さいしょ》に見《み》たとき、帆《ほ》はぜんぶピンと張《は》っていて、北西《ほくせい》へ向《む》かっていた。だから、海賊《かいぞく》たちは島《しま》をぐるっとまわって、元《もと》の停泊地《ていはくち》にもどるつもりだろうと思《おも》っていた。それがいま、ヒスパニオラ号《ごう》はどんどん西《にし》に向《む》かって進《すす》んでいる。ぼくのボートを見《み》つけて、追《お》いかけてくるつもりか？　と思《おも》ったら、こんどは風上《かざかみ》のほうを向《む》き、真正面《ましょうめん》から風《かぜ》を受《う》けた帆《ほ》をぶるぶるふるわせて、立《た》ち往生《おうじょう》している。

「まったくダメなやつらだなあ。きっとまたべろんべろんに酔《よ》っぱらってるんだ」ぼくはぶつぶついった。スモレット船長《せんちょう》がいたら、しかられてこてんぱんにされるだろう。

そうしているあいだにも、ヒスパニオラ号《ごう》はだんだん風下《かざしも》に流《なが》されていった。そして、ふたたび風《かぜ》が吹《ふ》いて帆《ほ》がふくらんで一分《いっぷん》くらいすいすい進《すす》んだかと思《おも》うと、また風上《かざかみ》に向《む》くとピタリと動《うご》かなくなる。そんなことを、何度《なんど》も何度《なんど》もくりかえした。前《まえ》へうしろへ、上《うえ》へ下《した》へ、東西南北《とうざいなんぼく》へ、急《きゅう》に動《うご》きだしたかと思《おも》うと、また元《もと》の状態《じょうたい》にもどっては、帆《ほ》をだらしなくゆらゆらさせている。だれも舵《かじ》をとっていないんだな。乗《の》っている海賊《かいぞく》たちはどうしたんだろう？　酔《よ》ってつぶれちゃったのか、船《ふね》を捨《す》ててどこかへ行《い》っちゃったのか？　ってことは、ぼくが船《ふね》に乗《の》れれば、ヒスパニオラ号《ごう》を船長《せんちょう》に返《かえ》してあげられるかもしれない。

潮《しお》の流《なが》れにのって、ぼくのボートとヒスパニオラ号《ごう》は、同《おな》じスピードで北《きた》へ進《すす》んでいた。船《ふね》は、あいかわらず乱暴《らんぼう》で思《おも》いもよらない動《うご》きをくりかえしている。いったん止《と》まると長《なが》いことぜんぜん動《うご》かないから、ボートとの距離《きょり》は縮《ちぢ》まりはしないけど、広《ひろ》がりもしない。つまり、パドルで漕《こ》げば、追《お》いつけるはずだ。なんだかワクワクしてくる。それに、ヒスパニオラ号《ごう》の前方《ぜんぽう》のデッキに行《い》けば、昇降口《しょうこうぐち》の横《よこ》に水樽《みずだる》がある。そう思《おも》ったら、やる気倍増《きばいぞう》だ。

からだを起《お》こしたとたん、またバシャーンと水《みず》しぶきをあびた。だけど、もうさっきみたいにおじけづくもんか。なんたって、ごほうびが待《ま》ってるんだから。ぼくはもてる力《ちから》をぜんぶ使《つか》って、しっかり注意《ちゅうい》しつつ、舵《かじ》とりのいないヒスパニオラ号《ごう》を追《お》いかけて漕《こ》いだ。一回《いっかい》、大波《おおなみ》を頭《あたま》からかぶってしまい、止《と》まって水《みず》をくみださなきゃいけなくなって、さすがにあせりまくった。でもだんだんコツがわかってきて、波間《なみま》にうまくボートを進《すす》められるようになった。ときどき、へさきに波《なみ》があたって、顔《かお》にしぶきがかかるくらいだった。

ボートはもう、ぐんぐんヒスパニオラ号《ごう》に近《ちか》づいている。舵《かじ》がバタンバタンと左右《さゆう》にふれ、柄《え》についている真鍮《しんちゅう》が光《ひか》るのが見《み》えてきた。デッキにはだれもいない。やっぱり、船《ふね》を捨《す》ててどこかに行《い》っちゃったんだ。それとも、下《した》の船室《せんしつ》で酔《よ》っぱらって寝《ね》てるのかな。だったら、昇降口《しょうこうぐち》の戸《と》を閉《し》めてしまえば、こっちの思《おも》いどおりにできる。

でも、それからしばらく最悪《さいあく》な状態《じょうたい》がつづいた。ヒスパニオラ号《ごう》が、止《と》まったままピクリとも動《うご》かない。いちおう南《みなみ》に船首《せんしゅ》を向《む》けているものの、グラグラしているだけだ。風下《かざしも》を向《む》くと帆《ほ》が少《すこ》しふくらむけれど、またすぐに風上《かざかみ》を向《む》いてしまう。困《こま》った、どうしよう。帆《ほ》が大砲《たいほう》みたいなうなり声《ごえ》をあげ、ロープを巻《ま》く滑車《かっしゃ》がゴロゴロ鳴《な》っている。そして、ヒスパニオラ号《ごう》は、ぼくからどんどん遠《とお》ざかっていく。潮《しお》に流《なが》されているだけではなく、かなりの風圧《ふうあつ》を受《う》けているせいもあった。

でも、ついにチャンス到来《とうらい》。ほんのちょっとのあいだだけど風《かぜ》が弱《よわ》まったので、潮《しお》の流《なが》れにのって、ヒスパニオラ号《ごう》が向《む》きを変《か》えはじめた。ゆっくりとじりじりまわり、船尾《せんび》がこちらを向《む》く。船《せん》室《しつ》の窓《まど》はあけっぱなしで、昼間《ひるま》なのにテーブルのランプが灯《とも》っていた。いちばん大《おお》きな帆《ほ》が垂《た》れ幕《まく》みたいにうなだれている。ヒスパニオラ号《ごう》は、潮《しお》に揺《ゆ》られているだけの状態《じょうたい》で、じっと動《うご》かない。

さっきまた距離《きょり》をはなされたけれど、さっきの二倍《にばい》の力《ちから》で漕《こ》いで、もう一度《いちど》ヒスパニオラ号《ごう》に追《お》いつこうとがんばった。

あと百《ひゃく》メートルというところで、突然《とつぜん》また風《かぜ》が吹《ふ》いた。帆《ほ》の左《ひだり》がふくらみ、船《ふね》は前方《ぜんぽう》にかたむき、ツバメみたいにシュッと進《すす》みはじめた。

えーっ、そりゃないよ。あっ、でも……やった！　ヒスパニオラ号《ごう》がぐるりと向《む》きを変《か》えて、横《よこ》を向《む》く。そのまま回転《かいてん》しながら、あと半分《はんぶん》、あと三分《さんぶん》の一《いち》、あと四分《よんぶん》の一《いち》と、どんどん距離《きょり》をつめて近《ちか》づいてくる。船首《せんしゅ》の下《した》で、わきあがる真《ま》っ白《しろ》な波《なみ》が見《み》える。ボートから見《み》あげると、ヒスパニオラ号《ごう》はおそろしく巨大《きょだい》だ。

ふいに、頭《あたま》がはっきりしてきた。そうだ、ぼくにはじっくり考《かんが》えているよゆうはない。助《たす》かろうとして行動《こうどう》を起《お》こす時間《じかん》なんかないんだ。ボートは波《なみ》のてっぺんにもちあげられ、ヒスパニオラ号《ごう》はつぎの波《なみ》をすごい勢《いきお》いですべりおりてくる。船《ふね》のへさきの棒《ぼう》が、頭《あたま》の上《うえ》に見《み》えた。ぼくはすかさず立《た》ちあがって、ボートが沈《しず》むくらい強《つよ》く踏《ふ》みこんでジャンプした。片手《かたて》で、へさきのいちばん先《さき》つぽの棒《ぼう》をつかむと、帆柱《ほばしら》を支《ささ》えるロープとロープのあいだに片足《かたあし》をかけた。そのまま息《いき》を切《き》らしながらロープにつかまっていると、ドスンという衝撃《しょうげき》があった。ヒスパニオラ号《ごう》が、ボートを踏《ふ》みつぶしてしまった。もうあとにはもどれない。ぼくはひとり、ヒスパニオラ号《ごう》にとり残《のこ》されてしまった。

海《かい》賊《ぞく》旗《き》

船《ふね》のへさきの棒《ぼう》の上《うえ》になんとかはいあがると、反対側《はんたいがわ》からの風《かぜ》を受《う》けて、三角帆《さんかくほ》がはためき、大《たい》砲《ほう》のような音《おと》がひびいた。ヒスパニオラ号《ごう》は船底《ふなぞこ》までふるえている。でもつぎの瞬間《しゅんかん》、ほかの帆《ほ》が張《は》ったままなので、三角帆《さんかくほ》はだらりと垂《た》れてしまった。

あやうく海《うみ》に放《ほう》りだされそうになった。あわてて、手足《てあし》をついて棒《ぼう》をつたってはって進《すす》み、デッキめがけて飛《と》びおりた。

着地《ちゃくち》したのは、デッキの前方《ぜんぽう》で風下《かざしも》だった。いちばん大《おお》きな帆《ほ》が風《かぜ》でふくらんでいるので、うしろのほうはあまり見《み》えない。人《ひと》はいないみたいだ。反乱《はんらん》を起《お》こして以来《いらい》、掃除《そうじ》もしていないらしく、足跡《あしあと》だらけだ。排水口《はいすいこう》には、首《くび》の折《お》れたからのボトルが一本《いっぽん》、生《い》きものみたいにゴロゴロ転《ころ》がっていた。

ふいに、ヒスパニオラ号《ごう》が風上《かざかみ》に向《む》いた。うしろの三角帆《さんかくほ》がバタバタ鳴《な》り、舵《かじ》が勝手《かって》に動《うご》く。船《ふね》全体《ぜんたい》がぐわんともちあげられたりグラグラ揺《ゆ》れたりして、オエッとなる。同時《どうじ》に、いちばん大《おお》きな帆《ほ》を支《ささ》える横棒《よこぼう》が内側《うちがわ》に振《ふ》られ、ロープを巻《ま》く滑車《かっしゃ》がきしんで、デッキのうしろのほうが見《み》えた。見張《みは》りの海賊《かいぞく》ふたりだ。赤《あか》い寝帽子《ねぼうし》の男《おとこ》はあおむけに倒《たお》れたまま硬直《こうちょく》していた。はりつけみたいに両腕《りょううで》を広《ひろ》げ、くちびるのあいだから歯《は》がのぞいている。もうひとりのハンズは、船《ふな》べりに寄《よ》りかかって、あごが胸《むね》にくっつくくらいうなだれていた。両手《りょうて》をだらりとデッキにのばし、日焼《ひや》けした顔《かお》はろうそくみたいに白《しろ》い。

しばらくのあいだ、船《ふね》は暴《あば》れ馬《うま》みたいにはねあがり、横《よこ》に揺《ゆ》れつづけた。たくさんの帆《ほ》が風《かぜ》を受《う》けて右《みぎ》に左《ひだり》にふくらみ、帆《ほ》を支《ささ》える横棒《よこぼう》も前《まえ》にうしろに振《ふ》られ、帆柱《ほばしら》がギシギシとうなり声《ごえ》をあげる。ときどき、水《みず》しぶきが船《ふな》べりを越《こ》えてきた。船首《せんしゅ》に波《なみ》がぶつかるときは、ズンと重《おも》たい衝撃《しょうげき》がきた。こんなに大《おお》きい船《ふね》なのに、海《うみ》の底《そこ》に沈《しず》んでしまったあの手作《てづく》りのボートよりも、揺《ゆ》れが激《はげ》しい。

船《ふね》がもちあげられるたび、帽子《ぼうし》の男《おとこ》はデッキの上《うえ》をあちこちすべった。姿勢《しせい》も、歯《は》を見《み》せてニヤッとした顔《かお》もかたまったままだから、おそろしいったらない。そしてひと揺《ゆ》れごとに、ハンズはどんどん沈《しず》みこんでいく。足《あし》がどんどん前《まえ》にずれていき、上半身《じょうはんしん》は船尾側《せんびがわ》へかたむいていく。そのうちだんだん顔《かお》がかくれてきて、片方《かたほう》の耳《みみ》とほつれたちりちりのほおひげしか見《み》えなくなった。

ふたりのまわりには、赤黒《あかぐろ》い血《ち》が飛《と》び散《ち》っている。酔《よ》っぱらって大《おお》げんかしたあげくに、殺《ころ》しあいになったんだろう。

目《め》を見張《みは》っていろいろ考《かんが》えていると、揺《ゆ》れがおさまり船《ふね》が動《うご》きを止《と》めた。ハンズが低《ひく》いうなり声《ごえ》をあげながらからだの向《む》きを少《すこ》し変《か》え、最初《さいしょ》の体勢《たいせい》にもどろうとして身《み》をよじらせはじめる。からだが痛《いた》そうだし、すっかり弱《よわ》っているらしい。口《くち》もだらしなくあいている。なんだかちょっと、かわいそうになってくる。だけど、りんご樽《だる》のなかできいた会話《かいわ》がよみがえってきて、そんな気持《きも》ちもあっさり消《き》えた。

ぼくはいちばん大《おお》きな帆柱《ほばしら》まで、歩《ある》いていった。

「ハンズさん、もどってきたよ」皮肉《ひにく》たっぷりにいう。

ハンズが目《め》だけをぎょろりとさせた。びっくりしているみたいだけど、表情《ひょうじょう》を変《か》えるだけの力《ちから》も残《のこ》っていない。ボソッとひとこと、「ブランデー」とつぶやいた。

ぐずぐずしちゃいられない。またグイーンとまわってきた帆《ほ》の横棒《よこぼう》をよけると、船尾側《せんびがわ》の昇降口《しょうこうぐち》をかけおりた。

船室《せんしつ》のなかは、想像以上《そうぞういじょう》にぐちゃぐちゃになっていた。地図《ちず》をさがそうとしたらしく、鍵《かぎ》という鍵《かぎ》がこわされ、あけられている。床《ゆか》は泥《どろ》だらけだ。海賊《かいぞく》たちは、野営《やえい》している沼地《ぬまち》を歩《ある》いたあと、そのままここへ入《はい》ってきて、酒《さけ》を飲《の》んだり、相談《そうだん》したりしていたんだろう。ふちに金箔《きんぱく》の玉模様《たまもよう》がほどこされた真《ま》っ白《しろ》な部屋《へや》の壁《かべ》にも、きたない手《て》の跡《あと》がたくさんついている。横揺《よこゆ》れするたびに、転《ころ》がっていた何十本《なんじっぽん》ものからのボトルが、ぶつかりあって音《おと》をたてた。テーブルの上《うえ》には、リプジー先生《せんせい》の医学書《いがくしょ》が一冊《いっさつ》、ひらきっぱなしになって、ページが半分《はんぶん》くらい破《やぶ》りとられていた。パイプに火《ひ》をつけるのに使《つか》ったんだろう。ランプがあいかわらず、土色《つちいろ》のぼんやりした光《ひかり》をもわっと放《はな》っていた。

食料貯蔵室《しょくりょうちょぞうしつ》へ入《はい》ってみると、樽《たる》はひとつもなくて、とんでもない数《かず》のからのボトルが転《ころ》がっていた。海賊《かいぞく》たちは全員《ぜんいん》、酔《よ》っぱらったまま反乱《はんらん》をつづけているらしい。

ハンズのためにあっちこっちさがしまわって、やっと、まだ中身《なかみ》が残《のこ》っているブランデーのボトルを発見《はっけん》した。それから自分用《じぶんよう》に、乾《かん》パン、果物《くだもの》の酢《す》漬《づ》け、レーズンをたくさん、それにチーズをさがしだした。デッキにもどると、まず、自分《じぶん》の食料《しょくりょう》をハンズに見《み》つからないように舵《かじ》のうしろにかくした。それから、水樽《みずだる》から水《みず》をゴクゴク飲《の》んだ。最後《さいご》に、ハンズにブランデーをわたしてやった。

ハンズは、コップの半分《はんぶん》くらいを一気《いっき》に飲《の》んだ。

「はあーっ、まったくよう、こいつがほしかったんだよ！」

ぼくはすみっこにすわって、食《た》べはじめていた。

「ケガはひどいの？」ぼくはきいた。

ハンズはうなるように、というより、吠《ほ》えるようにいった。

「あの医者《いしゃ》がいてくれりゃあ、さっさと治《なお》るんだろうなあ。まったくツイてねえ。いっつもこうだ。そこのまぬけは、きれいさっぱり死《し》んじまってるよ」

そういって、赤《あか》い寝帽子《ねぼうし》の男《おとこ》を指《ゆび》さす。

「もともと、こいつは船乗《ふなの》りの器《うつわ》じゃなかった。ところでおまえ、どっから来《き》た？」

「えっと、うん、ぼく、この船《ふね》をもらいにきたんだ。つぎの指示《しじ》が出《で》るまで、ぼくのことは船長《せんちょう》って呼《よ》んでね」

ハンズはむすっとした顔《かお》でぼくを見《み》ていたけれど、何《なに》もいわなかった。顔色《かおいろ》が少《すこ》しよくなってきているけれど、まだかなり具合《ぐあい》が悪《わる》そうだ。船《ふね》が揺《ゆ》れるたび、ずるずるすべっては、すわり直《なお》している。

「あのさ、あの旗《はた》なんだけど、いらないよね。よかったら、ぼくがおろしてあげるよ。あんなの最悪《さいあく》だよね」

ぼくはまた、帆《ほ》の横棒《よこぼう》をかわしながら旗《はた》のロープのところまで走《はし》っていき、呪《のろ》われたドクロ印《じるし》の海賊旗《かいぞくき》をおろすと、海《うみ》に投《な》げ捨《す》ててやった。

「イギリス国王陛下《こくおうへいか》、ばんざい！」ぼくは、帽子《ぼうし》を振《ふ》りながらいった。「海賊《かいぞく》シルバーも、これでおしまいだ！」

ハンズはあごを胸《むね》にくっつけたまま、鋭《するど》い視線《しせん》で、ずるがしこそうにこっちを見《み》ていたけれど、やっと口《くち》をひらいた。

「なあ、思《おも》ったんだが、ジム船長《せんちょう》、ひょっとして岸《きし》にあがりたいんじゃねえかい？　話《はな》しあおうぜ」

「うん、もちろんだよ。ハンズさん、それで何《なに》？」ぼくはまた、がつがつ食《た》べはじめた。

「こいつはな」死体《したい》に向《む》かって弱々《よわよわ》しくうなずきながら、ハンズが話《はな》しはじめた。「オブライエンって名前《なまえ》で、どうしようもないアイルランド人《じん》だった。ふたりでこの船《ふね》の帆《ほ》を張《は》って、もともとめていたところまでもどろうとしてたんだ。だけどまあ、こいつは死《し》んじまって、船《ふな》底《ぞこ》の水《みず》あかみてえになっちまった。じゃあ、だれがこの船《ふね》を動《うご》かす？　まあ、おまえにはムリだよな。おれが教《おし》えてやらなきゃ。そこで、考《かんが》えてくれ。食《く》いものと酒《さけ》、傷《きず》に巻《ま》く古《ふる》いスカーフかハンカチをもってこい。そしたら、操縦《そうじゅう》のし方《かた》を教《おし》えてやる。どうだ、これで公平《こうへい》じゃねえか？」

「こっちにもひとつ、いうことがある。キッド船長《せんちょう》の入《い》り江《え》にもどる気《き》はない。北《きた》の入《い》り江《え》に行《い》って、こっそり船《ふね》をとめようと思《おも》ってるんだ」

「おお、そうきたか」ハンズは大声《おおごえ》でいった。「おれだって、そうそうバカじゃねえから、わかる。

賭《か》けに負《ま》けちまったってわけか。風上《かざかみ》にいるのはおまえだ。ついて行《い》くしかない。北《きた》の入《い》り江《え》？　しかたねえ。ロンドンの処刑場《しょけいじょう》に行《い》くったって、連《つ》れてってやるぜ！」

うん、なかなか悪《わる》くない。取《と》り引《ひ》き成立《せいりつ》だ。三分後《さんぷんご》にはもう、ぼくは舵《かじ》を軽々《かるがる》と操縦《そうじゅう》していた。ヒスパニオラ号《ごう》は風《かぜ》を受《う》けて海岸線《かいがんせん》に沿《そ》って進《すす》んでいく。このぶんなら、正午前《しょうごまえ》には島《しま》の北端《ほくたん》をぐるりとまわって、そこから南下《なんか》して、満潮《まんちょう》になる前《まえ》に北《きた》の入《い》り江《え》に到着《とうちゃく》できそうだ。安全《あんぜん》に船《ふね》を岸《きし》に着《つ》けたら、潮《しお》が引《ひ》くのを待《ま》って上陸《じょうりく》すればいい。

ぼくは舵《かじ》をロープでしばって固定《こてい》すると、下《した》におりて、自分《じぶん》の荷箱《にばこ》のなかから、母《かあ》さんのシルクのハンカチをとってきた。ハンズに手《て》を貸《か》してやり、まだ出血《しゅっけつ》がひどい太《ふと》ももの刺《さ》し傷《きず》にハンカチを巻《ま》いた。ハンズはそのあと、少《すこ》し食《た》べて、ひと口《くち》、ふた口《くち》ブランデーを飲《の》むと、目《め》に見《み》えて元気《げんき》になった。まっすぐにすわって、大《おお》きくはっきりしゃべるようになり、さっきとは別人《べつじん》のようだ。

風《かぜ》は見事《みごと》にあと押《お》ししてくれた。ヒスパニオラ号《ごう》は、鳥《とり》のように風《かぜ》を切《き》って進《すす》み、海岸線《かいがんせん》がどんどんうしろに流《なが》れていき、景色《けしき》が目《め》まぐるしく変《か》わった。高地《こうち》を過《す》ぎたかと思《おも》うと、マツの木《き》がまばらに生《は》えている低《ひく》い砂地《すなじ》の横《よこ》を進《すす》む。そこを越《こ》えると、こんどは島《しま》の北端《ほくたん》のゴツゴツした岩山《いわやま》をぐるりと曲《ま》がった。

すっかり船長《せんちょう》気分《きぶん》で、ぼくは得意《とくい》になっていた。しかも、日《ひ》ざしがあったかくて気持《きも》ちいいし、どんどん変《か》わっていく海岸線《かいがんせん》の景色《けしき》が楽《たの》しい。水《みず》もおいしい食《た》べものもたっぷりある。仲間《なかま》のところから脱走《だっそう》して以来《いらい》、ズタズタになっていたぼくの良心《りょうしん》も、この大仕事《おおしごと》を成功《せいこう》させたおかげですっかり元《もと》どおりだ。すべて順調《じゅんちょう》のはずなのに、ひとつだけ気《き》がかりなことがある。ハンズの目《め》つきだ。バカにしたような目《め》でぼくの動《うご》きを追《お》いながら、ずっとぶきみな笑《え》みを浮《う》かべている。弱《よわ》って苦《くる》しんでいるような、げっそりやつれたじいさんみたいな笑《わら》いだ。それでいて表情《ひょうじょう》には、人《ひと》を見下《みくだ》しているような、裏切《うらぎ》ろうとしているような感《かん》じがある。ぼくの動作《どうさ》のひとつひとつを、ハンズはずるがしこい目《め》でじっと見《み》つめていた。

一《いっ》騎《き》打《う》ち

風《かぜ》は希望《きぼう》どおりに吹《ふ》いてくれて、西向《にしむ》きに変《か》わったところだ。おかげでラクに、島《しま》の北西《ほくせい》の角《かど》から北《きた》の入《い》り江《え》の入《い》り口《ぐち》まで走《はし》れた。とはいえ、船《ふね》の錨《いかり》がもうないから、岸《きし》に着《つ》けたくても潮《しお》が満《み》ちるまで待《ま》つしかない。ぼくたちはしばらく時間《じかん》をもてあました。ハンズに船《ふね》のとめ方《かた》を教《おし》えてもらい、何回《なんかい》かやってみてやっと成功《せいこう》した。そして、ぼくたちはすわってもくもくと食事《しょくじ》をした。

「ジム船長《せんちょう》」

ハンズが口《くち》をひらいた。またあのぶきみな笑顔《えがお》だ。

「あそこに転《ころ》がってるおれの古《ふる》いダチ、そう、オブライエンを、海《うみ》へ放《ほう》り投《な》げてやってくれねえか。おれは、細《こま》かいことは気《き》にしねえタチだし、こいつを殺《ころ》してもこれっぽっちも悪《わる》いと思《おも》ってねえ。だが、気持《きも》ちいいもんじゃねえだろ。なあ？」

「ぼくひとりの力《ちから》じゃムリだ。それに、そんなことしたくない。ぼくはべつに、このままでも気《き》にならないよ」

「なあジム、このヒスパニオラ号《ごう》って船《ふね》は、不幸《ふこう》の船《ふね》だよなあ」

ハンズが目《め》をしばしばさせながらいった。

「この船《ふね》でたくさんの海《うみ》の男《おとこ》が命《いのち》を落《お》とした。ブリストルでおれたちが乗《の》りこんでからも、ずいぶんと死《し》んじまったじゃねえか。こんな不吉《ふきつ》な船《ふね》ははじめてだ。オブライエンだって、ほら、見《み》てのとおりだしなあ。おれは学者《がくしゃ》じゃねえからわからんが、おまえは字《じ》が読《よ》めて計算《けいさん》もできるんだろ？じゃあ、きかせてくれよ。死《し》んだ人間《にんげん》ってのは、永遠《えいえん》に死《し》んでるもんなのか、それともまた生《い》き返《かえ》ったりすんのか、どっちなんだ？」

「からだは殺《ころ》せても、魂《たましい》は殺《ころ》せない。そんなの、あたりまえだよ。オブライエンはもうべつの世界《せかい》に行《い》っちゃって、そこからぼくたちのことを見《み》てるんじゃないかな」

「へーえ！　そりゃあ残念《ざんねん》だ。だったら、人殺《ひとごろ》しは時間《じかん》のむだじゃねえか。でもよ、魂《たましい》なんてやつは、おれの見《み》てきたところじゃ、ろくでもないものだ。そいつとなら、イチかバチかの勝負《しょうぶ》に出《で》てやるさ。さてと、おまえもしゃべりたいだけしゃべったろうから、ひとつ、たのみをきいてくれ。下《した》に行《い》って、あれを、ああ、なんてこった！　名前《なまえ》が出《で》てこねえ。あれだよ、ああ、そうそう、ワインだ。ワインを一本《いっぽん》、もってきてくれねえか。ブランデーは強《つよ》すぎて頭《あたま》が痛《いた》くなるからさ」

うーん、わざとらしい。だいたい、ブランデーよりワインがいいなんてウソに決《き》まってる。何《なに》かたくらんでいるんだろう。ぼくをデッキから追《お》いはらいたいだけだ。理由《りゆう》はわからないけれど。ぼくと目《め》を合《あ》わせようとしないで、視線《しせん》があちこちさまよっている。空《そら》を見《み》たかと思《おも》うと、オブライエンのほうをちらりと見《み》る。ニヤニヤしながら、やましいことでもあるみたいに、もじもじして舌《した》をペロッと出《だ》す。こんなの、だれが見《み》たってだます気満々《きまんまん》じゃないか。だけど、ぼくは即答《そくとう》した。いい作戦《さくせん》を思《おも》いついたからだ。こんなに鈍《にぶ》かったら、こっちの思惑《おもわく》なんてラクにかくしとおせる。

「ワイン？　うん、そのほうがいいね。白《しろ》と赤《あか》、どっち？」

「ふん、おれにとっちゃどっちでも同《おな》じだよ。強《つよ》い酒《さけ》をたくさん飲《の》めりゃ、それでいい」

「わかった。赤《あか》にするね。どこにあるか、さがさなきゃいけないけど」

そういって、できるだけドタバタ音《おと》をたてて昇降口《しょうこうぐち》をかけおりると、さっと靴《くつ》をぬいで、静《しず》かに通路《つうろ》を走《はし》り、デッキの前側《まえがわ》の階段《かいだん》をのぼって、そちらの昇降口《しょうこうぐち》から顔《かお》を出《だ》した。まさかここから見《み》ているとは気《き》づかれていないはずだけど、念《ねん》には念《ねん》をいれて注意《ちゅうい》した。そして、そこで目《め》にしたのは、想像《そうぞう》していたなかでも最悪《さいあく》の光景《こうけい》だった。

ハンズがデッキに両手足《りょうてあし》をついている。足《あし》を動《うご》かすとかなり痛《いた》むらしく、うめき声《ごえ》をなんとかこらえようとしている。それなのに、ものすごいスピードでデッキの反対側《はんたいがわ》まではって移動《いどう》していった。ものの三十秒《さんじゅうびょう》で左側《ひだりがわ》の排水口《はいすいこう》にたどりつき、ロープの束《たば》のなかから、長《なが》いナイフをとりだした。

短剣《たんけん》といったほうがいいかもしれない。刃《は》から持《も》ち手《て》のところまで、べったり血《ち》がついている。ハンズはそれを一瞬《いっしゅん》じっと見《み》つめ、下《した》あごをぐいと突《つ》きだして、指《ゆび》に刃《は》の先《さき》っぽをあて、切《き》れ味《あじ》を試《ため》した。そして、そそくさと上着《うわぎ》の内《うち》ポケットにしまうと、転《ころ》がるようにもとの場所《ばしょ》へもどって、もたれかかった。

もう、じゅうぶんにわかった。ハンズは動《うご》ける。そしていま、短剣《たんけん》をもっている。あれだけ追《お》いはらおうとしたのだから、狙《ねら》う相手《あいて》はぼくに決《き》まってる。そのあとは、どうするつもりだろう？　北《きた》の入《い》り江《え》から沼地《ぬまち》の野営地《やえいち》まで、はって島《しま》を縦断《じゅうだん》する気《き》なのか。それとも、仲間《なかま》が先《さき》に助《たす》けにきてくれると信《しん》じて、船《ふね》の大砲《たいほう》を撃《う》って知《し》らせるつもり？　まあ、わかりっこないけれど。

でもひとつだけ、ハンズを信用《しんよう》できる点《てん》がある。ぼくたちの利害《りがい》が一致《いっち》している点《てん》だ。そう、ヒスパニオラ号《ごう》をどうにかしなくてはいけない。安全《あんぜん》な場所《ばしょ》に停泊《ていはく》させておきたいし、必要《ひつよう》になったらできるだけ危険《きけん》がない状態《じょうたい》でラクに出《だ》したい。そう考《かんが》えているのは、ふたりとも同《おな》じだ。だからそれまでは、ぼくの命《いのち》は保証《ほしょう》されているはず。

そんなことを考《かんが》えながら、からだもちゃんと動《うご》かしていた。船室《せんしつ》までこっそりもどり、靴《くつ》をはいて、そこらのワインボトルをつかんだ。そして、わざと見《み》せびらかしながらデッキにあがっていった。

ハンズは、さっきと同《おな》じかっこうでいた。からだを丸《まる》め、太陽《たいよう》がまぶしいみたいに目《め》を細《ほそ》めている。ぼくが近《ちか》づいていくと顔《かお》をあげて、いかにも慣《な》れた手《て》つきでボトルの首《くび》のところを割《わ》った。

「幸運《こううん》を！」お決《き》まりの乾杯《かんぱい》のことばをいい、ゴクゴク飲《の》んだ。それから、おとなしく横《よこ》になっていたかと思《おも》うと、噛《か》みタバコの棒《ぼう》を一本《いっぽん》とりだし、ぼくに一回分《いっかいぶん》切《き》ってくれといってきた。

「こいつをたのむ。ナイフもないし、切《き》る力《ちから》だって残《のこ》ってねえ。ああ、ジム、おれはもうダメだ。最後《さいご》の一服《いっぷく》だ。おれはもう墓場《はかば》行《い》きだよ、まちがいねえ」

「わかった。切《き》ってあげるよ。でも、そんなに具合《ぐあい》が悪《わる》いなら、ぼくだったらお祈《いの》りをするよ。キリスト教徒《きょうと》らしくね」

「お祈《いの》り？　なんでだ？」

「なんでって、さっきぼくに、死《し》んだらどうなるかってきいてたじゃん。さんざん仲間《なかま》を裏切《うらぎ》ってきたんだよね。罪《つみ》を犯《おか》し、ウソをついて、血《ち》を流《なが》して生《い》きてきたんでしょ？　いまだって、すぐそこに殺《ころ》した男《おとこ》が転《ころ》がってる。それなのに、なんでってきくかな？　神《かみ》さまに許《ゆる》してもらうために決《き》まってるよ」

ぼくは少《すこ》し熱《あつ》くなっていた。なにしろハンズは、ポケットに短剣《たんけん》をかくしもち、ぼくを殺《ころ》そうとたくらんでいる。すると、ハンズはワインをがぶ飲《の》みして、めずらしくまじめな顔《かお》で話《はな》しはじめた。

「三十年間《さんじゅうねんかん》だ。ありとあらゆる海《うみ》をわたって、いいことも悪《わる》いことも、最高《さいこう》なことも最悪《さいあく》なこともあった。天気《てんき》のいいときも、荒《あ》れたときも、食《た》べるものがないときも、ナイフが飛《と》びかうときもあった。いろいろあったさ。だけどな、教《おし》えてやろうか。正《ただ》しいことをしていい思《おも》いをしたためしなんて、一度《いちど》もなかったね。先手必勝《せんてひっしょう》がおれのやり方《かた》だ。死《し》んだ人間《にんげん》はかみついてこねえ。まあ、おれの話《はなし》はこんなところだ。アーメン」

そして、ふいに声《こえ》の調子《ちょうし》が変《か》わった。

「ま、くだらない話《はなし》はこれでおしまいだ。じゅうぶん潮《しお》が満《み》ちてきたじゃねえか。おれの指示《しじ》に従《したが》ってくれよ、ジム船長《せんちょう》。ぴしゃりと入《い》り江《え》に船《ふね》を着《つ》けて、おわりにしようぜ」

あと三《さん》キロほどだけれど、慎重《しんちょう》に進《すす》まないといけない。北《きた》の入《い》り江《え》は、せまくて浅《あさ》いうえに、東《ひがし》と西《にし》から陸地《りくち》が突《つ》きでているので、うまく操縦《そうじゅう》しないとなかに入《はい》れない。でもぼくはすばやく巧《たく》みに操縦《そうじゅう》したし、ハンズの指示《しじ》も的確《てきかく》だった。船《ふね》は、あっちこっちに動《うご》きながら、岸《きし》ぎりぎりのところを通《とお》って、むだなく確実《かくじつ》に進《すす》んだ。見《み》ていて気持《きも》ちがいいほどだ。

岬《みさき》のあいだを抜《ぬ》けると、すぐに陸地《りくち》がせまってきた。海岸《かいがん》には南《みなみ》の停泊地《ていはくち》と同《おな》じくらい木《き》が生《お》いしげっているけれど、こちらのほうが長《なが》くてせまく、河口《かこう》みたいだ。と思《おも》ったら、ほんとうに河口《かこう》だった。入《い》り江《え》の南端《なんたん》までやってきたぼくたちの目《め》の前《まえ》に、いまにもくずれそうな難破船《なんぱせん》が見《み》えた。

三本帆《さんぼんほ》の大《おお》きい船《ふね》だけれど、長《なが》いあいだ風雨《ふうう》にさらされて、水《みず》のしたたる海藻《かいそう》が大《おお》きなクモの巣《す》みたいに船体《せんたい》をおおいつくしていた。デッキには岸辺《きしべ》の草《くさ》が根《ね》をおろし、花《はな》が満開《まんかい》だ。悲《かな》しいながめだけれど、ここがおだやかな停泊地《ていはくち》なのはたしかだ。

「ほら、見《み》てみろ。船《ふね》を乗《の》りあげるのにちょうどいい。平《たい》らないい砂浜《すなはま》だし、風《かぜ》も吹《ふ》かねえ。木《き》に囲《かこ》まれているし、あのおんぼろ船《せん》なんか、花畑《はなばたけ》みたいだぜ」

「乗《の》りあげてから、また船《ふね》を出《だ》すときはどうやったらいいの？」

「ああ、引《ひ》き潮《しお》のときにロープをもって、反対側《はんたいがわ》の岸辺《きしべ》に行《い》け。そこで、大《おお》きなマツの木《き》に結《むす》びつけておくんだ。で、ロープのもうひとつのはしっこをもって船《ふね》にもどってきて、そっちは錨《いかり》巻《ま》きあげ機《き》に結《むす》んでおけ。あとは、タイミングを待《ま》つだけだ。満《み》ち潮《しお》になったら、みんなでロープを巻《ま》きあげればいい。そうすりゃ、ロープが引《ひ》っぱられて、船《ふね》は軽々《かるがる》と浜辺《はまべ》をはなれるってわけだ。さてと、準備《じゅんび》はいいか。近《ちか》づいてきたぞ。速度《そくど》を落《お》とせ。舵《かじ》を少《すこ》し右《みぎ》へ、そうだ、そのままだ、右《みぎ》だ、少《すこ》し左《ひだり》だ、そのまま、そのままだ！」

ハンズの指示《しじ》に従《したが》って、ぼくは息《いき》をするのも忘《わす》れるくらい集中《しゅうちゅう》していた。突然《とつぜん》、ハンズが叫《さけ》ぶ。「いまだ、風上《かざかみ》に船《ふね》を向《む》けろ！」

ぼくは思《おも》いっ切《き》り舵《かじ》を切《き》った。ヒスパニオラ号《ごう》はぐるんと回転《かいてん》し、低木《ていぼく》がしげる岸辺《きしべ》に向《む》かって突《つ》き進《すす》んでいった。

操縦《そうじゅう》に慣《な》れてくるとすっかり楽《たの》しくなってきて、さっきまでの警戒心《けいかいしん》がゆるんでしまった。船《ふね》が浜辺《はまべ》に乗《の》りあげるのを見《み》ていたら興奮《こうふん》してしまい、目《め》の前《まえ》に危険《きけん》が迫《せま》っていることが頭《あたま》からぬけ落《お》ちていた。右《みぎ》の船《ふな》べりから身《み》をのりだして、船首《せんしゅ》の前《まえ》に広《ひろ》がるさざ波《なみ》をながめているときだった。あのときふと不安《ふあん》がよぎってふりむかなかったら、命《いのち》をかけて戦《たたか》うまでもなく、転《ころ》がり落《お》ちて死《し》んでいただろう。足音《あしおと》がきこえたか、影《かげ》が動《うご》くのが横目《よこめ》に見《み》えたのか、ネコみたいに本能的《ほんのうてき》に感《かん》じとったのかもしれない。うしろを見《み》ると、ハンズがいた。さっきより半分《はんぶん》も距離《きょり》をつめて、右手《みぎて》に短剣《たんけん》をもっている。

目《め》が合《あ》って、ぼくたちはふたりとも声《こえ》をあげた。ぼくはこわくてヒィイッと悲鳴《ひめい》をあげ、ハンズは突進《とっしん》してくる雄牛《おうし》みたいにウォーッと吠《ほ》えた。ハンズが突《つ》っこんでくるのと同時《どうじ》に、ぼくはひらりと船首側《せんしゅがわ》に身《み》をかわした。すると、ぼくの手《て》をはなれた舵《かじ》が風《かぜ》にあおられてぐるんとまわった。おかげで、助《たす》かった。舵《かじ》がハンズの胸《むね》にあたり、一瞬《いっしゅん》、完全《かんぜん》に動《うご》きが止《と》まった。

ハンズが立《た》ち直《なお》らないうちに、すみっこに追《お》いつめられていたぼくはデッキのまんなかに逃《に》げた。ここなら、走《はし》りまわれる。いちばん大《おお》きな帆柱《ほばしら》の前《まえ》で止《と》まり、ポケットからピストルを出《だ》すと、しっかり狙《ねら》いをさだめた。ハンズはこちらに向《む》きなおって、直進《ちょくしん》してくる。ぼくは引《ひ》き金《がね》を引《ひ》いた。

カチッと音《おと》がする。でも、火花《ひばな》も銃声《じゅうせい》も出《で》ない。火薬《かやく》が海水《かいすい》でだめになっていたんだ。ああ、バカだ。どうしてちゃんと確認《かくにん》しなかったんだろう。たったひとつの武器《ぶき》に火薬《かやく》と弾《たま》を入《い》れなおしておかないなんて。ちゃんとしていれば、無力《むりょく》な羊《ひつじ》みたいに逃《に》げまわらなくてすんだのに。

ケガをしているわりに、ハンズの動《うご》きはおそろしくすばやかった。ふり乱《みだ》した髪《かみ》のあいだから、あせりと怒《いか》りで真《ま》っ赤《か》になった顔《かお》がのぞいている。もうひとつのピストルを試《ため》す時間《じかん》もないし、やる気《き》すら起《お》こらない。どうせ使《つか》いものにならないだろう。とにかく、気《き》をつけなければいけないことはひとつ。逃《に》げているだけではダメだ。さっき船尾《せんび》で追《お》いこまれたときみたいに、今度《こんど》はあっというまに船首《せんしゅ》に追《お》いつめられる。つかまったら、あの刃《は》わたり（刃《は》の長《なが》さ）三十《さんじっ》センチの血《ち》のついた短剣《たんけん》で、ぼくはあの世行《よい》きだ。ぼくは、太《ふと》くてしっかりした帆柱《ほばしら》に両手《りょうて》のひらを置《お》いた。そして、全神経《ぜんしんけい》を集中《しゅうちゅう》させて待《ま》った。

ぼくが身《み》をかわすつもりだと気《き》づいて、ハンズも止《と》まった。一《いち》、二度《にど》、挑発《ちょうはつ》するみたいに突《つ》いてくるので、反応《はんのう》してかわした。なんだか、故郷《こきょう》のブラック・ヒル湾《わん》の岩場《いわば》でよくやっていたゲームみたいだ。でも、こんなに胸《むね》がドキドキしたことはない。考《かんが》えてみれば、子《こ》どもの遊《あそ》びと同《おな》じ要領《ようりょう》だ。しかも、太《ふと》ももをケガした海賊《かいぞく》のじいさんが相手《あいて》なら、負《ま》けるはずがない。勇気《ゆうき》がどんどんわいてくる。この戦《たたか》いをどうやって終《お》わらせるか、考《かんが》える余裕《よゆう》まで出《で》てきた。このままずっとやりあうことはできても、完全《かんぜん》に逃《に》げきるのはムリだ。

しばらく、にらみあいがつづいた。ふいにヒスパニオラ号《ごう》が大《おお》きく揺《ゆ》れ、あっというまに砂浜《すなはま》に乗《の》りあげた。船体《せんたい》が左側《ひだりがわ》にかたむいて、デッキが四十五度《よんじゅうごど》までもちあげられた。大樽一杯分《おおだるいっぱいぶん》くらいの海水《かいすい》が排水口《はいすいこう》から流《なが》れこんできて、デッキと船《ふな》べりのあいだに水《みず》たまりができた。

ぼくたちはひっくりかえり、そのまま排水口《はいすいこう》までゴロゴロ転《ころ》がった。あとから、帽子《ぼうし》の男《おとこ》の死体《したい》が腕《うで》を広《ひろ》げてかたまったまま落《お》っこちてくる。もみくちゃになって、ハンズの足《あし》にぼくの頭《あたま》があたり、歯《は》がガタガタ鳴《な》った。先《さき》に立《た》ちあがったのはぼくだ。ハンズは、死体《したい》とからまりあっていた。

船《ふね》がかたむいたので、もうデッキを走《はし》りまわれない。大急《おおいそ》ぎで、あたらしい逃《に》げ道《みち》を考《かんが》えなくては。いまにもハンズにつかまりそうだ。ぼくは一瞬《いっしゅん》で、うしろの帆《ほ》を支《ささ》えるロープに飛《と》びついた。そのまま上《うえ》へ上《うえ》へとロープをたぐってのぼっていき、帆柱《ほばしら》の上《うえ》の横棒《よこぼう》にすわった。

とっさの判断《はんだん》がよかった。ぼくが必死《ひっし》にロープをのぼっていたとき、十五《じゅうご》センチくらい下《した》に、短剣《たんけん》が突《つ》き刺《さ》さっていた。下《した》にいるハンズはぽかんと口《くち》をあけて、こちらを見《み》あげていた。信《しん》じられないという顔《かお》で、がっかりしているのがみえみえだ。

いまのうちだ。ぼくは大急《おおいそ》ぎでピストルにあたらしい火薬《かやく》をつめた。それから、念《ねん》には念《ねん》を入《い》れて、もう一丁《いっちょう》も古《ふる》い火薬《かやく》をとりだして、あたらしいものを入《い》れた。

ピストルの準備《じゅんび》をしているのを見《み》て、ハンズはおののいていた。サイコロが自分《じぶん》に不利《ふり》に転《ころ》がりだしたのがわかったらしい。しばらくためらってから、ロープにつかまってのぼりはじめた。短剣《たんけん》を口《くち》にくわえて、ゆっくり痛《いた》みをこらえながら、しんどそうにやってくる。ケガをした足《あし》を引《ひ》っぱりあげるのにやたら時間《じかん》がかかり、ずっとうめき声《ごえ》をあげている。やっと三分《さんぶん》の一《いち》ほどのぼってきたころ、ぼくはピストルの準備《じゅんび》をおえていた。そして、両手《りょうて》にピストルをかまえて、声《こえ》をかけた。

「もう一歩《いっぽ》でも近《ちか》づいたら、撃《う》つよ。死《し》んだ人間《にんげん》はかみついてこない、だったよね？」

ぼくはクスクス笑《わら》った。

ハンズが止《と》まった。何《なに》か考《かんが》えている顔《かお》だ。でも、頭《あたま》がまわらないらしく、あんまりぼけた顔《かお》をしているから、安全《あんぜん》な帆柱《ほばしら》の上《うえ》にいるぼくはつい大声《おおごえ》で笑《わら》ってしまった。一回《いっかい》か二回《にかい》つばをのみこんでから、やっとハンズが話《はな》しはじめた。まだ頭《あたま》の整理《せいり》がついていないらしい。話《はな》すために短剣《たんけん》を口《くち》からとったけれど、体勢《たいせい》はそのままだ。

「なあ、ジム、おれたちふたりとも、かんちがいをしてたようだ。ここで仲直《なかなお》りといこうじゃないか。さっき船《せん》がかたむいてなけりゃ、とっつかまえてやったのによ。だけど、おれは運《うん》がねえんだ。降参《こうさん》だ。船長《せんちょう》までやったこのおれが、おまえみたいなしろうとに負《ま》けを認《みと》めるのは、並大抵《なみたいてい》のつらさじゃねえぞ」

ぼくは誇《ほこ》らしくなって、調子《ちょうし》にのってしまった。ニヤニヤが止《と》まらず、塀《へい》にあがったオンドリみたいに得意《とくい》になっていた。そのときだった。ハンズが右腕《みぎうで》を振《ふ》りかざし、何《なに》かがシュッと弓矢《ゆみや》みたいに飛《と》んできた。ドスンと衝撃《しょうげき》があって、鋭《するど》い痛《いた》みが走《はし》る。肩《かた》が、帆柱《ほばしら》に短剣《たんけん》でくぎづけにされていた。痛《いた》いやら、びっくりするやらで、そんなつもりもなかったし、狙《ねら》いをさだめたわけでもないけれど、ぼくは両手《りょうて》のピストルを撃《う》ち放《はな》っていた。そのままピストルは二丁《にちょう》とも手《て》から落《お》っこちた。だけど、落《お》っこちたのはピストルだけではなかった。苦《くる》しそうな叫《さけ》び声《ごえ》とともに、ハンズがロープから手《て》をはなし、頭《あたま》から海《うみ》に落《お》ちていった。

八《はち》の銀《ぎん》貨《か》

船《ふね》がかたむいているせいで、帆柱《ほばしら》が海面《かいめん》に大《おお》きく突《つ》きだしている。ぼくがすわっている横棒《よこぼう》の真《ま》下《した》は、海《うみ》しかない。まだそんなに上《うえ》まで来《き》ていなかったハンズは、船《ふね》の近《ちか》く、ぼくと船《ふな》べりの中間《ちゅうかん》あたりに落《お》ちていった。血《ち》に染《そ》まった泡《あわ》のなか、一回《いっかい》だけ水面《すいめん》に浮《う》かびあがってきて、そのまま沈《しず》んでいった。水面《すいめん》の揺《ゆ》れがおさまると、明《あか》るい色《いろ》をしたサラサラの砂《すな》の海底《かいてい》、船《ふね》の影《かげ》になっているところに、からだを丸《まる》めて横《よこ》たわっている姿《すがた》が見《み》えてきた。魚《さかな》が一《いち》、二匹《にひき》、ハンズのからだの上《うえ》をさっと動《うご》く。ときどき水面《すいめん》が揺《ゆ》れると、いまにも起《お》きあがってきそうに見《み》えた。だけどハンズはまちがいなく、撃《う》たれて水中《すいちゅう》で死体《したい》となっている。ぼくを殺《ころ》そうとたくらんでいたこの場所《ばしょ》で、魚《さかな》のえさになろうとしている。

そう考《かんが》えると、気持《きも》ちが悪《わる》くなってきた。頭《あたま》がふらふらするし、こわくてぞくぞくする。背中《せなか》と胸《むね》に熱《あつ》い血《ち》がたれてくる。肩《かた》を突《つ》き刺《さ》している短剣《たんけん》が、ジリジリ燃《も》えているみたいに感《かん》じる。でも、ほんとうにおそろしいのは傷《きず》のほうじゃない。それくらい、文句《もんく》ひとつもいわずにがまんできる。

それより、ここから落《お》っこちて緑色《みどりいろ》の静《しず》かな海底《かいてい》でハンズのとなりに並《なら》ぶことを想像《そうぞう》すると、心《こころ》の底《そこ》からゾッとした。

ぼくは爪《つめ》が痛《いた》くなるくらい帆柱《ほばしら》にしがみついて、おっかない考《かんが》えを忘《わす》れようと目《め》を閉《と》じた。すると、だんだんパニックがおさまり、胸《むね》のドキドキも静《しず》まってきた。やっと平常心《へいじょうしん》をとりもどした。

とにかく、短剣《たんけん》を抜《ぬ》こう。でも、深《ふか》く突《つ》き刺《さ》さっているせいか、ただ勇気《ゆうき》が出《で》ないせいか、ガタガタふるえてしまう。ところが、そのひどいふるえのおかげで助《たす》かった。短剣《たんけん》は、からだに突《つ》き刺《さ》さっているのではなく皮膚《ひふ》を少《すこ》しかすめているくらいだったらしく、ふるえたひょうしに皮《かわ》がちぎれてはずれた。血《ち》が流《なが》れだしたけれど、からだは自由《じゆう》になり、上着《うわぎ》とシャツが帆柱《ほばしら》に留《と》められているだけになった。

ぐいと引《ひ》っぱって上着《うわぎ》とシャツをもぎとると、右側《みぎがわ》のロープからデッキにおりた。左側《ひだりがわ》のロープをおりるのは、ぜったいにイヤだ。さっきハンズが落《お》っこちていったほうだから。

デッキにおりると、傷《きず》の手当《てあ》てをした。かなり痛《いた》いし、血《ち》も止《と》まらない。でも、それほど深《ふか》くないし危険《きけん》もなさそうだ。痛《いた》みも、腕《うで》を動《うご》かせないほどではない。それから、ゆっくりとあたりをながめてみた。ヒスパニオラ号《ごう》はもう、ぼくの船《ふね》だ。最後《さいご》の乗客《じょうきゃく》、赤《あか》い寝帽子《ねぼうし》のオブライエンの死体《したい》を片《かた》づけなくちゃ。

オブライエンはさっき船《ふね》が揺《ゆ》れたときに転《ころ》がっていったまま、人形《にんぎょう》みたいに横《よこ》たわっていた。ぶきみにこわばったあやつり人形《にんぎょう》だ。サイズは人間《にんげん》と同《おな》じだけど、顔色《かおいろ》や表情《ひょうじょう》がまるでちがう。でも、船《ふな》べりにいてくれたおかげで、ぼくでもなんとかなりそうだ。それに、悲劇的《ひげきてき》な冒険《ぼうけん》にはつきもので、死体《したい》に対《たい》する恐怖心《きょうふしん》もすっかりうすらいでいた。ぼくはオブライエンの腰《こし》をつかむと、小麦袋《こむぎぶくろ》みたいにひょいともちあげて、そのまま海《うみ》に放《ほう》りこんだ。死体《したい》はジャバーンと落《お》ちていき、赤《あか》い帽子《ぼうし》が脱《ぬ》げて、水面《すいめん》に浮《う》かんだ。水《みず》しぶきがおさまると、オブライエンとハンズが並《なら》んで横《よこ》たわっているのが見《み》えた。水《みず》のなかでゆらゆら揺《ゆ》れている。オブライエンは、まだ若《わか》いのにハゲていた。自《じ》分《ぶん》を殺《ころ》したハンズのひざの上《うえ》に、ハゲ頭《あたま》をのっけている。ふたりの上《うえ》を、魚《さかな》たちがシュッシュッと泳《およ》ぎまわっていた。

これでやっと、ぼくひとりになった。ちょうど潮《しお》の流《なが》れも変《か》わった。太陽《たいよう》が沈《しず》みかけていて、西《にし》の海岸《かいがん》のマツの木《き》が影《かげ》を船《ふね》の停泊地《ていはくち》までのばし、デッキに模様《もよう》をつくっている。夜《よる》の風《かぜ》が吹《ふ》いてきた。東側《ひがしがわ》にふたつの頂《いただき》をもつふたご山《やま》があるのでさえぎられているけれど、ロープが低《ひく》い音《おと》をたて、たれていた帆《ほ》もパタパタ鳴《な》っていた。

そろそろ船《ふね》が限界《げんかい》だ。三角帆《さんかくほ》は急《いそ》いでデッキにおろしたけれど、いちばん大《おお》きな帆《ほ》のほうはそうかんたんにはいかない。船《ふね》がかたむいているので、帆《ほ》の横棒《よこぼう》は船外《せんがい》まで飛《と》びだしているし、その先《せん》端《たん》と、帆《ほ》が五十《ごじっ》センチくらい、水《みず》につかっていた。ヤバいとは思《おも》うけれど、帆《ほ》がピーンと張《は》っているからやたらと手《て》を出《だ》せない。でもけっきょく、ナイフでロープを切《き》った。そのとたん、帆《ほ》がたるんでバサリと落《お》ちてきて、水面《すいめん》に広《ひろ》がって浮《う》かんだ。別《べつ》のロープも引《ひ》っぱってみたけれど、びくともしない。ぼくにできるのはここまでだ。あとは、ヒスパニオラ号《ごう》もぼくも運《うん》だのみだ。

このころには、停泊地《ていはくち》に影《かげ》がかかって暗《くら》くなっていた。夕日《ゆうひ》が木々《きぎ》のあいだから差《さ》しこみ、沈没《ちんぼつ》船《せん》に咲《さ》く花《はな》のじゅうたんの上《うえ》で、宝石《ほうせき》みたいにキラキラかがやいていた。空気《くうき》がひんやりしてきた。潮《しお》が引《ひ》くスピードがあがり、船《ふね》はますますかたむき、転覆《てんぷく》しかかっていた。

ぼくは船首《せんしゅ》のほうへはっていき、下《した》をのぞいてみた。じゅうぶん浅《あさ》そうだ。切《き》れた錨《いかり》のつなをおそるおそる両手《りょうて》でつかんで、そーっとおりてみる。水《みず》は腰《こし》にとどかないくらいの深《ふか》さで、下《した》の砂《すな》はかたく、うねり模様《もよう》がついている。よし、行《い》こう。ぼくは岸《きし》まで水《みず》をわたっていった。残《のこ》されたヒスパニオラ号《ごう》は大《おお》きく横《よこ》にかたむき、いちばん大《おお》きな帆《ほ》が水面《すいめん》をただよっている。太陽《たいよう》はすっかり沈《しず》み、夕暮《ゆうぐ》れのそよ風《かぜ》がマツの木々《きぎ》を揺《ゆ》らしていた。

やっと上陸《じょうりく》できた。ついにもどってこられた。しかも手《て》ぶらじゃない。ヒスパニオラ号《ごう》が海賊《かいぞく》から解放《かいほう》され、ほんものの持《も》ち主《ぬし》たちを乗《の》せてふたたび海《うみ》に出《で》るのを待《ま》っている。一刻《いっこく》も早《はや》く仲間《なかま》のところに帰《かえ》って、自慢《じまん》したい。〝無断外出《むだんがいしゅつ》〟をちょっとはしかられるかもしれないけれど、船《ふね》をとりかえしたといえば許《ゆる》してもらえるだろう。船長《せんちょう》だって、ぼくが時間《じかん》をむだにしていたわけじゃないと認《みと》めてくれるはずだ。

そう思《おも》ったらますます元気《げんき》が出《で》てきて、ぼくは仲間《なかま》のいる小屋《こや》をめざして歩《ある》きはじめた。そういえば、キッド船長《せんちょう》の入《い》り江《え》にそそぐ二本《にほん》の川《かわ》のうち、東《ひがし》の川《かわ》は、左手《ひだりて》に見《み》えるふたご山《やま》から流《なが》れでているはずだ。ということは、川幅《かわはば》がせまいうちにわたっておいたほうがいい。左《ひだり》へ進《すす》もう。森《もり》はかなりひらけていた。低《ひく》い山《やま》すそに沿《そ》って歩《ある》き、その山《やま》の角《かど》をまわる。そのあとすぐ、ふくらはぎほどの水深《すいしん》の川《かわ》をわたった。

すると、ベン・ガンに出会《であ》った場所《ばしょ》の近《ちか》くに出《で》た。まわりに注意《ちゅうい》して、さらに慎重《しんちょう》に歩《ある》いていく。あたりはすっかり暗《くら》くなっていた。ふたつの頂《いただき》のまんなかあたりまで来《き》たとき、夜空《よぞら》に揺《ゆ》らめく明《あ》かりが見《み》えた。あれ、ベン・ガンがたき火《び》のそばで夕食《ゆうしょく》でもつくってるのかな？　でも、そんな不《ふ》注意《ちゅうい》なことをするとは思《おも》えない。見《み》つかる危険《きけん》がある。ぼくが明《あ》かりに気《き》づくということは、海岸《かいがん》の沼地《ぬまち》で野営《やえい》しているシルバーからも見《み》えてしまうはずだから。

夜《よる》の闇《やみ》がだんだん濃《こ》くなってきた。目指《めざ》す方向《ほうこう》に大《おお》ざっぱに進《すす》んでいくだけで精《せい》いっぱいだ。うしろのふたご山《やま》と右手《みぎて》の望遠鏡山《ぼうえんきょうやま》が、どんどん闇《やみ》にまぎれてかすんでいく。星《ほし》もまばらで、ぼんやり光《ひか》っているだけだ。ぼくは、しげみでつまずいたり砂《すな》のくぼみで転《ころ》んだりしながら、低地《ていち》を歩《ある》きまわった。

突然《とつぜん》、あたりがぱあっと明《あか》るくなった。見《み》あげると、青白《あおじろ》い月《つき》の光《ひかり》が望遠鏡山《ぼうえんきょうやま》の頂上《ちょうじょう》をぼんやりと照《て》らしている。しばらくすると、木々《きぎ》のうしろの低《ひく》いところで大《おお》きな銀色《ぎんいろ》のものが動《うご》いているのが見《み》えてきた。月《つき》がのぼった。

おかげで、残《のこ》りの道《みち》を急《いそ》げるようになった。歩《ある》いたり、走《はし》ったり、じれったい気持《きも》ちで進《すす》んでいく。バリケードの前《まえ》の森《もり》を通《とお》り抜《ぬ》けるときは、ちゃんとペースを落《お》として、ちょっとは用心《ようじん》した。ここまで来《き》て仲間《なかま》にまちがって撃《う》たれたりしたら、悲惨《ひさん》すぎる。

月《つき》はどんどん高《たか》くなってくる。光《ひかり》があちこちに落《お》ちはじめ、森《もり》のひらけた場所《ばしょ》を明《あか》るく照《て》らしている。目《め》の前《まえ》の木々《きぎ》のあいだから、それとはちがう色《いろ》の光《ひかり》が見《み》えた。赤《あか》く燃《も》える光《ひかり》が、ときどき小《ちい》さく暗《くら》くなる。まるで、くすぶっているたき火《び》の燃《も》えさしみたいだ。

なんの光《ひかり》だろう？　見当《けんとう》もつかない。

とうとう、バリケードのまわりの空《あ》き地《ち》のはずれにたどりついた。西側《にしがわ》のはしっこはもう月明《つきあ》かりに照《て》らされている。ほかの場所《ばしょ》と丸太小屋《まるたごや》はまだ暗《くら》い影《かげ》に包《つつ》まれていて、長《なが》い銀色《ぎんいろ》の光《ひかり》がしま模《も》様《よう》を描《えが》いていた。小屋《こや》の反対側《はんたいがわ》では、大《おお》きなたき火《び》が燃《も》えさしになって赤《あか》い光《ひかり》をゆらゆらと放《はな》ち、青白《あおじろ》い月《つき》の光《ひかり》に照《て》らされて、くっきり浮《う》かびあがっている。人影《ひとかげ》もなく、きこえるのは風《かぜ》の音《おと》だけだ。

ふと、足《あし》を止《と》めた。ようすがおかしい。なんだかこわい気《き》もする。あのたき火《び》、ぼくたちのやり方《かた》じゃない。いつもなら船長命令《せんちょうめいれい》で、薪《たきぎ》をあまり使《つか》わない。どうしよう、ぼくのいないあいだに何《なに》か悪《わる》いことが起《お》こったんじゃないか。

光《ひかり》のあたる場所《ばしょ》に出《で》ないよう気《き》をつけながら、こっそりと東側《ひがしがわ》のはしっこを歩《ある》く。いちばん暗《くら》くなっているところを選《えら》んで、柵《さく》を越《こ》えた。

そろそろと用心《ようじん》しつつ、地面《じめん》に手足《てあし》をつき、音《おと》をたてないように小屋《こや》まではって進《すす》んだ。近《ちか》づくにつれて、気持《きも》ちがぱあっと晴《は》れてきた。音《おと》がする。すてきな音《おと》じゃないし、そもそもいつもうるさいと文句《もんく》をいっていた。でもいまは、すてきな音楽《おんがく》みたいにきこえる。仲間《なかま》が気持《きも》ちよくぐうぐういびきをかいている音《おと》だ。船《ふね》で見張《みは》り番《ばん》が叫《さけ》ぶ「異常《いじょう》なし！」という元気《げんき》な声《こえ》だって、こんなにほっとしたことはない。

それにしても、ひとつハッキリした。この小屋《こや》の見張《みは》りはぜんぜんなってない。忍《しの》びこんだのがぼくじゃなくてシルバーたちだったら、夜明《よあ》けまでに全員《ぜんいん》やられてしまうだろう。船長《せんちょう》が傷《きず》を負《お》った結果《けっか》がこれなのかも。ああ、やっぱり、こんなに人手不足《ひとでぶそく》の危険《きけん》な状態《じょうたい》のまま、仲間《なかま》を放《ほう》って飛《と》びだしちゃって悪《わる》かったな。

ドアの前《まえ》まで来《く》ると、立《た》ちあがった。なかは真《ま》っ暗《くら》で、何《なに》も見《み》えない。いびきの音《おと》が規則正《きそくただ》しくきこえて、あとはときどきなんだかよくわからない、パタパタとかコツコツという小《ちい》さな音《おと》がしている。

腕《うで》をのばして前《まえ》をさぐりながら、少《すこ》しずつなかへ入《はい》っていく。つい、にやけてしまう。自分《じぶん》の定《てい》位置《いち》で横《よこ》になろう。朝《あさ》になってびっくりするみんなの顔《かお》を見《み》るのが楽《たの》しみだ。

足《あし》に、やわらかいものがあたった。だれかの足《あし》を蹴《け》っちゃったらしい。相手《あいて》は寝返《ねがえ》りをうってブツブツいっただけで起《お》きない。

すると突然《とつぜん》、暗闇《くらやみ》のなかからけたたましい声《こえ》がひびいた。

「ハチノギンカ！　ハチノギンカ！　ハチノギンカ！　ハチノギンカ！　ハチノギンカ！」

小《ちい》さな水車《すいしゃ》がカタカタいっているみたいに、同《おな》じ調子《ちょうし》でえんえんと叫《さけ》んでいる。

フリント船長《せんちょう》だ！　シルバーの緑色《みどりいろ》のオウム！

さっきのヘンな音《おと》は、こいつが木《き》の皮《かわ》をつつく音《おと》

だったんだ。どんな人間《にんげん》よりすぐれた見張《みは》り番《ばん》ってわけだ。うんざりするほど同《おな》じことばをくりかえして、ぼくの侵入《しんにゅう》を知《し》らせている。

ショックから立《た》ち直《なお》るひまもなかった。オウムのかん高《だか》い鳴《な》き声《ごえ》に、海賊《かいぞく》たちが目《め》を覚《さ》まして飛《と》び起《お》きた。シルバーの大声《おおごえ》がひびく。

「だれだ？」

逃《に》げようとして、まわれ右《みぎ》をした。だれかにドスンとぶつかってあとずさりして、そのままダッシュしようとすると、またべつの男《おとこ》の腕《うで》のなかに飛《と》びこんでしまい、がっちりとらえられてしまった。

「ディック、火《ひ》をもってこい」シルバーがいう。見事《みごと》につかまった。

外《そと》に出《で》ていったディックが、たいまつをもって小屋《こや》にもどってきた。

第《だい》6部《ぶ》 シルバー船長《せんちょう》

敵《てき》の陣《じん》地《ち》

たいまつの赤《あか》い炎《ほのお》が小屋《こや》のなかを照《て》らしだす。心配《しんぱい》していたなかで、いちばんおそれていた状況《じょうきょう》だ。小屋《こや》も食料《しょくりょう》もぜんぶ、海賊《かいぞく》にぶんどられていた。ブランデーの大樽《おおだる》もベーコンも乾《かん》パンも、そっくりそのままここにある。そして、ぼくの恐怖《きょうふ》を十倍《じゅうばい》にしたのは、捕虜《ほりょ》がいるようすがまったくないことだ。みんな殺《ころ》されてしまったのか？　ああ、最悪《さいあく》だ。いっそみんなといっしょに殺《ころ》されたかった。

海賊《かいぞく》は六人《ろくにん》いた。生《い》き残《のこ》ったのがこれだけということだ。立《た》っている五人《ごにん》は赤《あか》くむくんだ顔《かお》をして、酔《よ》って寝《ね》ていたところをいきなり起《お》こされたらしい。六人目《ろくにんめ》はほおづえをついて、からだだけ起《お》こしている。おそろしく顔色《かおいろ》が悪《わる》いし血《ち》のにじんだ包帯《ほうたい》を頭《あたま》に巻《ま》いているから、最近《さいきん》ケガをして手当《てあ》てしたばかりだろう。ああ、そうか、この前《まえ》の銃撃戦《じゅうげきせん》で撃《う》たれて森《もり》へ走《はし》っていった男《おとこ》だ。

オウムはシルバーの肩《かた》にとまって、羽《は》づくろいをしている。シルバーは、ぼくが覚《おぼ》えているより、少《すこ》し青白《あおじろ》くて厳《きび》しい顔《かお》つきをしている。このあいだ船長《せんちょう》と取《と》り引《ひ》きに来《き》たときと同《おな》じ、上等《じょうとう》な生地《きじ》の服《ふく》を着《き》ているけれど、泥《どろ》だらけで、イバラにひっかかって破《やぶ》け、ボロボロになっていた。

「ほう。ジムじゃないか。おどろいたな！　ごめんくださいってわけか？　よし、仲《なか》よくやろうじゃねえか！」

シルバーはブランデーの樽《たる》の上《うえ》に腰《こし》をおろすと、パイプにタバコを詰《つ》めはじめた。

「ディック、たいまつを貸《か》してくれ」シルバーはパイプに火《ひ》をつけた。

「さてと、これでいい。火《ひ》は薪《たきぎ》に突《つ》っこんでおけ。ほら、おまえたちもこっちへ来《こ》い！　ジムのおでましだからって、気《き》をつかうことはねえ。ジムは許《ゆる》してくれるはずだ。それで、ジム」タバコをふかす手《て》を止《と》めていった。「わざわざ来《き》てくれるとは、シルバーじいさんにとっちゃ、最高《さいこう》にうれしいぜ。最初《さいしょ》に見《み》たときから、かしこい子《こ》なのはわかっていた。それにしても、今日《きょう》はどんな用《よう》があって来《き》たんだ？」

もちろん、答《こた》えるわけがない。

ぼくは壁《かべ》を背《せ》にして立《た》ったまま、シルバーの顔《かお》をじっと見《み》すえた。威勢《いせい》よく見《み》えるようにがんばったけど、内心《ないしん》、絶望《ぜつぼう》しきっていた。

シルバーは落《お》ち着《つ》きはらって、パイプをプカプカふかすと、話《はなし》をつづけた。

「まあ、せっかく来《き》たんだ。ぶっちゃけたところをいってやる。おれはおまえを気《き》に入《い》ってる。根《こん》性《じょう》があるし、おれが若《わか》くてもっとハンサムだったころにそっくりだ。おまえにはこっちの仲間《なかま》になって、分《わ》け前《まえ》をもって帰《かえ》ってもらって、りっぱな金持《かねも》ちになって、人生《じんせい》を全《まっと》うしてほしいと思《おも》ってたんだよ。まあ、こうなったからには、そうするしかなくなったな。スモレット船長《せんちょう》がりっぱな船《ふな》乗《の》りなのは認《みと》めるが、規則規則《きそくきそく》ってやかましくてたまらん。口《くち》をひらけば、『任務《にんむ》は任務《にんむ》』って、そりゃ、おっしゃるとおりだがな、あんなヤツからははなれたほうがいい。それからあの医者《いしゃ》は、ひどくおまえに腹《はら》を立《た》ててるぞ。『恩知《おんし》らずのガキ』っていってたな。要《よう》は、もう元《もと》の仲間《なかま》のところへはもどれないってことだ。おまえなんか、いらないんだよ。ひとりで動《うご》きたいっていうならかまわんが、さびしいもんだぞ。そうなると、シルバー船長《せんちょう》のところに来《く》るしかないだろうなあ」

ああ、よかった。みんな無事《ぶじ》なんだ。シルバーのいってることは、たしかにそうだ。みんな、ぼくが勝手《かって》に出《で》ていったことをすごく怒《おこ》ってるだろう。でもやっぱり、悲《かな》しいよりも、ほっとした気《き》持《も》ちのほうが大《おお》きい。

「わざわざいわんでもわかるだろうが、おまえは捕《と》らわれの身《み》だ」シルバーがつづけた。「そいつはたしかだ。だが、おれは話《はな》しあいが好《す》きでね。おどしたっていいことなんかありゃしないからな。

その気《き》があるなら、仲間《なかま》に入《はい》れ。いやなら、ノーでもいいんだぞ。自由《じゆう》に選《えら》べばいい。こんなに話《はなし》のわかる船乗《ふなの》りは、どの海《うみ》をさがしてもいないぞ！」

「答《こた》えなきゃいけないんだよね？」声《こえ》がふるえる。

シルバーがバカにするみたいにしゃべっているあいだも、いつでも殺《ころ》すぞといわれているようで、顔《かお》がほてって、心臓《しんぞう》は痛《いた》いくらいドキドキしていた。

「ジム、だれも無理強《むりじ》いしようってんじゃねえ。好《す》きなようにしろ。急《いそ》ぐことはねえ。おまえがいると楽《たの》しいしな」

「うん、わかった」

ちょっと思《おも》い切《き》ってやってやろうという気《き》になった。

「選《えら》んでいいなら、何《なに》がどうなったのかを教《おし》えてよ。なんでそっちがここにいるのか、ぼくの仲間《なかま》はどこに行《い》ったのか、知《し》る権利《けんり》があると思《おも》う」

「何《なに》がどうなったのかだと？」海賊《かいぞく》のひとりが、低《ひく》くうなるようにいった。「まったく、こいつは自分《じぶん》の立場《たちば》がわかってねえな！」

「いいっていうまで口《くち》をひらくんじゃねえ！」

シルバーはどなりつけると、またやさしい口調《くちょう》にもどってぼくにいった。

「きのうの朝《あさ》だけどな、あの医者《いしゃ》が休戦旗《きゅうせんき》をもって来《き》たんだ。で、『シルバー、仲間《なかま》に裏切《うらぎ》られたな。船《ふね》はなくなったぞ』っていう。こっちは、ちょこっと酒《さけ》を飲《の》んで、浮《う》かれて歌《うた》もうたってた。そりゃたしかだ。ともかく、まわりなんか気《き》にしちゃいなかった。すぐに海《うみ》を見《み》て、たまげたよ！　船《ふね》がほんとうに消《き》えちまってるじゃねえか。どいつもこいつも、口《くち》をあけてぽかーんだ。いちばんおっきな口《くち》をあけていたのはおれだがね。医者《いしゃ》がいうには、『こうなったら取《と》り引《ひ》きしようじゃないか』ってわけだ。で、話《はな》しあった。おれたちがここにいるのは、そういうわけだ。食料《しょくりょう》もブランデーも小屋《こや》も、おまえたちが割《わ》っといてくれた薪《たきぎ》も、いってみれば、船《ふね》を丸《まる》ごともらったみたいなもんだ。あいつらは、さっさと出《で》ていったぞ。どこに行《い》ったのかは知《し》らねえ」

シルバーは静《しず》かにパイプをふかした。

「誤解《ごかい》するといけないからいっとくが、おまえはこの取《と》り引《ひ》きには含《ふく》まれてないぞ。最後《さいご》にきいてみたんだ。『ここを出《で》ていくのは何人《なんにん》だ？』ってね。そしたら医者《いしゃ》は、いってたよ。『四人《よにん》だ。そのうちひとりはケガをしている。あの子《こ》はどこへ行《い》ったのかわからない。あの子《こ》には失望《しつぼう》した。どうでもいい。もううんざりだよ』とな」

「それで話《はなし》はおしまい？」ぼくはたずねた。

「ああ、これでぜんぶだ」シルバーがいった。

「じゃあ、ぼくが選《えら》ぶ番《ばん》？」

「ああ、そうだ。選《えら》ばなくちゃいかん」

「わかった。ぼくだってそこまでバカじゃないし、自分《じぶん》の運命《うんめい》はよくわかってる。ひどい目《め》にあわせたいなら、それでもいい。かまわないよ。あんたに会《あ》ってから、人《ひと》が死《し》ぬのをたくさん見《み》てきた。だけどこっちにも、ひとつやふたつ、いいたいことがある」

だんだん興奮《こうふん》してきた。

「まず、そっちもいま、困《こま》ってるはずだ。船《ふね》が消《き》えた。宝《たから》もないし、手下《てした》も減《へ》った。計画《けいかく》はぜんぶ水《みず》の泡《あわ》だ。だれのせいだと思《おも》う？　ぼくだよ！　船《ふね》から島《しま》が見《み》えた夜《よる》、ぼくはりんごの樽《たる》のなかにいたんだ。で、あんたとディック、あといまじゃ死体《したい》になって海《うみ》の底《そこ》に沈《しず》んでるハンズが話《はな》してるのをきいたんだよ。一時間《いちじかん》もしないうちに、内容《ないよう》をぜんぶ報告《ほうこく》してやった。ヒスパニオラ号《ごう》のほうもね、錨《いかり》のつなを切《き》ったのはぼくだよ。船《ふね》に乗《の》ってたやつらを殺《ころ》したのもぼく。船《ふね》は、あんたたちには見《み》つけられない場所《ばしょ》にかくしてある。笑《わら》ってるのは、こっちのほうだよ。先手《せんて》を打《う》ったのはこっちなんだ。ぼくにとっちゃ、あんたなんかハエみたいなものだ。殺《ころ》すも生《い》かすも、好《す》きにすればいい。でもひとつだけいっておくよ。殺《ころ》さないでくれたら、いままでのことはぜんぶ忘《わす》れる。あんたたちが海賊裁判《かいぞくさいばん》にかけられるときは、ぼくが全力《ぜんりょく》で命《いのち》だけは助《たす》ける。選《えら》ぶのはそっちだよ。もうひとり殺《ころ》して罪《つみ》を重《かさ》ねるのか、それとも証人《しょうにん》を生《い》かしておいて、つるし首《くび》から救《すく》ってもらうのか」

ぼくはしゃべるのをやめた。息切《いきぎ》れしたからだ。おどろいた。だれひとり身動《みうご》きもしないし、羊《ひつじ》の群《む》れみたいにおとなしくぼくを見《み》つめている。ぼくはまた話《はな》しはじめた。

「シルバー、あんたはここにいるだれよりも信用《しんよう》できる。だから、最悪《さいあく》なことになったら、リブジー先生《せんせい》にぼくがどんなふうに死《し》んだかを伝《つた》えてもらえる?」

「覚《おぼ》えておこう」シルバーがヘンな声《こえ》で答《こた》えた。

ぼくのたのみをあざ笑《わら》っているのか、勇気《ゆうき》に感動《かんどう》したのか、よくわからない。

「おれからもいっときたいことがある」赤黒《あかぐろ》い顔《かお》のじいさんが叫《さけ》んだ。たしかモーガンといって、ブリストルの波止場《はとば》のシルバーの酒場《さかば》で見《み》かけた。

「こいつは黒犬《くろいぬ》を知《し》ってたぞ」

「ああ、そうだな」シルバーがいった。「しかも、まだあるぞ! ビリー・ボーンズから宝島《たからじま》の地《ち》図《ず》を盗《ぬす》んだのも、このガキだ。最初《さいしょ》から最後《さいご》まで、ジムにやられっぱなしなんだよ!」

「これでもくらえ!」

モーガンが叫《さけ》んでバッと立《た》ちあがると、若者《わかもの》みたいに勢《いきお》いよくナイフを抜《ぬ》いた。

「やめろ!」シルバーが叫《さけ》んだ。「おまえ、何様《なにさま》のつもりだ、モーガン? 自分《じぶん》を船長《せんちょう》とでも思《おも》ってるのか。教《おし》えてやるがな、おれに逆《さか》らってみろ。あっというまに、死《し》んでった山《やま》ほどのやつらと同《おな》じ、あの世行《よい》きだからな。この三十年間《さんじゅうねんかん》で、帆柱《ほばしら》につるされたヤツも、船《ふね》から落《お》とされたヤツも、みんな魚《さかな》のえさになっちまった。おれに歯向《はむ》かって、幸《しあわ》せになったヤツはいねえ。モーガン、わかってんのか」

モーガンは止《と》まった。すると、すわっていた海賊《かいぞく》たちがぶつぶついいはじめた。

「モーガンが正《ただ》しいんじゃねえか」だれかがいう。

「おれはさんざん、ひどい目《め》にあわされてきたんだ。シルバー、あんたのやりたい放題《ほうだい》をがまんする気《き》はないぜ」ほかの海賊《かいぞく》がいう。

「おれと勝負《しょうぶ》する気《き》か？」シルバーが吠《ほ》えるようにいう。

小《ちい》さい樽《たる》に腰《こし》かけたまま、ぐっと前《まえ》にのりだす。右手《みぎて》にはまだパイプをもったままだ。

「いいたいことがあるなら、いってみろ。口《くち》はついてるんだろう？　やりたいようにやらせてやるぞ。この年《とし》まで生《い》きてきて、おまえらみたいなマヌケ野郎《やろう》どもに生意気《なまいき》な口《くち》をたたかれる筋合《すじあ》いはねえ。勝負《しょうぶ》のし方《かた》くらい、わかってるだろう。一応海《いちおううみ》の冒険家《ぼうけんか》なんだろうからな。さあ、いつでもかかってこい。根性《こんじょう》のあるヤツは、短剣《たんけん》を抜《ぬ》け。パイプがからになる前《まえ》に、この杖一本《つえいっぽん》でたたきのめしてやる」

だれも身動《みうご》きしないし、口《くち》もひらかない。

「その程度《ていど》ってことか」シルバーがパイプを口《くち》にもどした。「どいつもこいつも腰抜《こしぬ》けってわけだ。相手《あいて》にする価値《かち》もない。ことばは通《つう》じてるんだろうな？　おれは選《えら》ばれて船長《せんちょう》になったんだ。このなかで、飛《と》びぬけてすぐれてるからだ。海賊《かいぞく》らしく、戦《たたか》ってやろうってヤツはいねえんだな。だったら、おれのいうことに従《したが》っとけばいいんだよ！　わかったか？　おれはこの子《こ》を気《き》に入《い》ってるんだ。ジムのほうがよっぽど、この小屋《こや》のネズミみたいなおまえらより男《おとこ》らしいってもんだ。いいか、ジムに手《て》をかけてみろ。どうなるかわかってるな」

しばらくその場《ば》はしーんとしていた。ぼくは壁《かべ》を背《せ》にしたまま、まっすぐ立《た》っていた。心臓《しんぞう》がまだ金《かな》づちを打《う》ち鳴《な》らすみたいに鳴《な》っている。でもちょっとだけ、希望《きぼう》の光《ひかり》が見《み》えてきた。シルバーは壁《かべ》にもたれて腕《うで》を組《く》み、口《くち》のすみっこにパイプをくわえている。教会《きょうかい》にでもいるみたいにおだやかな顔《かお》だけれど、目《め》だけはキョロキョロさせて、手《て》に負《お》えない手下《てした》の動《うご》きをうかがっていた。海賊《かいぞく》たちのほうはだんだんとすみっこに集《あつ》まりだした。低《ひく》いひそひそ声《ごえ》で話《はなし》をしているのが、小川《おがわ》の流《なが》れる音《おと》みたいにきこえてくる。それからつぎつぎに顔《かお》をあげると、たいまつの赤《あか》い炎《ほのお》が一瞬《いっしゅん》、その不安《ふあん》そうな顔《かお》を照《て》らした。海賊《かいぞく》たちの視線《しせん》の先《さき》は、ぼくじゃない。シルバーだ。

「いいたいことが山《やま》ほどあるって顔《かお》じゃねえか」シルバーはつばを吐《は》いた。「でっかい声《こえ》でいってみろ。きかせてくれよ。でなきゃ、ずっとだまっとけ」

「だったら、いわせてもらう」ひとりがいった。「あんたはいくつかルールを破《やぶ》ってる。せめて残《のこ》りのルールは守《まも》ってもらおうか。おれらは、そこが不満《ふまん》なんだよ。でかい口《くち》たたかれるのにもうんざりだ。こっちにだって、権利《けんり》ってもんがある。はっきりいうぜ。あんたのルールによると、おれたちは話《はな》しあいをしてもいいはずだ。いまのところはあんたが船長《せんちょう》だから、ひとこと断《ことわ》っておくが、権利《けんり》は主張《しゅちょう》させてもらう。外《そと》で話《はな》しあいをしてくる」

そういうと、もったいぶって敬礼《けいれい》して、その黄色《きいろ》い目《め》のひょろっとした、たぶん三十過《さんじゅうす》ぎのぶさいくな男《おとこ》は静《しず》かにドアのほうに向《む》かい、外《そと》へ消《き》えた。つぎつぎに、残《のこ》りの海賊《かいぞく》たちも出《で》ていく。ひとりひとり、シルバーの前《まえ》で敬礼《けいれい》し、なんだかんだいいわけをする。「ルールなんで」とか、モーガンの場合《ばあい》は「船員会議《せんいんかいぎ》ってやつでな」とか。ひとことふたことといって、全員《ぜんいん》が外《そと》へ出《で》ていき、シルバーとぼくとたいまつの火《ひ》だけが残《のこ》された。

シルバーはすぐにパイプを口《くち》からはずした。

「いいか、ジム」シルバーがささやき声《ごえ》だけど、しっかりときこえるようにいった。「おまえはもういつ殺《ころ》されてもおかしくない。悪《わる》くすると、拷問《ごうもん》される。あいつらはおれを仲間《なかま》からはずすつもりだ。だがな、おれはどんなことがあってもおまえの味方《みかた》だ。そんなつもりじゃなかったんだ。おまえの話《はなし》をきくまではな。宝《たから》が手《て》に入《はい》らないまま、つるし首《くび》になったりしたらたまんねえって、ヤケになりかけてた。だが、おまえはしっかりしてるなあ。で、おれは考《かんが》えた。『シルバーよ、ジムの味方《みかた》になれ。そうすりゃ、ジムも味方《みかた》になってくれる。ジムの切《き》り札《ふだ》になってやれ。そしたらこんどは、ジムがおまえの切《き》り札《ふだ》になってくれる！　もちつもたれつだ。証人《しょうにん》を守《まも》ってやれば、つるし首《くび》から救《すく》ってくれるんだからな！』ってな」

そうか、そういうことか。だんだんわかってきた。

「ぜんぶダメになっちゃったってこと？」

「ああ、そのとおりだ！　船《ふね》もないし、おれの首《くび》もなくなりそうだ。そうだろうが。入《い》り江《え》を見《み》たら、船《ふね》がなくなってたんだぞ。さすがのおれも、お手《て》あげだ。あいつらは話《はな》しあいとかなんとかいってるが、根《ね》っからのバカで腰抜《こしぬ》けだ。おれはおまえを助《たす》けてやる。できるだけ、あいつらから守《まも》る。だからな、そのお返《かえ》しに、おまえはおれをつるし首《くび》から救《すく》ってくれよな」

どうすればいいんだろう。シルバーの願《ねが》いは、とうていかなう見込《みこ》みがない。シルバーは根《ね》っからの海賊《かいぞく》だし、今回《こんかい》だって首謀者《しゅぼうしゃ》だ。

「できるだけのことはするよ」ぼくは答《こた》えた。

「よし、決《き》まった！　おまえは勇気《ゆうき》があるな、まったく！　おれにも運《うん》が向《む》いてきたぞ」

シルバーは足《あし》をひきずって歩《ある》き、薪《たきぎ》のあいだに立《た》てかけてあったたいまつを手《て》にとると、パイプに火《ひ》をつけた。

「いいか、ジム」シルバーがこちらにもどってくる。「おれは頭《あたま》が切《き》れる。これでもう、地主《じぬし》さんの味方《みかた》だ。おまえはどこか安全《あんぜん》な場所《ばしょ》に船《ふね》をとめたんだろう？　どうやったのかは知《し》らねえが、船《ふね》が安全《あんぜん》なのはわかってる。ハンズとオブライエンがうすのろだったってわけだ。そもそもふたりとも信用《しんよう》してなかったからな。いいか、おれは質問《しつもん》はしないし、させもしない。ゲームのおわりが来《き》たら自分《じぶん》でわかる。どの若者《わかもの》が信頼《しんらい》できるかもわかる。ああ、おまえはまだ若《わか》いなあ。おれもおまえと最初《さいしょ》から組《く》んでたら、すごいことができていたかもしれない」

シルバーは大樽《おおだる》からブランデーをブリキのコップに注《つ》いだ。

「一杯《いっぱい》やるか？」

シルバーがたずねたので、断《ことわ》った。

「じゃあ、おれがいただく。飲《の》まなきゃやってられねえ。やっかいごとが待《ま》ってるんだからな。そうそう、やっかいごとといえば、ジム、どうしてあの医者《いしゃ》は地図《ちず》をくれたんだろうな？」

ええっ？　あんまりびっくりして、ぜんぶ顔《かお》に出《で》ていたから、シルバーもそれ以上《いじょう》きいてもむだだと思《おも》ったらしい。

「そうか。ああ、まあ、そういうことなんだよ。何《なに》かたくらんでいるはずだ。まちがいない。ぜったいに何《なに》かある。いいことか、悪《わる》いことかはわからんが」

シルバーはそういって、ブランデーをひと口《くち》飲《の》むと、金色《きんいろ》の髪《かみ》を振《ふ》った。最悪《さいあく》な事態《じたい》を楽《たの》しみにしているみたいに。

黒《くろ》丸《まる》ふたたび

海賊《かいぞく》たちの会議《かいぎ》はしばらくのあいだつづいた。途中《とちゅう》でひとりがもどってきて、さっきと同《おな》じ、皮《ひ》肉《にく》っぽい敬礼《けいれい》をした。たいまつを貸《か》してほしいらしい。シルバーはあっさり貸《か》してやった。そして男《おとこ》がまた出《で》ていくと、ぼくたちは暗闇《くらやみ》のなかにとり残《のこ》された。

「ジム、風《かぜ》が吹《ふ》きはじめるな」シルバーがいう。

このころには、シルバーはやさしい打《う》ちとけた話《はな》し方《かた》になっていた。

ぼくはいちばん近《ちか》くの小窓《こまど》のところへ行《い》って、そっと外《そと》をのぞいてみた。大《おお》きなたき火《び》の燃《も》えさしがすっかり小《ちい》さくなり、にぶい光《ひかり》がぼんやりあたりを照《て》らしているだけだ。たしかに、たいまつが必要《ひつよう》だ。海賊《かいぞく》たちは、バリケードの手前《てまえ》の斜面《しゃめん》を半分《はんぶん》くだったあたりに集《あつ》まっていた。ひとりがたいまつをもち、べつのひとりはまんなかでひざをついて、ひらいたナイフをもっている。刃《は》が、月《つき》の光《ひかり》と、たいまつの明《あ》かりに反射《はんしゃ》してさまざまな色《いろ》にきらめく。残《のこ》りの海賊《かいぞく》たちはかがんで、その男《おとこ》の行動《こうどう》を見守《みまも》っているようだ。その男《おとこ》はナイフだけではなく、本《ほん》ももっている。やけに似合《にあ》わないな。すると、男《おとこ》が立《た》ちあがった。全員《ぜんいん》がこちらに向《む》かって歩《ある》いてくる。

「もどってくるよ」

ぼくはいって、元《もと》いた場所《ばしょ》へもどった。のぞき見《み》していたなんて思《おも》われるのは恥《は》ずかしい。

「そうか、来《く》るなら来《き》やがれ」シルバーが明《あか》るくいった。「こっちにもまだ、とっておきの手《て》が残《のこ》ってるさ」

ドアがひらき、五人《ごにん》の海賊《かいぞく》がかたまって入《はい》ってくると、そのなかのひとりを前《まえ》に押《お》しだした。ふつうのときなら、笑《わら》っていただろう。なにしろ、ぎゅっとにぎった右手《みぎて》を前《まえ》に突《つ》きだすようにして、一歩《いっぽ》ずつおずおずと足《あし》を踏《ふ》み出《だ》している。

「さっさと来《こ》いよ」シルバーが叫《さけ》んだ。「とって食《く》いやしねえよ。さあ、そいつをよこせ。ルールはわかってる。代表者《だいひょうしゃ》にケガなんかさせねえ」

それをきいてホッとしたのか、男《おとこ》の足《あし》の動《うご》きも少《すこ》しスムーズになった。シルバーの手《て》に何《なに》かをわたすと、そそくさと仲間《なかま》のところにもどった。

シルバーは、手《て》のなかのものに目《め》をやった。

「黒丸《くろまる》か！　やっぱりな。紙《かみ》はどこで手《て》に入《い》れた？　ん？　おいっ！　なんだ、これは！　縁起《えんぎ》が悪《わる》いぜ！　聖書《せいしょ》を破《やぶ》ったのか。とんだ大《おお》バカ野郎《やろう》だな」

「ほらな！」モーガンがいった。「やっぱりだ。いっただろ？　そいつはやっちゃいけねえっていったんだ」

「おまえらが決《き》めたことだろうが、全員《ぜんいん》でな」シルバーがいった。「全員《ぜんいん》、つるし首《くび》になるな。いったい聖書《せいしょ》なんかもってきたいくじなしはどこのどいつだ？」

「ディックだ」だれかがいう。

「そうか。じゃ、ディック、お祈《いの》りでもしといたほうがいいぞ。これで運《うん》も尽《つ》きちまっただろうからな」

するとひょろっと背《せ》の高《たか》い黄色《きいろ》い目《め》の男《おとこ》が割《わ》って入《はい》ってきた。

「もういい、シルバー。全員《ぜんいん》で話《はな》しあって、黒丸《くろまる》をわたすって決《き》めたんだ。こいつは任務《にんむ》としてやっただけだ。あんたも任務《にんむ》として、紙《かみ》の裏《うら》を見《み》て、何《なに》が書《か》いてあるか読《よ》んでみろよ。話《はな》すのはそのあとだ」

「ありがとよ、ジョージ。おまえはいつも仕事《しごと》がはやいな。それにルールをきっちり覚《おぼ》えてやがる。うれしいぜ。さてと、で、何《なに》が書《か》いてあるんだ？　ああ！『解任《かいにん》』か。合《あ》ってるか？　きれいな字《じ》だな。印刷《いんさつ》したみてえだ。ジョージ、おまえが書《か》いたのか？　すっかりリーダーじゃねえか。つぎは船長《せんちょう》だな。ちょっとたいまつを貸《か》してくれ。パイプの火《ひ》が消《き》えちまった」

「おい」ジョージがいった。「いいかげんおれたちをバカにするのはやめろ。ふざけてるつもりかもしれねえが、あんたはもうおわりなんだよ。その樽《たる》からおりて、投票《とうひょう》したらどうだ」

「おまえはちゃんとルールを知《し》ってると思《おも》っていたがな」シルバーが見下《みくだ》すようにいう。「ま、そっちがわかってなくても、おれがわかってる。ここを動《うご》かねえぞ。まだれっきとした船長《せんちょう》だからな。てめえらが文句《もんく》を並《なら》べて、こっちが答《こた》える。そのあいだは黒丸《くろまる》なんぞ、乾《かん》パンひとつほどの価値《かち》もねえ。決《き》めるのは、そのあとだ」

「そうかい。心配《しんぱい》はいらない。公平《こうへい》にやるぜ。まず第一《だいいち》に、あんたはこの航海《こうかい》をめちゃくちゃにした。どんなにずうずうしくたって、ちがうとはいわせないぞ。第二《だいに》に、ここにいたやつらを捕虜《ほりょ》にしないで逃《に》がした。なんであいつらがここをゆずったのかは、わからん。とにかく出《で》ていきたがってたのはたしかだ。第三《だいさん》に、やつらが出《で》ていくとき、あんたはおれらに攻撃《こうげき》させなかった。あのなあシルバー、てめえの考《かんが》えくらい透《す》けて見《み》えてるんだよ。こんどは敵《てき》と手《て》を組《く》もうってこんたんだ。そりゃ、まずいだろ。それから、第四《だいよん》に、このガキだ」

「以上《いじょう》か？」シルバーが静《しず》かにたずねる。

「ああ、もうじゅうぶんだ」ジョージがぴしゃりと答《こた》える。「あんたのヘマのおかげで、おれたち全員《ぜんいん》つるし首《くび》になって、カラカラの日干《ひぼ》しになっちまう」

「そうか、よし、じゃあいまの四《よっ》つ、ひとつひとつ答《こた》えてやろう。おれがこの航海《こうかい》をめちゃくちゃにしたって？　おまえらだって、おれの計画《けいかく》はわかってただろう？　うまくいってりゃ、今夜《こんや》あたりにヒスパニオラ号《ごう》に乗《の》って、全員《ぜんいん》ピンピン、元気《げんき》もりもり、干《ほ》しブドウ入《い》りプディングをたらふく食《く》って、お宝《たから》をどっさり積《つ》んで航海《こうかい》してるところだったんだ。それをじゃましたのはだれだって話《はなし》だ。正式《せいしき》な船長《せんちょう》のおれに、逆《さか》らったのはだれだった？　上陸《じょうりく》したその日《ひ》に黒丸《くろまる》をわたしてきて、このばかなお祭《まつ》り騒《さわ》ぎをはじめたのはだれだっていうんだ。まったく、楽《たの》しいったらありゃしねえ。おれとおまえらで、ロンドンの絞首刑場《こうしゅけいじょう》で首《くび》をくくられて踊《おど》ってるみたいだよなあ。つまり、だれのせいかってことだ。アンダーソン、ハンズ、それにおまえ、ジョージのせいだろうが！　あのおせっかいなやつらの最後《さいご》の生《い》き残《のこ》りじゃねえか。それがこんどは船長《せんちょう》に名乗《なの》りをあげるとは、海《うみ》の悪魔《あくま》をもおそれぬずうずうしさだな。おれたちをこんなふうに沈没《ちんぼつ》させたのは、てめえだろ！　こんなばかな話《はなし》があるか」

シルバーはことばを切《き》った。ジョージとほかの海賊《かいぞく》たちの顔《かお》からして、いまの話《はなし》に心《こころ》を動《うご》かされているようだ。

「これが、第一《だいいち》の答《こた》えだ」

シルバーは、額《ひたい》の汗《あせ》をぬぐった。小屋《こや》を揺《ゆ》り動《うご》かすほどの熱弁《ねつべん》だ。

「やれやれ、いわせてもらうがな、おまえらと話《はな》してると、ムカムカするんだよ。話《はなし》が通《つう》じねえし、すぐ忘《わす》れちまうし、いったいなんだっておまえらの母親《ははおや》は、息子《むすこ》を船乗《ふなの》りにさせたんだろうなあ。海《うみ》の冒険家《ぼうけんか》だぞ！　海賊《かいぞく》だぞ！　おとなしく仕立《した》て屋《や》にでもなってればよかったんだ」

「つづけろよ、シルバー。まだあるんだろう」モーガンがいった。

「おお、あるさ！　どっさりある。この航海《こうかい》をめちゃくちゃにしたっていったな？　はっ！　どれだけめちゃくちゃか、わかってねえようだな！　もう絞首台《こうしゅだい》の目《め》の前《まえ》にいるんだよ。考《かんが》えただけで首《くび》がすーすーしてくるぜ。見《み》たことがあるだろう？　鎖《くさり》でつるされて、カラスがまわりを飛《と》んでる。船《ふね》に乗《の》ってきたやつらが波《なみ》に揺《ゆ》られながら指《ゆび》を指《さ》す。『あいつはだれだ？』『ああ！　シルバーか。昔《むかし》のなじみだ』とかいいながら。で、鎖《くさり》がジャラジャラいう音《おと》をききながら、船《ふね》はまた海《うみ》に出《で》ていく。まあ、こんなもんだ。ジョージとハンズとアンダーソンと、ほかのおそろしくまぬけな連中《れんちゅう》のおかげでな。あと、第四《だいよん》の答《こた》えを教《おし》えてやろう。ジムは人質《ひとじち》じゃねえのか？　人質《ひとじち》をむだに殺《ころ》してどうする？　まずいに決《き》まってるだろう。ジムはおれたちの最後《さいご》の切《き》り札《ふだ》だ。殺《ころ》すなんて、とんでもねえ！　それから三《みっ》つ目《め》だ。これについちゃ、いいたいことが山《やま》ほどある。大学出《だいがくで》の医者《いしゃ》が毎日《まいにち》おまえらの治療《ちりょう》に来《き》てくれてるのを、なんだと思《おも》ってるんだ？　ジョン、おまえは頭《あたま》の骨《ほね》が割《わ》れてるよな。それに、ジョージ、おまえはマラリア熱《ねつ》でつい六時間前《ろくじかんまえ》までフラフラで、いまでも目《め》はレモンみたいに真《ま》っ黄色《きいろ》じゃねえか。それに、知《し》らんのか？　あいつらの仲間《なかま》の船《ふね》が島《しま》にむかえにくるんだぞ。マジな話《はなし》だ。そろそろじゃないか。人質《ひとじち》がいたほうがどれだけいいか、そのときわかるだろうさ。それから、ふたつ目《め》の答《こた》え。どうしてやつらと取《と》り引《ひ》きしたか。おまえらがはいつくばってたのみにきたんだろうが。どいつもこいつも、すっかりへこんで、そうしてくれっていってたくせに。あのとき取《と》り引《ひ》きしてなかったら、飢《う》え死《じ》にしてただろうな。まあ、いい。そっちはたいしたことじゃない。見《み》てみろ、ほんとうの理由《りゆう》はこいつだよ！」

そういうと、シルバーは紙《かみ》を床《ゆか》に投《な》げつけた。ああ、これだ、まちがいない。赤《あか》いバツ印《じるし》が三《みっ》つ書《か》きこまれた黄色《きいろ》い紙《かみ》の地図《ちず》、防水布《ぼうすいふ》に包《つつ》まれてビリー・ボーンズの荷箱《にばこ》の底《そこ》にあったやつだ。なんで、リプジー先生《せんせい》は地図《ちず》をシルバーにあげちゃったんだろう。さっぱりわからない。

ぼくもぼう然《ぜん》としていたけれど、海賊《かいぞく》たちも信《しん》じられないという顔《かお》をしている。ネズミに飛《と》びかかるネコみたいに地図《ちず》に飛《と》びついた。ひったくるように手《て》から手《て》にわたされていく。おどろきの声《こえ》をあげ、大声《おおごえ》でわめき、子《こ》どもみたいに笑《わら》いながら、地図《ちず》をすみずみまでながめている。まるで、すっかり宝《たから》を手《て》にして、無事《ぶじ》に帰《かえ》りの船《ふね》に乗《の》っているみたいな喜《よろこ》びようだ。

「ほんものだ」ひとりがいった。「こいつはフリント船長《せんちょう》の地図《ちず》だ。Ｊ《ジェイ》・Ｆ《エフ》っていうサインの下《した》に、巻《ま》き結《むす》びのマークがある。フリント船長《せんちょう》はいつもこう書《か》くんだ」

「すげえ」ジョージがいった。「だが、宝《たから》をもってどうやって逃《に》げる？　船《ふね》がないんだぞ」

シルバーが突然立《とつぜんた》ちあがり、片手《かたて》を壁《かべ》にあててからだを支《ささ》えながら声《こえ》をはりあげた。

「ジョージ、警告《けいこく》しておく。こんどまた生意気《なまいき》な口《くち》をたたいたら、こてんぱんにしてやるからな。どうやって逃《に》げる、だと？　知《し》るか。こっちがききてえよ。てめえらがじゃまをしたから、おれの船《ふね》がなくなっちまったんだろうが。バカやろう！　だが、てめえらじゃムリだろうな。なんてったって想像力《そうぞうりょく》がゴキブリ以下《いか》だ。だがジョージ、口《くち》のきき方《かた》くらいは、気《き》をつけられるだろう。わかったな」

「まあ、正論《せいろん》だな」モーガンがいった。

「ああ、そうだ、正論《せいろん》だ！　おまえらは船《ふね》を行方不明《ゆくえふめい》にさせた。おれは地図《ちず》を手《て》に入《い》れた。船長《せんちょう》にふさわしいのはどっちだ？　おれはおりたっていいんだぜ！　おまえらが好《す》きな船長《せんちょう》を選《えら》べばいい。もううんざりだ」

「シルバー！」海賊《かいぞく》たちが叫《さけ》んだ。「シルバーが船長《せんちょう》だ！　シルバーだ！」

「それでいいんだな？　ジョージ、おまえは順番《じゅんばん》を待《ま》たなきゃいけないようだな。おれは執念深《しゅうねんぶか》くない。昔《むかし》からだ。おまえは運《うん》がいいな。で、おまえら、黒丸《くろまる》はどうする？　もういらねえだろう？　ディックが聖書《せいしょ》を破《やぶ》って運《うん》をなくした。それだけだったな」

「誓《ちか》いをたてておいのりするときに、まだ聖書《せいしょ》を使《つか》ってもいいのかな？」

ディックがうなるようにたずねた。自分《じぶん》で招《まね》いた不幸《ふこう》に不安《ふあん》になっているのがみえみえだ。

「破《やぶ》った聖書《せいしょ》か！」

シルバーがあざ笑《わら》う。

「ムリだろうな。歌《うた》の本《ほん》くらいの価値《かち》しかないだろう」

「そうか」ディックが少《すこ》しうれしそうな顔《かお》をする。「じゃあ、もってて損《そん》はないな」

「ほら、ジム。見《み》たことないだろう？」シルバーは、ぼくに紙《かみ》を投《な》げてわたした。

一《いち》クラウン銀貨《ぎんか》くらいの大《おお》きさの丸《まる》い紙《かみ》だ。裏《うら》は聖書《せいしょ》の最後《さいご》のページだから、もともとは白紙《はくし》だ。表《おもて》は炭《すみ》で黒《くろ》く塗《ぬ》りつぶされていたけれど、ヨハネの黙示録《もくしろく》が一《いち》、二節《にせつ》、読《よ》めた。印象的《いんしょうてき》だったのは、「犬《いぬ》ども、人殺《ひとごろ》しは外《そと》に出《だ》されている」というところだ。炭《すみ》がはげてきて、手《て》が真《ま》っ黒《くろ》になった。裏《うら》には炭《すみ》で『解任《かいにん》』と書《か》いてあった。ぼくはいまでもこの紙《かみ》をもっている。文字《もじ》は消《き》えて、爪《つめ》で引《ひ》っかいたみたいな傷《きず》がひとつだけ残《のこ》っている。

その夜《よる》のいざこざは、これでおわりだった。すぐに酒《さけ》がまわされ、ぼくたちは横《よこ》になって眠《ねむ》りについた。シルバーのジョージへの復讐《ふくしゅう》は、見張《みは》りに立《た》たせて、おかしなことをしたら殺《ころ》すぞとおどしたくらいだった。

ぼくはなかなか寝《ね》つけなかった。頭《あたま》のなかが、考《かんが》えることでぱんぱんだ。今日《きょう》の午後《ごご》に人《ひと》を殺《ころ》してしまったこと、いま置《お》かれているかなり危険《きけん》な状況《じょうきょう》、そしてなんといっても、さっき目《ま》のあたりにしたシルバーの見事《みごと》なかけひきゲーム。海賊《かいぞく》たちをぎゅうぎゅうおさえつけながら、同時《どうじ》にありとあらゆる手段《しゅだん》を使《つか》って和解《わかい》して、あぶなかった自分《じぶん》の命《いのち》を救《すく》った。本人《ほんにん》は気持《きも》ちよさそうに大《おお》きないびきをかいている。でも、シルバーのことを思《おも》うと胸《むね》が痛《いた》んだ。たしかに悪《わる》いヤツだけど、おそろしい危険《きけん》のどまんなかにいて、その先《さき》には、恥《はじ》さらしな絞首台《こうしゅだい》が待《ま》っているのだから。

仮《かり》釈《しゃく》放《ほう》

ぼくは目《め》を覚《さ》ました。ぼくだけじゃない、全員《ぜんいん》だ。ドアの柱《はしら》にもたれかかっていた見張《みは》り番《ばん》のジョージまで、ぶるっとしてからだを起《お》こすのが見《み》えた。森《もり》のはずれから、元気《げんき》なあいさつがはっきりきこえてきた。

「おーい、丸太小屋《まるたごや》の海賊《かいぞく》たち！　主治医《しゅじい》が来《き》たぞ」

あっ、リプジー先生《せんせい》！　めちゃめちゃうれしいけれど、複雑《ふくざつ》だ。なにしろこっそり抜《ぬ》けだした身《み》だから、単純《たんじゅん》に喜《よろこ》べない。しかもその結果《けっか》、こうして海賊《かいぞく》につかまって危険《きけん》のさなかにいる。先生《せんせい》の顔《かお》をまともに見《み》られない。

先生《せんせい》は暗《くら》いうちに起《お》きてきたのだろう。まだ夜《よ》が明《あ》けきっていない。ぼくは小窓《こまど》に走《はし》っていって、外《そと》を見《み》た。前《まえ》にシルバーが来《き》たときもそうだったけれど、先生《せんせい》のひざのあたりまで霧《きり》で包《つつ》まれている。

「ああ、リプジー先生《せんせい》！　おはようございます！」シルバーが叫《さけ》んだ。すっかり目覚《めざ》めて、にこにこ笑《わら》っている。

「お早《はや》いですな。早起《はやお》きは三文《さんもん》の得《とく》っていいますからね。ジョージ、とっとと目《め》を覚《さ》まして、先生《せんせい》が柵《さく》を越《こ》えるのに手《て》を貸《か》しな。うちの患者《かんじゃ》たちはピンピンしとります。みんな体調《たいちょう》もいいし、元気《げんき》です」

シルバーは早口《はやくち》で一気《いっき》にいうと、丘《おか》の頂上《ちょうじょう》に立《た》った。松葉杖《まつばづえ》をついて、片手《かたて》を小屋《こや》の壁《かべ》についている。声《こえ》もしぐさも表情《ひょうじょう》も、船《ふね》のコックだったころにもどっていた。

「先生《せんせい》、今日《きょう》はびっくりする知《し》らせがありましてね。ちっちゃなお客《きゃく》が来《き》てるんです。へへへ、あたらしい下宿人《げしゅくにん》ってとこですな。元気《げんき》いっぱいピチピチです。ひと晩《ばん》じゅう、おれのとなりで、ぐっすり寝《ね》てました。ぴったりくっついてね」

先生《せんせい》はもう柵《さく》を越《こ》えて、シルバーの前《まえ》まで来《き》ていた。先生《せんせい》の声《こえ》が少《すこ》し変《か》わる。

「ジム、か？」

「ええ、ええ、そのジムです」シルバーがいう。

先生《せんせい》がぴたりと止《と》まる。でも、何《なに》もいわない。しばらくして、また歩《ある》きだした。

「そうか、なるほど」先生《せんせい》がやっと口《くち》をひらいた。「まあ、仕事《しごと》が先《さき》で、お楽《たの》しみはあとだ。おまえもいつもそういっているだろう、シルバー。まずは患者《かんじゃ》たちの〝精密検査《せいみつけんさ》〟だ」

先生《せんせい》はそのあとすぐに小屋《こや》に入《はい》ると、しかめっ面《つら》でぼくを見《み》てうなずき、診察《しんさつ》にとりかかった。

こんな悪魔《あくま》みたいな裏切《うらぎ》り者《もの》に囲《かこ》まれて、命《いのち》が髪《かみ》の毛《け》一本《いっぽん》でつながっているみたいなものなのに、平然《へいぜん》としている。まるでおだやかなイギリスの家庭《かてい》にいつもの往診《おうしん》に来《き》たみたいに、海賊《かいぞく》たちに話《はな》しかけている。影響《えいきょう》されたのか、海賊《かいぞく》たちも何《なに》ごともなかったみたいに接《せっ》している。まるで、先生《せんせい》はふつうの船医《せんい》で、自分《じぶん》たちも真面目《まじめ》な船員《せんいん》といったようすだ。

「調子《ちょうし》がいいようだな」先生《せんせい》が、頭《あたま》に包帯《ほうたい》を巻《ま》いた男《おとこ》にいった。「危機《きき》一髪《いっぱつ》もいいところだったんだぞ。おまえの頭《あたま》は鉄《てつ》でできているんだな。おお、ジョージ、具合《ぐあい》はどうだ？　ひどい顔色《かおいろ》だな。おまえの肝臓《かんぞう》はひっくりかえっているんだぞ。薬《くすり》はのんだのか？　みんな、ジョージはちゃんと薬《くすり》をのんでいたか？」

「はいよっ、先生《せんせい》、のんでました」モーガンが返事《へんじ》をした。

「まあ、こうして海賊《かいぞく》の医者《いしゃ》をしているからには、いや、監獄《かんごく》の医者《いしゃ》といったほうがいいかな」先生《せんせい》はやけに楽《たの》しそうだ。「名誉《めいよ》にかけて、命《いのち》を救《すく》うのがわたしの務《つと》めだ。わが国《くに》イギリスのジョージ国王《こくおう》のためにも、絞首台《こうしゅだい》のためにもな」

海賊《かいぞく》たちは顔《かお》を見合《みあ》わせている。痛《いた》いところを突《つ》かれて、何《なに》もいいかえせない。

「ディックが吐《は》きそうだっていってます」だれかがいった。

「ディック、こっちへ来《き》て、舌《した》を見《み》せてみろ。おっと。これは具合《ぐあい》も悪《わる》くなるだろうな！　こいつの舌《した》を見《み》たら、フランス人《じん》もびっくりだ。熱病患者《ねつびょうかんじゃ》がひとり増《ふ》えたな」

「ほうら、みろ。聖書《せいしょ》を破《やぶ》いたりしたからだ」モーガンがいった。

「いいや、ちがう。おまえたちが大《おお》ばか者《もの》だからだ」先生《せんせい》がぴしゃりという。「きれいな空気《くうき》と汚《よご》れた空気《くうき》、乾《かわ》いた土地《とち》と不潔《ふけつ》で病気《びょうき》にかかる沼地《ぬまち》のちがいも、わかっていなかったんだからな。まあ、わたし個人《こじん》の意見《いけん》だが、おまえたちのからだからマラリアを追《お》いだすには、それそうとうの苦《く》労《ろう》があるだろう。沼地《ぬまち》で野営《やえい》をするとはな。シルバー、まったくあきれたものだ。おまえは、ほかの者《もの》より頭《あたま》がいいはずだが、健康《けんこう》に関《かん》しては根本《こんぽん》からわかっていないようだな」

先生《せんせい》が薬《くすり》を配《くば》ると、海賊《かいぞく》たちはおとなしくのんだ。見《み》ていて、つい吹《ふ》きだしそうになる。人殺《ひとごろ》しや海賊《かいぞく》というより、慈善学校《じぜんがっこう》の生徒《せいと》みたいにききわけがいい。

「さてと、今日《きょう》の診察《しんさつ》はこれでおわりだ。これからジムと話《はなし》をしたいんだが、かまわないかな」

そういって先生《せんせい》は、それとなくぼくのほうを見《み》てうなずいた。

ドアのそばにいたジョージは、苦《にが》い薬《くすり》をのみながらつばを吐《は》いていたけれど、先生《せんせい》のことばをきくなり、真《ま》っ赤《か》な顔《かお》をしてぐるりとふりむいた。「ダメだ！」そう叫《さけ》んで、ののしりことばを吐《は》く。

シルバーが手《て》のひらで樽《たる》をたたいた。

「だまれ！」

シルバーはうなり声《ごえ》をあげて、ライオンみたいに堂々《どうどう》とあたりを見《み》まわした。それから、いつもの声《こえ》にもどってつづけた。

「先生《せんせい》、おれもそのつもりだったんです。先生《せんせい》がジムを気《き》に入《い》ってたのは知《し》ってますからね。おれたちみんな、先生《せんせい》のご親切《しんせつ》に心《こころ》から感謝《かんしゃ》してるんです。おわかりのように、信頼《しんらい》してるから薬《くすり》だって酒《さけ》みたいにゴクリとのむんです。でね、丸《まる》くおさまる方法《ほうほう》を思《おも》いついたんですよ。ジム、紳士《しんし》として名誉《めいよ》にかけて約束《やくそく》をしてくれ。生《う》まれは貧《まず》しくても、おまえはりっぱな紳士《しんし》だ。ぜったいに逃《に》げないと誓《ちか》え」

ぼくは、約束《やくそく》すると即答《そくとう》した。

「じゃあ、先生《せんせい》、柵《さく》の外《そと》に出《で》てください。そうしたら、おれがジムを内側《うちがわ》に連《つ》れていきます。柵越《さくご》しに好《す》きなだけ話《はなし》ができるでしょう。ではごきげんよう、リブジー先生《せんせい》。トリローニさんとスモレット船長《せんちょう》によろしく」

いきなり、険悪《けんあく》な空気《くうき》が流《なが》れた。それまでシルバーににらまれておさえこまれていた不満《ふまん》が、先生《せい》が小屋《こや》から出《で》たとたんに爆発《ばくはつ》した。シルバーが一気《いっき》に非難《ひなん》の的《まと》になっている。敵《てき》と味方《みかた》の両方《りょうほう》にいい顔《かお》をしてるじゃないかとか、自分《じぶん》だけうまいこと敵《てき》と組《く》むつもりだろうとか。自分《じぶん》たちや犠牲《ぎせい》になった仲間《なかま》の思《おも》いをふみにじる気《き》かとか。まあ、たしかに、シルバーのやっていることそのものだ。そんなの、ぼくが見《み》てもわかる。この場《ば》をどう切《き》り抜《ぬ》けるつもりなんだろう。でもシルバーは、ほかのやつらをぜんぶまとめて二倍《にばい》にしたよりも頭《あたま》が切《き》れる。きのうの夜《よる》のいいあいに勝利《しょうり》してからは、圧倒的《あっとうてき》な支配力《しはいりょく》をふるっている。シルバーは、おまえらはとんでもないバカだ、まぬけだとののしり、ジムにはリプジー先生《せんせい》と話《はなし》をしてもらわなきゃいけないんだといった。そして、みんなの前《まえ》で地図《ちず》をひらひらさせながら、宝《たから》さがしに出《で》かけようって日《ひ》に協定《きょうてい》を破《やぶ》れるのか、とたずねた。

「できっこねえだろうが！」シルバーがどなった。「協定《きょうてい》を破《やぶ》るのは、こっちに都合《つごう》のいいタイミングが来《き》てからだ。それまで、あの医者《いしゃ》をだましておく。どんな手段《しゅだん》を使《つか》ってでもな」

シルバーはたき火《び》をおこすように命令《めいれい》し、松葉杖《まつばづえ》をつきながら、もう片方《かたほう》の手《て》をぼくの肩《かた》にかけてのしのしと出《で》ていった。残《のこ》された海賊《かいぞく》たちは、あ然《ぜん》としている。納得《なっとく》したからではなく、シルバーの勢《いきお》いにのまれて口《くち》がきけなくなっていたらしい。

「ゆっくりだ、ジム、ゆっくり。急《いそ》いでると思《おも》われたら、あいつらがいきなり飛《と》びかかってくるかもしれねえからな」

ぼくたちはそろそろと砂地《すなじ》を歩《ある》いて柵《さく》まで来《き》た。向《む》こう側《がわ》に先生《せんせい》が待《ま》っている。ラクに話《はな》せる距《きょ》離《り》まで来《く》ると、シルバーが足《あし》を止《と》めた。

「先生《せんせい》、どうしてもきいといてほしいことがある。おれがどうやってジムの命《いのち》を救《すく》ってやったか。おかげで、船長《せんちょう》を一度《いちど》はクビになったんだ。おれみたいに風上《かざかみ》に進《すす》んでいく男《おとこ》には、イチかバチかでもやってやろうとしている男《おとこ》には、親切《しんせつ》なことばのひとつもかけてくださっていいでしょうよ。覚《おぼ》えといてください。いまやおれの命《いのち》だけじゃなく、ジムの命《いのち》だってかかってるんだ。だから先生《せんせい》、あんまり冷《つめ》たくしないでくださいよ。希望《きぼう》ってもんを、ほんの少《すこ》しでいいからいただきたい」

シルバーはさっきとは別人《べつじん》のようだった。外《そと》へ出《で》て、仲間《なかま》と小屋《こや》に背《せ》を向《む》けたとたん、ほおがこけ、声《こえ》がふるえている。おそろしく真剣《しんけん》な顔《かお》だ。

「どうしたんだ、シルバー。こわくなったのか？」先生《せんせい》がたずねた。

「おれは小心者《しょうしんもの》なんかじゃない！　ぜったいにちがう。肝《きも》はそれなりにすわってるんだ！」

シルバーは指《ゆび》をパチンと鳴《な》らした。

「小心者《しょうしんもの》なら、こんなことをいいますか？　だが、正直《しょうじき》いって、絞首台《こうしゅだい》のことを考《かんが》えるとガタガタふるえがくるんです。あなたはいい人《ひと》だし嘘《うそ》はつかないだろう？　こんなにりっぱな人《ひと》は見《み》たことがない！　ですからね、おれがしたいことを忘《わす》れないでいただきたいんです。もちろん悪《わる》いこともお忘《わす》れにはならないでしょうがね。それじゃ、おれはあっちに引《ひ》っこんで、ふたりっきりにしてさしあげます。このことだって、ちゃんと覚《おぼ》えておいてください。かなりムリをしてるんですから」

そういってシルバーは、ぼくたちの声《こえ》がきこえないあたりまで歩《ある》いていった。切《き》り株《かぶ》に腰《こし》かけて、口笛《くちぶえ》を吹《ふ》きはじめる。あちこちからだの向《む》きを変《か》えながら、ぼくとリプジー先生《せんせい》を見《み》ていたかと思《おも》うと、手《て》に負《お》えない海賊《かいぞく》たちのようすをながめる。海賊《かいぞく》たちは、たき火《び》と小屋《こや》のあいだの砂地《すなじ》をうろうろして火《ひ》をつけようとしたり、朝食《ちょうしょく》のベーコンと乾《かん》パンの準備《じゅんび》をしたりしている。

「ジム」リプジー先生《せんせい》が悲《かな》しそうにいった。「おまえはそっち側《がわ》にいる。自分《じぶん》でまいた種《たね》だ。責任《せきにん》はとらなくてはいけないな。責《せ》める気《き》などまったくない。だが、これだけはいわなければならん。おまえのためを思《おも》ってかどうかは、自分《じぶん》でもわからないがね。スモレット船長《せんちょう》が元気《げんき》だったとき、おまえは脱走《だっそう》しなかった。なのに船長《せんちょう》がけがをして動《うご》けなくなると、逃《に》げだした。これは、ほんとうに卑怯《ひきょう》だといわれてもしかたがないぞ!」

白状《はくじょう》すると、ぼくは泣《な》いた。

「リプジー先生《せんせい》、許《ゆる》してください。さんざん自分《じぶん》を責《せ》めました。どっちにしろ、命《いのち》はもうありません。シルバーが助《たす》けてくれなかったら、いまごろ死《し》んでいたんです。信《しん》じてください、ぼくは死《し》んだっていい。しかたないってわかってるから。でも、拷問《ごうもん》だけはこわいんです。もし海賊《かいぞく》たちが拷《ごう》問《もん》しにきたら……」

「ジム」先生《せんせい》がぼくの話《はなし》をさえぎった。声《こえ》がさっきとちがう。

「ジム、そんな目《め》にあわせるわけにはいかん。柵《さく》を飛《と》びこえろ。いっしょに逃《に》げるんだ」

「先生《せんせい》、でもぼく、約束《やくそく》したから」

「わかっている、わかっているさ。だが、しかたがないだろう。わたしがぜんぶまとめて引《ひ》き受《う》けてやる。どんな非難《ひなん》も不名誉《ふめいよ》も、わたしに任《まか》せろ。このままおまえを残《のこ》してはいけない。飛《と》びこせ！ひとっ飛《と》びで、外《そと》に出《で》られる。あとはカモシカみたいに走《はし》るだけだ」

「ダメです。先生《せんせい》がぼくの立場《たちば》だったらぜったいにしないでしょう？　先生《せんせい》も、トリローニさんも、スモレット船長《せんちょう》もしない。ぼくだって。シルバーはぼくを信《しん》じてくれて、ぼくは約束《やくそく》した。だから、もどります。でも先生《せんせい》、まだいっとかなきゃいけないことがあるんだ。拷問《ごうもん》されたら、船《ふね》がある場所《ばしょ》をついいっちゃうかもしれない。ぼく、船《ふね》をとりもどしたんです。運《うん》も味方《みかた》してくれたけど、危険《きけん》な目《め》にあいながらがんばったんです。ヒスパニオラ号《ごう》は北《きた》の入《い》り江《え》にあります。南《みなみ》の浜《はま》の、満潮《まんちょう》のときにちょっと水《みず》につかるくらいのところ。引《ひ》き潮《しお》で半分《はんぶん》くらい水位《すいい》が下《さ》がったら、すっかり砂《すな》浜《はま》に上《あ》がるはずです」

「船《ふね》をか！」リブジー先生《せんせい》がおどろいて声《こえ》をあげた。

ぼくは大急《おおいそ》ぎで、これまでの冒険《ぼうけん》について話《はな》した。先生《せんせい》はだまってきいていた。

「何《なに》か大《おお》きな運命《うんめい》のようなものを感《かん》じる」ぼくが話《はな》しおえると、先生《せんせい》がいった。「何《なに》かにつけ、ジムがわたしたちを救《すく》ってくれている。まさか、命《いのち》があぶないというときに、わたしたちが見殺《みごろ》しにするとでも思《おも》っているのか？　そんなのは恩知《おんし》らずというものじゃないか。ジムが、シルバーたちの悪《わる》だくみに気《き》がついた。ベン・ガンも見《み》つけてきた。これは、最高《さいこう》の手柄《てがら》だぞ。たとえ九十《きゅうじゅう》まで生《い》きても、これ以上《いじょう》の手柄《てがら》はないだろうな。ああ、そうそう、ベン・ガンだ！　まったくもって、おもしろい男《おとこ》だな」そういって、先生《せんせい》は声《こえ》をはりあげた。

「おい、シルバー！　ひとつアドバイスがある」

シルバーが近《ちか》づいてきた。

「あんまりあせって宝《たから》さがしをはじめるな」

「はあ、先生《せんせい》、やれるかぎりはやりますが、そいつはムリですな。申《もう》し訳《わけ》ないが、おれとジムの命《いのち》を救《すく》うには、宝《たから》をさがさなくちゃならない。わかってくださいよ」

「そうか、そういうことなら、もうひとつのアドバイスだ。宝《たから》を見《み》つけたときには、とくに警戒《けいかい》するように」

「先生《せんせい》、そりゃなんとも、男《おとこ》と男《おとこ》の話《はな》しあいにしては、あいまいじゃねえですか？　あなたがたが何《なに》をさがしてるのか、どうして小屋《こや》を出《で》ていったのか、なんで地図《ちず》をくれたのか、おれにはさっぱりわからねえ。なのに目《め》をつぶって、そっちの命令《めいれい》に従《したが》ってきたんじゃありませんか。なんの希望《きぼう》のことばももらえないままにね！　さすがにひどくありませんか。説明《せつめい》してくれる気《き》がないなら、そういってくれりゃあいい。こっちだってあきらめがつくってもんだ」

「いえないんだよ」先生《せんせい》はじっと考《かんが》えこんでいる。「これ以上話《いじょうはな》す権利《けんり》がないんだ。これはわたしだけの秘密《ひみつ》ではない。でなきゃ、ぜったいに話《はな》す。だが、できるだけ期待《きたい》にこたえて、もうちょっと踏《ふ》みこんだことを教《おし》えてやろう。きっとスモレット船長《せんちょう》に激怒《げきど》されて、このかつらをたたき飛《と》ばされるだろうがな！　まず、ちょっとした希望《きぼう》をやろう、シルバー。もしわれわれがこのオオカミのわなから生《い》きてもどれたなら、おまえを助《たす》けるために全力《ぜんりょく》を尽《つ》くしてやる。嘘《うそ》いつわりなくだ！」

シルバーの顔《かお》がぱっとかがやいた。

「それ以上《いじょう》のおことばはありません。じゅうぶんだ。母親《ははおや》にだってこんなたのもしいことはいわれない」

「これがおまえにしてやれることのひとつ目《め》だ。ふたつ目《め》は、このアドバイスだ。ジムをできるだけそばに置《お》いておけ。そして、助《たす》けが必要《ひつよう》になったときは、大声《おおごえ》で叫《さけ》べ。わたしがおまえたちをさがしにいく。そのときが来《き》たら、これがでたらめかどうか、わかるはずだ。じゃあ、ジム、元気《げんき》で」

そして、リプジー先生《せんせい》は柵《さく》のあいだからぼくと握手《あくしゅ》をすると、シルバーに向《む》かってうなずき、急《いそ》いで森《もり》のなかへ消《き》えた。

フリント船長《せんちょう》の目印《めじるし》

「ジム」ふたりきりになると、シルバーがいった。「おまえの命《いのち》を守《まも》ってやったおかえしに、おれを救《すく》ってくれたな。ぜったいに忘《わす》れないぜ。先生《せんせい》が逃《に》げろと合図《あいず》してただろう。ちらっと目《め》に入《はい》ったんだ。おまえがノーっていったのもな。これで借《か》りができたってわけだ。撃《う》ちあいで負《ま》けてから、はじめて希望《きぼう》の光《ひか》ってもんがさしたよ。おまえのおかげだ。さてと、ジム、これから宝《たから》をさがしに出《で》かける。だが、ふたをあけてみないことには、どうなるかわからん。こんなのは気《き》に入《い》らねえ。だから、おれとおまえはぴったり、背中《せなか》と背中《せなか》をくっつけておこう。そうすりゃ、どんな運命《うんめい》がやってこようが、首《くび》だけは助《たす》かるはずだ」

ちょうどそのとき、海賊《かいぞく》のひとりがたき火《び》のそばから、朝食《ちょうしょく》ができたと呼《よ》びかけてきた。ぼくたちは砂地《すなじ》に散《ち》らばってすわり、乾《かん》パンや焼《や》きベーコンを食《た》べた。たき火《び》は牛《うし》を丸《まる》ごと焼《や》けるくらい大《おお》きかったので、熱《あつ》すぎて風上《かざかみ》からしか近《ちか》づけないし、それでも注意《ちゅうい》しないとやけどする。ムダなのは火《ひ》だけではなく、料理《りょうり》も食《た》べきれる量《りょう》の三倍《さんばい》くらいつくってあった。ひとりが、ヘラヘラ笑《わら》いながら残《のこ》った分《ぶん》を火《ひ》に投《な》げ入《い》れている。めずらしい燃料《ねんりょう》のおかげで、炎《ほのお》がますます大《おお》きな音《おと》をたてて燃《も》えさかる。よくもこれだけ明日《あした》のことを考《かんが》えないでいられるものだ。その日暮《ひぐ》らしということばがぴったりだ。食料《しょくりょう》はムダにするし、見張《みは》りは寝《ね》るし、その大胆《だいたん》さで小《こ》ぜり合《あ》いなら勝《か》てるだろうけれど、長期戦《ちょうきせん》にはてんで向《む》いてない。

シルバーも、肩《かた》にフリント船長《せんちょう》をのっけてガツガツ食《た》べていた。仲間《なかま》のむちゃくちゃな行動《こうどう》を注《ちゅう》意《い》もしない。シルバーは、抜《ぬ》け目《め》なくやっているように見《み》えたから、意外《いがい》だ。

「おい、おまえたち」シルバーがいった。「おれみたいな切《き》れ者《もの》がいて助《たす》かったな。なんてったって、ちゃんとほしい物《もの》は手《て》に入《い》れた。まあ、船《ふね》はあいつらの手《て》にある。どこにあるのかも知《し》らねえ。だが宝《たから》を見《み》つけたら、とっととそいつもさがしだしちまおう。こっちにはボートがある。勝算《しょうさん》はあるってもんだ」

シルバーは、熱々《あつあつ》のベーコンを口《くち》いっぱいにほおばりながらしゃべりつづけ、仲間《なかま》に希望《きぼう》をもたせ、自信《じしん》をとりもどさせた。たぶんそうやって、自分《じぶん》も元気《げんき》づけていたのだろう。

「人質《ひとじち》のことだが、ジムが大好《だいす》きな仲間《なかま》と話《はな》すのは、あれが最後《さいご》だ。おっと、おかげでいい知《し》らせがあったんだ。まあ、もう片《かた》づいたことだがな。宝《たから》さがしに行《い》くときは、ジムにはロープをつける。こいつのことは、金《きん》の延《の》べ棒《ぼう》みたいに大事《だいじ》にしろよ。何《なに》かあったときのためだ。船《ふね》と宝《たから》をどっちも見《み》つけて、上《じょう》きげんで出航《しゅっこう》するときになったら、ジムと話《はなし》をつけて、こいつにも分《わ》け前《まえ》をやろうじゃないか。協力《きょうりょく》してくれた分《ぶん》くらいはな」

もちろん、海賊《かいぞく》たちはみんな浮《う》かれていたけれど、ぼくのほうはどん底《ぞこ》だった。シルバーは、いま話《はな》した計画《けいかく》がうまくいきそうだとふんだら、なんのためらいもなく実行《じっこう》するだろう。そもそも、敵《てき》と味方《みかた》の両方《りょうほう》を裏切《うらぎ》っているくらいだ。いまは敵《てき》と味方《みかた》のどっちのグループにも片足《かたあし》を突《つ》っこんでいるけれど、くらべたらもちろん、海賊《かいぞく》たちといっしょに宝《たから》と自由《じゆう》を得《え》るほうがいいに決《き》まっている。こっちについても、いちばんよくてつるし首《くび》から救《すく》ってもらえるだけなんだから。

いや、それだけじゃないぞ。シルバーが、いよいよリプジー先生《せんせい》との約束《やくそく》を守《まも》らなきゃいけなくなったとしても、危険《きけん》には変《か》わりない。海賊《かいぞく》たちのシルバーへの疑《うたが》いが確信《かくしん》に変《か》わったら、どうなっちゃうんだろう。シルバーとぼくで、命《いのち》をかけて戦《たたか》わないといけなくなる。ひとりは片足《かたあし》が不自《ふじ》由《ゆう》で、ひとりは子《こ》どもだ。相手《あいて》は、戦《たたか》い慣《な》れたたくましい海賊五人《かいぞくごにん》！

ふたつの心配《しんぱい》に加《くわ》えて、謎《なぞ》があった。仲間《なかま》の行動《こうどう》だ。どうしてあっさり小屋《こや》を捨《す》ててしまったんだろう。地図《ちず》をわたしたのも説明《せつめい》がつかない。もっとわからないのは、リプジー先生《せんせい》が最後《さいご》にシルバーにした警告《けいこく》だ。

「宝《たから》を見《み》つけたときには、とくに警戒《けいかい》するように」

ああもう、ろくに朝食《ちょうしょく》の味《あじ》もしない。そして、この不安《ふあん》をかかえたまま、宝《たから》さがしに行《い》く海賊《かいぞく》たちのうしろをついていかなければならなかった。

だれかに見《み》られていたら、ぼくたち一行《いっこう》はかなり奇妙《きみょう》に映《うつ》っただろう。泥《どろ》だらけの船員服《せんいんふく》を着《き》て、ぼく以外《いがい》はカンペキに武装《ぶそう》していた。シルバーはマスケット銃《じゅう》をからだの前《まえ》とうしろに一丁《いっちょう》ずつぶらさげ、腰《こし》には大《おお》きな短剣《たんけん》をさし、四角《しかく》い裾《すそ》の上着《うわぎ》の両《りょう》ポケットにピストルを一丁《いっちょう》ずつ入《い》れている。この不自然《ふしぜん》ないで立《た》ちに加《くわ》えて、肩《かた》にはフリント船長《せんちょう》がのっかって、意味不明《いみふめい》な船員《せんいん》ことばをぺらぺらと早口《はやくち》でしゃべっている。ぼくは腰《こし》にロープをつけられて、おとなしくシルバーのあとをついていった。シルバーはロープをゆったりにぎって、あいている手《て》でもったり、歯《は》で力強《ちからづよ》くくわえたりした。ぼくは引《ひ》っぱられて、まるでクマがダンスしているみたいだった。

海賊《かいぞく》たちはそれぞれ、いろんな荷物《にもつ》を運《はこ》んでいた。何人《なんにん》かはつるはしとシャベルをもっている。ヒスパニオラ号《ごう》から運《はこ》びだしてきたなかでいちばんの必需品《ひつじゅひん》だ。昼食用《ちゅうしょくよう》のベーコン、乾《かん》パン、ブランデーをもっている者《もの》もいる。どれも、ぼくたちの持《も》ち物《もの》だった食料《しょくりょう》だ。きのうの夜《よる》シルバーがいっていたのは、ほんとうだったんだ。リブジー先生《せんせい》と取《と》り引《ひ》きしていなかったら、船《ふね》を失《うしな》ったシルバーたちは、水《みず》と狩《か》りの獲物《えもの》だけで生《い》きのびなくてはいけなかった。水《みず》じゃ、酒《さけ》飲《の》みの海賊《かいぞく》たちには味気《あじけ》ないだろうし、船乗《ふなの》りは狩《か》りが得意《とくい》じゃない。そもそも、食料《しょくりょう》すらないときに火薬《かやく》だけたっぷりあるなんて、ありえない。

ぼくたちは、準備万端《じゅんびばんたん》で出発《しゅっぱつ》した。ほんとうなら木陰《こかげ》で休《やす》んでいるほうがいい、頭《あたま》をケガした男《おとこ》までいっしょだ。ばらけて砂浜《すなはま》まで歩《ある》いていくと、ボートがふたつ、待《ま》っていた。ああ、やれやれ、海賊《かいぞく》たちは酔《よ》っぱらって、ここでもめちゃくちゃやったらしい。ひとつはすわるところがこわれているし、両方《りょうほう》とも、泥《どろ》だらけで底《そこ》に水《みず》がたまったままだ。でも、安全《あんぜん》のためにふたつとももっていくことにした。そして、ふた組《くみ》に分《わ》かれてボートに乗《の》りこみ、停泊地《ていはくち》の海《うみ》に漕《こ》ぎだした。

途中《とちゅう》、地図《ちず》について話《はな》しあった。赤《あか》いバツ印《じるし》が大《おお》きすぎて、はっきり場所《ばしょ》がわからない。裏《うら》に書《か》いてあることばも、あいまいだ。そう、これだ。


望遠鏡山《ぼうえんきょうやま》の肩《かた》、高《たか》い木《き》、北北東《ほくほくとう》から一点北寄《いってんきたよ》りがいこつ島《とう》、東南東微東《とうなんとうびとう》。

三《さん》メートル

つまり、高《たか》い木《き》が主《おも》な目印《めじるし》だ。目《め》の前《まえ》に広《ひろ》がる停泊地《ていはくち》の海《うみ》は、六十《ろくじゅう》メートルから百《ひゃく》メートルくらいの高《たか》さの台地《だいち》に囲《かこ》まれている。北《きた》のほうは、望遠鏡山《ぼうえんきょうやま》の南《みなみ》の斜面《しゃめん》につながって、南《みなみ》には、後《うし》ろ帆《ほ》柱《ばしら》の山《やま》というゴツゴツした崖《がけ》のような山《やま》がそびえ立《た》っている。台地《だいち》には、いろんな高《たか》さのマツの木《き》がところどころにかたまって生《は》えていた。あちこちに、まわりの木《き》よりも十五《じゅうご》メートルくらい高《たか》い種類《しゅるい》の木《き》が生《は》えているから、どれがフリント船長《せんちょう》のいう「高《たか》い木《き》」なのかは、その場《ば》に行《い》ってコンパス（羅針盤《らしんばん》）を使《つか》ってみなければわからない。

それなのに海賊《かいぞく》たちときたら、まだ半分《はんぶん》も行《い》かないうちに、勝手《かって》に好《す》きな木《き》を選《えら》びだした。シルバーは肩《かた》をすくめて、向《む》こうに着《つ》くまで待《ま》て、と命令《めいれい》した。

シルバーの指示《しじ》で、早《はや》いうちに腕《うで》がつかれないよう、ゆっくり漕《こ》いだ。かなり時間《じかん》をかけて、ふたつ目《め》の川《かわ》、つまり望遠鏡山《ぼうえんきょうやま》の森《もり》の谷間《たにま》から流《なが》れてくる川《かわ》の河口《かこう》で、岸《きし》にあがった。そこから左《ひだり》に曲《ま》がり、台地《だいち》に向《む》かって斜面《しゃめん》をのぼりはじめた。

最初《さいしょ》のうちはどろどろにぬかるんだ沼地《ぬまち》で、一面《いちめん》に生《お》いしげる草《くさ》に足《あし》をとられた。けれど、少《すこ》しずつ斜面《しゃめん》がきつくなってきて、足《あし》もとが岩場《いわば》になった。森《もり》のようすもがらっと変《か》わり、ところどころ視界《しかい》がひらけてきた。ぼくたちは、この島《しま》のいちばんうつくしい場所《ばしょ》に近《ちか》づいていた。草《くさ》のかわりに、強《つよ》い香《かお》りを放《はな》つシダや、花《はな》をつけたたくさんの低木《ていぼく》がある。緑色《みどりいろ》のナツメグの木《き》のしげみがあちこちに見《み》えて、赤《あか》い幹《みき》のマツの木々《きぎ》も立《た》ち、大《おお》きな影《かげ》が広《ひろ》がっている。ナツメグの香《かお》りが、まわりの香《かお》りと混《ま》ざりあう。空気《くうき》は新鮮《しんせん》ですがすがしく、強《つよ》い日《ひ》ざしが差《さ》しこんできて、ほんとうにすっきりさわやかだ。

海賊《かいぞく》たちはおうぎ形《がた》に広《ひろ》がって、大声《おおごえ》をあげたり、前《まえ》にうしろに飛《と》びはねたりしながら進《すす》んでいく。ぼくとシルバーはおうぎ形《がた》のまんなかあたりで、かなり遅《おく》れてついていった。ぼくはロープにつながれ、シルバーは息《いき》を切《き》らせ、砂利道《じゃりみち》に足《あし》をとられながら松葉杖《まつばづえ》をついて歩《ある》いている。ときどき、ぼくが手《て》を貸《か》してあげないといけなかった。そうしなかったら、足《あし》をすべらせてうしろに転《ころ》げ落《お》ちていただろう。

こんなふうに八百《はっぴゃく》メートルくらい進《すす》むと、台地《だいち》の頂上《ちょうじょう》が近《ちか》づいてきた。すると、いちばん左《ひだり》にいた男《おとこ》が、おそれおののいて叫《さけ》びはじめた。ぎゃあぎゃあわめいているので、ほかのやつらもそちらにかけていく。

「宝《たから》を見《み》つけたって声《こえ》じゃねえな」

モーガンが、右《みぎ》からぼくたちの前《まえ》を走《はし》っていった。「宝《たから》は頂上《ちょうじょう》にあるはずだしな」

行《い》って見《み》てみると、やっぱり宝《たから》とはほど遠《とお》いものがあった。すごく大《おお》きなマツの木《き》の根《ね》もとに、がいこつが転《ころ》がっている。緑《みどり》のつる草《くさ》がからまり、小《ちい》さい骨《ほね》をいくつか上《うえ》にもちあげていた。服《ふく》の切《き》れはしがくっついている。その場《ば》にいた全員《ぜんいん》がふるえあがった。

「こいつは船乗《ふなの》りだな」

いちばん大胆《だいたん》なジョージが近《ちか》くへ寄《よ》っていって、服《ふく》の切《き》れはしをじっと見《み》た。

「少《すく》なくとも、船員服《せんいんふく》なのはまちがいない」

「そりゃあ、そうだろう」シルバーがいった。「あたりまえだ。こんな場所《ばしょ》に牧師《ぼくし》がいるわけもねえしな。だが、この骨《ほね》の並《なら》び方《かた》はなんなんだ？ 不自然《ふしぜん》じゃないか」

いわれてみるとたしかに、どう見《み》ても、自然《しぜん》な並《なら》び方《かた》とはいえない。鳥《とり》が死体《したい》に群《むら》がったせいか、つる草《くさ》にだんだんおおわれていったせいか、骨《ほね》の位置《いち》が少《すこ》しずれている。でもそれ以外《いがい》は、がいこつはピシッとからだをまっすぐにして横《よこ》たわっている。両足《りょうあし》をそろえてのばし、両腕《りょううで》はまるで水《みず》に飛《と》びこむときみたいに頭上《ずじょう》にのばして、足《あし》とは反対方向《はんたいほうこう》を指《さ》していた。

「ひらめいたぜ。まったく、ぼけたもんだ」シルバーがいった。「あっちの、歯《は》みたいにとんがってるのが、がいこつ島《とう》のてっぺんだ。ここにコンパスがあるから、ちょっと方位《ほうい》を確認《かくにん》してくれ。この骨《ほね》の並《なら》び方《かた》に沿《そ》って測《はか》るんだ」

方位《ほうい》を測《はか》ると、骨《ほね》はまっすぐにがいこつ島《とう》の方角《ほうがく》を指《さ》していて、コンパスはぴったり東南東微東《とうなんとうびとう》を示《しめ》した。

「やっぱりな」シルバーが声《こえ》をあげた。「これが目印《めじるし》だ。この方角《ほうがく》にまっすぐ行《い》けば、北極星《ほっきょくせい》とお楽《たの》しみの宝《たから》の山《やま》が待《ま》ってるってわけだ。それにしてもなあ！ フリントときたら、ゾッとするぜ。

これはあいつのジョークだ。まちがいねえ。あいつと海賊六人《かいぞくろくにん》しかいなかったんだ。あいつはひとり残《のこ》らず殺《ころ》し、この男《おとこ》をここまで引《ひ》きずってきて、コンパスみたいに置《お》きやがった。ああ、おっかねえ！　長《なが》い骨《ほね》で、黄色《きいろ》の髪《かみ》か。おお、ってことは、アラダイスか。モーガン、覚《おぼ》えてるか？」

「もちろんだ」モーガンがいった。「忘《わす》れっこねえよ。こいつには金《かね》を貸《か》してる。それに上陸《じょうりく》するとき、おれのナイフをもっていきやがった」

「ナイフといえばさ」だれかがいった。「どうしてこのがいこつはナイフをもってねえんだ？　フリント船長《せんちょう》は人《ひと》のポケットから盗《ぬす》むような男《おとこ》じゃなかった。鳥《とり》だって、そんなものはもってかねえよな」

「ふむ、たしかにそうだ！」シルバーが叫《さけ》んだ。

「なんにも残《のこ》ってねえ」ジョージが骨《ほね》のあいだをさぐりながらいった。「銅貨一枚《どうかいちまい》、タバコの箱《はこ》もない。やっぱりヘンだぞ」

「ああ、そうだな」シルバーがいった。「不自然《ふしぜん》だし、気味《きみ》が悪《わる》い。おい！　もしフリントが生《い》きていたら、おれもおまえらもただじゃすまねえぞ。あのときここに来《き》たのは六人《ろくにん》、いまのおれたちも六人《ろくにん》。前《まえ》のやつらはみんな、骨《ほね》になっちまったんだ」

「だが、フリント船長《せんちょう》が死《し》ぬのをこの目《め》で見《み》たぜ」モーガンがいった。「ビリー・ボーンズに連《つ》れられて見《み》たんだ。倒《たお》れて死《し》んでた。目《め》の上《うえ》に、一《いち》ペニー銅貨《どうか》がのっかってたよ」

「ああ、まちがいなく死《し》んだ。死《し》んじまって、あの世行《よい》きだ」頭《あたま》に包帯《ほうたい》を巻《ま》いた男《おとこ》がいった。「だけど、幽霊《ゆうれい》が歩《ある》きまわるってんなら、真《ま》っ先《さき》に出《で》てくんのがフリント船長《せんちょう》だな。気《き》の毒《どく》に、まったくひどい死《し》に方《かた》だったからよ！」

「ああ、ひどかった」べつの男《おとこ》がいった。「キレだしたと思《おも》ったら、酒《さけ》だって大声《おおごえ》でわめいたり、うたいだしたりしてよ。『死人《しにん》の箱《はこ》には十五人《じゅうごにん》』ってのしか、うたわなかったっけ。正直《しょうじき》、おれはもうあの歌《うた》をきくのがいやになった。ひどく暑《あつ》くて窓《まど》があいてるときなんか、めちゃくちゃはっきりきこえてきたもんだ。あのころにはもう、死神《しにがみ》に連《つ》れていかれるところだったんだろうよ」

「おいっ」シルバーがいった。「そんな話《はなし》はもうやめろ。フリントはもう死《し》んだんだ。もう歩《ある》けねえ。少《すく》なくとも、昼間《ひるま》は出歩《である》かないだろうよ。心配《しんぱい》は身《み》の毒《どく》、っていうだろうが。さっさとお宝《たから》をいただきに出発《しゅっぱつ》しようぜ」

出発《しゅっぱつ》したものの、熱《あつ》い日《ひ》ざしが目《め》もくらむほど照《て》りつけるなか、海賊《かいぞく》たちはばらけることもなく、大声《おおごえ》で森《もり》のなかを進《すす》むこともなく、ぴったり寄《よ》りそって、ひそひそ話《ばなし》をしながら歩《ある》いた。フリント船長《せんちょう》の幽霊《ゆうれい》を想像《そうぞう》するとこわくてたまらず、ふるえあがっていた。

森《もり》からの声《こえ》

つきまとう恐怖《きょうふ》をふりはらうため、あとはシルバーと病人《びょうにん》を休《やす》ませるため、台地《だいち》の頂上《ちょうじょう》に着《つ》くと、すぐに腰《こし》をおろした。

台地《だいち》は少《すこ》し西《にし》にかたむいていて、すわっている場所《ばしょ》から、両側《りょうがわ》を広々《ひろびろ》と見《み》わたせた。目《め》の前《まえ》に広《ひろ》がる森《もり》の先《さき》には、波《なみ》の打《う》ち寄《よ》せるウッズ岬《みさき》が見《み》えた。うしろには停泊地《ていはくち》とがいこつ島《とう》があり、長《なが》く突《つ》きでた砂地《すなじ》の岬《みさき》と東側《ひがしがわ》の低地《ていち》の向《む》こうには、大《おお》きな外海《そとうみ》が広《ひろ》がっている。真上《まうえ》には望遠鏡山《ぼうえんきょうやま》がそびえ立《た》ち、マツの木《き》がぽつぽつ生《は》え、黒《くろ》い断崖《だんがい》が見《み》える。島《しま》の四方《しほう》から波音《なみおと》が遠《とお》くひびき、やぶのなかにいる無数《むすう》の虫《むし》の鳴《な》き声《ごえ》もする。きこえるのは、それだけだ。人《ひと》はいないし、船《ふね》もない。目《め》の前《まえ》の広大《こうだい》な景色《けしき》を見《み》ていると、ますますさみしさが身《み》にしみてきた。

シルバーは、コンパスで方位《ほうい》を測《はか》っていた。

「あそこに『高《たか》い木《き》』が三本《さんぼん》あるな。がいこつ島《とう》からほぼ一直線上《いっちょくせんじょう》だ。『望遠鏡山《ぼうえんきょうやま》の肩《かた》』は、てっぺんよりちょっと下《した》あたりってことだろう。こうなると、子《こ》どもの遊《あそ》びみたいなもんだ。まずは腹《はら》ごしらえといくか」

「おれは腹《はら》はへってねえ」モーガンがうなった。「フリント船長《せんちょう》のことを考《かんが》えちまったせいだな、たぶん」

「おい、あいつは死《し》んじまったんだ。安心《あんしん》しろ」シルバーがいった。

「まったく、おそろしい悪魔《あくま》だった」べつの男《おとこ》が身《み》ぶるいしながらいった。「真《ま》っ青《さお》な顔《かお》しやがってさ！」

「ラムの飲《の》みすぎだな」ジョージがいった。「真《ま》っ青《さお》か！　たしかにそうだった」

がいこつを見《み》つけて、フリント船長《せんちょう》の話《はなし》をしはじめてからというもの、海賊《かいぞく》たちの声《こえ》はどんどん小《ちい》さくなっていった。いまとなってはほとんどささやき声《ごえ》で、森《もり》の静《しず》けさに溶《と》けこんでしまうくらいだ。ふいに、目《め》の前《まえ》の木立《こだち》の奥《おく》から、かん高《だか》くてか細《ぼそ》い、ふるえる声《こえ》がきこえてきた。おなじみのあの歌《うた》だ。

死人《しにん》の箱《はこ》には十五人《じゅうごにん》
ヨーホーホー、ラム一本《いっぽん》！

海賊《かいぞく》たちは見《み》たことがないくらい、おびえきっていた。六人《ろくにん》の顔《かお》から、魔法《まほう》みたいにすっと生気《せいき》が消《き》える。飛《と》びあがったり、となりの仲間《なかま》にしがみついたり。モーガンは地面《じめん》に腹《はら》ばいになった。

「フリント船長《せんちょう》の幽霊《ゆうれい》だ！　うわあ！」ジョージが叫《さけ》んだ。

歌《うた》は、はじまったときと同《おな》じように、突然止《とつぜんと》まった。曲《きょく》の途中《とちゅう》で、ぷっつりと。まるでだれかが歌《うた》い手《て》の口《くち》を手《て》でふさいだみたいだった。遠《とお》くから緑《みどり》のこずえを通《とお》り抜《ぬ》けて、晴《は》れてすみわたった空気《くうき》のなかをひびいてきたその声《こえ》は、軽《かろ》やかでうつくしくきこえた。だから、ぼくには海賊《かいぞく》たちのあわてっぷりが理解《りかい》できなかった。

「おい、おまえら」シルバーは青白《あおじろ》くなったくちびるをなんとか動《うご》かしていった。「こんなもん、たいしたことじゃない。とっとと立《た》て。出発《しゅっぱつ》だ。まったく妙《みょう》だな。だれの声《こえ》なのかはわからねえが、あんなの、だれかがふざけてやってるだけだ。ちゃんと生《い》きている人間《にんげん》の声《こえ》だ。そうに決《き》まってる」

話《はな》しながら自分《じぶん》でも勇気《ゆうき》が出《で》てきたらしく、だんだんとシルバーの顔色《かおいろ》がよくなってきた。海賊《かいぞく》たちもそういわれて、少《すこ》し落《お》ち着《つ》いてきたようだった。でもそのとき、またあの声《こえ》がきこえてきた。こんどは歌《うた》ではなく、かすかに呼《よ》びかけるような声《こえ》が遠《とお》くからきこえてくる。望遠鏡山《ぼうえんきょうやま》の谷間《たにま》にこだまして、声《こえ》はどんどん小《ちい》さくなって消《き》えていく。

「ダービー・マッグロー」うめくような声《こえ》だ。うめいているとしか、いいようがない。

「ダービー・マッグロー！　ダービー・マッグロー！」何度《なんど》もくりかえす。それから少《すこ》し高《たか》い声《こえ》になって、口《くち》にするのもおぞましいののしりことばを吐《は》いてからいった。

「ラムをもってこいってんだ、ダービー！」

海賊《かいぞく》たちは、足《あし》に根《ね》が生《は》えたみたいに突《つ》っ立《た》っていた。目玉《めだま》が飛《と》びだしそうな顔《かお》をしている。声《こえ》が消《き》えてからもしばらく、おびえたようすでぼう然《ぜん》と前《まえ》を見《み》つめていた。

「まちがいないぞ！」息《いき》を切《き》らしながら、ひとりがいった。「さっさと逃《に》げよう」

「ありゃ、フリントが船《ふね》で最後《さいご》にいってたことばだ」モーガンがうなった。

ディックは聖書《せいしょ》をとりだして、早口《はやくち》でお祈《いの》りをしている。船乗《ふなの》りになってこんな悪党《あくとう》の仲間《なかま》に入《い》れられる前《まえ》は、育《そだ》ちがよかったんだろう。

シルバーはあきらめなかった。歯《は》をガタガタ鳴《な》らしていても、音《ね》はあげない。

「この島《しま》に、ダービーのことを知《し》ってるヤツなんかいねえ。知《し》ってるのは、ここにいるおれたちだけだ」シルバーはつぶやいてから、力《ちから》をこめて叫《さけ》んだ。「おまえら、おれは宝《たから》をさがしにここに来《き》た。人間《にんげん》だろうが悪魔《あくま》だろうが、負《ま》けやしねえ。生《い》きてるときだっていっぺんも、フリントをこわいと思《おも》ったことなんかない。幽霊《ゆうれい》だってとっちめてやる。ここから五百《ごひゃく》メートルもはなれてない場所《ばしょ》に、七十万《ななじゅうまん》ポンドが眠《ねむ》ってるんだぞ。みすみす尻尾《しっぽ》を巻《ま》いて逃《に》げる海《うみ》の冒険家《ぼうけんか》がどこにいるってんだ。

あんな真《ま》っ青《さお》な顔《かお》の酔《よ》っぱらいのおいぼれ船乗《ふなの》りのために逃《に》げるのか？　しかも幽霊《ゆうれい》だぞ」

それでも、海賊《かいぞく》たちの勇気《ゆうき》はもどってきそうにない。それどころか、シルバーのばちあたりなことばに、ますますおびえている。

「やめろよ、シルバー！　幽霊《ゆうれい》を怒《おこ》らせるな」ジョージがいった。

ほかの男《おとこ》たちも、おそろしくて何《なに》もいえなくなっていた。いまにもちりぢりに逃《に》げだしてもおかしくない。けれど恐怖《きょうふ》のあまり、それさえできなくなっていた。みんな、シルバーのそばからはなれなかった。その勇気《ゆうき》にすがりつきたいみたいに。シルバーは必死《ひっし》で弱気《よわき》になるまいとしているようだ。

「幽霊《ゆうれい》だと？　ふん、そうなのかもしれねえ。だけど、ひとつおかしなことがある。こだまがきこえただろう？　影《かげ》をもってる幽霊《ゆうれい》なんてもんはいない。じゃあ、声《こえ》がこだまする幽霊《ゆうれい》ってのはどうなんだ？　おかしいだろうが。不自然《ふしぜん》ってもんじゃないか？」

なんだか、こじつけにしかきこえない。でも迷信深《めいしんぶか》い海賊《かいぞく》たちの信《しん》じやすさときたら、ビックリだ。ジョージはひどくホッとしていった。

「なるほど、そのとおりだ。さすがだな、シルバー。やっぱり頭《あたま》が切《き》れるや。そーれ、先《さき》に進《すす》もうぜ！　とんだかんちがいをしたもんだ。考《かんが》えてみりゃ、たしかにフリント船長《せんちょう》の声《こえ》に似《に》てたが、そのものってほどでもなかったかもな。ほかのヤツの声《こえ》にも似《に》てたような……たとえば……」

「ベン・ガンだ！」シルバーが声《こえ》をはりあげた。

「そうか、ありゃ、ベン・ガンの声《こえ》だ！」モーガンがひざをついてがばっと起《お》きあがった。

「だとしても、おんなじじゃないか？　ベン・ガンだってフリント船長《せんちょう》といっしょで、もうこの世《よ》にはいないんだから」ディックがいった。

ほかの者《もの》たちは、口々《くちぐち》にバカにするようなことをいった。

「ベン・ガンをこわがるヤツなんか、どこにもいないさ。死《し》んでようが、生《い》きてようが、だれも気《き》にもとめねえよ」ジョージが叫《さけ》んだ。

あっというまに海賊《かいぞく》たちは元気《げんき》になって、顔色《かおいろ》もすっかりもどってきた。すぐにやかましくしゃべりはじめ、ときどき耳《みみ》をすました。しばらくしても何《なに》もきこえてこないとわかると、それぞれ荷《に》物《もつ》を背負《せお》い、ふたたび出発《しゅっぱつ》した。ジョージがシルバーのコンパスを手《て》に先頭《せんとう》に立《た》ち、がいこつ島《とう》から一直線《いっちょくせん》の方向《ほうこう》へと進《すす》んでいく。ジョージのいうとおり、海賊《かいぞく》たちは、死《し》んでようが生《い》きてようが、ベン・ガンのことなどどうでもいいらしい。

ディックだけは、まだ聖書《せいしょ》をかかえて、びくびくあたりを見《み》まわしながら歩《ある》いていた。だれもディックに同情《どうじょう》しないし、シルバーにいたっては、からかいはじめる始末《しまつ》だった。

「だからいったろう。聖書《せいしょ》を破《やぶ》いたりしたからだ。誓《ちか》いをたててお祈《いの》りができない聖書《せいしょ》が、幽霊《ゆうれい》に効《き》き目《め》があると思《おも》うか？　ムリに決《き》まってるだろう！」

シルバーは松葉杖《まつばづえ》を立《た》てて足《あし》を止《と》め、太《ふと》い指《ゆび》をパチンと鳴《な》らした。

ディックはちっとも気《き》が休《やす》まらないみたいだ。それどころか、どんどん体調《たいちょう》が悪《わる》くなっている。ぼくにはわかった。暑《あつ》さとつかれ、それにあまりの恐怖《きょうふ》で、リプジー先生《せんせい》がいっていたとおり、熱《ねつ》病《びょう》が猛《もう》スピードで悪化《あっか》していた。

広々《ひろびろ》とした台地《だいち》の上《うえ》を歩《ある》くのは、快適《かいてき》だった。さっき見《み》たとおり、西《にし》にかたむいているので下《くだ》り坂《ざか》をおりていく。大小《だいしょう》のマツの木《き》が、ぽつぽつ立《た》っている。ナツメグとアザレアのしげみもあれば、熱《あつ》い日《ひ》ざしの照《て》りつけるひらけた場所《ばしょ》もあった。島《しま》をほぼ北西《ほくせい》へ横切《よこぎ》るように進《すす》むと、どんどん望《ぼう》遠鏡山《えんきょうやま》の肩《かた》に近《ちか》づいていく。左《ひだり》に目《め》をやると、西《にし》の入《い》り江《え》が大《おお》きく姿《すがた》を見《み》せはじめた。前《まえ》にぼくがボートに乗《の》って流《なが》されていた場所《ばしょ》だ。

『高《たか》い木《き》』の一本目《いっぽんめ》にたどりついた。方位《ほうい》を測《はか》ってみると、お目当《めあ》ての木《き》ではない。二本目《にほんめ》もちがった。すると、しげみの中《なか》に、六十《ろくじゅう》メートル近《ちか》くある三本目《さんぼんめ》の木《き》が見《み》えた。巨大《きょだい》な木《き》で、赤《あか》い幹《みき》は山小屋《やまごや》くらいの太《ふと》さがあり、その大《おお》きな影《かげ》の下《した》で軍隊《ぐんたい》が演習《えんしゅう》できそうなくらいだ。この木《き》なら、遠《とお》く東西《とうざい》どちら側《がわ》の海《うみ》から見《み》ても目立《めだ》つし、航海《こうかい》の目印《めじるし》として地図《ちず》に書《か》きこまれるのも納得《なっとく》だ。

海賊《かいぞく》たちは、木《き》の大《おお》きさなど気《き》にしていなかった。七十万《ななじゅうまん》ポンドの宝《たから》がこの木《き》の影《かげ》のどこかに埋《う》まっている、それだけにワクワクしている。近《ちか》づくにつれ、期待《きたい》がさっきまでの恐怖《きょうふ》をすっかりのみこんでしまったようだ。目《め》をギラギラさせ、足《あし》どりはどんどん速《はや》く、軽《かろ》やかになっていく。宝《たから》のことで頭《あたま》がいっぱいだ。一生《いっしょう》ぜいたくして楽《たの》しく暮《く》らせる財宝《ざいほう》が、もう目《め》の前《まえ》にある。

シルバーはぶつぶついいながら、松葉杖《まつばづえ》でよたよた歩《ある》いていた。鼻《はな》の穴《あな》が大《おお》きくひらき、ひくひくしている。熱《あつ》くなってテカった顔《かお》にハエがとまると、くるったようにののしりことばを吐《は》いた。そして、ぼくをつないでいるロープを乱暴《らんぼう》に引《ひ》っぱり、ときどき殺《ころ》し屋《や》みたいな目《め》でこっちをにらんだ。その顔《かお》を見《み》れば、考《かんが》えていることが手《て》にとるようにわかる。宝《たから》を目前《もくぜん》にして、ほかのことはぜんぶ忘《わす》れさっている。約束《やくそく》のことも、リブジー先生《せんせい》の警告《けいこく》も、記憶《きおく》のかなただ。頭《あたま》にあるのはひたすら、宝《たから》を手《て》に入《い》れ、夜《よる》の闇《やみ》にまぎれてヒスパニオラ号《ごう》を見《み》つけて乗《の》りこむこと。島《しま》にいる正直《しょうじき》者《もの》たちののどをかっ切《き》って、最初《さいしょ》の計画《けいかく》どおりに出航《しゅっこう》するつもりだ。罪《つみ》と富《とみ》を積《つ》んだ船《ふね》で。

ああゾッとする。ぼくは海賊《かいぞく》たちのペースについて行《い》くのに必死《ひっし》で、あちこちでつまずいた。すると、シルバーはロープを強《つよ》く引《ひ》っぱり、こっちをおっかない目《め》でにらんだ。ディックは遅《おく》れてきて、いちばんうしろを歩《ある》いていた。ぶつぶつお祈《いの》りしたり、ののしったりしている。どんどん熱《ねつ》があがっているようだ。見《み》ていると、ますます気持《きも》ちが暗《くら》くなってきた。しかも、過去《かこ》にこの台地《だいち》で起《お》こった悲劇《ひげき》が頭《あたま》に浮《う》かんではなれない。神《かみ》をもおそれぬ真《ま》っ青《さお》な顔《かお》の船長《せんちょう》の姿《すがた》が目《め》に浮《う》かぶ。歌《うた》をうたい、酒《さけ》をもってこいとどなりながら、サバンナで死《し》んだ船長《せんちょう》は、六人《ろくにん》の仲間《なかま》たちの首《くび》をかき切《き》って殺《ころ》した。この森《もり》も、いまはこんなに静《しず》かだけれど、叫《さけ》び声《ごえ》がひびきわたっただろう。その悲《ひ》鳴《めい》がまだきこえるような気《き》がする。

ぼくたちは、森《もり》のはずれに出《で》た。

「よーし、おまえら、進《すす》めー！」ジョージが叫《さけ》んだ。先頭《せんとう》の男《おとこ》たちが走《はし》りだす。十《じゅう》メートルも行《い》かないうちに、海賊《かいぞく》たちは足《あし》を止《と》めた。低《ひく》い声《こえ》があがる。シルバーはスピードを倍《ばい》にし、松葉杖《まつばづえ》をぐいぐい地面《じめん》について、悪霊《あくりょう》にとりつかれたみたいに歩《ある》いた。そしてつぎの瞬間《しゅんかん》、シルバーもぼくも、その場《ば》に立《た》ちすくんだ。

目《め》の前《まえ》に、巨大《きょだい》な穴《あな》があいていた。最近掘《さいきんほ》られたものではない。まわりからくずれ落《お》ち、底《そこ》には草《くさ》が生《は》えている。なかには、ふたつに折《お》れたつるはしの柄《え》や、荷箱《にばこ》の板《いた》が散《ち》らばっていた。板《いた》の一《いち》枚《まい》に焼《や》き印《いん》があって、「セイウチ号《ごう》」と書《か》いてある。フリント船長《せんちょう》の船《ふね》の名前《なまえ》だ。

疑《うたが》いようもない。宝《たから》はだれかに発見《はっけん》され、盗《ぬす》まれた。七十万《ななじゅうまん》ポンドの宝《たから》は、消《き》えてなくなっていた！

勝《しょう》負《ぶ》のゆくえ

とんだどんでん返《がえ》しだ。六人《ろくにん》の海賊《かいぞく》はパンチをくらったみたいにぼう然《ぜん》としている。けれど、シルバーはあっというまに立《た》ち直《なお》った。ついさっきまで競走馬《きょうそうば》みたいに宝《たから》に突進《とっしん》していたのが、一瞬《いっしゅん》にして銅像《どうぞう》みたいにかたまったが、すぐに気《き》をとりなおして冷静《れいせい》にふるまった。ほかの海賊《かいぞく》たちががっかりして反乱《はんらん》を起《お》こさないうちに計画《けいかく》を変更《へんこう》したらしい。

「ジム、こいつをもって準備《じゅんび》しとけ」シルバーがささやいて、ぼくにピストルをわたした。

同時《どうじ》に、シルバーはこっそり北側《きたがわ》へ移動《いどう》しはじめた。二《に》、三歩《さんぽ》で、ぼくたちは穴《あな》の前《まえ》で二人対五《ふたりたいご》人《にん》で向《む》かいあうかたちになった。シルバーはこっちを見《み》て、うなずいた。「一瞬《いっしゅん》たりとも気《き》を抜《ぬ》くな」といわれている気《き》がする。たしかに気《き》は抜《ぬ》けない。シルバーはすごく親《した》しそうだ。さすがに態度《たいど》をころころ変《か》えすぎじゃないか？　ぼくは思《おも》わずささやいた。

「またこっち側《がわ》についたってことだね」

シルバーには答《こた》える時間《じかん》はなかった。海賊《かいぞく》たちが、ののしりことばと叫《さけ》び声《ごえ》をあげて、つぎつぎと穴《あな》のなかに飛《と》びこんでいく。荷箱《にばこ》の板《いた》をどんどんわきに投《な》げながら、指《ゆび》で土《つち》をほじくりかえしはじめた。モーガンが金貨《きんか》をひとつ見《み》つけると、口汚《くちぎたな》くののしりながら高々《たかだか》と頭上《ずじょう》にあげた。二《に》ギニー金貨《きんか》で、五人《ごにん》はひとしきり、かわるがわる手《て》にとってながめた。

「たったの二《に》ギニーかよ！」

ジョージがどなって、シルバーに向《む》かって金貨《きんか》を振《ふ》った。

「こいつが、おまえのいう七十万《ななじゅうまん》ポンドか？　取《と》り引《ひ》きの天才《てんさい》だったんじゃないのか、シルバーさんよ？　ぜったいに失敗《しっぱい》しないんじゃなかったっけ？　こののろまな能《のう》ナシめ！」

「せいぜい掘《ほ》ればいい。クルミぐらいは出《で》てくるんじゃねえか」

シルバーは、憎《にく》たらしいほど冷静《れいせい》にいった。

「クルミだと！」ジョージが叫《さけ》び声《ごえ》をあげた。「おい、きいたかよ？　いいか、あいつはぜんぶ最《さい》初《しょ》からわかってたんだ。見《み》てみろ、顔《かお》にそう書《か》いてある」

「おいおい、ジョージ」シルバーがいう。「また船長《せんちょう》に立候補《りっこうほ》する気《き》か？　まったく、こりねえ野《や》郎《ろう》だなあ」

今回《こんかい》はさすがにみんな、ジョージについた。ふりかえってこちらをにらみつけながら、穴《あな》から出《で》ようとよじのぼりはじめた。ひとつだけ、ぼくたちにとってラッキーなことがあった。やつらは、シルバーの真正面《ましょうめん》、つまり穴《あな》の反対側《はんたいがわ》に出《で》てきた。

こちら側《がわ》にぼくたちふたり、あちらに五人《ごにん》。そのあいだには穴《あな》がある。だれも最初《さいしょ》の一撃《いちげき》をしかけようとしない。シルバーはぴくりとも動《うご》かないで、五人《ごにん》をじっと見《み》ている。松葉杖《まつばづえ》をついてまっすぐ立《た》ち、こわいほど落《お》ち着《つ》いていた。その勇気《ゆうき》にはさすがに感心《かんしん》した。

ようやく、ジョージが何《なに》かいわなきゃと思《おも》ったらしい。

「おい、みんな、あっちはふたりっきりだ。ひとりは、おれたちをこんなところに連《つ》れてきてさんざんな目《め》にあわせた片足《かたあし》のじじい、もうひとりは、いまにも心臓《しんぞう》をいただいてやりたいただのガキだ。さあて、いいか……」

ジョージが腕《うで》を振《ふ》りあげ、声《こえ》をあげて、とびかかってこようとした瞬間《しゅんかん》だった。

バン！　バン！　バン！

マスケット銃《じゅう》が三発《さんぱつ》、しげみのなかから火《ひ》をふいた。ジョージは頭《あたま》から穴《あな》のなかに突《つ》っこんでいった。頭《あたま》に包帯《ほうたい》を巻《ま》いた男《おとこ》はコマみたいにくるくるまわって横《よこ》にばたりと倒《たお》れた。しばらくぴくぴく動《うご》いていたけれど、息絶《いきた》えた。残《のこ》りの三人《さんにん》は背中《せなか》を向《む》けて、一目散《いちもくさん》に逃《に》げだした。

すかさずシルバーがピストルを二発《にはつ》、もがくジョージのからだに撃《う》ちこんだ。ジョージは苦《くる》しみながら、シルバーをにらみつけた。シルバーがいった。「ジョージ、おまえもこれでおわりだ」

そのとき、リプジー先生《せんせい》とグレイとベン・ガンが、煙《けむり》をあげるマスケット銃《じゅう》を手《て》にナツメグのしげみから出《で》てきて、こちらに走《はし》ってきた。

「急《いそ》げ！」先生《せんせい》が叫《さけ》んだ。「全速力《ぜんそくりょく》で走《はし》れ。あいつらより先《さき》にボートをとりにいくぞ」

ぼくたちは猛《もう》スピードで走《はし》った。ときには、胸《むね》まであるしげみも突《つ》っきって進《すす》んだ。

そのときのシルバーといったら、それはもう必死《ひっし》でついてきた。胸《むね》の筋肉《きんにく》がさけるんじゃないかと思《おも》うくらいに松葉杖《まつばづえ》を器用《きよう》に使《つか》って、とても足《あし》が不自由《ふじゆう》とは思《おも》えない。リプジー先生《せんせい》も同《おな》じことをいっていた。そうはいっても、台地《だいち》のはしに到着《とうちゃく》したときには、シルバーは三十《さんじゅう》メートルほど遅《おく》れて、窒息《ちっそく》しそうなほど息《いき》を荒《あら》くしていた。

「先生《せんせい》、やつらはあそこだ！　急《いそ》がなくてもだいじょうぶだ！」シルバーがうしろから呼《よ》びかけた。

たしかに、急《いそ》ぐ必要《ひつよう》はなさそうだ。三人《さんにん》はまだ、台地《だいち》のもっとひらけたところを、さっきと同《おな》じ方角《ほうがく》に向《む》かって走《はし》っている。後《うし》ろ帆柱《ほばしら》の山《やま》のほうだ。こちらは、三人《さんにん》とボートのあいだにいる。ぼくたちはすわって息《いき》をととのえた。シルバーは顔《かお》の汗《あせ》をぬぐいながら、ゆっくりうしろから歩《ある》いてきた。

「先生《せんせい》、助《たす》かりましたよ。ほんとうにギリギリのところだった。おれもジムも命拾《いのちびろ》いしました。ああ、ベン・ガン、やっぱりおまえか！　まあ、おまえには世話《せわ》になった」

「ああ、おれはベン・ガンだとも」

ベン・ガンは恥《は》ずかしそうにウナギみたいにからだをくねくねさせて答《こた》えた。しばらくだまっていたけれど、また口《くち》をひらいた。

「元気《げんき》だったかい、シルバーさん？　ああ元気《げんき》さ、ありがとよ、ってなとこですかい」

「やれやれ、ベン。おれがおまえにしてやられるとはな！」シルバーがつぶやいた。

リプジー先生《せんせい》はグレイを穴《あな》までもどらせて、海賊《かいぞく》たちが残《のこ》していったつるはしをもってくるようにいった。ぼくたちは、ボートがあるところまで斜面《しゃめん》をゆっくりくだっていった。そのあいだ、先生《せんせい》がことのてん末《まつ》を教《おし》えてくれた。シルバーは興味津々《きょうみしんしん》できいていた。なにしろ、頭《あたま》の足《た》りないはずのベン・ガンが、はじめからおわりまでヒーローだったから。

ベン・ガンは、長《なが》いことひとりで島《しま》をうろついていたときに、あのがいこつを見つけた。がいこつの持《も》ち物《もの》を盗《ぬす》んだのは、ベン・ガンだった。そして宝《たから》を見《み》つけ、掘《ほ》りだした。穴《あな》のなかに落《お》ちていた折《お》れたつるはしは、ベン・ガンのものだった。そして宝《たから》を背負《せお》って苦労《くろう》して運《はこ》んだ。あの高《たか》いマツの木《き》の根《ね》もとから、島《しま》の北東《ほくとう》にあるふたご山《やま》の洞窟《どうくつ》まで何往復《なんおうふく》もして。ヒスパニオラ号《ごう》が到着《とうちゃく》する二《に》か月《げつ》も前《まえ》から、宝《たから》はその洞窟《どうくつ》に安全《あんぜん》に保管《ほかん》されていたというわけだ。

リプジー先生《せんせい》はあの銃撃戦《じゅうげきせん》の日《ひ》の午後《ごご》、ベン・ガンに会《あ》いにいって、この秘密《ひみつ》をききだした。そしてつぎの日《ひ》の朝《あさ》、船《ふね》がなくなっていることに気《き》づくとシルバーのところへ行《い》って、いらなくなった地図《ちず》と、おまけに食料《しょくりょう》までわたした。ベン・ガンの洞窟《どうくつ》に、塩漬《しおづ》けのヤギ肉《にく》がたくさんあったからだ。ありとあらゆるものをシルバーに与《あた》えてから、小屋《こや》を捨《す》てて、ふたご山《やま》まで安全《あんぜん》に移動《いどう》してきた。そこの洞窟《どうくつ》なら、マラリアにかかる心配《しんぱい》もないし、宝《たから》も守《まも》れる。

「ジムのことを考《かんが》えると、本意《ほんい》ではなかった」リプジー先生《せんせい》がいった。「だが、任務《にんむ》に忠実《ちゅうじつ》なみんなを優先《ゆうせん》するしかなかった。ジムがそのなかにいなかったとしても、自分《じぶん》の責任《せきにん》だからな」

あの朝《あさ》、先生《せんせい》は海賊《かいぞく》たちをやりこめる作戦《さくせん》を準備《じゅんび》していたけれど、ぼくが巻《ま》きこまれると気《き》づいて、遠《とお》い洞窟《どうくつ》まで走《はし》った。動《うご》けない船長《せんちょう》の看病《かんびょう》をトリローニさんに任《まか》せて、グレイとベン・ガンを連《つ》れ、島《しま》をななめに突《つ》っ切《き》って走《はし》り、あの高《たか》いマツの木《き》を目指《めざ》した。だけど、ぼくたちがもう出発《しゅっぱつ》したとわかると、足《あし》の速《はや》いベン・ガンを先《さき》に行《い》かせ、なんとか時間《じかん》をかせがせた。ベン・ガンが思《おも》いついたのが、迷信深《めいしんぶか》い海賊《かいぞく》たちをだます幽霊作戦《ゆうれいさくせん》だ。これが大成功《だいせいこう》で、そのあいだにグレイとリプジー先生《せんせい》がぼくたちの先《さき》を越《こ》して、待《ま》ちぶせできたというわけだ。

「それはそれは」シルバーがいった。「ジムがいてくれてほんとうに幸運《こううん》だった。でなきゃ、おれがあいつらにズタズタにされようが、平気《へいき》な顔《かお》をしてたんでしょうな、先生《せんせい》」

「ああ、そりゃそうだ」先生《せんせい》が楽《たの》しそうに答《こた》えた。

そのころには、ぼくたちはボートがふたつ置《お》いてある場所《ばしょ》に着《つ》いていた。先生《せんせい》が、つるはしで一《いっ》艘《そう》をこわした。そして、みんなでもう一艘《いっそう》に乗《の》りこみ、ぐるりとまわって北《きた》の入《い》り江《え》を目指《めざ》した。

だいだい十四《じゅうよん》キロくらいの距離《きょり》だ。シルバーは、つかれて死《し》にそうになっていたけれど、みんなと同《おな》じようにオールをもたされた。ぼくたちは、おだやかな海《うみ》をスイスイ進《すす》んでいった。まもなく海峡《かいきょう》を抜《ぬ》け、島《しま》の南東《なんとう》の角《かど》をまわった。四日前《よっかまえ》、ボートでヒスパニオラ号《ごう》を引《ひ》っぱった場所《ばしょ》だ。

ふたご山《やま》を通《とお》りすぎるとき、ベン・ガンの洞窟《どうくつ》の黒《くろ》い入《い》り口《ぐち》が見《み》えた。そばに、マスケット銃《じゅう》にもたれて立《た》っている人《ひと》がいる。トリローニさんだ。ぼくたちはハンカチを振《ふ》って、大声《おおごえ》で三回《さんかい》呼《よ》びかけた。混《ま》ざったシルバーの声《こえ》も、愛想《あいそ》ばつぐんだった。

さらに五《ご》キロくらい進《すす》むと、北《きた》の入《い》り江《え》の入《い》り口《ぐち》だ。すると、ヒスパニオラ号《ごう》がゆらゆらただよっている！　満《み》ち潮《しお》でもちあげられたらしい。もし、南《みなみ》の停泊地《ていはくち》みたいに風《かぜ》も潮流《ちょうりゅう》も強《つよ》かったら、どこかに流《なが》されて見《み》つからないか、座礁《ざしょう》してダメになっていたかもしれない。でも、ほとんど被害《ひがい》はなく、いちばん大《おお》きな帆《ほ》がこわれたくらいだった。あたらしい錨《いかり》を準備《じゅんび》し、水深三《すいしんさん》メートルほどの海《うみ》に落《お》としてから、ぼくたちはふたたびベン・ガンの洞窟《どうくつ》にいちばん近《ちか》いラム入《い》り江《え》に向《む》かった。

あとでグレイがひとり、ボートに乗《の》ってヒスパニオラ号《ごう》にもどっていった。夜《よる》のあいだ見張《みは》りをするためだ。

砂浜《すなはま》からゆるやかな斜面《しゃめん》をのぼり、洞窟《どうくつ》の入《い》り口《ぐち》までやってきた。そこでは、トリローニさんがむかえてくれた。あたたかくお帰《かえ》りをいってくれて、脱走《だっそう》については怒《おこ》りもほめもせず、ノーコメントだった。シルバーがていねいに敬礼《けいれい》すると、むっとして顔《かお》をほてらせた。

「シルバー、まったく並《なみ》はずれた大嘘《おおうそ》つきの悪党《あくとう》だな。とんでもない詐欺師《さぎし》だ。だが、おまえを起訴《きそ》しないようにみんなにいわれている。だからしかたない、従《したが》うさ。だが、おまえの首《くび》には、死人《しにん》が石《いし》うすみたいにぶらさがってるんだってことをくれぐれも忘《わす》れるな」

「ご親切《しんせつ》に、ありがとうございます、トリローニさん！」シルバーは、また敬礼《けいれい》をした。

「礼《れい》などほしくないわ！　おまえなんかに礼《れい》をいわれたら、義務《ぎむ》を放棄《ほうき》したといっているようなものだ。あっちへ行《い》ってろ」

そのあとすぐ、ぼくたちは洞窟《どうくつ》のなかに入《はい》っていった。広《ひろ》くて風通《かぜとお》しがよく、小《ちい》さい泉《いずみ》がわいていて、透《す》きとおった水《みず》がたまっていた。その上《うえ》にはシダがたれさがり、足《あし》もとは砂《すな》だ。大《おお》きなたき火《び》の前《まえ》で、スモレット船長《せんちょう》が横《よこ》になっていた。ずっと奥《おく》が、炎《ほのお》に反射《はんしゃ》してにぶく光《ひか》っている。そこには、山盛《やまも》りの金貨銀貨《きんかぎんか》と、金《きん》の延《の》べ棒《ぼう》がどっさり積《つ》んである。これこそ、ぼくたちがはるばるさがしにやってきたフリント船長《せんちょう》の宝《たから》だ。この宝《たから》のために、ヒスパニオラ号《ごう》の十七人《じゅうしちにん》の命《いのち》が奪《うば》われた。しかもこれだけの宝《たから》を集《あつ》めるには、どれだけの血《ち》が流《なが》され、どれだけの悲《かな》しみがあったのだろう。

すばらしい船《ふね》が何隻《なんせき》も深《ふか》い海《うみ》に沈《しず》み、勇敢《ゆうかん》な男《おとこ》たちが何人《なんにん》も目《め》かくしされて板《いた》の上《うえ》を歩《ある》かされ、たくさんの大砲《たいほう》が打《う》たれたはずだ。どれだけの恥《はじ》と嘘《うそ》と残忍《ざんにん》な行為《こうい》があったのだろうか。生《い》きている人間《にんげん》で答《こた》えられる者《もの》はおそらくいない。シルバーと年老《としお》いたモーガンとベン・ガンは、さんざん罪《つみ》を犯《おか》して宝《たから》を手《て》に入《い》れようとしたけれど、望《のぞ》みがかなわずにいた者《もの》たちだ。

「こっちへおいで、ジム」船長《せんちょう》がいった。「おまえなりにがんばったのはわかった。だが、もうわたしの船《ふね》には乗《の》せないぞ。おまえは人気者《にんきもの》すぎて、わたしの手《て》には負《お》えないからな。そこにいるのはシルバーか？　なぜここにいる？」

「スモレット船長《せんちょう》、任務《にんむ》にもどってまいりました」シルバーがいった。

「どの口《くち》が！」船長《せんちょう》はそれきり何《なに》もいわなかった。

その夜《よる》、仲間《なかま》と食《た》べた夕食《ゆうしょく》といったらもう、最高《さいこう》だった。ベン・ガンがつくった塩漬《しおづ》けのヤギ肉《にく》と、ヒスパニオラ号《ごう》からもってきたごちそうと、古《ふる》いワイン。みんなこれ以上《いじょう》ないくらい、楽《たの》しくて幸《しあわ》せそうだった。シルバーは、ほとんどたき火《び》のあたらないうしろのほうにすわっていたけれど、心《こころ》ゆくまで食《た》べ、用事《ようじ》をたのまれればさっと立《た》ちあがった。そして、ぼくたちが笑《わら》うといっしょににこにこしていた。出航《しゅっこう》したときと同《おな》じ、あいそがよくて礼儀正《れいぎただ》しい、腰《こし》の低《ひく》い船員《せんいん》がそこにはいた。

話《はなし》のおわり

つぎの日《ひ》、ぼくたちは朝早《あさはや》くから仕事《しごと》にとりかかった。大量《たいりょう》の宝《たから》をもって砂浜《すなはま》まで一《いち》キロ半《はん》くらい歩《ある》き、そこからボートで五《ご》キロ先《さき》のヒスパニオラ号《ごう》まで運《はこ》んだ。人手《ひとで》が少《すく》ないから、かなりの重《じゅう》労働《ろうどう》だ。生《い》き残《のこ》った三人《さんにん》の海賊《かいぞく》のことは、心配《しんぱい》いらなかった。万《まん》が一《いち》の攻撃《こうげき》に備《そな》えて、ふたご山《やま》の頂上近《ちょうじょうちか》くに見張《みは》りがひとりいればじゅうぶんだ。それにきっと向《む》こうだって、もう戦《たたか》いはこりごりだろう。

そういうわけで、作業《さぎょう》はスムーズだった。グレイとベン・ガンがボートで行《い》き来《き》して、ボートが出《で》るたびに、ほかのみんなで砂浜《すなはま》に宝《たから》を運《はこ》んで積《つ》んだ。ロープのはしっこにぶらさげた二本《にほん》の金《きん》の延《の》べ棒《ぼう》は、大人《おとな》でもかなり重《おも》そうだったけれど、みんな、宝《たから》をのんびり運《はこ》ぶのはまんざらでもなさそうだ。ぼくは運《はこ》びだしの作業《さぎょう》には役立《やくだ》たずなので、洞窟《どうくつ》のなかで一日《いちにち》じゅう、金貨《きんか》や銀貨《ぎんか》をせっせと乾《かん》パンの袋《ふくろ》に詰《つ》める作業《さぎょう》をした。

ずいぶんいろんな種類《しゅるい》の硬貨《こうか》があるものだな。ビリー・ボーンズの箱《はこ》にもいろいろ入《はい》っていたけれど、もっと大量《たいりょう》で、もっと種類《しゅるい》もさまざまで、整理《せいり》するのが楽《たの》しい。イギリス、フランス、スペイン、ポルトガル、いろんな国《くに》の硬貨《こうか》がある。イギリスのジョージ金貨《きんか》、フランスのルイ金貨《きんか》、スペインのダブロン金貨《きんか》、イギリスの二《に》ギニー金貨《きんか》、ポルトガルのモイドール金貨《きんか》、ベネチアのシークイン金貨《きんか》もあった。過去数百年《かこすうひゃくねん》のヨーロッパの王様《おうさま》の肖像画《しょうぞうが》が刻印《こくいん》されていたり、めずらしい東《とう》洋《よう》の硬貨《こうか》には糸《いと》の束《たば》かクモの巣《す》みたいな図柄《ずがら》が描《か》かれていたり、丸《まる》やら四角《しかく》やら、首《くび》にかけるひもを通《とお》すためか、まんなかに穴《あな》があいていたりする。世界《せかい》じゅうのあらゆる硬貨《こうか》があるんじゃないかと思《おも》えてくる。その数《かず》といったら、秋《あき》の落《お》ち葉《ば》みたいとしかいえない。ぼくは、かがみこんで数《かぞ》えているうちに腰《こし》が痛《いた》くなったし、仕分《しわ》けのせいで指《ゆび》も痛《いた》かった。

作業《さぎょう》はえんえんとつづいた。毎晩《まいばん》、宝《たから》はヒスパニオラ号《ごう》に積《つ》みこまれ、またつぎの日《ひ》になると、つぎの宝《たから》が船《ふね》を待《ま》ちかまえていた。そのあいだ、生《い》き残《のこ》った海賊三人《かいぞくさんにん》はなんの動《うご》きも見《み》せなかった。

そしてとうとう、三日目《みっかめ》の夜《よる》だと思《おも》うけれど、ぼくがリブジー先生《せんせい》と島《しま》の低地《ていち》を見《み》わたせるふたご山《やま》の肩《かた》あたりを散歩《さんぽ》していたときだった。下《した》の暗闇《くらやみ》から、叫《さけ》び声《ごえ》なのか歌《うた》なのかわからない音《おと》が風《かぜ》にのってきこえてきた。でもほんの一瞬《いっしゅん》で、またすぐに静《しず》かになった。

「神《かみ》よ、あの海賊《かいぞく》たちを許《ゆる》したまえ！」リブジー先生《せんせい》がいった。

「やつら、酔《よ》っぱらってますよ」うしろからシルバーが声《こえ》をかけてきた。

シルバーは完全《かんぜん》な自由《じゆう》の身《み》で、みんなからそっけない態度《たいど》をとられても、自分《じぶん》は以前《いぜん》どおり、特《とく》別扱《べつあつか》いされている親《した》しい部下《ぶか》のつもりでふるまっていた。みんなからどんなにひどいことをいわれても知《し》らんぷりで、気《き》に入《い》られようと、いつでも礼儀正《れいぎただ》しくしていた。それでもやっぱり、じゃけんな扱《あつか》いをされつづけた。例外《れいがい》は、ベン・ガンだ。まだ昔《むかし》のボスがこわいらしい。ぼくも、例外《れいがい》だった。シルバーに命《いのち》を救《すく》ってもらって感謝《かんしゃ》していたからだ。でも逆《ぎゃく》にいうと、だれよりもシルバーをきらいになってもいいのもぼくだ。あの台地《だいち》で、また裏切《うらぎ》られそうになったのだから。とにかくこんなわけで、リプジー先生《せんせい》の返答《へんとう》もかなりぶっきらぼうだった。

「酔《よ》っぱらってるのか、気《き》がへんになったのか、どちらかだろうな」

「そのとおりです、先生《せんせい》。まあ、どっちにしても、関係《かんけい》ありませんがね。先生《せんせい》にとっても、おれにとっても」

「おまえは、思《おも》いやりがあるとは思《おも》われたくないようだな」リプジー先生《せんせい》がバカにしたような笑《え》みを浮《う》かべていった。「だったら、わたしが考《かんが》えていることをきいたらおどろくだろう。あいつらの気《き》がへんになっているというなら……確実《かくじつ》にひとりは熱病《ねつびょう》にかかっているが、わたしは命《いのち》の危険《きけん》をおかしてでもここを出《で》ていって、医者《いしゃ》として助《たす》けにいこうと思《おも》っている」

「おことばですが先生《せんせい》、それはまちがいってもんです。そんなことをしたら、まちがいなく命《いのち》を失《うしな》います。おれはもう、完全《かんぜん》にこっちの味方《みかた》ですから、仲間《なかま》の数《かず》が減《へ》るのをみすみすほっとけません。ましてや、先生《せんせい》にはすごくお世話《せわ》になった。下《した》にいるあいつらなんぞ、約束《やくそく》も守《まも》れないし、守《まも》ろうともしない。先生《せんせい》が約束《やくそく》を守《まも》る方《かた》だと信《しん》じることもできないやつらです」

「そうか。そうだな、シルバー、おまえは約束《やくそく》を守《まも》る男《おとこ》だったな。われわれもわかっている」

それきり、三人《さんにん》の海賊《かいぞく》の話《はなし》は出《で》なかった。一度《いちど》、遠《とお》くで銃声《じゅうせい》がきこえた。狩《か》りをしていたのかもしれない。話《はな》しあいの結果《けっか》、三人《さんにん》は島《しま》に残《のこ》していくことになった。ベン・ガンは大《おお》よろこびだし、グレイも大賛成《だいさんせい》だった。大量《たいりょう》の火薬《かやく》と弾《たま》、塩漬《しおづ》けのヤギ肉《にく》をたっぷり、薬《くすり》を少《すこ》し、ほかの必要《ひつよう》な道《どう》具《ぐ》、服《ふく》、予備《よび》の帆《ほ》、ロープを四《よん》メートルほど、それから、リプジー先生《せんせい》の特別《とくべつ》な配慮《はいりょ》で、気前《きまえ》よくタバコを置《お》いていった。

これが最後《さいご》の仕事《しごと》だった。もう宝《たから》はぜんぶ積《つ》みおわったし、いざというときのために、じゅうぶんな量《りょう》のきれいな水《みず》と残《のこ》った塩漬《しおづ》けのヤギ肉《にく》も積《つ》んだ。そしてついに、晴《は》れた朝《あさ》、全員《ぜんいん》で力《ちから》を合《あ》わせてなんとか錨《いかり》をあげ、北《きた》の入《い》り江《え》を出帆《しゅっぱん》した。船長《せんちょう》が小屋《こや》にかかげて、その下《した》でみんなで戦《たたか》ったユニオンジャックを風《かぜ》になびかせて。

三人《さんにん》の海賊《かいぞく》は、思《おも》っていたよりずっと近《ちか》くで見《み》ていたらしい。南側《みなみがわ》の岬《みさき》すれすれを通《とお》っていると き、三人《さんにん》が砂地《すなじ》にひざまずいて、懇願《こんがん》するように両手《りょうて》を出《だ》しているのが見《み》えた。あわれで胸《むね》が痛《いた》んだけれど、また反乱《はんらん》を起《お》こすかもしれないのに危険《きけん》はおかせない。それに連《つ》れて帰《かえ》ったところで絞首台送《こうしゅだいおく》りだから、むしろ残酷《ざんこく》だ。リブジー先生《せんせい》は海賊《かいぞく》たちに大声《おおごえ》で呼《よ》びかけ、食料《しょくりょう》があることや置《お》いてきた場所《ばしょ》を教《おし》えた。三人《さんにん》はぼくたちの名前《なまえ》を呼《よ》び、たのむからお情《なさ》けを、こんな場所《ばしょ》に見捨《みす》てていかないでくれと、ずっと訴《うった》えていた。

それでもヒスパニオラ号《ごう》はそのまま進《すす》んでいく。もうすぐ声《こえ》の届《とど》かないところまで行《い》ってしまうのを見《み》て、三人《さんにん》のうちだれかはわからないけれど、ひとりがぱっと立《た》ちあがり、しわがれ声《ごえ》で叫《さけ》んだ。そして、マスケット銃《じゅう》をとりだして構《かま》えると、こちらに一発撃《いっぱつう》ってきた。弾《たま》はシルバーの頭《あたま》の上《うえ》をかすめて、いちばん大《おお》きな帆《ほ》に穴《あな》をあけた。

ぼくたちは、船《ふな》べりにかくれた。つぎに外《そと》を見《み》わたしたときには、三人《さんにん》の姿《すがた》は消《き》えていた。砂浜《すなはま》そのものもすっかり遠《とお》ざかり、まわりに溶《と》けこんで見《み》えなくなっていた。これが、三人《さんにん》との最後《さいご》になった。昼前《ひるまえ》には、宝島《たからじま》のいちばん高《たか》い岩山《いわやま》も青《あお》い海《うみ》の水平線《すいへいせん》のかなたに姿《すがた》を消《け》した。ことばにできないほどうれしかった。

人手不足《ひとでぶそく》なので、総出《そうで》ではたらいた。船長《せんちょう》だけは船尾《せんび》にしいたマットレスに横《よこ》になったまま指令《しれい》を出《だ》していた。かなり回復《かいふく》していたけれど、まだ安静《あんせい》にしていなくてはならない。やがて、ヒスパニオラ号《ごう》はスペイン領《りょう》アメリカのいちばん近《ちか》い港《みなと》に停泊《ていはく》した。あたらしい船員《せんいん》を入《い》れなければ、とてもイギリスまで航海《こうかい》をつづけられない。それに、読《よ》めない風向《かざむ》きや、何度《なんど》か吹《ふ》いてきた強風《きょうふう》で、みんなくたくただった。

陸地《りくち》に囲《かこ》まれたうつくしい港《みなと》に錨《いかり》をおろしたのは、ちょうど日《ひ》が暮《く》れるころだった。あっというまに、いろんな人種《じんしゅ》の人《ひと》たちがたくさん乗《の》ったボートに囲《かこ》まれた。果物《くだもの》や野菜《やさい》を売《う》っていたり、お金《かね》を投《な》げたらもぐってとってきて見《み》せると声《こえ》をかけてくる。みんな陽気《ようき》だし、トロピカルフルーツはおいしいし、なんといっても、暗闇《くらやみ》のなかでかがやきはじめた町《まち》の明《あ》かりがうれしい。いままでいた真《ま》っ暗《くら》で血《ち》みどろの島《しま》とは正反対《せいはんたい》だ。リブジー先生《せんせい》とトリローニさんが上陸《じょうりく》し、ぼくも連《つ》れていってもらい、しばらく町並《まちな》みを楽《たの》しんだ。そこでイギリス海軍《かいぐん》の艦長《かんちょう》に会《あ》い、おしゃべりに花《はな》を咲《さ》かせ、軍艦《ぐんかん》にも乗《の》せてもらった。要《よう》は、とても楽《たの》しいひとときを過《す》ごしたので、ヒスパニオラ号《ごう》にもどってきたのは夜《よ》が明《あ》けるころだった。

ベン・ガンがひとりでデッキにいた。ぼくたちが帰《かえ》ってくると、からだをやたらくねくねさせながら白状《はくじょう》しはじめた。シルバーがいなくなった。数時間前《すうじかんまえ》に、ボートで脱走《だっそう》するのを見《み》て見《み》ぬふりをしたらしい。ぼくたちの命《いのち》を守《まも》るためだという。〝あの片足《かたあし》の男《おとこ》が船《ふね》に乗《の》ったままだったら〟全員《ぜんいん》の命《いのち》が失《うしな》われていたはずだ、という。しかも、これでおわらないのがシルバーだ。手《て》ぶらで消《き》えるようなことはしない。気《き》づかれないように船内《せんない》の壁《かべ》に穴《あな》をあけ、この先《さき》のひとり旅《たび》のために、たぶん三《さん》、四百《よんひゃく》ギニー分《ぶん》くらい入《はい》った硬貨《こうか》の袋《ふくろ》をひとつ、もっていった。でもみんな、これでシルバーと手《て》を切《き》れるなら安《やす》いものだと喜《よろこ》んでいたかも。

そのあと、二《に》、三人《さんにん》のあたらしい船員《せんいん》をむかえて、順調《じゅんちょう》に航海《こうかい》を進《すす》めた。ブランドリーさんがそろそろむかえの船《ふね》の準備《じゅんび》をはじめようかと考《かんが》えだしたころには、無事《ぶじ》にブリストルに到着《とうちゃく》できた。出航《しゅっこう》したときに乗《の》った人《ひと》で、ヒスパニオラ号《ごう》とともにもどってきたのは、たったの五人《ごにん》。「酒《さけ》と悪魔《あくま》が残《のこ》りのやつらを片《かた》づけた」という歌詞《かし》どおりだ。だけど、まちがいなく、あの歌《うた》に出《で》てくる船《ふね》よりはましだ。

生《い》き残《のこ》ったのは、たったひとり
海《うみ》に出《で》たときは、七十五人《ななじゅうごにん》

ぼくたちはみんな、たっぷりの宝《たから》の分《わ》け前《まえ》をもらった。性格《せいかく》のちがいが出《で》て、かしこく使《つか》った人《ひと》もいれば、バカな使《つか》い方《かた》をした人《ひと》もいた。スモレット船長《せんちょう》はもう引退《いんたい》している。グレイはしっかり貯金《ちょきん》しただけでなく、ふいに出世《しゅっせ》したいという情熱《じょうねつ》にかられて勉強《べんきょう》をした。いまでは航海士《こうかいし》になって、全装備《ぜんそうび》のりっぱな船《ふね》の共同《きょうどう》オーナーにもなり、結婚《けっこん》もして子《こ》どももいる。ベン・ガンは千《せん》ポンドのお金《かね》をもらったのに、三週間《さんしゅうかん》、正確《せいかく》にいうと十九日間《じゅうくにちかん》で使《つか》い果《は》たしたか、失《な》くしたらしい。二十日目《はつかめ》にお金《かね》を分《わ》けてほしいとたのみに来《き》たそうだ。けっきょく、トリローニさんの門番《もんばん》に雇《やと》ってもらった。島《しま》でいっていたとおりになったわけだけれど、いまでも元気《げんき》で、みんなの人気者《にんきもの》だ。村《むら》の子《こ》たちにからかわれたりもしているけれど、日曜日《にちようび》や聖人《せいじん》の記念日《きねんび》には、教会《きょうかい》ですばらしい歌《うた》声《ごえ》を披露《ひろう》しているそうだ。

シルバーについては、なんの知《し》らせもきくことはなかった。あの片足《かたあし》のおそろしい船乗《ふなの》りは、少《すく》なくともぼくの人生《じんせい》からはきれいさっぱりいなくなってしまった。たぶん奥《おく》さんと落《お》ちあって、オウムのフリント船長《せんちょう》もいっしょにみんなで楽《たの》しく暮《く》らしているんだろう。そうだったらいいなと思《おも》う。天国《てんごく》で楽《たの》しく暮《く》らせる可能性《かのうせい》はすごく低《ひく》いから。

ぼくの知《し》っているかぎり、銀《ぎん》の延《の》べ棒《ぼう》と武器《ぶき》は、まだフリント船長《せんちょう》が埋《う》めたあの場所《ばしょ》に残《のこ》っているはずだ。永遠《えいえん》にそのままでいい。ロープを巻《ま》かれて雄牛《おうし》と荷車《にぐるま》に引《ひ》っぱられたって、あの呪《のろ》われた島《しま》には二度《にど》と行《い》きたくない。いまでも、最悪《さいあく》の夢《ゆめ》を見《み》る。島《しま》の海岸《かいがん》で波《なみ》がうなりをあげている夢《ゆめ》と、オウムのフリント船長《せんちょう》の夢《ゆめ》。はっとして飛《と》び起《お》きても、その耳《みみ》をつんざくような鳴《な》き声《ごえ》が耳《みみ》からはなれない。「ハチノギンカ！　ハチノギンカ！」

〈完《かん》〉

訳者《やくしゃ》あとがき

代田亜香子《だいたあかこ》

子《こ》どものころ、わが家《や》には、この小学館《しょうがくかん》ジュニア文庫《ぶんこ》の世界名作《せかいめいさく》シリーズのような児童文学《じどうぶんがく》の本《ほん》が、ずらっと全集《ぜんしゅう》で並《なら》んでいました。読書家《どくしょか》の姉《あね》は全作品《ぜんさくひん》を読《よ》んでいましたが、好《す》き嫌《きら》いの激《はげ》しかったわたしは、選《え》り好《ごの》みして、おそらく半分《はんぶん》くらいしか読《よ》まなかったと思《おも》います。好《す》きなものは何《なん》度《ど》もくりかえし読《よ》み、そのほとんどが女《おんな》の子《こ》が主人公《しゅじんこう》の話《はなし》でした。ただ、この『宝島《たからじま》』だけは例外《れいがい》でした。女《おんな》の子《こ》どころか、女性《じょせい》の登場人物《とうじょうじんぶつ》がほとんどいないのに、どうしてか読《よ》みだしたら、こわいやらおもしろいやらわくわくするやらでページをめくる手《て》が止《と》まらず、夢中《むちゅう》になった記憶《きおく》があります。

この作品《さくひん》が出版《しゅっぱん》されたのは、一八八三年《ねん》です。作者《さくしゃ》のスティーヴンソンは、一八五〇年《ねん》にスコットランドで生《う》まれ、この作品《さくひん》でたいへんな人気作家《にんきさっか》となりました。それから百年《ひゃくねん》以上《いじょう》も経《た》ったいまでもこれだけ多《おお》くの人《ひと》をひきつけるのには、やはりそれなりの理由《りゆう》があると、訳《やく》しながらあらためて感《かん》じました。

子《こ》どものころは、主人公《しゅじんこう》のジムになりきって、おそろしいたくらみを盗《ぬす》みぎきしたり、大胆不敵《だいたんふてき》な単独行動《たんどくこうどう》をとったり、小《ちい》さなボートで海《うみ》を漂流《ひょうりゅう》したり、スリルいっぱいの冒険《ぼうけん》をした気分《きぶん》を味《あじ》わいました。大人《おとな》になったいまも、あのときと変《か》わらないドキドキを体験《たいけん》して存分《ぞんぶん》に楽《たの》しめましたが、ひとつだけちがったのは、こわくてこわくてたまらず、暗《くら》い場所《ばしょ》に行《い》くと、海賊《かいぞく》の死体《したい》がごろごろ転《ころ》がっているような気《き》がしてしょうがなかったことです。決《けっ》してイヤな気分《きぶん》だったわけではないので、それだけのめりこんだということなのでしょうが、数週間《すうしゅうかん》、ほとんど毎晩《まいばん》、悪夢《あくむ》にうなされました。読《よ》むだけでなく一文一文訳《いちぶんいちぶんやく》したせいなのか、昔《むかし》より臆病《おくびょう》になったせいなのか、どちらかは不《ふ》明《めい》です。とにかく、子《こ》どもでも大人《おとな》でも、冒険《ぼうけん》の楽《たの》しさを臨場感《りんじょうかん》いっぱいに味《あじ》わえる作品《さくひん》にはちがいありません。

物語《ものがたり》は、主人公《しゅじんこう》のジムが、宝島《たからじま》でした冒険《ぼうけん》を後《のち》に書《か》き記《しる》しているという設定《せってい》です。書《か》いているときのジムの年齢《ねんれい》は明《あき》らかになっていませんが、おそらくそれなりの大人《おとな》になっていることでしょう。それでも、ジムだって、書《か》いているうちに心《こころ》はすっかり当時《とうじ》の自分《じぶん》にもどっているはずだと思《おも》い、少年《しょうねん》ジムが話《はな》しているようなイメージで訳《やく》しました。また、作品《さくひん》の時代《じだい》は十八世紀《じゅうはっせいき》なので、もとになった本《ほん》の英語《えいご》はとても古《ふる》いものですが、ジムが現代《げんだい》っ子《こ》だったらこんなふうに話《はな》すのではないかと考《かんが》えて言葉《ことば》を選《えら》んでいます。ジムの声《こえ》がきこえてくるような感覚《かんかく》で読《よ》んでいただけたらうれしいです。

登場《とうじょう》する人物《じんぶつ》がみな、とても個性的《こせいてき》で、生《い》き生《い》きと描《えが》かれています。なかでもわたしが子《こ》どものころに夢中《むちゅう》になった理由《りゆう》のひとつが、ジョン・シルバーのキャラクターでした。わたしの頭《あたま》のなかでは、とにかくカッコいいおじさんだったのです。あらためて読《よ》んでみると、カッコわるいところもあるし、決《けっ》してヒーローではありませんが、とびきり頭《あたま》の切《き》れる、そしてやっぱりとても魅力的《みりょくてき》な人物《じんぶつ》です。

この本《ほん》を訳《やく》すにあたっては、たくさんの人《ひと》にお世話《せわ》になりました。英語《えいご》から日本語《にほんご》に訳《やく》したり船《ふね》のことや地理的《ちりてき》なことを調《しら》べたりするのをお手伝《てつだ》いしてくださった阪口奈緒《さかぐちなお》さんと高橋舞《たかはしまい》さん、海賊《かいぞく》に追《お》われてうなされるわたしの気分《きぶん》を明《あか》るく盛《も》りあげながら訳文《やくぶん》を細《こま》かくチェックしてくださった編集《へんしゅう》の杉浦宏依《すぎうらひろい》さんに、心《こころ》から感謝《かんしゃ》します。

ジムといっしょに、大海原《おおうなばら》へ、そして宝島《たからじま》へ、冒険《ぼうけん》の旅《たび》に出《で》ましょう。

Shogakukan Junior Bunko

★小学館ジュニア文庫★

宝島

2018年 4 月23日　初版第 1 刷発行

作／スティーヴンソン
訳／代田亜香子
絵／日本アニメーション

発行人／立川義剛
編集人／吉田憲生
編集／杉浦宏依

発行所／株式会社　小学館
〒101-8001　東京都千代田区一ツ橋２－３－１
電話　編集　03-3230-5105
販売　03-5281-3555

印刷・製本／大日本印刷株式会社

翻訳協力／阪口奈緒・高橋舞

デザイン／クマガイグラフィックス

編集協力／辻本幸路

Printed in Japan　ISBN 978-4-09-231229-6